DIE GESTOHLENEN MÄDCHEN

WEITERE TITEL VON ANGELA MARSONS

IN DEUTSCHER SPRACHE

DETECTIVE-KIM-STONE-SERIE

Ihr stummer Schrei

Gnadenloses Spiel

Die gestohlenen Mädchen

IN ENGLISCHER SPRACHE

Silent Scream

Evil Games

Lost Girls

Play Dead

Blood Lines

Dead Souls

Broken Bones

Dying Truth

Fatal Promise

Dead Memories

Child's Play

Killing Mind

Deadly Cry

Twisted Lies

Stolen Ones

Six Graves

Angela MARSONS

DIE GESTOHLENEN MÄDCHEN

Übersetzt von Elvira Willems

bookouture

*Dieses Buch ist Mary Forrest gewidmet, deren Liebe und
Großzügigkeit viele berührt hat, so auch mich.
Mary, du hast uns sehr viel gelehrt; wir alle tragen diese
Lektionen in unserem Herzen.*

PROLOG

Februar 2014

Emily Billingham versuchte, durch die Hand, die auf ihrem Mund lag, zu schreien.

Die Finger, die auf ihren Unterkiefer drückten, waren dünn, aber stark. Emily zwängte einen Laut heraus, doch der prallte an seiner Haut ab. In dem Versuch, sich zu befreien, riss sie den Kopf nach hinten. Ihr Schädel schlug auf etwas Hartes, eine Rippe.

»Hör auf damit, du dämliches kleines Flittchen«, sagte er und schleifte sie rücklings mit.

Das Pochen in ihren Ohren war so laut, dass es seine Worte beinahe übertönte. Sie spürte ihr Herz hart gegen den Brustkorb schlagen.

Wegen des Stoffs über den Augen konnte sie ihre Umgebung nicht sehen, doch sie spürte den Kies unter den Füßen.

Jeder Schritt brachte sie weiter von Suzie fort.

Noch einmal bäumte Emily sich auf. Sie setzte die Oberarme ein und versuchte, sich von ihm wegzustemmen, doch er zog sie bloß noch näher an sich heran. Sie wollte sich seinem

Griff entwinden, doch seine Arme packten noch fester zu. Sie wollte nicht mit ihm gehen. Sie musste sich befreien. Sie musste Hilfe holen. Ihr Daddy wüsste, was zu tun war. Ihr Daddy würde sie beide retten.

Sie hörte eine Tür knarren. O nein, der Lieferwagen.

Sie brachte die Kraft auf zu schreien. Sie wollte nicht noch einmal in den Lieferwagen.

»Nein ... bitte ...«, weinte sie und wand sich in seinem Griff.

Er trat ihr fest in die Kniekehle.

Ihr Bein gab nach, und sie stolperte nach vorn, doch sie ging nicht zu Boden, weil er eine Handvoll Haare packte.

Ihre Kopfhaut brannte, und Tränen schossen aus ihren Augen.

In einer einzigen Bewegung warf er sie in den Laderaum und schlug die Tür zu. Es hörte sich genauso blechern an wie vor ein paar Tagen, als sie zu Fuß auf dem Weg zur Schule gewesen war.

Ihr Klassenzimmer kam ihr jetzt sehr weit weg vor. Ob sie ihre Freunde je wiedersehen würde?

Der Lieferwagen setzte eilig zurück, sodass sie nach vorn geschleudert wurde. An ihrem Hinterkopf explodierte der Schmerz wie ein Feuerwerk.

Sie wand sich, um sich aufzurichten, doch der Lieferwagen fuhr so schnell, dass sie auf die Seite geworfen wurde.

Ihre Wange krachte auf den Holzboden des Fahrzeugs, das mit hohem Tempo dahinbretterte. Sie zuckte vor Schmerz zusammen, als ihre nackte Wade über einen Nagel schrammte und das Blut ihr warm über den Knöchel rann.

Suzie würde ihr sagen, sie solle stark sein. Wie damals, als sie sich beim Sport das Handgelenk verstaucht hatte. Suzie hatte ihre andere Hand gehalten und ihr Kraft ins Herz geflößt und ihr gesagt, es würde alles gut werden. Und sie hatte recht gehabt.

Doch diesmal hatte sie nicht recht gehabt.

»Ich kann das nicht, Suzie, es tut mir leid«, flüsterte Emily, als ihre Tränen zu Schluchzern wurden. Sie wollte tapfer sein für ihre Freundin, doch das Zittern, das in ihren Beinen angefangen hatte, wanderte jetzt durch ihren ganzen Körper.

Sie zog die Knie ans Kinn, um sich ganz klein zu machen, zu einer winzigen Kugel, doch das Zittern wollte nicht aufhören. Sie spürte, wie sich zwischen ihren Oberschenkeln ein Tropfen Urin löste. Das Tröpfeln wurde zu einem Rinnen, das sie ebenfalls nicht aufzuhalten vermochte.

Ein verängstigtes Schluchzen löste sich von ihren Lippen, und Emily betete darum, dass das Martyrium bald endete.

Und dann hielt der Lieferwagen abrupt an.

»Bitte M…Mummy, komm und hol mich«, flüsterte sie, als sich unvermittelt eine unheilvolle Stille auf sie herabsenkte.

Sie lag mit dem Rücken an der Tür, reglos. Das Zittern hatte ihre Glieder gelähmt. Sie hatte keine Kraft mehr, sich gegen ihn zu wehren, und wartete einfach, was als Nächstes geschah.

Wie ein Kloß saß ihr die Angst im Hals, als ihr Entführer die Tür öffnete.

EINS

Brennender Zorn tobte in Kim Stone. Vom Zündpunkt in ihrem Gehirn schoss er wie elektrischer Strom bis zu den Fußsohlen, um von dort noch einmal durch sie hindurchzujagen.

Wenn ihr Kollege Bryant jetzt bei ihr wäre, würde er eindringlich auf sie einreden, sie solle sich beruhigen. Nachdenken, bevor sie handelte. An ihre Karriere denken, ihren Lebensunterhalt.

Also war es nur gut, dass sie allein war.

Das Pure Gym lag an der Level Street in Brierley Hill und reichte vom Merry-Hill-Einkaufszentrum bis zum Waterfront-Büro-und-Kneipen-Komplex.

Es war Sonntagmittag, der Parkplatz war voll. Sie fuhr ihn einmal ganz ab, entdeckte den Wagen, den sie suchte, und parkte die Ninja dann direkt vor dem Eingang. Sie hatte nicht vor, lange zu bleiben.

Sie trat ins Foyer und näherte sich dem Empfang. Eine hübsche, gebräunte Frau streckte mit einem strahlenden Lächeln die Hand aus. Vermutlich nach Kims Mitgliedskarte.

Kim hatte einen anderen Ausweis vorzuzeigen: ihren Dienstausweis.

»Ich bin kein Mitglied, ich müsste kurz mit einem Ihrer Kunden sprechen.«

Die Frau sah sich ratsuchend um.

»Eine polizeiliche Angelegenheit«, sagte Kim. Gewissermaßen, fügte sie im Stillen hinzu.

Die Frau nickte.

Kim studierte den Übersichtsplan und wusste genau, wo sie hinwollte. Sie hielt sich links und fand sich hinter drei Reihen von Geräten wieder, auf denen Leute gingen, walkten und joggten.

Sie blickte an den Rücken von Menschen entlang, die Energie darauf verwandten, nirgendwo hinzugehen.

Die, nach der Kim suchte, trainierte ganz hinten in der Ecke. Das lange blonde, zu einem Pferdeschwanz gebundene Haar wies ihr den Weg. Die Tatsache, dass sie das Handy vor sich auf dem Display des Steppers liegen hatte, bestätigte es.

Sobald Kim ihre Zielperson gefunden hatte, war sie taub für die Geräusche, mit denen die Menschen hier ihre Glieder bewegten und ausschritten, und blind für die neugierigen Blicke, die sie ihr zuwarfen, weil sie die einzige vollständig bekleidete Person im Raum war.

Alles, was sie interessierte, war die Frau, die mit verantwortlich war für den Tod eines neunzehnjährigen Jungen namens Dewain.

Kim stellte sich breitbeinig vor das Gerät. Der Schock auf Tracy Frosts Gesicht drang durch ihre Wut beinahe zu Kim durch. Aber nicht ganz.

»Auf ein Wort?«, fragte sie, auch wenn es eigentlich keine Frage war.

Für eine Sekunde verlor die Frau auf dem Stepper beinahe den Halt, und das wäre doch zu schade gewesen.

»Wie zum Teufel sind Sie ...?« Tracy sah sich um. »Sagen

Sie jetzt nicht, Sie haben Ihre Dienstmarke gezückt, um hereinzukommen?«

»Auf ein Wort. Unter vier Augen«, wiederholte Kim.

Tracy steppte weiter.

»Gut, meinetwegen können wir uns auch hier unterhalten«, sagte Kim und hob die Stimme. »Ich sehe die Leute da nie wieder.«

Sie spürte, dass inzwischen schon mindestens die Hälfte der Blicke auf sie gerichtet war.

Tracy stieg nach hinten von dem Gerät herunter und griff nach ihrem Handy.

Kim war überrascht, wie klein die Frau war; sie schätzte sie auf höchstens einen Meter achtundfünfzig. Kim hatte sie noch nie ohne ihre 13-Zentimeter-Stilettos gesehen, egal, wann und wo.

Kim polterte durch die Tür in die Damentoilette und schob Tracy gegen die Wand. Ihr Kopf verpasste den Haartrockner gerade mal um zwei Zentimeter.

»Was zum Teufel haben Sie sich dabei gedacht?«, schrie Kim.

Eine Kabinentür ging auf, und ein Mädchen im Teenageralter verließ eilig den Raum. Jetzt waren sie allein.

»Sie können mich nicht so ...«

Kim rückte ein wenig ab, sodass ein winziger Abstand zwischen ihnen war. »Wie zum Teufel konnten Sie es wagen, die Geschichte zu veröffentlichen, Sie dämliche Kuh? Jetzt ist er tot. Ihretwegen ist Dewain Wright jetzt tot.«

Tracy Frost, Lokalreporterin und widerlichster Abschaum aller Zeiten, blinzelte zweimal, als Kims Worte den Weg in ihr Gehirn fanden. »Aber ... meine ... Geschichte ...«

»Ihre Geschichte hat dazu geführt, dass er jetzt tot ist, Sie dämliche Kuh.«

Tracy wollte den Kopf schütteln. Kim nickte. »O doch.«

Dewain Wright hatte in der Wohnsiedlung Hollytree

gelebt. Ungefähr drei Jahre lang war der Teenager Mitglied einer Gang gewesen, der Hollytree Hoods, und er hatte rausgewollt. Die Gang hatte Wind davon bekommen und ihn niedergestochen und einfach liegen lassen. Sie hatten gedacht, sie hätten ihn umgebracht, doch ein Passant hatte Herz-Lungen-Wiederbelebung gemacht. Kim war hinzugezogen worden, um wegen versuchten Mordes zu ermitteln.

Ihre erste Order hatte gelautet, die Tatsache, dass er noch lebte, außer vor seiner Familie vor jedem geheim zu halten. Ihr war klar gewesen, dass die Gang, wenn sich das in Hollytree herumsprach, einen Weg finden würde, ihn endgültig kaltzumachen.

Die halbe Nacht hatte sie auf einem Stuhl neben seinem Bett gesessen und gebetet, dass er der Prognose trotzen und selbstständig atmen würde. Sie hatte seine Hand gehalten und ihm etwas von ihrer eigenen Energie eingeflößt, damit er die Kraft fand zurückzukommen. Der Mut, den er bewiesen hatte, indem er versucht hatte, sich dem Schicksal zu widersetzen und seinem Leben eine andere Richtung zu geben, hatte etwas in ihr angerührt. Sie hätte gern die Gelegenheit gehabt, den mutigen jungen Mann kennenzulernen, der zu dem Schluss gekommen war, dass das Leben in einer Gang nichts für ihn war.

Kim beugte sich vor und durchbohrte Tracy mit den Augen. Es gab kein Entrinnen. »Ich habe Sie gebeten, die Geschichte nicht zu veröffentlichen, aber Sie konnten einfach nicht widerstehen, was? Es ging Ihnen nur darum, die Nase vorn zu haben, stimmt's? Gieren Sie so sehr danach, Aufsehen bei den überregionalen Zeitungen zu erregen, dass Sie dafür das Leben eines Jungen wegschmeißen?«, schrie Kim ihr ins Gesicht. »Also, ich hoffe um Ihretwillen, dass man auf Sie aufmerksam wird ... denn hier ist kein Platz mehr für Sie. Dafür werde ich sorgen.«

»Es war nicht wegen ...«

»Natürlich war es Ihretwegen«, wütete Kim. »Ich weiß

nicht, wie Sie herausgefunden haben, dass er noch lebt, aber jetzt ist er tot. Und diesmal ist es wahr.«

Verwirrung zeichnete sich auf den Gesichtszügen ihres Gegenübers ab. Die dämliche Kuh wollte etwas sagen, fand aber keine Worte. Kim hätte ihr sowieso nicht zugehört.

»Sie wissen, dass er aussteigen wollte, ja? Dewain war ein anständiger Junge, der nur versucht hat, nicht zu sterben.«

»Das kann nicht meinetwegen sein.« Allmählich kehrte die Farbe in Tracys Gesicht zurück.

»O doch, das war es, Tracy«, versetzte Kim mit Nachdruck. »An Ihren schmutzigen kleinen Hacken klebt das Blut von Dewain Wright.«

»Ich habe nur meine Arbeit getan. Die Welt hatte ein Recht, es zu erfahren.«

Kim trat näher.

»Ich schwöre bei Gott, Tracy, dass ich keine Ruhe gebe, bis der einzige Job, den Sie noch bei einer Zeitung kriegen, der ist, sie morgens auszu...«

Das Klingeln ihres Handys unterbrach sie mitten im Wort.

Tracy nutzte die Gelegenheit, um sich ein Stück zurückzuziehen.

»Stone«, meldete sich Kim.

»Ich brauche Sie auf dem Revier. Sofort.«

Detective Inspector Woodward war kein besonders herzlicher Chef, aber normalerweise nahm er sich doch wenigstens die Zeit für einen knappen Gruß.

Kims Gehirn fing an zu rattern. Er rief sie am Sonntagmittag an, nachdem er darauf bestanden hatte, dass sie den Tag freimachte. Und er war schon stinksauer über irgendetwas.

»Ich bin unterwegs, Stacey. Bestell mir einen trockenen Weißwein«, sagte sie und legte auf. Falls ihr Chef sich wunderte, warum sie ihn gerade Stacey genannt hatte, würde sie es ihm später erklären.

Unter keinen Umständen würde sie in Hörweite der

verachtenswertesten Reporterin, der sie je begegnet war, durchblicken lassen, dass sie soeben einen dringlichen Anruf von ihrem Chef bekommen hatte.

Es gab zwei Möglichkeiten. Entweder steckte sie bis zum Hals in Schwierigkeiten, oder sie hatten einen neuen Fall. Weder beim einen noch beim anderen Szenario wäre es gut, wenn dieser Abschaum von einer Reporterin es mitbekäme.

Sie wandte sich noch einmal Tracy Frost zu. »Glauben Sie bloß nicht, es wäre vorbei. Ich finde einen Weg, um Sie für das bezahlen zu lassen, was Sie getan haben. Das verspreche ich Ihnen«, sagte Kim und öffnete die Tür zum Flur.

»Das wird Sie Ihren Job kosten«, rief Tracy hinter ihr her.

»Tun Sie sich keine Zwang an«, warf Kim ihr über die Schulter zu. Ein Neunzehnjähriger war in der Nacht zuvor gestorben. Für nichts. Es waren nicht gerade ihre besten Tage.

Und sie hatte das Gefühl, dieser würde noch viel schlimmer werden.

ZWEI

Kim parkte die Ninja hinter dem Polizeirevier Halesowen.

Die West Midlands Police war für fast 2,9 Millionen Einwohner zuständig, denn in ihren Bereich fielen die Städte Birmingham, Coventry und Wolverhampton sowie das Black Country.

Sie war in zehn örtliche Polizeieinheiten unterteilt, zu denen auch Kims in Dudley gehörte.

Kim kam beim Büro im dritten Stock an. Sie klopfte, trat ein und erstarrte.

Ihre Überraschung rührte nicht daher, dass neben Woody die eindrucksvolle Gestalt seines Chefs, Superintendent Baldwin, saß.

Nicht einmal daher, dass Woody ein Polohemd trug statt seines normalen weißen Hemds samt Schulterstücken mit Polizeiabzeichen.

Sie beruhte darauf, dass Kim schon von der Tür aus die Schweißperlen auf der karamellfarbenen Haut seines Schädels sehen konnte. Seine Angst konnte sich nirgends verbergen.

Jetzt machte sie sich wirklich Sorgen. Sie hatte noch nie erlebt, dass Woody schwitzte.

Vier Augen ruhten auf ihr, als sie die Tür schloss.

Sie war sich nicht bewusst, dass sie irgendetwas getan hatte, was die beiden so verärgert haben konnte. Superintendent Baldwin kam aus dem Hauptquartier der West Midlands Police, dem Lloyd House in Birmingham. Sie hatte ihn schon oft gesehen. Im Fernsehen.

»Sir?«, sagte sie und richtete den Blick auf den einzigen Mann im Raum, der ihr etwas bedeutete. Es war unmöglich, ihren Chef anzusehen, ohne auch das gerahmte Foto seines zweiundzwanzigjährigen Sohnes im Blick zu haben, der eine Marineuniform trug. Zwei Jahre nachdem das Bild aufgenommen worden war, hatte Woody seinen Leichnam von der Marine zurückbekommen.

»Setzen Sie sich, Stone.«

Sie trat vor und setzte sich auf einen einzelnen Stuhl, der verlassen mitten im Raum stand. Jetzt sah sie von einem zum anderen und suchte nach einem Hinweis. Die meisten Gespräche zwischen Woody und ihr fingen damit an, dass er das Bedürfnis verspürte, seinen Antistressball zu erwürgen. Doch der lag vorn auf seinem Schreibtisch. Normalerweise war das ein beruhigendes Zeichen dafür, dass zwischen ihnen alles gut war.

Er blieb auf dem Tisch liegen.

»Stone, heute Morgen hat es einen Vorfall gegeben: eine Entführung.«

»Bestätigt?«, fragte sie sofort. Oft gingen Menschen verloren und wurden innerhalb weniger Stunden wiedergefunden.

»Ja.«

Sie wartete geduldig ab. Selbst bei einer bestätigten Entführung war Kim sich nicht sicher, warum sie vor dem DCI und *seinem* Chef saß.

Zum Glück hatte Woody nichts für überflüssige Spielchen oder Spannung übrig, er kam also gleich zur Sache.

»Es geht um zwei kleine Mädchen.«

Kim schloss die Augen und atmete tief durch. Ah, jetzt begriff sie, warum sie vor ihrem Chef und dem Chef ihres Chefs saß.

»Wie beim letzten Mal, Sir?«

Sie war zwar vor dreizehn Monaten nicht an den Ermittlungen beteiligt gewesen, doch bei der ganzen West Midlands Police hatte es niemanden gegeben, den der Fall kaltgelassen hatte. Viele Kolleginnen und Kollegen hatten sich an der Suche nach den Mädchen beteiligt.

Kim wusste eine ganze Menge über den alten Fall, doch die bedeutsamste Tatsache kam ihr sofort in den Sinn.

Eines der Mädchen war nicht zurückgekehrt.

Woody holte sie wieder in die Gegenwart zurück. »Wir sind uns zum jetzigen Zeitpunkt noch nicht sicher. Auf den ersten Blick erscheint es so. Die beiden Mädchen sind beste Freundinnen und wurden das letzte Mal im Old-Hill-Freizeitzentrum gesehen. Eine der Mütter hätte sie um halb eins abholen sollen, aber ihr Wagen ist nicht angesprungen.

Beide Mütter haben um zwanzig nach zwölf eine SMS bekommen mit der Bestätigung, dass die Entführer beide Mädchen haben.«

Inzwischen war es gerade mal Viertel nach eins. Die Mädchen waren vor nicht einmal einer Stunde verschwunden, doch wegen der eingegangenen SMS fragte man nicht bei Freunden und Nachbarn nach. Es bestand keine Hoffnung, dass die Mädchen einfach losgezogen waren. Die Mädchen wurden nicht vermisst, sie waren entführt worden. Es war ein Fall.

Kim richtete den Blick auf den Superintendenten.

»Was ist beim letzten Mal schiefgelaufen?«

»Verzeihung?«, fragte er überrascht. Er hatte offenkundig nicht erwartet, direkt angesprochen zu werden.

Kim musterte sein Gesicht, während sein Gehirn eine

Antwort formulierte. Polizeiliches Medientraining in Reinkultur. Weder gerunzelte Stirn noch Schweißperlen am Haaransatz. Das überraschte Kim nicht. Unter ihm waren noch etliche Etagen, die im Notfall die Verantwortung und die Schuld tragen würden.

Baldwin sah sie als Antwort auf seine Frage mit starrem Blick an. Eine Warnung, den Mund zu halten.

Sie erwiderte seinen Blick. »Nun, es ist nur ein Kind zurückgekommen, also, was ist schiefgelaufen?«

»Ich glaube nicht, dass die Einzelheiten ...«

»Warum bin ich hier, Sir?«, fragte sie, indem sie sich wieder an Woody wandte. Hier ging es um eine doppelte Entführung. Das war eine Sache für die Kriminalpolizei, nicht für das örtliche Revier. Die Leitung so eines Falls wurde in viele verschiedene Teilschritte zerlegt. Man würde nach Hinweisen suchen, Hintergrundrecherchen und Tür-zu-Tür-Befragungen durchführen, Überwachungsvideos sichten und die Presse angemessen informieren. Woody würde ihr niemals die Verantwortung für die Pressearbeit übergeben.

Woody und Baldwin tauschten einen Blick.

Sie ahnte, dass die Antwort ihr nicht gefallen würde. Ihr erster Gedanke war, dass ihr Team abgestellt wurde, um zu assistieren. Ungeachtet ihres Pensums von sexuellen Übergriffen, häuslicher Gewalt, Betrug und versuchtem Mord, mit dem sie sich gerade herumschlugen. Zudem musste noch die Stellungnahme zum Fall Dewain Wright fertiggestellt werden.

»Sie wollen mein Team bei der Suche ...«

»Es wird keine Suche geben, Stone«, sagte Woody. »Wir verhängen eine Mediensperre.«

»Sir?«

So etwas hatte es in einem Entführungsfall praktisch noch nie gegeben. Normalerweise hatte die Presse so etwas innerhalb von Minuten spitz.

»Es wurde nichts über Funk durchgegeben, und im Augenblick kommt auch nichts von den Eltern.«

Kim nickte zum Zeichen, dass sie verstanden hatte. Wenn sie sich richtig erinnerte, hatte man dasselbe auch beim letzten Mal versucht, doch am dritten Tag war es durchgesickert. Im Laufe des Tages war das überlebende Mädchen dann gefunden worden – sie war allein am Straßenrand entlanggelaufen. Das zweite Mädchen hatte man nie gefunden.

»Ich bin mir immer noch nicht ganz sicher, was ...«

»Man hat darum gebeten, dass Sie den Fall leiten, Stone.«

Zehn Sekunden verstrichen, während sie auf die Pointe wartete. Es kam keine.

»Sir?«

»Das ist natürlich unmöglich«, sagte Baldwin. »Sie haben definitiv nicht die nötigen Qualifikationen, um Ermittlungen von einer solchen Größenordnung zu leiten.«

Obwohl Kim durchaus seiner Meinung war, war sie versucht, den Fall Crestwood zu erwähnen, bei dem ihr Team und sie den Mörder von vier Teenagerinnen gefasst hatten.

Sie drehte sich auf ihrem Stuhl so, dass sie nur Woody ansah.

»Wer hat darum gebeten?«

»Eine der Mütter. Sie hat eigens nach Ihnen gefragt, sie will nicht einmal mit jemand anderem reden. Sie müssen hinfahren und die ersten Details aufnehmen, während wir ein Team zusammenstellen. Dann berichten Sie unverzüglich an uns und übergeben die Sache anschließend an den Einsatzleiter.«

Kim nickte zum Zeichen, dass sie das Prozedere verstanden hatte, aber ihre Frage hatte er immer noch nicht ganz beantwortet.

»Sir, können Sie mir die Namen der Kinder und den Namen der Mutter nennen?«

»Charlie Timmins und Amy Hanson sind die Mädchen.

Die Mutter von Charlie hat nach Ihnen gefragt. Ihr Name ist Karen, sie sagt, sie sei eine Freundin von Ihnen?«

Kim schüttelte verdutzt den Kopf. Das war unmöglich. Sie kannte keine Karen Timmins, und sie hatte definitiv keine Freundin.

Woody zog ein Blatt Papier auf seinem Schreibtisch zurate.

»Tut mir leid, Stone. Sie kennen die Frau vermutlich eher unter ihrem Mädchenname. Sie hieß früher Karen Holt.«

Kim spürte, wie ihr Rücken starr wurde. Der Name lebte sicher in ihrer Vergangenheit, an einem Ort, den sie nur äußerst selten aufsuchte.

»Stone, Ihre Miene verrät mir, dass Sie diese Frau tatsächlich kennen.«

Kim stand auf, den Blick nur auf Woody gerichtet.

»Sir, ich werde zu ihr fahren und die erste Befragung durchführen, um die Sache dann dem entsprechenden Einsatzleiter zu übergeben, aber seien Sie versichert, dass diese Frau nicht meine Freundin ist.«

DREI

Kim lenkte die Ninja durch den dichten Verkehr an die Spitze der Schlange. Kaum machte das gelbe Licht Anstalten aufzuleuchten, gab sie Gas und bretterte über die Kreuzung.

An der nächsten Verkehrsinsel touchierte ihr Knie bei fünfundsechzig Stundenkilometern den Straßenbelag.

Sie fuhr nach Süden, hinaus aus dem Herzen des Black Country, das seinen Namen von der neun Meter dicken Schicht aus Eisenerz und Kohle hatte, die hier an verschiedenen Stellen zutage trat.

Früher hatten in dieser Gegend viele Menschen einen landwirtschaftlichen Kleinbetrieb besessen, aber ihr Einkommen als Nagelschmied oder Schmied aufgebessert. Um 1620 herum hatte es im Umkreis von gut fünfzehn Kilometern um Dudley Castle zwanzigtausend Schmiede gegeben.

Die Adresse, die man Kim gegeben hatte, hatte sie überrascht. Sie war nicht davon ausgegangen, dass Karen Holt in einem der schöneren Teile des Black Country leben würde. Ja, sie war ein wenig überrascht, dass die Frau überhaupt noch lebte.

Als sie durch Pedmore fuhr, zog sich die Bebauung immer

mehr von der Straße zurück. Die Grundstücke wurden größer, die Bäume höher, die Häuser standen weiter auseinander.

Ursprünglich war es ein Dorf im ländlichen Worcestershire gewesen, doch während des Baubooms zwischen den beiden Weltkriegen war es in Stourbridge aufgegangen.

Sie bog von der Redlake Road in eine Einfahrt, die unter den Reifen des Motorrads knirschte. Während sie bis vors Haus rollte, stieß sie in Gedanken einen Pfiff aus.

Das frei stehende viktorianische Haus, dessen weiße Backsteinmauern aussahen wie frisch getüncht, war von perfekter Symmetrie.

Kim parkte das Motorrad vor einem kunstvollen Eingangsportikus, der zugleich als Unterbau für einen Balkon mit Balustrade diente. Links und rechts der Haustür befanden sich Erkerfenster.

So ein Haus verkündete der Welt, dass man es geschafft hatte. Und Kim konnte nicht umhin, sich zu fragen, was zum Teufel Karen Holt getan hatte, um hier zu leben. Wenn Bryant bei ihr gewesen wäre, hätten sie ihr übliches Spiel – »Schätz den Wert des Hauses« – gespielt, und sie hätte spontan auf nicht weniger als anderthalb Millionen getippt.

Neben einem silbernen Range Rover parkte ein ziviler Vauxhall Cavalier. Ein kurzer Blick in die Runde bestätigte ihr, dass das Haus aus keiner Richtung einzusehen war. Während sie darauf zuging, machte sie sich im Geiste Notizen, die sie demjenigen übergeben würde, den Woody zum Einsatzleiter ernennen würde.

Die Haustür wurde von einem Polizeibeamten geöffnet, den Kim von einem früheren Fall her kannte. Lucas. Sie trat in eine Eingangshalle, die mit ihrem Minton-gefliesten Fußboden protzte. Die Mitte des Raums dominierte ein runder Eichentisch, auf dem die größte Blumenvase stand, die Kim je unter die Augen gekommen war. Zu beiden Seiten der Halle lagen Empfangszimmer, ein eleganter, repräsentativer Salon auf der einen und ein gemütliches Wohnzimmer auf der anderen Seite.

»Wo ist sie?«, fragte Kim den Polizisten.

»In der Küche, Madam. Die Mutter des anderen Mädchens ist auch hier.«

Kim nickte und eilte an der geschwungenen Treppe vorbei. Eine Frau kam ihr auf halbem Weg entgegen. Kim brauchte einen Augenblick, bis sie sich erinnerte, doch auf dem Gesicht ihres Gegenübers zeigte sich das Wiedererkennen unverzüglich.

Karen Timmins hatte kaum noch Ähnlichkeit mit Karen Holt.

Die durchlöcherte Jeans, die sich einst um ihre vielen Kurven geschmiegt hatte, war einer eleganten Hose mit engen Beinen gewichen. Auch die tief ausgeschnittenen, knappen Tops, die kaum ihre Brüste bedeckt hatten, waren verschwunden, stattdessen trug sie einen Pullover mit V-Ausschnitt, der von dem Körper darunter flüsterte, statt ihn laut herauszuschreien.

Die einst blond gefärbten Haare hatten wieder ihr natürliches Kastanienbraun annehmen dürfen und umspielten, modisch geschnitten, ein attraktives, wenn auch kein umwerfendes Gesicht.

Es hatte OPs gegeben. Nicht viele, aber doch genügend, um ihre Züge zu verändern. Kim tippte auf eine Nasenkorrektur. Karen hatte ihre Nase immer verabscheut, und da hatte es wahrlich viel zu verabscheuen gegeben.

»Kim, Gott sei Dank. Vielen Dank, dass Sie gekommen sind. Danke.«

Kim ließ zu, dass ihre Hand ganze drei Sekunden gedrückt wurde, bevor sie sie zurückzog.

Neben Karen tauchte eine zweite Frau auf. Das Entsetzen in ihren Augen wich einem Anflug von Hoffnung.

Karen trat zur Seite. »Kim, das ist Elizabeth, Amys Mutter.«

Kim nickte der Frau zu, deren Augen mit Wimperntusche verschmiert waren. Sie hatte die Haare zu einem eleganten, rotbraunen Bob geschnitten, der ihr Gesicht wie ein Helm umrahmte. Sie hatte ein paar Pfund mehr auf den Rippen als Karen und trug eine cremefarbene Chinohose und einen kirschroten Pullover.

»Und Sie sind Charlies Mutter?«, fragte Kim.

Karen nickte eifrig.

»Haben Sie sie gefunden?«, fragte Elizabeth atemlos.

Kim schüttelte den Kopf und ging mit den beiden zurück in die Küche.

»Ich bin hier, um die ersten Details für die …«

»Sie müssen uns helfen, unsere Kinder zu …«

»Nein, Karen, die stellen gerade ein Team zusammen. Ich bin nur hier, um die ersten Details aufzunehmen.«

Karen machte den Mund auf, um zu widersprechen, doch Kim hob die Hand und setzte ein beruhigendes Lächeln auf.

»Ich kann Ihnen versichern, dass für diesen Fall die besten Beamtinnen und Beamten abgestellt werden, die viel mehr Erfahrung mit solchen Fällen haben als ich. Je schneller ich die Details aufnehme, desto schneller kann ich sie weitergeben, damit die Mädchen so schnell wie möglich sicher nach Hause gebracht werden.«

Elizabeth nickte zum Zeichen, dass sie verstand, doch Karen kniff die Augen zusammen. O ja, an diesen Blick konnte sich Kim noch erinnern.

Und genau wie damals, als Teenager, ignorierte sie ihn einfach.

»Sie haben beide eine SMS bekommen?«, fragte sie.

Die beiden Frauen hielten ihr ihre Handys hin. Kim nahm Karens zuerst und las die kalten, schwarzen Worte.

Kein Grund zur Eile. Charlotte kommt heute nicht nach Hause. Kein Scherz. Ich habe Deine Tochter.

Kim gab Karen ihr Handy zurück und nahm Elizabeths.

*Amy kommt heute nicht nach Hause. Kein Scherz. Ich habe
Deine Tochter.*

»Okay, erzählen Sie mir genau, was passiert ist«, sagte Kim
und gab es ihr zurück.

Die zwei Frauen setzten sich an den Frühstückstresen.
Karen trank einen Schluck Kaffee, dann ergriff sie das Wort.
»Ich habe die beiden heute Morgen am Freizeitzentrum
abgesetzt ...«

»Wann genau?«

»Um Viertel nach zehn. Das Schwimmtraining fängt um
halb elf an und endet um Viertel nach zwölf. Um halb eins bin
ich immer da, um sie abzuholen.«

Kim hörte die Gefühle in ihrer Stimme, während sie mit
den Tränen rang. Elizabeth legte eine Hand auf Karens freie
Hand und drängte sie fortzufahren.

Karen schluckte. »Ich habe das Haus pünktlich verlassen,
um sie abzuholen. Sie warten immer im Foyer, bis ich da bin.
Aber mein Auto ist nicht angesprungen ... und dann habe ich
die SMS bekommen.«

»Haben Sie Überwachungskameras am Haus?«, fragte Kim.
Sie musste davon ausgehen, dass die Probleme mit dem Auto
vorsätzlich herbeigeführt worden waren, und dazu musste
jemand auf dem Grundstück gewesen sein.

Karen schüttelte den Kopf. »Warum sollten wir?«

»Fassen Sie das Auto nicht mehr an«, wies Kim sie an. »Die
Spurensicherung findet vielleicht etwas.« Es war unwahr-
scheinlich, aber nicht ausgeschlossen. »Die Entführer haben
Ihren Tagesablauf gut gekannt.«

Elizabeth hob den Kopf. »Die? Mehrere?«

Kim nickte. »Vermutlich. Die Mädchen sind neun Jahre alt.
Das schafft einer allein nicht. Wenn sie sich gewehrt hätten,

hätte ein Erwachsener mit zwei Kindern richtig Mühe gehabt. Es hätte einen Tumult gegeben.«

Elizabeth stieß ein Wimmern aus, aber daran konnte Kim nichts ändern. Weinen würde die Mädchen nicht zurückbringen. Wenn dem so wäre, würde sie sich bereitwillig ein paar Tränen abringen.

»Ist Ihnen in letzter Zeit irgendetwas Komisches aufgefallen? Bekannte Gesichter oder Autos, die auftauchten, oder vielleicht das Gefühl, beobachtet zu werden?«

Die beiden Frauen schüttelten den Kopf.

»Haben die Mädchen irgendetwas in der Richtung erwähnt? Vielleicht, dass sie von einem Fremden angesprochen wurden?«

»Nein«, antworteten sie gleichzeitig.

»Die Väter der Mädchen?«

»Auf dem Heimweg vom Golf. Wir haben sie erreicht, kurz bevor Sie kamen.«

Das beantwortete alle weiteren Fragen bezüglich der Väter. Sie waren im Leben ihrer Töchter präsent, ein Sorgerechtsstreit war also unwahrscheinlich. Es verriet Kim auch, dass die Familien sich sehr nahestanden.

»Bitte, seien Sie jetzt ganz ehrlich. Haben Sie sonst noch jemanden informiert? Freunde, Verwandte?«

Sie schüttelten den Kopf. »Der Beamte, mit dem wir gesprochen haben, sagte, wir sollen damit warten, bis jemand hier ist.«

Ein guter Rat, den man ihnen gegeben hatte, weil die Entführung bestätigt worden war. Die Mädchen wurden nicht vermisst. Sie waren entführt worden.

»Was sollen wir tun, Inspector?«, fragte Elizabeth.

Kim wusste, dass ihr Instinkt ihnen riet, sie zu suchen, herumzulaufen, loszugehen, zu handeln, etwas zu tun. Die Mädchen waren seit anderthalb Stunden fort. Und es würde noch sehr viel schlimmer werden.

Sie schüttelte den Kopf. »Nichts. Wir können davon ausgehen, dass es eine geplante Entführung durch Personen ist, die wissen, was sie tun. Sie haben Sie genau beobachtet und kennen Ihren Tagesablauf. Die Mädchen wurden höchstwahrscheinlich vom Eingang des Freizeitzentrums weggelockt. Das kann auf dreierlei Weise geschehen: erstens durch eine Person, die sie kennen. Zweitens durch eine Person, die sie für vertrauenswürdig halten, und drittens mit einem Versprechen.«

»Einem Versprechen?«, fragte Karen.

Kim nickte. »Die Mädchen sind zu alt, um sich mit Süßigkeiten locken zu lassen, also wohl eher mit einem Hundewelpen oder einem Kätzchen.«

»O Himmel«, flüsterte Elizabeth. »Amy bettelt schon seit Monaten um ein Kätzchen.«

»Es gibt kaum ein Kind, das so einer Verlockung widerstehen kann«, fuhr Kim fort. »Deswegen funktioniert es.« Sie atmete tief durch. »Also, wir haben eine Mediensperre verhängt.«

Zu diesem Zeitpunkt brauchten sie nicht zu wissen, warum. Je weniger ihnen über den früheren Fall bekannt war, desto besser.

»Es wird keine Suche geben«, fuhr Kim fort, »denn das ist zwecklos. Wir werden sie nicht finden, indem wir die Gegend durchkämmen. Die Entführung war geplant, und die Täter haben schon Kontakt mit Ihnen aufgenommen. Die Mädchen sind nicht irgendwo da draußen auf einem Acker und warten darauf, gefunden zu werden.«

»Aber was wollen sie?«, fragte Karen.

»Das werden sie Ihnen sicher bald mitteilen, aber bis dahin müssen Sie unbedingt Stillschweigen bewahren. Nicht einmal Familienmitglieder dürfen es erfahren. Ohne jede Ausnahme. Wenn die Presse Wind von der Entführung bekommt, wird das Auswirkungen auf die Ermittlungen haben. Selbst wenn

Hunderte von Menschen die Gegend durchkämmen, wird das die Mädchen nicht zurückbringen.«

Kim sah die Unentschlossenheit in ihren Mienen. Damit würde sich bald jemand anderes befassen müssen, doch vorerst musste sie die Frauen darauf einschwören, niemandem etwas von der Entführung zu sagen. Wenigstens so lange, bis sie wieder auf dem Revier war und es das Problem von jemand anderem war.

»Es ist eine ganz natürliche Reaktion, dass man will, dass alle nach ihnen suchen, genau wie man selbst am liebsten losgehen und sie suchen würde, aber in dieser Situation könnte es mehr schaden als nützen.« Kim stand auf. »Der Einsatzleiter wird bald hier sein. Sie sollten die Zeit nutzen, um Listen von Personen zusammenzustellen, die Sie womöglich in den nächsten Tagen kontaktieren müssen, um Ihre Abwesenheit und die Ihrer Kinder zu erklären.«

Karen wirkte verdutzt. »Aber ich will ... Können *Sie* nicht ...?«

Kim schüttelte den Kopf. »Sie brauchen jemanden mit mehr Erfahrung in Entführungsfällen.«

»Aber ich will ...«

Wie aufs Stichwort fing nebenan ein Kind an zu weinen. Elizabeth schob ihren Stuhl nach hinten. Kim tat es ihr nach und ging zur Haustür.

Karen fasste sie am Unterarm. »Kim ...«

»Karen, ich kann diesen Fall nicht übernehmen. Ich habe keinerlei Erfahrung mit so etwas. Es tut mir leid, aber ich verspreche Ihnen, dass der damit betraute Beamte alles in seiner ...«

»Liegt es daran, dass Sie mich damals gehasst haben?«

Kim war verblüfft. An dem, was Karen sagte, war durchaus etwas dran, doch Kim würde niemals zulassen, dass das eine Rolle spielte, wenn das Leben von zwei Mädchen auf dem Spiel stand.

Kims Frust darüber, dass sie der verzweifelten Frau nicht helfen konnte, wuchs, aber ihre Vorgesetzten hatten ihr mehr als deutlich gesagt, was ihre Aufgabe hier war.

»Warum, Karen, warum ich?«

Karen deutete ein Lächeln an. »Wissen Sie noch, als wir bei der Familie Price waren und Mandys Turnschuhe so durchgelaufen waren, dass sie schon Löcher bekamen? Sie haben Diane um ein neues Paar gebeten, und sie hat Nein gesagt.«

Mandy war ein schüchternes, stilles Kind gewesen, das kaum sprach. Ihre Fußsohlen waren zerkratzt gewesen, wund und verschorft.

»Natürlich erinnere ich mich daran«, sagte Kim. Für sie war es Pflegefamilie Nummer sieben gewesen. Ihre letzte.

»Ich weiß noch genau, was Sie gemacht haben: Sie haben herausgefunden, was sie jeden Monat dafür bekamen, dass sie sich um uns kümmerten. Dann haben Sie aufgeschrieben, was sie für Lebensmittel, laufende Kosten und Miete ausgegeben haben.«

Ja, Kim hatte jeden Samstagmorgen zugesehen, was sie ausgeladen hatten, und dann war sie zum Supermarkt gegangen und hatte alles zusammengerechnet. Eines Nachts war sie lange aufgeblieben und hatte die Quittungen durchgesehen.

»Und nach einem Monat haben Sie ihnen ein Blatt Papier vorgelegt, das Sie ans Sozialamt schicken wollten.«

Die Familie war eine hauptamtliche Pflegefamilie gewesen und hatte immer die ältesten Kinder genommen, für die es die höchsten Pflegesätze gab.

»Ich weiß auch noch, was passiert ist, nachdem Sie sie damit konfrontiert hatten«, sagte Karen mit einem Lächeln, das längst nicht ihre Augen erreichte. »Es gab neue Turnschuhe für alle.« Sie schüttelte den Kopf. »Wir wussten damals nichts über Sie, Kim. Sie haben mit keiner Menschenseele über Ihre Vergangenheit gesprochen – Sie haben überhaupt wenig gesprochen –, aber Sie waren wild entschlossen.«

Kim bedachte sie mit einem kurzen Lächeln. »Sie wollen also, dass ich die Ermittlungen leite, weil ich dafür gesorgt habe, dass Sie ein neues Paar Turnschuhe bekamen?«

»Nein, Kim. Ich will, dass Sie den Fall übernehmen, weil ich weiß, dass ich meine Tochter lebend wiedersehen werde, wenn Sie beschließen, uns zu helfen.«

VIER

Als Kim zwanzig Minuten später an Woodys Tür klopfte, war er allein.

»Sir, ich will ihn«, sagte sie.

»Sie wollen was, Stone?« Er lehnte sich auf seinem Stuhl nach hinten.

»Den Fall. Ich will die Leitung der Ermittlungen übernehmen.«

Er rieb sich das Kinn. »Haben Sie nicht gehört, dass der Superintendent gesagt hat …«

»Ja, laut und deutlich, aber er täuscht sich. Ich werde die Mädchen nach Hause holen, wenn Sie mir also einfach sagen, wem ich in den Arsch krie…«

»Das wird nicht nötig sein«, sagte er und griff nach dem Antistressball.

Verdammt, sie hatte schon verloren, dabei hatte sie noch gar nicht richtig mit ihrem Plädoyer angefangen. Doch es wäre nicht das erste Mal, dass sie eine drohende Niederlage in einen Sieg verwandelte.

»Sir, ich bin zäh, entschlossen, getrieben …«

Er lehnte sich zurück und neigte den Kopf zur Seite.

»Ich bin hartnäckig, stur ...«

»O ja, das sind Sie, Stone«, warf er ein.

»Ich werde weder essen noch schlafen noch trinken, bis ...«

»Okay, Stone. Der Fall gehört Ihnen.«

»Niemand wird härter arbeiten als ich ... ähm, wie bitte?«

Er beugte sich vor und entließ den Antistressball in die Freiheit. »Der Superintendent und ich haben ein langes Gespräch geführt, nachdem Sie fort waren. Ich habe viele dieser Begriffe gebraucht. Unter anderem. Ich habe ihm versichert, wenn jemand diese Mädchen heimbringen kann, dann Sie.«

»Sir, ich ...«

»Aber wir halten beide den Kopf dafür hin, Stone. Für einen Misserfolg wird der Superintendent sich nicht zur Verantwortung ziehen lassen. Besonders nicht nach dem letzten Mal. Bei diesem Fall gibt's keinen Spielraum. Ein falscher Schritt, und wir sind beide draußen. Haben Sie mich verstanden?«

Kim wusste zu schätzen, wie viel Vertrauen Woody in ihre Fähigkeiten setzte; sie würde ihn nicht enttäuschen. Sie versuchte, sich die Unterredung zwischen ihrem Chef und dem Superintendent vorzustellen. Er musste mit großer Leidenschaft für sie eingetreten sein, um Baldwin herumzukriegen.

»Was brauchen Sie?«, fragte er und griff nach seinem Stift.

Sie atmete tief durch. »Die vollständigen Akten des letzten Falls. Das wird mir alles über die Ermittlungen verraten, was ich wissen muss.«

»Schon in Arbeit. Was noch?«

»Ich will dieselben Opferschutzbeamten wie beim letzten Mal.«

Die Bitte wurde notiert. Es war knifflig, aber für sie war es absolut entscheidend. Die Opferschutzbeamten waren die ganze Zeit bei den Familien gewesen und konnten Einblicke in das geben, was dort passiert war, und sie auf etwaige Parallelen hinweisen.

»Ich kümmere mich darum. Was noch?«

»Ich möchte das Hauptquartier im Haus der Timmins einrichten. Ich werde die Ermittlungen von dort aus führen.«

»Stone, das ist nicht ...«

»Ich muss, Sir. Ich muss verfügbar sein. Die erste Nachricht ist per SMS gekommen. Wir wissen nicht, ob sie weiterhin auf diesem Weg kommunizieren, und ich muss die ganze Zeit dort sein, um unverzüglich auf jede neue Entwicklung reagieren zu können.«

Er überlegte einen Moment. »Das muss ich mir von Superintendent Baldwin genehmigen lassen, aber das soll meine Sorge sein, nicht Ihre. Ich erwarte, dass Sie mich umfassend auf dem Laufenden halten, und zwar nach meinem Verständnis von zweckmäßiger Kommunikation, nicht nach Ihrem.«

»Selbstverständlich«, pflichtete sie ihm bei, stand auf und schaute zur Tür. »Ich muss mein Team zusammentrommeln.«

»Ihre Leute sind oben und warten auf Sie.«

Kim runzelte die Stirn. »Sir, ich habe doch gerade erst um diesen Fall gebeten?«

»Ich habe sie angerufen, sobald Sie weg waren. Sie wissen nicht, warum. Ich überlasse es also Ihnen, sie auf den Stand der Dinge zu bringen.«

Kim neigte den Kopf zur Seite. »Wie konnten Sie sich so sicher sein?«

»Weil man Ihnen gesagt hat, Sie könnten den Fall nicht haben ... und so etwas mögen Sie gar nicht.«

Kim machte den Mund auf und schloss ihn wieder. Ausnahmsweise konnte sie ihm nicht widersprechen.

FÜNF

Kaum hatte Kim das Gemeinschaftsbüro betreten und die Tür hinter sich geschlossen, hatte sie die volle Aufmerksamkeit ihres Teams. Diese Tür kam nur äußerst selten mit dem Rahmen in Berührung.

»Tag, Guv«, sagten sie unisono.

Kim taxierte kurz ihr Team. Ja, es stimmte, Woody hatte sie alle herbeordert.

DS Bryant trug noch das Rugbyshirt vom Nachmittagstraining, dazu einen Schmutzfleck unter dem linken Auge. Auch wenn er vom Körperbau her für Rugby prädestiniert war, war er inzwischen doch auf der falschen Seite der vierzig, um ohne Blessuren vom Spielfeld zu kommen. Wie sowohl Kim als auch seine Frau ihm zahllose Male erklärt hatten.

DS Dawson war wie immer wie aus dem Ei gepellt. Seiner Meinung nach wurde der Mensch anhand seiner äußeren Erscheinung beurteilt, folglich sorgte er dafür, dass seine ein Meter achtzig stets angemessen gekleidet waren. Selbst an einem freien Tag brachte seine makellose Kleidung die Ergebnisse einer Mitgliedschaft im Fitnessstudio vorteilhaft zur Geltung. Wenn Kim raten müsste, würde sie darauf tippen, dass er Squash gespielt und sich dann geduscht und umgezogen hatte, bevor er sich fertig machte, um mit seinen Kumpels ein flüssiges Abendessen zu sich zu nehmen. Egal.

Im Gegensatz zu den anderen war DC Stacey Wood für die Arbeit gekleidet – marineblaue Hose und eine schlichte weiße Bluse –, was darauf hindeutete, dass sie wahrscheinlich zu Hause vor dem Computer gesessen und in *World of Warcraft* gegen Warlocks und Goblins gekämpft hatte.

Kim hockte sich auf die Kante des freien Tisches, der Kopfseite an Kopfseite zu Bryants stand.

Dawson schaute zur geschlossenen Tür. »Mist, Guv, was haben wir ausgefressen?«

»Ich bin mir sicher, dass mir in Ihrem Fall etwas einfällt, aber bei dieser seltenen Gelegenheit geht es nicht um uns.«

»Halleluja«, warf Bryant ein.

»Prima«, fügte Stacey hinzu.

»Okay, erstens, wie sieht es mit Alkohol aus?«

Ja, es war Sonntag. Doch jetzt waren sie auf der Arbeit.

»Knochentrocken«, sagte Stacey.

»Nichts.« Bryant.

»Fast«, stöhnte Dawson.

Kim selbst hatte keinen Tropfen mehr angerührt, seit sie sechzehn Jahre alt gewesen war, also waren sie einsatzbereit.

»Gut. Ich weiß, dass Woody Sie im Dunkeln gelassen hat, aber das hat seinen Grund.« Sie atmete tief durch. »Vor zwei Stunden sind vom Old-Hill-Freizeitzentrum zwei neunjährige Mädchen entführt worden. Bestätigt. Die Mädchen sind beste Freundinnen, und auch die Eltern sind befreundet.«

Sie machte eine Pause, damit alle die Gelegenheit hatten, die Informationen zu verdauen.

Bryant schaute zur geschlossenen Tür. »Mediensperre *und* kein Wort zu den Kollegen, Guv?«

Kim nickte. »Nur vier Personen vor Ort wissen davon, und sie wurden zu strengster Geheimhaltung verpflichtet. Es darf kein Wort dazu über Funk gehen. Wir können nicht riskieren, dass es bekannt wird.«

»Wie bestätigt?«, fragte Dawson.

»Beide Mütter haben eine SMS erhalten.«

»Verdammt«, flüsterte Stacey.

»Also wird nicht nach ihnen gesucht?«, fragte Bryant.

Als Vater einer Teenagerin wollte er instinktiv raus und nach ihnen suchen.

»Nein. Wir haben es mit Profis zu tun. Bis jetzt wissen wir, dass die Mädchen um halb eins hätten abgeholt werden sollen. Die SMS sind um 12:16 Uhr eingegangen, und an dem Auto der Mutter, die sie abholen sollte, hat jemand herumgepfuscht.«

»Guv, das kommt mir schrecklich bekannt vor.«

»Exakt. Wir wissen, dass die Entführer vom letzten Jahr nicht gefasst wurden. Es können dieselben sein oder Nachahmungstäter.«

»Worauf hoffen wir?«, fragte Stacey.

Da war Kim sich nicht sicher. Wenn es tatsächlich dieselben waren, hatten sie vom letzten Mal gelernt. Dann waren sie besser geworden. Dann hatten sie Notfallpläne und Ausstiegsstrategien. Andererseits konnte Kim anhand der Fallnotizen vom letzten Entführungsfall ihr Vorgehen und ihre Methode genau studieren.

»Guv, was ist beim letzten Mal schiefgelaufen?«, fragte Bryant.

»Das weiß ich noch nicht, aber wir finden es sicher heraus.« Kim atmete tief durch. »Also, Leute, das hier wird hart. Wir arbeiten im Haus der Timmins zwischen den besorgten Eltern, und zwar so lange, bis wir die Mädchen nach Hause bringen.«

»Müsste das nicht ›falls‹ wir sie nach Hause bringen heißen, Guv?«, fragte Dawson.

Kim richtete den Blick auf ihn. »Nein, Kev, das ist keine Option.«

Er nickte und sah weg.

Sie würde nicht ans Scheitern denken, bevor sie überhaupt angefangen hatten. Das letzte Team war zu fünfzig Prozent erfolgreich gewesen – und auch das nur indirekt. Die Entführer hatten das Mädchen gehen lassen. Kim würde nicht zulassen, dass ein Mitglied ihres Teams das Haus der besorgten Eltern mit dem Gefühl betrat, sie hätten schon verloren.

»Alle Familienmitglieder werden etwas von Ihnen wollen. Sie werden denken, Sie wüssten etwas, was sie nicht wissen. Sie werden alles wissen wollen.

Wir müssen Distanz wahren. Es ist nicht unsere Aufgabe, ihre Freunde oder erweiterte Familie zu sein. Wir sind weder Berater noch Priester. Wir sind da, um ihre Töchter zu finden.« Sie sah Dawson direkt an. »Beide.«

Dawson nickte.

»Okay, Stace, ich möchte, dass Sie eine Liste erstellen, was wir vor Ort brauchen. Schreiben Sie alles auf, was Ihnen einfällt, und geben Sie Woody die Liste. Er sorgt dafür, dass wir es bekommen.«

Stacey nickte und fing an, auf ihre Tastatur einzuhacken.

»Kev, Sie fahren ins Polizeihauptquartier und nerven so lange, bis wir die alten Fallakten haben. Woody hat sie angefordert, aber wir brauchen sie so schnell wie möglich.«

»Alles klar, Boss.«

»Bryant, gehen Sie um Himmels willen nach Hause, um zu duschen und sich umzuziehen. Besorgen Sie ein Steckschloss und eine Bohrmaschine, und dann kommen Sie her und helfen Stacey mit der Ausrüstung.«

Bryant stand auf. Stacey und Dawson brachen in schallendes Gelächter aus. Voller Entsetzen folgte Kim ihren Blicken.

»Das kann nicht Ihr Ernst sein, Bryant.«

Er trat vom Tisch weg, sodass schwarze Shorts und Beine sichtbar wurden, die eher in einen Zoo gehörten.

»Woody hat gesagt, ich soll sofort ins Büro kommen, Guv.«

Kim verkniff sich ein Lächeln und wandte den Blick ab. »Bitte, Bryant, gehen Sie jetzt.«

Er war an der Tür, bevor sie noch etwas sagen konnte.

»Oh, und ich muss Sie nicht daran erinnern, dass Sie niemandem von diesem Fall erzählen. Sie wissen alle, was ich meine.«

Alle gaben zu verstehen, dass sie die Warnung gehört hatten. Manchmal mussten sogar die engsten Angehörigen darüber im Dunkeln gelassen werden, woran sie gerade arbeiteten.

Kim betrat den Glaskasten, einen mit Holz und Glas abgetrennten Bereich in der rechten Ecke des Raums, der eigentlich ihr Büro war. Es war nicht besonders groß und wurde nur genutzt, wenn sie ab und zu mal jemanden zurechtstutzen musste. Die meiste Zeit hockte Kim an dem freien Tisch, zwischen ihren Leuten.

Sie drehte sich um und ließ den Blick über ihr Team schweifen, das sofort losgelegt hatte. Bei ihnen war kein Raum für Unsicherheiten.

Jegliche Zweifel waren allein die ihren.

SECHS

Kim kehrte zum Haus der Timmins zurück, als sich die Dunkelheit herabsenkte. Dass die Nacht schon hereinbrach, würde der Verfassung der Eltern sicher nicht zuträglich sein. Die frühen Märztage kämpften noch damit, die Februartemperaturen hinter sich zu lassen. Und die Nächte waren lang, wenn sie schon am späten Nachmittag anfingen.

Kim klopfte und trat ein. Hinter der Tür saß ein Polizeibeamter.

»Irgendetwas Besonderes?«

Er stand auf, als spräche er mit einem Sergeant Major. »Die Ehemänner sind heimgekommen. Es gab ein wenig Geschrei und sehr viele Tränen.«

Kim nickte und ging in Richtung Küche.

Karen tauchte vor ihr im Flur auf. Sie hatte die Hände fest vor der Brust verschränkt.

»Kim, Sie haben ...«

»... den Fall übernommen«, beendete sie den Satz mit einem angedeuteten Lächeln.

Karen nickte dankbar und führte sie in die Küche.

»Es wurde aber auch verdammt Zeit, Inspector. Haben Sie meine Tochter gefunden?«

»Stephen!«, ging Karen dazwischen.

»Es ist okay.« Kim hob die Hände. Die Familien würden eine ganze Reihe von Gefühlen durcharbeiten müssen, und Wut stand ganz oben auf der Liste.

Sie schüttelte rasch den Kopf.

In ein und demselben Raum waren zwei vollkommen verschiedene Zeitzonen am Werk. Für sie waren die letzten Stunden nur so verflogen, doch den Eltern waren sie vorgekommen wie ein ganzes Erdzeitalter.

Sie rechnete mit Frust und Zorn. Es würde Anschuldigungen geben und Misstrauen, und Kim würde alles bereitwillig hinnehmen. Bis zu einem gewissen Punkt.

Sie wandte sich dem Mann zu, der gesprochen hatte. Sein Haar war so schwarz wie ihr eigenes und zeigte keinerlei Spuren von Grau. Er hatte zehn Kilo zu viel auf den Rippen, und seine Hände waren makellos manikürt.

Karen bedachte ihn mit einem vernichtenden Blick, als sie ihn vorstellte. »Kim, das ist Stephen Hanson, Elizabeths Mann, und das ist Robert, mein Mann.«

Kim verbarg ihre Überraschung. Robert Timmins war gut einen Meter fünfundachtzig groß. Karen war dreiundvierzig, genau wie sie, doch Robert kam ihr um einiges älter vor.

Kein unattraktiver Mann, er schien sich gut um sich zu kümmern. Das Grau an den Schläfen passte zu seinem offenen, ehrlichen Gesicht. Seine rechte Hand lag beschützerisch auf Karens Schulter.

Das war nicht der Typ von Mann, den Kim sich an Karens Seite vorgestellt hätte. Als Teenagerin hatte sie auf die bösen Jungs gestanden; wichtige Kriterien waren Tätowierungen, Piercings und eine Verurteilung wegen antisozialen Verhaltens gewesen.

Einer hatte es Karen damals besonders angetan, auch ein Pflegekind, dem sie einfach nicht hatte widerstehen können. Die beiden waren in ihrer Teenagerzeit mehrmals auseinandergegangen und wieder zusammengekommen. Und jedes Mal, wenn er ihr eine reinhaute, schwor sie, ihn endgültig zu verlassen. Nach dem vierten oder fünften Mal hatte ihr niemand mehr zugehört.

»Freut mich, Sie beide kennenzulernen. Um Sie auf den neuesten Stand zu bringen: Ich habe mich mit meinem Team getroffen, das im Laufe der nächsten ...«

»Wann zum Teufel fangen Sie endlich an, die Mädchen zu suchen? Wo bleiben die Suchtrupps, die Hubschrauber?«, schrie Stephen Hanson und kam auf sie zu.

Kim rührte sich keinen Zentimeter, und er hielt gerade noch genug Abstand.

Er betrachtete sie von oben bis unten. »Verdammt, was Besseres kriegen wir nicht?«

Elizabeth besaß zwar den Anstand, den Blick zu senken, doch Kim spürte bei allen die Hoffnung, dass sein Gebrüll die Rückkehr der Mädchen irgendwie beschleunigen würde.

»Mr Hanson, wir haben eine Mediensperre über diese Geschichte verhängt. Nur ganz wenige Menschen wissen, dass Ihre Töchter entführt wurden.«

Angesichts ihres ruhigen, gemessenen Tonfalls loderte es in seinen Augen auf.

»Dann passiert also gar nichts?«

»Mr Hanson, ich bitte Sie, sich zu beruhigen. Die Presse kann die Geschichte rauf- und runtererzählen, das wird Ihre Töchter nicht nach Hause bringen.«

Die anderen drei sahen dem Schlagabtausch zwischen den beiden zu. Mit jedem Augenblick, der verstrich, wurde die Dynamik innerhalb der Gruppe deutlicher.

Stephen Hanson gab den Helden der Stunde. Kim war schnell klar, dass es seinem Höhlenmenscheninstinkt entsprach, zu »beschützen« und »die Sache in die Hand zu nehmen«.

»Wie zum Teufel kann eine Suche nicht hilfreich sein? Wenn die Öffentlichkeit davon erfährt, wird sie sich mit Informationen melden.«

»Wie zum Beispiel?«

»Zum Beispiel über einen Mann, der zwei Mädchen in ein Auto zwingt«, sagte er, als spräche er mit einem Kind.

»Glauben Sie nicht, dass das der Polizei sowieso gemeldet worden wäre?«, erwiderte Kim und hob eine Augenbraue.

Er zögerte. »Darum geht es nicht. Die Menschen denken nicht darüber nach, was sie womöglich gesehen haben, solange Sie es nicht öffentlich machen.«

»Das Beste, was wir uns von einem Aufruf an potenzielle Zeugen erhoffen können, ist jemand, der sie nah an der Stelle, wo sie aufgegriffen wurden, gesehen hat. Doch diese Information ist für uns vollkommen nutzlos, denn wir wissen bereits mit Sicherheit, dass sie entführt wurden. Sofern niemand ein Nummernschild, eine Täterbeschreibung und das Fahrtziel nennen kann, lohnt diese Information die Folgen eines Öffentlichmachens nicht.«

Stephen Hanson schüttelte den Kopf. »Es tut mir leid, aber da bin ich ganz anderer Meinung. Ich will meine Tochter zurückhaben, und wenn ich dafür jede einzelne Nachrichtenredaktion im ganzen Land anrufen muss.«

Er holte sein Handy heraus.

»Ich kann Sie nicht daran hindern zu tun, was Sie für notwendig halten, aber sobald Sie diesen Anruf tätigen, besiegeln Sie wahrscheinlich das Schicksal Ihrer Tochter«, sagte Kim in besänftigendem Ton.

Er zögerte einen Augenblick, während die beiden Frauen aufkeuchten.

Robert Timmins machte einen Schritt nach vorn. »Steck das Handy weg, Stephen.« Seine Stimme war ruhig, leise und bestimmt. Sie löste die Spannung, die sich im Raum aufgebaut hatte.

Stephen wandte sich seinem Freund zu. »Komm schon, Rob, du kannst doch nicht ...«

»Ich finde, wir sollten uns anhören, was Inspector Stone uns zu sagen hat. Sobald du diesen Anruf tätigst, gibt es kein Zurück; aber vielleicht erscheint es zu einem späteren Zeitpunkt sinnvoll.«

»Bis dahin sind sie verdammt noch mal vielleicht tot«, explodierte er. Stephen ließ sich definitiv nicht gern vorschreiben, was er zu tun und zu lassen hatte. Aber noch hatte er keine Taste gedrückt.

»Sie können auch jetzt schon tot sein«, versetzte Robert ruhig.

Elizabeth und Karen schrien auf. Robert drückte seiner Frau beruhigend die Schulter. »Ich glaube nicht, dass sie tot sind, aber ich kann mir kein Szenarium vorstellen, in dem wir etwas gewinnen, wenn Sky News vor dem Haus auf dem Rasen parkt.«

Kim spürte die kontrollierte Wut, die Stephen ausstrahlte.

»Hören Sie mir zu«, griff sie ein. »Ihre Töchter leben. Dies ist keine zufällige, wahllose Entführung. Diese Entführung wurde geplant, und die Täter werden für alle möglichen Eventualitäten vorgesorgt haben.

Erinnern Sie sich noch an die Entführung von zwei Mädchen aus Dudley im letzten Jahr?« Die beiden Frauen nickten. »Bisher ist das hier dem, was damals passiert ist, sehr ähnlich. Wir kennen noch nicht alle Einzelheiten, aber damals ist nur ein Mädchen zurückgekommen. Der Leichnam des zweiten Mädchens wurde nie gefunden.

Auch damals wurde eine Mediensperre verhängt, aber am dritten Tag ist die Sache bekannt geworden. Die Publicity hat die Entführer womöglich so erschreckt, dass sie etwas Unbesonnenes gemacht haben. Das wollen wir diesmal auf gar keinen

Fall. Die Entführer haben schon Kontakt mit Ihnen aufgenommen. Folglich wissen wir, dass die Mädchen aus einem bestimmten Grund entführt wurden und nicht wahllos, etwa von irgendeinem Pädophilen.«

Kim achtete nicht auf das Entsetzen in ihren Gesichtern. Sie mussten die Wahrheit erfahren, und die, die Kim für die Eltern hatte, konnte sie leider nicht mit Tee und Mitgefühl servieren.

»Sie werden sich wieder melden. Sie wollen etwas von einem oder von allen von Ihnen. Die logischste Annahme ist, dass wir von Geld reden, aber noch können wir auch etwas anderes nicht ausschließen.«

Endlich hatte sie die Aufmerksamkeit von allen. »Hat irgendjemand von Ihnen Feinde, die Ihnen einfallen? Vergrätzte Angestellte, Kunden, Familienmitglieder? Sie sollten alles in Betracht ziehen.«

»Wissen Sie, wie viele Leute ich jede Woche gegen mich aufbringe?«, fragte Stephen Hanson.

Wahrscheinlich nicht halb so viele wie ich, dachte Kim.

»Ich bin Staatsanwalt im Bereich Organisierte Kriminalität.«

Wäre die Situation eine andere gewesen, hätte sie gesagt, er würde noch längst nicht genug Leute gegen sich aufbringen.

Kim wusste, dass der Bereich, in dem er tätig war, eine vollkommen andere Abteilung der Staatsanwaltschaft war als die Anklagevertreter, die die Fälle präsentierten, an denen sie arbeitete. Deswegen waren sie einander noch nie begegnet.

Doch die Beziehung zwischen den meisten Polizeibeamten und der Staatsanwaltschaft war im besten Fall angespannt. Es gab nichts Schlimmeres, als Wochen, Monate, zuweilen sogar Jahre an einem Fall zu arbeiten und dann erleben zu müssen, dass die Staatsanwaltschaft der Sache aus Mangel an Beweisen nicht nachging.

»Wie viele Ihrer Angeklagten haben die Mittel, so etwas auf

die Beine zu stellen?«, fragte sie. »Das hier ist nicht mit einem Backstein zu vergleichen, der durchs Fenster fliegt, Mr Hanson.«

»Ich stelle eine Liste zusammen«, sagte er.

Sobald er aktiv etwas tun konnte, veränderte sich seine Haltung. Kim nahm sich vor, dafür zu sorgen, dass Stephen Hanson beschäftigt war.

»Was ist mit Ihnen, Mrs Hanson?«

Sie zuckte hilflos die Achseln. »Ich bin nur Rechtsassistentin, aber ich denke darüber nach.«

»Mr Timmins?«

Sein Gesicht war tief zerfurcht, während er in Gedanken war. »Ich besitze ein Logistikunternehmen. Vor ungefähr sieben Monaten musste ich ein paar Leute entlassen, aber ich glaube nicht ...«

»Ich brauche die Namen. Sie müssen alle ausgeschlossen werden.«

Schweigen senkte sich herab.

»Karen?«

Sie schüttelte den Kopf. »Nichts. Ich bin Hausfrau.« Sie zuckte die Achseln, als wäre damit alles gesagt.

»Irgendetwas in Ihrer Vergangenheit?«, fragte Kim spitz.

»Absolut nicht«, antwortete sie wie aus der Pistole geschossen. Als ihr bewusst wurde, dass sie vielleicht ein wenig zu fix und ein wenig zu resolut reagiert hatte, fügte sie noch hinzu: »Aber ich denke auf jeden Fall darüber nach.«

»Als Letztes für heute möchte ich Sie bitten, Ihre Anruflisten für morgen früh vorzubereiten. Ihre Geschichten für die Mädchen müssen sich decken, damit niemand misstrauisch wird. Verstanden?«

Alle nickten, und Kim stieß einen erleichterten Seufzer aus. Sie waren kooperativ. Fürs Erste. Das würde nicht unbedingt so bleiben. Für den Augenblick waren sie beschäftigt, hatten etwas, worüber sie nachdenken mussten, was helfen konnte, ihre Kinder zurückzubringen, doch wenn ihre Gefühle das ganze Spektrum durchliefen, würden Kim und ihr Team diejenigen sein, die es abkriegten.

Sie verließ das Wohnzimmer, um ein wenig frische Luft zu schnappen. In dem Augenblick hallte die Türklingel durchs Haus.

Der Polizist öffnete die Tür, als Kim darauf zuging.

Eine Frau mittleren Alters mit aschblondem Haar trat herein. Sie war ein wenig übergewichtig, trug es aber mit Würde. Unter einem schweren Wintermantel war sie in eine helle Jeans und einen dicken Aran-Pullover gekleidet.

Die Frau lächelte an dem Constable vorbei direkt Kim an.

»Helen Barton. Sie haben mich hergebeten.«

Kim sah sie verständnislos an.

Die Frau reichte ihr die Hand. »Die Opferschutzbeamtin.«

»Oh, Gott sei Dank«, sagte Kim und schüttelte ihr die Hand.

Endlich waren Tee und Mitgefühl da.

SIEBEN

»Verdammt«, sagte Kim, als Bryant den Wagen vor dem dunklen Freizeitzentrum zum Halten brachte.

Als sich verabschiedet hatten, hatte Stacey gerade die EDV-Ausrüstung ausgeladen, und Dawson war mit den Akten des Entführungsfalls von vor einem Jahr auf dem Weg zum Haus der Timmins.

Ihr natürlicher Drang hatte Kim aus dem Haus getrieben zu ihrer ersten und bislang einzigen Spur.

Sie stieg aus dem Wagen und drehte sich im Kreis, um die Umgebung in sich aufzunehmen.

Eine Straße lief am Gebäude entlang und erklomm einen Hügel, bevor sie auf der anderen Seite wieder hinunterführte. Neben dem Komplex lag eine Baustelle, wo ein ehemaliges städtisches Verwaltungsgebäude abgerissen worden war. Rechts befand sich der Eingang zu einem Park. Eine unbefestigte Straße trennte die beiden Areale.

Auf der Straßenseite gegenüber standen Wohnhäuser, ein Stück vom Bürgersteig zurückversetzt und leicht erhöht. Eine Gruppe neuerer Häuser verbarg eine Straße, die zu einer kleinen Sozialwohnungssiedlung dahinter führte.

»Zu viele potenzielle Fahrtrichtungen«, sagte Kim.

Vermutlich hatten die Entführer ihren Wagen auf der unbefestigten Straße zwischen dem Gebäude und dem Park abgestellt. Nah genug, um einen raschen Abgang machen zu können, aber nicht so nah, dass sie Verdacht erregten, falls die Mädchen sich wehrten. Eine Birke versperrte praktischerweise den Blick von den Häusern her.

Bryant folgte ihrem Blick. »Glauben Sie, da ist es passiert?«

»Ja, wenn sie ihre Hausaufgaben gemacht haben.«

Kim folgte dem Weg zur Eingangstür und schob das Gesicht dicht an die Glasscheibe. Drinnen rührte sich nichts.

»Wir brauchen die Überwachungsvideos, Bryant.«

»Ähm ... Ich glaube, die haben für heute geschlossen.«

»Sagen Sie bloß!« Sie nahm den Türrahmen unter die Lupe.

»Ja, Guv, nur damit Sie es wissen, gewaltsames Eindringen ist eine Straftat.«

»Hm ... Bryant, gehen Sie zurück zum Wagen und schalten Sie den Polizeifunk ein.«

»Oh, Mist. Was haben Sie ...«

»Gehen Sie«, befahl sie ihm.

Er schnaubte und tat, wie ihm geheißen.

Kim hockte sich hin, um sich die untere Hälfte der Tür genauer anzusehen. Am seitlichen Rahmen befand sich ein Alarmkontakt, aber kein Schloss. Dasselbe hatte sie bereits oben festgestellt. Der Schließmechanismus war in der Mitte.

Sie trat gegen die Metallkante, die unten auf ganzer Breite über die Tür lief. Nichts. Sie trat noch einmal zu, sorgsam darauf bedacht, nicht die Glasscheibe zu treffen. Wieder nichts. Sie holte mit dem rechten Fuß aus und trat ein drittes Mal zu. Die Alarmanlage setzte zu einem ohrenbetäubenden Heulen an, und über ihrem Kopf blitzte eine Rundumleuchte auf.

Sie schlenderte zurück zum Wagen und stieg ein.

Bryant hatte die Stirn aufs Lenkrad gelegt.

»Guv, warum sind Sie nicht einfach …«

Der Polizeifunk unterbrach ihn mitten im Satz: Die Zentrale meldete den Streifenkollegen einen möglichen Einbruch am Freizeitzentrum und fragte, wer übernehmen könne.

Sie zuckte die Achseln. »Sagen Sie Bescheid, Bryant. Wir sind ziemlich nah dran.«

Kopfschüttelnd gab Bryant durch, dass sie sich darum kümmern würden.

Jetzt musste sie nur noch warten. Die Sicherheitsfirma hatte als Erstes bei der Polizei angerufen. Als Nächstes würde sie jemanden informieren, der einen Schlüssel hatte.

»Hätten Sie nicht ein bisschen Geduld aufbringen können?«, fragte Bryant.

Kim beachtete ihn gar nicht. Es hätte seine Zeit gedauert, an einem Sonntagabend die richtige Person ausfindig zu machen, noch mehr Zeit, sie davon zu überzeugen, an den Arbeitsplatz zu kommen und ihnen mit den Überwachungsvideos zu helfen. Nein, ihre Methode gefiel ihr um einiges besser. Jemand mit einem Schlüssel war jetzt auf dem Weg hierher, und sie hatte keine einzige Drohung ausstoßen müssen. Woody würde entzückt sein.

»Geduld? Jetzt aber, Bryant. Sie sollten mich besser kennen.«

ACHT

»Das wird er sein«, sagte Kim, als ein VW Polo neben ihnen vorfuhr.

Bryant hatte schon die Zentrale angerufen, das Gebäude sei sicher, doch die Alarmanlage müsse noch zurückgesetzt werden.

Kim stieg aus dem Wagen und trat zu einem Mann Mitte zwanzig mit blond gefärbtem Haar. Ihren Dienstausweis hatte sie schon in der Hand.

»Der Hausmeister?«, fragte sie.

Er nickte. »Brad Evans.« Er tippte sich an den Kopf.

»Wir sind die zuständigen Polizeibeamten. Es wurde nicht eingebrochen«, bestätigte sie.

Er lächelte. »Also ... ähm ... danke, aber warum ...«

Sie fiel in seinen Schritt ein, als er zum Eingang des Freizeitzentrums ging. »Ja, also, komischerweise waren wir gerade auf dem Weg hierher, als die Durchsage über Funk kam.«

Vor der Tür blieb er stehen und wandte sich ihr zu. Das Jaulen war verstummt, doch das blaue Licht zuckte noch und fiel sowohl auf sein hübsches Gesicht als auch auf sein Stirnrunzeln.

»Ja, komisch.«

Bryant hüstelte.

Brad schloss die Tür auf und betrat den Vorraum. Die Lampen, die den Bereich beleuchteten, gingen automatisch an. Die zweite Tür ließ sich mit einem Drücker öffnen.

Kim schaute zur Decke und entdeckte die Kamera.

Sie folgte Brad in den Empfangsbereich und atmete Chlorgeruch ein.

Das Café war offen und geräumig. Plastikstühle und Tische, im ganzen Raum verteilt. An der linken Wand eine Reihe von Verkaufsautomaten. Dahinter die Tür zu den Gemeinschaftsumkleiden.

Ganz hinten ein großes Fenster, durch das man das flache Becken überblicken konnte.

Während Kim sich alles genau ansah, erklärte Bryant dem jungen Mann, dass sie auf dem Weg hierher gewesen seien, um sich wegen einer schweren Körperverletzung die Filme aus den Überwachungskameras anzusehen.

»Kann das nicht warten, bis wir wieder geöffnet haben?«, fragte Brad.

»Nein«, antwortete Kim schlicht.

Bryant pflichtete ihr mit einem Achselzucken bei.

Brads Züge wurden hart. Das machte wenig Eindruck auf Kim. Was er am Sonntagabend vorhatte, musste noch ein Weilchen warten.

»Wenn Sie mir bitte folgen wollen«, sagte er und kehrte dem Schwimmbadbereich den Rücken zu. Sie kamen an einem Gymnastikraum zur Rechten und öffentlichen Toiletten zur Linken vorbei. Am Ende des Flurs befand sich eine Tür mit der Aufschrift »Privat«.

Brad tippte den Code ein, setzte sich drinnen an den Tisch und loggte sich ins System ein. Kim war erleichtert, dass sie hier schon auf Digital umgestellt hatten. Das würde Bryant die Arbeit sehr erleichtern.

»Das System erfasst jeden Zentimeter des Gebäudes«, sagte Brad. »Bis auf die Umkleideräume, ist ja klar, aber es gibt eine statische Kamera am Ausgang der Umkleideräume.«

Er holte das System auf den Bildschirm und hob den Arm, um auf die Uhr zu sehen.

Sein demonstratives Getue ließ Kim kalt.

»Was möchten Sie sehen?«

»Ab hier kommen wir allein klar«, sagte Bryant. »Wir haben eine Beschreibung des möglichen Angreifers.«

Brad machte keine Anstalten, seinen Stuhl zu räumen. »Ja, klingt logisch. Wenn Sie mir sagen, wie er aussieht, kann ich ...«

Kim hatte keine Ahnung, was logisch klang, doch Bryant preschte weiter.

»Wir brauchen wahrscheinlich eine Weile, also ist es wohl das Beste, Sie setzen schon mal die Alarmanlage zurück«, sagte er und trommelte auf die Rückenlehne des Stuhls.

Brad blickte von einem zur anderen und erhob sich dann zögerlich. »Es dauert ein paar Minuten, das ganze Gebäude zu überprüfen.« Er sah ostentativ zu Kim. »Aber ich schätze, es ist alles in Ordnung.«

»Besser, Sie vergewissern sich noch einmal persönlich«, sagte Kim und trat ihm aus dem Weg.

Brad zeigte auf ein Haustelefon und hielt sein Handy hoch. »Mit der Null landen Sie direkt bei mir, nur falls Sie noch was brauchen.«

Kim schenkte ihm ein Lächeln. »Vielen Dank, Brad.«

Bryant übernahm Tastatur und Maus, während Kim ihm Anweisungen gab. »Gehen Sie auf die statische Kamera an den Umkleideräumen. Ich will sichergehen, dass da sonst niemand in der Nähe war, als sie rauskamen.«

Bryant tippte Datum und Uhrzeit ein.

Neun Fenster füllten den Bildschirm; alles Standbilder von 12:05 Uhr.

»Oben rechts. Vergrößern Sie es, bis wir die Mädchen identifiziert haben.«

Bryant drückte auf Abspielen, und der Film lief in Echtzeit ab. Sie sahen schweigend zu. Kurz darauf kamen die Mädchen aus der Tür.

Amy trug eine pinkfarbene Jeans und einen marineblauen Pullover, Charlie schwarze Leggings und ein langes T-Shirt. Beide hatten einen Mantel und einen Rucksack dabei.

»Gehen Sie auf Kamera fünf«, sagte Kim. Nach ein paar Tastenanschlägen konnte Kim die Mädchen auf einer Aufnahme identifizieren, auf der neunzig Prozent des Eingangsbereiches zu sehen waren.

Die beiden gingen zu den Verkaufsautomaten und legten ihre Sachen daneben ab. Sie standen eine Weile vor den Snackautomaten und zeigten hierhin und dahin, bevor sie ihre Wahl trafen. Amy nahm Chips, Charlie wählte eine Tüte Bonbons, und beide kauften sich ein warmes Getränk.

Sie ließen sich im Schneidersitz neben dem Cola-Automaten nieder wie zu einem Picknick.

Kim sah sich die unmittelbare Umgebung an und achtete darauf, ob jemand den Mädchen besondere Aufmerksamkeit schenkte. Sie hatte das gruselige Gefühl, dass sie sich die letzten Augenblicke im Leben dieser Mädchen ansehen könnte.

Ihr Bauch wies diese Vorstellung energisch zurück, und da ihr Bauch normalerweise ihr verlässlichstes Organ war, blieb ihr gar keine andere Wahl, als ihm zu glauben. Nicht einen einzigen Augenblick lang würde sie den Gedanken zulassen, die beiden Mädchen könnten bereits tot sein. Sie würde sie lebend nach Hause bringen. Verändert, aber am Leben.

»Die letzten paar Minuten in Unschuld, was, Guv?«, sagte Bryant wie ein Echo auf ihre Gedanken.

Sie wussten beide ohne jeden Hauch eines Zweifels, dass diese Mädchen die Welt nie wieder mit denselben Augen betrachten würden. Egal, wie die Sache ausging.

Um 12:23 Uhr standen die beiden auf. Charlie brachte ihren Abfall zum Mülleimer, und sie zogen ihre Mäntel an. Amy schob den linken Arm durch den Gurt des Rucksacks, doch den rechten Arm bekam sie in dem dicken Mantel nicht durch.

Charlie packte den Gurt und hielt ihn weit auf, um Amy zu helfen. Allein aus dieser kleinen Geste erschloss sich die Dynamik ihrer Freundschaft sehr deutlich.

Sie gingen ins Foyer. Aus irgendeinem Grund sah Charlie sich noch einmal um und blickte in den Cafébereich, doch sie blieb nicht stehen.

»Gehen Sie auf die Außenkamera«, wies Kim Bryant an, obwohl sie es schon wusste.

»Verdammt, er steht unter der Kamera, die auf den Weg zeigt.« Nicht auf dem Fußweg über den Rasen.

»Halten Sie an, und lassen Sie es ein paar Bilder zurücklaufen.«

Bryant folgte ihrer Bitte, und sie sah, wie Charlie den Kopf hob, um einem Erwachsenen ins Gesicht zu sehen.

Und noch etwas anderes fiel ihr auf.

»Bryant, spulen Sie noch einmal zurück.«

Jetzt hatte sie keinen Zweifel mehr. Sie griff nach dem Telefon und drückte auf die Null.

»Brad, ich brauche Sie hier. Sofort.«

NEUN

»Das sind Sie, nicht wahr, der da durchs Foyer läuft?«, fragte Kim.

Brad blickte mit zusammengekniffenen Augen auf den Bildschirm und zuckte die Achseln. »Wir tragen alle ...«

Himmel, es konnte doch nicht so schwer sein, sich daran zu erinnern. »Brad, es war Mittagszeit, und Sie sind gelaufen.«

»O ja, das war ich. In der Halle war eine Frau zusammengebrochen. Es ist meine Aufgabe, auf den Krankenwagen zu warten und die Sanitäter schnell an Ort und Stelle zu bringen.« Er unterbrach sich und sah auf den Bildschirm. »Aber was hat das mit einem tätlichen Angriff auf der Straße zu tun?«

Gütiger Himmel. Gott hatte diesen Burschen nicht nur mit gutem Aussehen gesegnet, sondern auch mit einem Hirn. Kim und Bryant tauschten einen Blick. Dieser Mann war direkt an dem Entführer vorbeigegangen.

»Brad, konnten Sie einen Blick auf den Mann werfen, der mit den Mädchen hier gesprochen hat?«

Seine Züge wurden hart. »Allerdings, und ich kann Ihnen sagen, dass mal einer ein Wörtchen mit dem reden sollte.«

»Können Sie uns sagen, wie er aussah?«

Er überlegte einen Augenblick lang, während er Kim von oben bis unten betrachtete. »Ungefähr Ihre Größe, vielleicht zwei Zentimeter größer. Ich schätze, so um die fünfundachtzig Kilo. Sein Gesicht war ziemlich durchschnittlich. Die Nase ein bisschen lang, aber seine Stimme war weich und leise, ohne jeden regionalen Einschlag.«

Kim runzelte die Stirn. »Woher wissen Sie, wie seine Stimme klang?« Der Bursche war doch nur vorbeigelaufen.

»Ich hab ihn gefragt, ob er mit anpacken könne. Ich hab ihm erklärt, dass wir einen Notfall haben und Erste Hilfe leisten müssten, aber er hat sich rundweg geweigert. Er war nicht unfreundlich, aber ich bin dann doch ein bisschen grob geworden. Man sollte doch meinen ...«

»Brad, könnten Sie aufs Revier nach Halesowen kommen und uns helfen, ein Phantombild zu erstellen? Wir müssen wissen, wer dieser Mann ist.«

Brad runzelte die Stirn und stieß ein nervöses Lachen aus. »Machen Sie Witze?«

Kim schüttelte den Kopf. In ihrem Bauch stieg Übelkeit auf.

»Können Sie ihn nicht durch Ihr System ausfindig machen?«

»Wie soll denn das gehen?«, fragte Bryant, doch Kim musste nicht fragen.

»Weil der Typ, mit dem ich gesprochen habe, Polizist war.«

ZEHN

»Danke, Brad«, sagte Bryant. »Wir rufen wieder an, wenn wir Sie brauchen.«

»Ähm ... dauert es noch lange?«, fragte er.

»Nein. Wir sind gleich fertig.«

Brad verließ den Raum.

»Verdammt, Bryant«, knurrte Kim.

Er wusste genau, wie sie sich fühlte. Verbrecher, die sich als Polizisten ausgaben, waren einfach das Letzte. Da waren sie sich einig.

»Sind wir fertig?«, fragte Bryant und schob seinen Stuhl nach hinten.

Kim machte den Mund auf, um Ja zu sagen, doch dann kam ihr noch ein Gedanke.

»Warten Sie mal, wir haben gesehen, dass die Mädchen die Umkleideräume um 12:09 Uhr verlassen haben. Gehen Sie auf Punkt 12 Uhr zurück, aber zu der Kamera, die den Bereich mit dem Fenster zum Schwimmbad überblickt.«

Bryant gab die Zeit ein und wählte die dritte Kamera. Der Bildschirm erwachte zum Leben. Kim nahm den Sitzbereich unter die Lupe, der dem kleinen Becken am nächsten lag.

Sie betrachtete eine Person nach der anderen, und nach anderthalb Minuten hatte sie gefunden, wonach sie suchte.

»Pause«, sagte sie, und das Bild erstarrte. Kim tippte in die rechte obere Ecke. »Drücken Sie auf Play, und behalten Sie die Frau da im Auge. Ich habe das Gefühl, in einer Minute wird sie sich nicht besonders gut fühlen.«

Sie hielten den Blick auf den Bildschirm gerichtet und betrachteten hauptsächlich einen blonden Hinterkopf. Alle zwanzig Sekunden drehte sich der Kopf ein wenig.

»Sie behält den Ausgang der Umkleideräume im Blick«, bemerkte Bryant.

Kim nickte. »Schauen Sie weiter zu.«

Das ging so noch eine Weile; ein paarmal hob die Frau kurz den Arm. Blickte auf die Uhr. Um 12:09 Uhr sah Kim, wie die Mädchen in der unteren linken Ecke des Bildschirms die Umkleideräume verließen.

Die Person wandte sich ganz ab und verbarg zwei Sekunden lang ihr Gesicht, indem sie sich an der linken Schläfe kratzte. Dann drehte sie sich leicht auf ihrem Stuhl, sodass sie seitlich zu dem Fenster zum Schwimmbad saß, aber die Verkaufsautomaten noch im Blick hatte. Sie verbarg ihr Gesicht weiterhin vor Charlie und Amy.

Als die Mädchen aufstanden, um zu gehen, sahen Bryant und Kim zu, wie die Frau ein Handy aus ihrer Handtasche holte. Sie tippte ein paar Sekunden darauf herum und steckte es wieder ein.

Als Charlie und Amy sich zum Ausgang bewegten, stand die Frau auf und verließ den Bereich am Fenster zum Schwimmbad. Drei Schritte, dann brach sie zusammen.

Von dieser zweiten Kamera aus bemerkte Kim, dass Charlie sich nach dem Aufruhr umsah, aber sie war zu weit weg, um irgendetwas zu erkennen.

»Ein Ablenkungsmanöver«, sagte Bryant.

Kim nickte. »Und ein ziemlich gutes. Alle haben in ihre

Richtung geschaut. Das ist ganz normal, es entspricht der menschlichen Natur. Niemand hat die zwei Mädchen, die bloß das Gebäude verließen, bemerkt. Charlie hat sich umgewandt, um zu schauen, was passiert ist, aber sie ist nicht stehen geblieben. Sie ist davon ausgegangen, dass ihre Mutter draußen wartet.«

»Clevere Mistkerle«, murmelte Bryant.

Ja, dachte Kim. Genau das hatte sie befürchtet.

»Aber wissen Sie was, Bryant, es gibt noch etwas. Als die Mädchen aus der Umkleide kamen, hat unsere Frau die Hand ans Gesicht gehoben, damit sie sie nicht sehen.«

»Oh, Mist.« Er schüttelte den Kopf. Er wusste, was das hieß.

Die Frau, die die Ablenkung inszeniert hatte, war den Mädchen bekannt.

ELF

Als Bryant noch einmal zum Telefon griff, um Brad zurück in den Raum mit den Überwachungsvideos zu beordern, wusste Kim, dass sie ein Problem hatten.

Der Fall war streng geheim, es war vollkommen ausgeschlossen, dass sie irgendwem Einzelheiten verrieten.

Der Hausmeister streckte ungeduldig den Kopf zur Tür herein. »Was jetzt?«

»Wegen des Phantombilds«, sagte Kim freundlich. »Besteht die Chance, dass Sie jetzt gleich mit uns mitkommen und schon mal anfangen?«

Er machte große Augen, und Kim spürte, dass sie seine Geduld längst über das normale Maß hinaus strapaziert hatten.

Er schüttelte den Kopf. »Tut mir leid, das geht nicht. Ich hab schon was vor, Officer.«

»Brad, Sie müssen mit uns aufs Revier kommen. Es geht hier nicht um einen tätlichen Angriff, die Sache ist sehr viel ernster, und Sie stecken mit drin.«

»Aber ... ich versteh das nicht. Der Typ war Polizist.«

Kim schüttelte den Kopf. »War er nicht. Er hat sich als Polizist ausgegeben, um zu kriegen, was er wollte, und Sie können ihn identifizieren. Ich denke, Sie sind in Gefahr.«

Brad stand jetzt ganz im Raum. »Was hat er gemacht? Hat er jemanden umgebracht?«

»Also ... nicht dass wir ...«

»Inspector, ich habe Ihr rätselhaftes Gerede satt. Sie können mir nicht sagen, was los ist, aber Sie wollen, dass ich meine Verabredung absage?«

Kim staunte, was für ein Drama er daraus machte. Auf einen Abend mit ein paar Bier zu verzichten war ja wohl kein Weltuntergang. Kein großes Opfer, aufs ganze Leben gesehen.

»Brad, ich kann Sie nur bitten ...«

»War's das dann?«, fragte er, während die Farbe in sein Gesicht zurückkehrte.

Kim griff in ihre Tasche und reichte ihm eine Visitenkarte. »Okay, halten Sie die Augen offen, und wenn irgendetwas Ungewöhnliches passiert, dann rufen Sie mich bitte an. In Ordnung?«

Er steckte die Visitenkarte ein, ohne sie eines Blickes zu würdigen, und hielt den beiden die Tür auf, damit sie gehen konnten.

Als Kim direkt vor ihm stand, hielt sie inne. »Brad, könnten Sie mir nur kurz zuhören ...«

»Officer, lassen Sie mich bitte das Gebäude abschließen, damit ich mit meinem Leben weitermachen kann.«

Sie zögerte noch, doch Bryant schob sie weiter.

»Verdammt«, sagte sie und drückte schon gegen die Automatiktür, bevor sie aufgegangen war.

Bryant war dicht hinter ihr. »Auch wenn Sie es gern würden, Guv, aber Sie können nicht alle beschützen.«

Das stimmte wohl, aber sie konnte es verdammt noch mal wenigstens versuchen.

Als Brad die Tür abschloss, drehte sie sich noch einmal um.

»Es tut mir leid, aber ich muss mir noch etwas anderes ansehen«, sagte Kim und schenkte ihm ein – wie sie hoffte – entschuldigendes Lächeln.

Seine Miene verdüsterte sich. »Soll das ein Witz sein?«

Sie trat näher. »Werden Sie bitte nicht unverschämt, Brad. Ich bin auch nicht unverschämt zu Ihnen, ich muss nur ...«

»Ich bin verdammt noch mal nicht unverschämt. Ich sage nur ...«

Sie trat noch einen Schritt weiter vor und runzelte die Stirn. »Bitte fluchen Sie nicht. Das ist ein Vergehen gegen die öffentliche Ordnung ...«

»Meint die das ernst?«, fragte Brad Bryant.

»Fragen Sie nicht ihn, Brad. Sprechen Sie mit mir. Es sei denn, Sie wollen mich beleidigen, indem Sie mit ›dem Mann‹ sprechen, ja?«

»Sie sind doch 'ne verdammte Irre«, sagte Brad und trat zurück Richtung Wand. Er konnte nirgendwo mehr hin.

Mit dem nächsten Schritt stand Kim viel zu dicht vor ihm. Ihr Gesicht war keine drei Zentimeter mehr von seinem entfernt. »Ich habe Sie nur um Hilfe und Kooperation gebeten ...«

»Gehen Sie weg, Officer«, sagte er und drückte gegen ihre Schulter.

Mit einem Lächeln wandte Kim sich zu Bryant um. »Okay, legen Sie ihm Handschellen an, und lesen Sie ihm seine Rechte vor.«

Woody würde sie dafür lieben, doch es war das Einzige, was sie für Brads Sicherheit tun konnte. Wenigstens für eine kurze Weile.

Sie hoffte bloß, dass es ausreichte.

ZWÖLF

»Ich hoffe, Sie wissen, was Sie tun«, sagte Bryant aus dem Mundwinkel, als sie die hintere Tür schloss.

Das hoffe ich auch, dachte sie und ging zur Beifahrertür. »Sie fahren. Ich rufe die Leitstelle an.«

Die Temperaturen waren um zwei Grad gefallen und lagen nur noch knapp über null.

In einem Auto zu sitzen, nachdem sie die Ninja gefahren hatte, fühlte sich für Kim immer an, wie mit einem Zehn-Kilo-Rucksack einen Berg hinaufzustapfen. Das viele Metall und die Verkleidung waren sperrig. In ihren eigenen ramponierten Golf setzte sie sich nur, wenn sie mit Barney in die Clent Hills wollte oder wenn die Straßen vereist waren.

»Detective Inspector Stone hier; können Sie mir vielleicht helfen?«, sagte sie ins Telefon.

»Ich will's versuchen«, antwortete die weibliche Stimme.

»Ein Krankenwagen wurde zu einer Frau gerufen, die in einem Freizeitzentrum in Old Hill zusammengebrochen war. Heute um die Mittagszeit.«

Am anderen Ende herrschte Schweigen, während die Disponentin etwas auf der Tastatur tippte.

»Ja, das kann ich bestätigen.«

»Können Sie mir sagen, wo sie hingebracht wurde?«, fragte Kim.

»Die Patientin wurde ins Russells-Hall-Krankenhaus gebracht.«

»Können Sie mir ihren Namen sagen?«

»Nein, es tut mir leid, aber diese Information kann ich Ihnen nicht geben.«

»Ich verstehe, dass Sie Bedenken wegen des Datenschutzes haben, aber wir müssen diese Frau dringend identifizieren.«

»Inspector, es tut mir leid, aber ich kann Ihnen den Namen nicht sagen ...«

Kim knurrte. Sie mussten sich ganz sicher sein können, ob diese Frau in der Sache drinsteckte oder nicht, doch es gab Zeiten, da waren die Vorschriften des Datenschutzes wie Treibsand.

»Hören Sie«, schrie Kim ins Telefon, »wir müssen wissen ...«

»Ich kann Ihnen dazu keine Informationen geben«, sagte die Disponentin kalt, »weil ich keine habe. Die Frau ist nie im Krankenhaus angekommen. Sobald die Türen des Krankenwagens aufgingen, hat sie sich aus dem Staub gemacht.«

DREIZEHN

Kim ging am Wohnzimmer vorbei direkt ins Esszimmer, wo Stacey gerade zwei Laptops und einen Netzwerkadapter mit Kabeln verband.

Dawson stapelte eine vierte Plastikbox in der Ecke.

»Ist das alles?«, fragte Kim und ließ den Blick über die Akten aus dem Polizeihauptquartier schweifen. Sie hatte mehr erwartet. Immerhin war es um eine doppelte Entführung und einen Mord gegangen.

Dawson nickte.

»Okay, Bryant bringt Sie auf den neuesten Stand. Ich rede mit den Eltern.«

Kim ging in das behagliche Wohnzimmer, das sich zum allgemeinen Treffpunkt entwickelt zu haben schien. Vier Augenpaare blickten sie erwartungsvoll an.

»Gut, Leute, mein Team ist jetzt hier, wir haben das Esszimmer zur Einsatzzentrale umfunktioniert und arbeiten von dort aus. Ich muss Sie bitten, sich von diesem Raum fern-zuhalten.«

Drei von ihnen nickten, doch Stephen blitzte sie nur an.

Sie blitzte zurück. »Um ganz sicherzugehen, werden wir in

die Tür ein Steckschloss einsetzen. Sie mögen sich jetzt einverstanden erklären, aber wenn wir in ein paar Tagen noch hier sind, fühlen Sie sich womöglich nicht an Ihr Versprechen gebunden.

Sie haben sich alle mit Helen bekannt gemacht, die die meiste Zeit bei Ihnen sein wird, doch meine Leute und ich werden kommen und gehen. Es wird die ganze Zeit ein Polizeibeamter an der Haustür sein. Also, wie lauten Ihre Geschichten?«

»Lebensmittelvergiftung«, antworteten Robert und Elizabeth gleichzeitig.

»Wir rufen beide morgen früh in der Schule an. Das fällt nicht weiter auf. Die Mädchen sind dauernd zusammen.«

»Was ist mit Ihren Familien?«

»Dieselbe Geschichte«, sagte Stephen. »Ich bringe Nicholas nachher zu meinen Eltern. Sie bekommen dasselbe erzählt.«

Kim sah, dass Elizabeth schwer schluckte. Sie war eindeutig nicht mit dieser Entscheidung einverstanden, und das konnte Kim gut nachvollziehen. Ihre Tochter wurde vermisst, da war Elizabeth der Gedanke, ihren Sohn auch noch aus den Augen zu lassen, schier unerträglich, doch wie es schien, hatte sie sich ihrem Mann gefügt. Kim fand, es war die falsche Entscheidung. Das Kind hätte alle ein wenig abgelenkt.

Es war nicht ihre Aufgabe, in die Dynamik dieser Ehen einzugreifen, doch mit jeder Stunde, die verstrich, lernte sie etwas.

»Auf dem Rückweg hole ich Kleider und ein paar persönliche Sachen von zu Hause. Wir bleiben hier«, sagte Stephen.

»Gute Idee«, pflichtete Kim ihm bei. Sie alle an einem Ort zu haben würde ihr das Leben definitiv erleichtern.

»Um uns gegenseitig zu unterstützen.«

Kim fand seine Erklärung zu der Entscheidung überflüssig und – in ihren Ohren – unaufrichtig. So hatte er es vielleicht seiner Frau verkauft, aber Kim tippte eher darauf, dass er ein Auge auf die Ermittlungen haben wollte.

Sie würde es genauso halten, wenn sie in seiner Situation wäre.

»Ich gehe hoch und mache eines der Gästezimmer fertig.« Karen sprang auf, begierig, etwas zu tun.

»Warten Sie, da ist noch etwas. Wir haben Grund zu der Annahme, dass eine Frau in die Entführung Ihrer Töchter verwickelt ist. Da, wo Sie die Mädchen abholen wollten, hat eine Frau so getan, als wäre sie zusammengebrochen, und damit für Ablenkung gesorgt. Vermutlich kennt einer von Ihnen sie.«

Sie holte das Standfoto aus der Tasche und hielt es hoch.

Elizabeth keuchte auf und schlug sich die Hand vor den Mund. Ihre Miene zeigte Schock und dann Unglauben. Kopfschüttelnd starrte sie auf das Bild.

Kim sah Stephen fragend an.

Ihm war sämtliche Farbe aus dem Gesicht gewichen. »Das muss ein Irrtum sein. Sie ...«

»Wer ist das, Mr Hanson?«

»Das ist Inga, das ehemalige Kindermädchen unserer Tochter.«

VIERZEHN

Inga Bauer spürte, dass das Gedränge um sie herum sich allmählich lichtete. Die letzten elf Stunden waren die längsten ihres Lebens gewesen.

Der Pub leerte sich; zufrieden, dem Wochenende noch die letzten paar Stunden abgerungen zu haben, machten Paare und Grüppchen sich auf den Heimweg.

Inga konnte nicht nach Hause.

Bevor sie aus dem Einkaufszentrum geworfen worden war, hatte sie denen, die tagsüber unterwegs gewesen waren, zugesehen, wie sie sich auf den Weg nach Hause machten – schwer bepackt mit Tragetaschen, nachdem sie einen ganzen Nachmittag durch die Läden gezogen waren. Sie hatten sich unterhalten und gelacht und überteuerten Kaffee geschlürft. Sie hatten zu Mittag gegessen oder sich einen Snack gekauft, und sie hatten Geld ausgegeben. Und dann waren sie wieder gefahren.

Inga war die ganze Zeit unter ihnen gewesen. Und hatte versucht, dem Tod zu entkommen.

Sie lehnte am einarmigen Banditen. Dort war sie die letzten

paar Stunden unbemerkt geblieben, doch langsam entglitt ihr diese Sicherheit wieder. Nur zwei Dickschädel hockten noch am Tresen und nippten ab und zu an dem Schaum auf ihrem Getränk. Zwei Barmänner waren damit beschäftigt, abzuwaschen, Gläser zu stapeln und alles für die Nacht aufzuräumen.

Sie konnte noch nicht gehen. Sie brauchte noch Zeit. Ihr Körper war müde, allein die Anspannung hielt ihn noch aufrecht. Sie musste schlafen. Sie musste entspannen. Sie musste sich von der Angst befreien. Nur für eine Weile.

Der Instinkt hatte ihr geraten, sich unter Menschen zu begeben. Doch am Sonntagabend lösten sich die Menschenmengen alle auf.

Sie suchten bestimmt schon nach ihr. Da war sie sich sicher. Sie hatte sich nicht an den Plan gehalten. Sie hätte im Krankenhaus bleiben sollen, bis Charlie und Amy ins Versteck gebracht worden waren. Dann hatten sie sie abholen wollen.

Die zwei Männer am Tresen verließen den Pub; jetzt war sie allein. Der kleinere der beiden Barmänner sah sie eindringlich an. Sie verstand den Wink.

Sie verließ den Pub und wappnete sich gegen den kalten Wind, der ihr sogleich in die Wangen biss. Ihr Herz setzte einen Schlag aus, als eine Plastiktüte an ihren Füßen vorbeifegte.

Sie machte sich auf den Weg zu einem Parkhaus, wo sie zumindest Schutz vor dem Wind finden würde und einen Augenblick nachdenken konnte.

Ein paar Autos wurden von in die Decke eingelassenen gelben Scheinwerfern beleuchtet. Es war ein Spiel der Extreme, sinnierte Inga, während sie durch das Parkhaus wanderte. Bleib unter Menschen, wo Licht und Lärm ist, oder such dir eine dunkle, stille Ecke.

Sie war überzeugt, dass irgendwo eine Nische oder ein Eckchen war, wo sie sich verkriechen konnte, um nicht gesehen zu werden. Nur für ein paar Stunden, damit sie ausruhen und nachdenken konnte.

Hinten rechts in der Ecke entdeckte sie einen Aufzugsschacht. Von Weitem sah er dunkel aus und gruselig; ein Ort, den eine Frau, die allein war, nach Möglichkeit mied. Inga ging direkt darauf zu.

Doch im Näherkommen musste sie feststellen, dass es hier keine Ecke gab. Ein Fußweg führte ganz um den Aufzug herum, er war vollkommen ungeschützt. Wenn sie es hier wagte, die Augen zu schließen, drohte Gefahr aus allen Richtungen.

Sie kehrte dem Parkhaus den Rücken und ließ den Blick auf der Suche nach einem Platz zum Verkriechen über sämtliche Gebäude und Schatten schweifen.

Der Ausgang führte auf eine Straße, die zwischen zwei Parkplätzen hindurch verlief. Am Rand des Parkplatzes lag ein Spielplatz, eingezäunt mit grünem Maschendraht, der ihr bis zur Brust reichte.

Plötzlich überkam sie eine Erinnerung. Sie hielt auf die bunten Spielgeräte zu. Das weiße Auto eines Wachdienstes kam näher. Sie duckte sich.

Sie hielt die Luft an, drückte sich an eine Mauer und wartete, dass es vorbeifuhr.

Falls das Security-Fahrzeug hier regelmäßig seine Runden drehte, hatte sie schätzungsweise gut zehn Minuten, bis es wieder vorbeikam.

Sie tauchte in die Schatten und hockte sich neben einen Abfalleimer.

Dort verharrte sie und lauschte. Die Stille gab ihr die Sicherheit, dass sie ihren Weg gefahrlos fortsetzen konnte. Sie kletterte auf den Abfalleimer und stieg über den Zaun. Auf der anderen Seite landete ihr Fuß auf einer Holzbank.

Das Blut pochte in ihren Ohren. Das hier war unbefugtes

Betreten. Wenn man sie erwischte, würde man sie womöglich festhalten, bis die Polizei da war. Der Gedanke ließ die Angst in ihrer Brust wieder aufflammen.

Doch sie war zu weit gekommen, um jetzt umzukehren.

Sie schlich behutsam über den Rindenmulch zu dem Klettergerüst aus Holz. Es war wie eine Burg gebaut, mit Seilen, Stufen und Leitern. Und ganz oben war ein Türmchen; klein, abgeschlossen und sicher.

Sie überwand das Klettergestell und ließ sich in den engen Raum plumpsen. Als sie mit dem Rücken gegen die Holzwand prallte, entwich ihr schließlich der Atem. Die zwei Zentimeter breiten Spalten zwischen den Brettern würden ihr nicht viel Wärme bieten, gewährten ihr aber einen Blick nach draußen.

Sie schloss für eine Sekunde die Augen. Sie fühlte sich sicher. Fürs Erste.

In dem Maße, wie die Angst aus ihrem Körper wich, machte sich Erschöpfung breit. Sie war in einen kleinen Holzverschlag knapp zwei Meter über dem Boden eingezwängt.

Hier würden sie sie niemals finden.

Dieser Gedanke löste die letzte Spannung in ihrem Bauch. Darüber, wie sie hier wieder wegkam, würde sie später nachdenken. Sie hatte Stunden, um sich einen Plan zurechtzulegen, aber fürs Erste, nur für ein Weilchen, konnte sie Körper und Kopf ausruhen lassen.

Erschöpfung ließ ihre Augenlider schwer wie ein Raffrollo werden. Sie spürte, wie sie sich von ihrem Bewusstsein löste. Ihre Gedanken zerfielen und schwebten durch ihren Kopf.

Die Erinnerungen, die sie hierher, an diesen sicheren Ort, geführt hatten, liefen vor ihrem inneren Auge ab wie ein Film.

Amy, die sich am Klettergerüst hochhangelte. Amy, die am Barren baumelte. Amy, die ihr von der Schaukel winkte. Amy, die mit dem Schnürsenkel am Fuß des Türmchens hängen blieb und hinfiel.

Amy, die sie fest umarmte.

Während das Grauen vorübergehend von ihr wich, wurde Inga mit voller Wucht davon getroffen, wie tief sie in die Sache verstrickt war.

Tränen liefen ihr über die Wangen.

»Oh, verdammt, Amy, was habe ich bloß getan?«

FÜNFZEHN

Will Carter lehnte sich zufrieden zurück.

Tag eins war ganz nach Plan gelaufen bis auf ein paar winzige Details, aber er zweifelte keinen Augenblick daran, dass sich diese in allernächster Zeit klären würden. Endgültig.

Inga, die dämliche Kuh, hätte im Krankenhaus warten sollen, bis sie zurückkamen und sie abholten. Es war eine einfache Anweisung gewesen, und jetzt musste sie sterben. Früher als ursprünglich geplant. Sie hätte mitspielen und ein oder zwei Stunden in der Notaufnahme verbringen sollen. Will hatte ihr versichert, dass Symes sie so bald wie möglich abholen würde, und dann hätte sie sich um die Mädchen kümmern können, bis die Übergabe gelaufen war.

Der letzte Teil war natürlich reine Fiktion gewesen, Symes hätte sie wenige Minuten nach Verlassen des Krankenhauses kaltmachen sollen.

Mit diesem Problem hatte er nicht gerechnet – aber dafür hatte er ja Symes.

»Jetzt schick schon die verdammte SMS«, sagte Symes hinter ihm.

Will beachtete ihn gar nicht, er war ganz auf die Kalibrierung der drei Monitore konzentriert. Eine Kamera draußen und zwei drinnen.

Der Tisch vor ihm erinnerte an *Raumschiff Enterprise*, auch wenn er nicht Captain Kirk war. Kirk war ein schwacher, scheinheiliger Wichser, der durchs All sauste und Spezies und Universen rettete. Dabei hätte er vergewaltigend, plündernd und raubend durch die Galaxie ziehen sollen. Dabei wären viel interessantere vierzig Minuten herausgekommen.

»Schick sie schon, verdammt. Dann können wir's uns gemütlich machen.«

»Ich schicke sie pünktlich. Wie geplant.«

Symes spuckte in die Ecke, und Will merkte, wie sich sein Magen hob. Das war wirklich nicht nötig.

»Wer hat dich denn zum Boss gemacht?«, knurrte Symes.

Eine anständige Erziehung, war Will versucht zu antworten, hielt aber den Mund.

Symes war ein Schläger, ein gedungener Helfer. Ein Handlanger, den er wegen seiner natürlichen Talente und Fähigkeiten angeheuert hatte. Er besaß keine Seele. Und das würde in den kommenden Tagen sehr nützlich sein.

Will verstand Symes' Frust. Man hatte ihm ein Geschenk versprochen und dann wieder weggenommen. Doch Will hatte noch ein kleines Überraschungsass im Ärmel. Alles zu seiner Zeit.

Für Will ging es ganz allein um Strategie und Planung. Fast zwei Jahre und ein fehlgeschlagener Versuch hatten ihn an diesen Punkt hier gebracht.

Er sehnte sich nach dem Endergebnis, schmeckte die Freiheit schon fast auf der Zunge. Er war fähig, die Nerven zu behalten, um so eine maximale Wirkung zu erzielen. Es gab einen Zeitplan, und an den würde er sich halten.

»Geh doch schon mal füttern, und dann sind wir so weit.«

Symes stemmte seine massige Gestalt hoch und verließ den Raum.

Symes' Gemaule hatte nichts zu bedeuten. Er war der geborene Soldat – dafür da, herumkommandiert zu werden und Befehle auszuführen.

Will schaltete den Monitor zu seiner Linken auf ein anderes Bild. Symes wusste nicht, dass der Flur von einer Kamera erfasst wurde. Er dachte, die einzige Kamera da unten wäre auf die Tür zu dem Raum gerichtet, in dem die Mädchen waren. Der Trottel hielt die kleine Halbkugel für einen Rauchmelder. Wofür zum Teufel brauchten sie einen Rauchmelder?

Doch der Mann musste überwacht werden. Ja, sie hatten eine Abmachung, und Will hatte auch die Absicht, sich daran zu halten, doch er konnte es nicht gebrauchen, dass der Idiot ungeduldig wurde und sich seine Belohnung zu früh holte.

Und so sah er Symes bei der Erledigung seiner Aufgaben zu. Symes ließ sich leicht durch Grausamkeit zu seiner eigenen Unterhaltung verführen, doch wenn Will ehrlich war, war ihm das ziemlich egal, solange es nicht den Plan in Gefahr brachte. In diesem Stadium der Operation war eine Abweichung vom Plan ausgeschlossen.

Als er Symes die Treppe hochgehen hörte, schaltete er den Bildschirm zurück auf die in vier Segmente unterteilte Ansicht, die die Umgebung des Gebäudes zeigte.

Er würde später nach unten gehen, wenn Symes schlief. Jeder hatte seine kleinen Geheimnisse.

Und hinter seines sollte niemand kommen.

Er stand auf und ging zu dem Tisch in der Ecke. An einer Reihe verschiedener Adapter wurden dort zehn Handys aufgeladen.

Er klopfte auf das in seiner Tasche, das auf Stumm geschaltet war. Das war das Wichtige. Das war die Absicherung.

Ich und du, Müllers Kuh. Seine Hand landete auf dem dritten von links. Das war für SMS Nummer zwei.

»Schickst du sie jetzt?« Symes ließ sich wieder aufs Sofa plumpsen.

Will war sich nicht sicher, warum Symes so ungeduldig war. Dies war nicht die Nachricht, die das Leben der Familien für immer verändern würde. Dies war nicht die Nachricht, die ihre Existenz zerstören und nicht wiedergutzumachenden Schaden anrichten würde – die war erst am nächsten Tag fällig, und er konnte es kaum erwarten.

»Ich schicke sie zum vereinbarten Zeitpunkt«, sagte Will ruhig. Er drehte sich zu dem Idioten hinter sich um. »Und jetzt mach ein freundliches Gesicht. Ich habe einen Job für dich.«

SECHZEHN

»Sind Sie so weit, Stace?«, fragte Kim.

Über die Glasplatte des Esstischs war ein Bettlaken gebrei-
tet, und Stacey hatte sich an dem Platz eingerichtet, der am
weitesten von der Tür entfernt war. Die beiden Computerbild-
schirme standen so, dass sie vor neugierigen Blicken geschützt
waren.

Alle überflüssigen Möbel waren entfernt worden, nur der
ein Meter achtzig lange Esstisch und sechs Lederstühle waren
noch im Raum.

»Gleich, Guv. Ich suche noch nach dem besten Signal.«

»Das Steckschloss ist in die Tür eingesetzt«, sagte Bryant
und stand auf.

Es wurde leise geklopft. Bryant öffnete die Tür. Robert
lächelte ihn matt an, während er auf die Erlaubnis wartete, sein
eigenes Esszimmer zu betreten.

Kim bat ihn nicht herein. Die Anwesenden hatten zu
akzeptieren, dass die West Midlands Police den Raum mit
Beschlag belegt hatte und es ihm daher jetzt untersagt war, ihn
zu betreten.

»Ähm ... ich dachte, der hier könnte nützlich sein«, sagte

Robert und zog einen mit rotem Velours bezogenen Sessel in Sicht, der bis dahin eine Ecke des repräsentativen Salons geziert hatte. »Ist vielleicht bequemer.«

Kim begrüßte die Idee. »Vielen Dank, Mr Timmins«, sagte sie, während Bryant den Sessel in den Raum zog.

»Nennen Sie mich bitte Robert.«

Kim nickte. »Robert, können wir die Bilder von den Wänden nehmen?« Es war eine freundliche Geste. Sie hatte eigentlich gar nicht vorgehabt zu fragen.

»Bitte, nehmen Sie sie runter. Wenn Sie sie mir geben, räume ich sie Ihnen aus dem Weg.«

Bryant machte sich daran, die Aquarelle mit Küstenszenen abzunehmen. Bei einem Familienporträt der drei hielt er inne.

»Das nehme ich, Officer«, sagte Robert und streckte die Hände danach aus. »Bohren Sie in die Wände, was Sie wollen.«

Kim nickte zum Dank. Das wäre ihre nächste Frage gewesen.

»Und Charlies Zimmer ... Können wir ...?«

»Selbstverständlich«, sagte er, auch wenn deutlich zu spüren war, wie sehr es ihn schmerzte. »Die vierte Tür auf der linken Seite.«

Sie bedankte sich bei ihm, bevor er die Bilder nahm und davonging.

Sie drehte sich um. »Sie haben ihn gehört, Bryant. Machen Sie Gebrauch von der Bohrmaschine.«

»Also, wenn ich Zimmermann hätte werden wollen, wäre ich einer geworden«, stöhnte er.

»Und wenn ich Lehrerin hätte werden wollen ...«, sagte sie und hievte eine Weißwandtafel an ihren Platz hinter der Tür – strategisch so platziert, dass man ihre Fallnotizen von der Tür aus nicht sehen konnte.

»War's das? Alles ausgepackt?« Kim sah sich um.

»Es steht noch ein Karton unterm Tisch«, sagte Bryant und bohrte ein zweites Loch.

Kim zog ihn heraus, nahm den Deckel ab und lächelte. In dem Karton waren eine funkelnagelneue Kaffeemaschine, mehrere Becher und vier Päckchen Colombian Gold, ihr Lieblingskaffee.

»Bryant, heiraten Sie mich, und machen Sie mir Kinder?«

»Geht nicht, Guv. Die Frau sagt, ich sei glücklich verheiratet.«

Stacey stand auf und spähte über die Tischkante. »Oh, lecker, ich gehe Wasser holen.«

Stacey verließ den Raum, und Bryant drehte sich um. »Was macht der Bauch?«

Sie lächelte. Sie arbeiteten seit fast drei Jahren zusammen. Folglich war er so etwas wie ein Freund.

»Mein Bauch ist unnatürlich ruhig«, antwortete sie wahrheitsgemäß.

»Der fängt bald wieder an zu knurren. Was halten Sie bis jetzt von dem Haufen?«

Sie zuckte die Achseln. »Es gibt ein paar interessante Dynamiken in der Gruppe. Stephen poltert gern herum, aber bisher ohne echte Überzeugung.«

»Typischer Staatsanwalt«, sagte Bryant.

»Robert wirkt nett, aber ich glaube, da gibt's mehr, als man auf den ersten Blick sieht. Elizabeth scheint sich Stephens Willen zu beugen wie Uri Gellers Lieblingslöffel, und Karen ist ganz anders als in meiner Erinnerung.«

»Kinderheim?«

Kim nickte. »Und Pflegefamilie sieben.«

Bryant ließ die Bohrmaschine sinken. »Himmel, wie viele waren das denn?«

Diese Frage war eine deutliche Erinnerung daran, dass selbst der Mensch, der ihr auf der ganzen Welt am nächsten stand, sehr wenig über ihre Vergangenheit wusste. Perfekt.

Genau wie das Timing ihres Handys, das just in dieser Sekunde klingelte. Bis sie sah, wer da anrief.

»Stone«, meldete sie sich.

Woodys Stimme dröhnte ihr ins Ohr. »Was zum Teufel machen Sie eigentlich?«

»Verzeihung, Sir?«, antwortete sie.

Bryant schüttelte schweigend den Kopf.

»Ich habe hier einen Burschen auf dem Revier, der festgenommen wurde, weil er Sie tätlich angegriffen hat. Ist das korrekt?«

»Ja, er hat Hand an mich gelegt.«

»Beleidigen Sie nicht meine Intelligenz. Die Wahrheit. Sofort.«

Kim stöhnte innerlich. Sie hatte gewusst, dass dieses Gespräch kommen würde, aber sie hatte gehofft, es erst am nächsten Tag führen zu müssen.

»Brad hat einen der Entführer gesehen, Sir. Ich glaube, er ist draußen nicht sicher.«

»Haben Sie ihn angemessen darauf hingewiesen?«, fragte Woody. Irgendwie kroch seine Wut durch die Telefonleitung direkt in ihr Ohr.

»Selbstverständlich.«

»Und trotzdem haben Sie gedacht, Sie sorgen dafür, dass er sicher ist, indem Sie ihn aufs Revier bringen?«

»Ich glaube, er begreift den Ernst der Situation nicht, und ich konnte es ihm nicht erklären.«

»Das mag ja sein, Stone, aber ich bin nicht bereit, den jungen Mann aufgrund erdichteter Vorwürfe noch einen Augenblick länger hierzubehalten, und sollte er Anzeige erstatten, geht das auf Ihr Konto. Sobald er mit dem Phantombildzeichner fertig ist, werde ich ihn bringen lassen, wohin er will, und mich im Namen der West Midlands Police aufrichtig bei ihm entschuldigen.«

Kim schloss eine Sekunde lang die Augen. »Ich weiß, er ist ...«

»Und sollte es weitere Eskapaden dieser Art geben, muss

Baldwin Sie nicht von diesem Fall abziehen. Dann werde ich es mit Vergnügen selbst tun.«

Damit war die Leitung tot.

»Autsch«, sagte sie und warf ihr Handy auf den Tisch.

»Es muss Ihnen doch klar gewesen sein, dass das kommt«, meinte Bryant.

Sie zuckte die Achseln. Sicher, aber lustig war es trotzdem nicht.

»Verdammt, Guv«, sagte Dawson, als er eintrat. »Es ist schon unter null Grad.«

Kim wartete, bis er seine Jacke ausgezogen hatte. Er hatte den Auftrag gehabt, Ingas Adresse aufzusuchen, die nicht schwer zu ermitteln gewesen war, nachdem Elizabeth Hanson ungefähr hatte sagen können, wo sie wohnte.

Leider war das alles gewesen, was sie von den Hansons erfahren hatte. Über Freunde, Lebensgefährten oder Familie ihres Kindermädchens hatten sie nichts gewusst. Falls Inga darüber gesprochen hatte, hatten sie ihr nicht zugehört.

Stacey hatte keinerlei Verbindung zwischen dem Kindermädchen und den betroffenen Familien bei der letzten Entführung finden können, sie war also definitiv nicht das Bindeglied.

»Und?«, fragte sie.

»Ihre Wohnung sieht aus, als wäre ein Monstertruck durchgebrettert. Zweimal. Die Tür war offen, und ich musste natürlich nachsehen, ob sie da war. Wer auch immer nach ihr sucht, ist kein verträglicher Charakter. Es war alles zertrümmert, und damit meine ich wirklich alles: Möbel, Nippes, Bilder, Teller.«

»Also eine Warnung?«

»O ja. Sie kann nur hoffen, dass wir sie zuerst finden.«

»Entweder eine Warnung oder einer, der sich nicht im Griff hat«, sagte Kim und tippte sich ans Kinn.

»Oder beides«, warf Dawson ein.

Kim nickte. »Konnten die Nachbarn den Mann beschreiben?«

Dawson verdrehte die Augen. »Der demenzkranke alte Mann eins drunter hat mir eine ungewöhnlich detaillierte Beschreibung gegeben. Sagte, der Typ sei ungefähr einen Meter achtundfünfzig groß, schwarze Locken, Brille und marineblaues Hemd.«

»Und?«

»Und dann ist sein Sohn an die Tür gekommen, um zu schauen, was ich wollte, und wissen Sie was? Er war einen Meter achtundfünfzig groß, hatte schwarze Locken, trug ein blaues Hemd und ...«

»Eine Brille«, warf Stacey ein.

Kim stöhnte. »Okay, Kev, Inga Bauer ist ab sofort oberste Priorität beim ...«

Ihr Satz endete abrupt, als ein lauter, schriller Schrei durch das Haus drang.

SIEBZEHN

Symes saß im Schatten und wartete. Inga, die dämliche Kuh, hatte sich aus dem Staub gemacht und ihn um seinen versprochenen Lohn gebracht, aber er würde sie finden, und dann würde es ihr noch leidtun. Dann würde sie mit Zins und Zinseszins bezahlen. Doch fürs Erste war ihm ein unerwarteter Bonus zuteilgeworden.

Er wusste, dass er Menschen einschüchterte, und er genoss es jede Sekunde. Seine Größe und seine Muskelmasse waren das Erste, was die Menschen an ihm wahrnahmen. Als Nächstes registrierten sie den rasierten Schädel, dann die Tätowierungen – und schon hatten sie sich ein Bild gemacht. Und wahrscheinlich ein ziemlich zutreffendes.

Doch er wusste, dass es mehr war als das. Der Ausdruck seiner Augen forderte jeden, der einen Blick in seine Richtung warf, auf, es mit ihm aufzunehmen. Er ließ die Welt wissen, dass er zum Kampf bereit war.

Auch jetzt stand eine Gruppe von Männern nicht allzu weit weg, Zigaretten in der einen Hand, Biergläser in der anderen, doch keiner wagte einen Blick in seine Richtung.

Das war nicht immer so gewesen. Als er so weit gewesen

war, sich zu wehren, war sein wahrer Feind tot gewesen. Solange er ein Kind gewesen war, hatte sein Vater es gewagt, ihn zu schlagen, zu treten und anzuspucken. Jedes Gramm Frust darüber, dass seine Frau ihn verlassen hatte, hatte den direkten Weg auf den Körper seines Sohnes gefunden. Hätte sein Vater doch nur gewusst, dass Symes seine Mutter irgendwann hassen würde. Es wäre etwas gewesen, worin sie einer Meinung gewesen wären.

Als Kind hatte er festgestellt, dass sein Schmerz nur dann nachließ, wenn er selbst Schmerzen zufügte. Dann empfand er eine Erlösung, eine Euphorie, wie er sie sonst nie erlebt hatte. Die Macht beförderte ihn an einen anderen Ort. Es war um Längen besser als Sex und hatte in seiner Reinheit fast etwas Religiöses, etwas Anbetungswürdiges.

Eine Bewegung im Augenwinkel. Er betrachtete die Gestalt von oben bis unten.

Zeit für ein Gebet.

ACHTZEHN

»Eine neue SMS, Madam«, sagte Helen, als sie den Kopf zur Tür hereinstreckte.

Das hatte Kim bei Karens Schrei schon vermutet. Sie fegte an der Opferschutzbeamtin vorbei.

Sie fand die vier in dem Alltagswohnzimmer, wie sie es in Gedanken nannte. Was sich dort abspielte, stand im krassen Widerspruch zu der behaglichen Einrichtung des Zimmers. Ganz anders als der repräsentative Salon auf der anderen Seite des Flurs war dieser Raum in einen beigefarbenen Schein getaucht; weiche, bequeme Möbel und Sofas um ein Kaminfeuer und einen Fernseher. Es war eindeutig der Ort, wo sich die Familie versammelte, um zu entspannen. Doch jetzt hatte sie das Gefühl, der Raum könnte vor Spannung jede Minute explodieren.

Stephen ging in dem Bereich hinter dem Sofa hin und her. Robert stand am Fenster und biss in seine Hand. Karen und Elizabeth saßen dicht nebeneinander und starrten auf ihre Handys.

»Was zum Teufel soll das heißen?«, schrie Stephen.

Kim streckte die Hand nach Karen aus, die ihr das Telefon

bereitwillig überließ. Kim sah sofort, dass die SMS von einer anderen Nummer kam als die erste. Dann nahm sie Elizabeths Handy: Der Text war identisch.

Vorerst ist Ihre Tochter in Sicherheit. Das Spiel beginnt morgen.

»Sagen Sie uns, Inspector, was bedeutet das?«, wütete Stephen.

Kim schüttelte den Kopf. An diesem Punkt hatte sie keinen Schimmer, womit sie es zu tun hatten.

Sie kam nicht umhin, sich zu fragen, was die SMS bezwecken sollte. Sie forderte nichts. Sie gab nichts preis. Es schien einzig darum zu gehen, den Eltern einen Stich zu versetzen.

»Haben Sie so etwas vorhergesehen?«, fragte Stephen. »Wie sollen wir reagieren? Was sollen wir sagen?«

»Im Augenblick sagen wir gar nichts, Mr Hanson. Die Nachricht erfordert keine Antwort«, antwortete Kim ruhig.

Er warf die Hände in die Luft. »Ist das die Art und Weise, wie Sie die Ermittlungen führen wollen, Inspector? Keine Antwort?«

Sie bemühte sich, keine Reaktion auf diese eindeutig von großer Angst befeuerte Tirade zu zeigen, doch es wurde immer deutlicher, dass er seine ganze Wut gegen sie richten würde.

Kim öffnete den Mund, doch Helen kam ihr zuvor.

»Konzentrieren Sie sich ganz auf den ersten Teil der Nachricht«, sagte sie. »Ihre Töchter sind sicher.«

Die Frauen sahen die freundliche Beamtin an, die am Ende des Sofas Platz genommen hatte. Elizabeth kämpfte gegen die Tränen, wenn auch vergeblich, Karen ließ ihnen freien Lauf.

Helen sah Kim um Erlaubnis an fortzufahren. Kim nickte leicht. Das war nicht ihre starke Seite.

»Betrachten Sie es logisch. Wer auch immer diese Leute

sind, sie wollen etwas von Ihnen. Es ist nicht in ihrem Interesse, Ihren Mädchen irgendetwas anzutun.«

Sämtliche Augen waren auf Helen gerichtet. Ihre warme, tröstliche Stimme zeigte eine ähnliche Wirkung wie die Stimme eines Predigers auf seine Gemeinde. Die Frau beherrschte ihr Metier.

Robert setzte sich neben Karen und nahm behutsam ihre Hand. Unbewusst lehnte sie sich an ihn. Die Tränen versiegten, während alle auf Helen konzentriert waren.

Kim schlich sich aus dem Wohnzimmer und ging zurück ins Esszimmer. Sie schloss die Tür hinter sich.

»Okay, Leute, heute Abend können wir nichts mehr tun. Ich möchte, dass Sie nach Hause gehen und morgen früh ausgeruht wieder hier erscheinen. Sechs Uhr. Ich kann nicht versprechen, dass es keine Nachtschichten geben wird, während wir an diesem Fall arbeiten, aber nicht heute Nacht.«

»Fahren Sie nach Hause, Guv?«, fragte Bryant.

Kim schüttelte den Kopf. Sie würde ihr Nachtlager hier in diesem Zimmer aufschlagen.

»Dann sehe ich nicht ein, warum wir ...«

»Weil ich es sage, Bryant.« Ihr Tonfall ließ keinen Spielraum.

Dawson und Stacey sammelten langsam ihre Sachen zusammen und verließen den Raum. Sie hatten sieben Stunden, um nach Hause zu fahren, zu schlafen und zurückzukommen.

Bryant ließ sich Zeit. »Was ist mit dem Prinzen?«, fragte er mit einem wissenden Grinsen.

Sie zog eine Augenbraue hoch. Mit diesem Kosenamen bedachte Bryant ihren Hund Barney. Und zwar, weil sie ihn allem Anschein nach behandelte wie eine Majestät.

»Ich habe Dawn angerufen. Sie ist eingezogen.«

Kim hatte Barney vor ein paar Monaten aus dem Tierheim geholt, nachdem sein Besitzer brutal ermordet worden war. Der

Hund war nicht besonders kontaktfreudig, mochte keine Menschenansammlungen und würde sich wahrscheinlich nicht mehr ändern. Sie passten perfekt zueinander.

Einen Menschen allerdings hatte Barney ins Herz geschlossen: die Empfangsdame des Hundesalons. Die Hundefriseurin hasste er leidenschaftlich, doch er mochte die Neunzehnjährige, die noch bei ihren Eltern wohnte und es toll fand, ab und zu ein wenig Freiheit zu haben, wenn sie sich um Barney kümmerte.

»Ich hoffe, sie hat alle wichtigen Überprüfungen bestanden«, sagte Bryant. »Sie ist wahrscheinlich die einzige Hundesitterin, die ich kenne, die eine Sicherheitsüberprüfung durchlaufen hat.«

Kim enthielt sich einer Antwort, aber weit daneben lag er nicht.

»Tschüs, Bryant«, sagte sie und blickte ostentativ zur Tür.

Er salutierte und machte den Abgang.

Kim packte ihren Rucksack aus. Die sauberen Kleider zum Wechseln legte sie ordentlich gefaltet unter den Sessel. Ihre Toilettensachen stellte sie daneben, aber die Motorradzeitschrift ließ sie in der Tasche.

Es klopfte leise an der Tür. Helen.

»Ich habe sie überredet, ins Bett zu gehen, Madam. Ich bin mir nicht sicher, ob sie viel schlafen werden, aber so sind sie jedenfalls am richtigen Ort, falls sie für ein oder zwei Stunden einnicken.«

»Danke, Helen. Fahren Sie jetzt nach Hause.« Kim schaute auf ihre Uhr. »Können Sie um neun kommen?«

Helen schüttelte den Kopf. »Nein, ich bin zusammen mit den anderen wieder da.«

Kim lächelte. »Dann um sechs.«

»Bis dann«, sagte sie und zog sich von der Tür zurück. Plötzlich tauchte ihr Kopf wieder auf. »Versuchen Sie, ein wenig Ruhe zu bekommen, Madam.«

Kim nickte und setzte sich an den Esstisch.

Sie hörte, wie die Haustür zuging. Helen war für sie und die Ermittlungen von unschätzbarem Wert. Sie war die Brücke zwischen ihrem Team und den Eltern. Sie würde sie beruhigen, ohne in Einzelheiten zu gehen, sodass Kim den Rücken frei hatte, um sich ganz auf die Ermittlungen zu konzentrieren.

Kim nahm sich vor, dafür zu sorgen, dass Helen genug Zeit zum Entspannen bekam, sonst würde sie unter dem Gewicht von Traurigkeit, Angst und Erwartungen ersticken.

Und womöglich auch Trauer, sagte eine leise Stimme in ihrem Kopf.

Sie schob sie weg und verließ den Raum. Lucas nickte ihr zu, als sie die Treppe hinaufging.

Im Flur oben hörte sie aus einer Richtung Stimmen und aus einer anderen gedämpftes Weinen. Sie hielt auf die vierte Tür zur Rechten zu und trat leise ein. Bevor sie nach dem Lichtschalter tastete, schloss sie die Tür.

Ein Einzelbett stand mit dem Kopfende an der linken Wand. Fünf Jungen blickten von einem Poster auf eine Steppdecke und einen Kissenbezug aus irgendeinem Disneyfilm. In der Bettdecke war eine leichte Delle, wo jemand gesessen hatte. Auf dem Kissen wartete ein ordentlich gefalteter, mit Äffchen bedruckter Schlafanzug auf Charlies Heimkehr.

Kim setzte sich auf die Stelle, auf der vermutlich Karen gesessen hatte, und sah sich in dem Raum des kleinen Mädchens um. Die Möbel waren im Shabby-Chic-Stil antikweiß gestrichen. In einem Bücherregal standen Dekosachen, Plüschtiere und ein paar Bücher. Auf einer Kommode in der Ecke stand ein kleiner Fernseher. Und der Rand des Spiegels über der Frisierkommode wurde von kleinen bunten Lämpchen geziert.

Überall, wo Kims Blick hinfiel, sah sie die Persönlichkeit von Karens Tochter. Armbänder, Ringe und bunte Haarteile.

Zwei Haargummis, knallbunte Hosenträger, die zu Jeans passten.

Vor dem Kleiderschrank war eine Sammlung von Turnschuhen aufgereiht: ein Paar mit Lichtern, ein Paar mit Rädern und eine Auswahl bunter Schnürsenkel zum Kombinieren.

Kim schaltete die Nachttischlampe ein. Augenblicklich begann eine Projektion des Sonnensystems, sich an der Decke zu drehen. Die Wirkung entlockte ihr ein Lächeln. Als sie sich vorbeugte, um es auszuschalten, blieb sie mit dem Arm an einem Foto hängen, das zum Bett hin stand.

Es war ein einfacher silberner Rahmen mit einem Zeitungsausschnitt, auf dem die beiden Mädchen mit nassen Haaren in die Kamera strahlten. Die Überschrift des ausführlichen Artikels berichtete von einem zweifachen Sieg bei einem nationalen Schwimmfest.

Charlie sah sich das Foto bestimmt gern an, bevor sie einschlief. Kim stellte den Bilderrahmen wieder auf den Nachttisch, als ihr Handy, das neben ihr auf dem Bett lag, anfing zu klingeln. Das spröde Klingeln störte den Frieden, und sie wollte es augenblicklich zum Schweigen bringen.

Die angezeigte Handynummer kannte sie nicht.

»Stone«, meldete sie sich.

»Hier spricht Inspector Travis von West Mercia.«

»Okay.« Sie runzelte die Stirn. Es hatte eine Zeit gegeben – als sie zusammen für West Midlands gearbeitet hatten –, da hatten sie sich mit Vornamen angesprochen. Bis zu dem Tag, an dem sie vor ihm zum Inspector ernannt worden war. Er hatte sich an eine kleinere, benachbarte Dienststelle versetzen lassen und seine Animosität mitgenommen.

»Ich habe eine Leiche«, sagte er.

Kim amüsierte sich darüber, dass er sie noch nie mit ihrem Dienstgrad angesprochen hatte. »Und?«, fragte sie. Was erwartete er von ihr – Fähnchen? Eine Party?

»Könnte sein, dass Sie den Toten kennen.«

Das Grauen, das ihr seit Stunden auf den Fersen war, machte es sich endgültig in ihrem Bauch bequem.

»Fahren Sie fort«, sagte sie und wappnete sich für das, was jetzt kam.

»Männlich, blond, Anfang zwanzig – und er hat Ihre Visitenkarte in der Tasche.«

NEUNZEHN

Der Motor der Ninja erstarb, als sie vor dem Absperrband zum Stehen kam.

Kim nahm den Helm ab und hängte ihn über den Lenker. Das Lyttelton Arms war ein Gastropub in der Bromsgrove Road in Hagley, keine anderthalb Kilometer von der Grenze zwischen den Zuständigkeitsbereichen von West Midlands und West Mercia entfernt.

Der Pub selbst war das letzte Haus, bevor die Straße in einen auf beiden Seiten von Hecken gesäumten Feldweg überging. Fünfzehn Meter vor dem Pub trat Travis ihr in den Weg, offensichtlich von der Ninja über ihr Eintreffen vorgewarnt. Die Autos waren an der Verkehrsinsel angehalten worden, also trugen alle Geräusche weit.

Nur das Licht seiner Taschenlampe beleuchtete die unmittelbare Umgebung zwischen ihnen.

»Ich muss diesen Fall übernehmen«, sagte Kim ohne Einleitung. Nettigkeiten gab es zwischen ihnen beiden seit über drei Jahren keine mehr.

»Ausgeschlossen«, sagte er und schüttelte den Kopf. »Ich weiß noch, dass ich das nicht weit von hier mal zu Ihnen gesagt habe, und Sie haben mich abgeschossen, weil Sie zuerst da waren.«

O ja, daran erinnerte sie sich gut. Es war der Leichnam von Teresa Wyatt gewesen, der die ganzen Crestwood-Ermittlungen losgetreten hatte.

»Nehmen Sie es nicht persönlich, Travis. Dies ist nicht der richtige Moment, um es mir heimzuzahlen«, sagte sie und machte einen Schritt zur Seite, um um ihn herumzugehen. Er versperrte ihr den Weg.

»Warum hatte der Junge Ihre Visitenkarte in der Tasche?«

»Er heißt Brad, und er hatte sie, weil ich sie ihm gegeben habe«, sagte sie und trat nach links.

Wieder trat er vor sie.

»Was zum Teufel haben Sie eigentlich für ein Problem?«, knurrte sie.

»Sie kriegen diesen Fall nicht, Stone.«

»Um Himmels willen, ich kann den Tatort ja wohl kaum in die Tasche stecken und damit weglaufen, oder? Lassen Sie mich wenigstens einen Blick darauf werfen.«

Irgendwie schienen Woodys Anweisungen, nett zu sein, in ihr Unbewusstes gesickert zu sein. Bis jetzt hatte sie Travis noch nicht mit einem Schimpfnamen belegt.

»Fünf Minuten, Stone. Ich gebe Ihnen ganze fünf Minuten an *meinem* Tatort.«

Kopfschüttelnd ging sie an ihm vorbei. Oh, ihr lag schon eine ganze Ladung von Schimpfnamen auf der Zunge.

»Ich würde immer noch gern wissen, woher Sie den Typen kennen«, sagte er und fiel in ihr Tempo ein.

»Und ich will Ihnen den Spaß nicht verderben, indem ich es Ihnen sage«, versetzte sie. Drei Taschenlampen wiesen ihr den Weg.

Sie schirmte die Augen ab und ging weiter. Zwei weitere Lichtkegel waren auf die Leiche von Bradley Evans gerichtet.

Kim nahm sich ein paar Sekunden, um sich für den letzten

Ausdruck zu wappnen, den dieses junge Gesicht je zeigen würde. Noch vor wenigen Stunden war er ein sportlicher, lebendiger junger Mann gewesen, der Bryant und ihr geholfen hatte, bevor er am Abend mit seinen Freunden ausgehen wollte. Und jetzt war er tot. Das Frösteln, das sie durchlief, hatte nichts mit den Temperaturen zu tun.

Sie hätte mehr tun können, um seinen Tod zu verhindern. Sie wusste, dass sie das gekonnt hätte. Sie war sich nicht ganz sicher, wie, aber irgendwie hatte sie das Gefühl, es hätte noch etwas gegeben.

Im Lichtkegel einer Taschenlampe blitzten die Schlüssel zum Freizeitzentrum auf. Sie waren ihm entweder aus der Tasche gefallen, oder Travis hatte sie rausgeholt.

»Noch niemand von der Rechtsmedizin hier?«, fragte sie.

»Sie ist unterwegs«, antwortete Travis.

»Wann wurde er gefunden?«

»Zwanzig nach zwölf.«

Inzwischen war es nach eins, und die Rechtsmedizin war noch nicht am Tatort. Hätte sie hier die Einsatzleitung, würde sie in diesem Stadium nicht müßig mit einer Gruppe von Polizisten herumstehen. Sie hätte sich das Telefon ans Ohr geklemmt und damit gedroht, die Leiche eigenhändig zu bewegen, wenn sie nicht bald auftauchten. In dieser kurzen Zeitspanne, diesem Schwebezustand, konnten Indizien verloren gehen, Beweise zerstört werden, Zeugen weiterreisen. Solange die Kriminaltechnik nicht da war, stockten die Ermittlungen.

Doch sie durfte nicht vergessen, dass dies hier nicht ihr Tatort war.

Sie streckte die Hand nach dem nächsten Polizeibeamten aus. »Darf ich?«

Er reichte ihr seine Taschenlampe, und sie richtete sie auf den Boden.

Der einspurige Feldweg ging auf beiden Seiten in Gräben über, in denen Hecken standen.

Brads Leiche lag, fast ganz unter das dichte Laub der Hecke geschoben, auf der Seite. Die Taschenlampe wanderte über seinen schwarz gekleideten Körper, der in der Dunkelheit nur schwer auszumachen war, bis zu den Schultern.

»Gütiger Himmel«, flüsterte Kim.

Sein Kopf hatte keine Form mehr. Das ordentliche Rund eines normalen Schädels gab es nicht mehr. Jetzt sah er aus wie ein Fußball ohne Luft. Als sie den Lichtkegel weiterwandern ließ, verriet eine Blutspur ihr, wo Brads Kopf buchstäblich über die Straße gekickt worden war.

Sein Kopf lag in einer Pfütze aus Blut und Hirnmasse, die aus einer der vielen ihm zugefügten Wunden gesickert waren. Hätte er nicht dieselben Sachen getragen, hätte Kim ihn nicht erkannt. Er sah nicht mehr aus wie Brad. Er sah überhaupt nicht mehr aus wie ein Mensch.

»Da hatte aber jemand einen ganz schönen Brass auf den Burschen«, bemerkte Travis neben ihr.

Darauf gab es nichts zu sagen. Derjenige, der das getan hatte, hatte ihn nicht einmal gekannt. Er war einfach zur falschen Zeit am falschen Ort gewesen und hatte es gewagt, jemanden um Hilfe zu bitten.

Sie gab dem Beamten zu ihrer Rechten die Taschenlampe zurück. Sie hatte genug gesehen.

Sie trat zwei Schritte von der Leiche weg und ging zurück zur Straße.

»Verdammt, Stone, nach meiner Uhr haben Sie noch anderthalb Minuten«, feixte Travis hinter ihr her.

Seine abfälligen Bemerkungen waren es nicht wert, dass sie Energie darauf verschwendete.

Sollte Travis sich doch die Zähne daran ausbeißen. Er würde nichts finden. Doch beim Fortgehen schwor sie sich im Stillen, dafür zu sorgen, dass Brads Mörder für das bezahlen würde, was er getan hatte.

Als sie sich der Ninja näherte, stöhnte sie laut auf, denn an einem Wagen, den sie nur zu gut kannte, erloschen gerade die Scheinwerfer.

Sie trat im selben Augenblick an die Absperrung wie Tracy Frost.

»Was zum Teufel wollen Sie?«, fragte Kim zur Begrüßung. Zu mehr konnte sie sich nicht durchringen. Woodys Anweisung, nett zu sein, konnte unmöglich so weit gehen. Selbst Woody wusste, wo ihre Grenzen waren.

Wenn sie ehrlich war, überraschte es sie nicht, die Reporterin so schnell am Tatort zu sehen. Sie war überzeugt, dass die Frau einen im Ohr implantierten Empfänger für den Polizeifunk hatte.

»Ich mache nur meine Arbeit, Inspector«, sagte sie und zog einen Lederhandschuh aus.

Kim blickte hinter sie. »Ja, und dabei ziehen Sie eine Schleimspur hinter sich her.«

Tracey holte ein Diktafon heraus und schaltete es ein. »Viel wichtiger ist doch die Frage, was *Sie* hier machen, Inspector. Wir sind hier in West Mercia.«

Kim trat zu dem Beamten, der so tat, als hörte er den Wortwechsel nicht mit an.

»Lassen Sie auf gar keinen Fall zu, dass diese Frau die Absperrung übertritt. Ja, erschießen Sie sie, wenn es sein muss.« Sie drehte sich zu Tracy um und betrachtete das Gerät. »Ich hoffe, das haben Sie drauf.«

Sie wollte an ihr vorbeigehen, doch Tracy heftete sich an ihre Fersen. Himmel, drang denn gar nichts durch diese Rhinozeroshaut?

»Geben Sie mir etwas, Inspector«, sagte sie lächelnd. Wirklich bemerkenswert, wenn man bedachte, dass Kim sie erst am Morgen an die Wand genagelt und ihr gedroht hatte.

»Führen Sie mich nicht in Versuchung, Tracy«, sagte Kim und setzte den Helm auf. Leider dämpfte er die Stimme der Frau kaum.

»Ich wollte mit Ihnen über die andere Sache reden.«

Kim drehte sich um. »Damit meinen Sie vermutlich den Tod eines jungen Mannes namens Dewain Wright und welchen Beitrag Sie dazu geleistet haben?«

»Ja, genau das«, sagte Tracy und lehnte sich an ihren Wagen.

»Dazu habe ich nichts mehr zu sagen.«

Tracy lächelte neckisch-verschämt. »Sie werden sich ganz schön blöd vorkommen, wenn Ihnen klar wird, dass Sie sich getäuscht haben.«

»In Ihnen täusche ich mich nicht, Tracy. Ich weiß genau, was Sie sind und wie Sie ticken.«

Tracy zuckte die Achseln. »Wenn Sie meinen, aber ich habe Sie gewarnt.«

»Ja, also, und jetzt warne ich Sie. Gehen Sie mir aus dem Weg, oder ich ...«

Tracy trat zur Seite, damit sie durchkonnte. »Okay, aber ich glaube, Sie haben mich nicht das letzte Mal gesehen.«

Ach, hätte sie doch bloß einen einzigen Wunsch frei.

Kim schwang das Bein über den Sitz und wartete, dass Tracy zu dem Beamten an der Absperrung ging. Diesmal war sie das Problem von West Mercia.

Sie blickte zurück auf die Betriebsamkeit auf dem dunklen, engen Feldweg. Ihre Aufmerksamkeit galt jetzt ganz einem einzigen Gedanken: Wenn die Person, die Brad das angetan hatte, in die Nähe von Charlie und Amy kam, dann gnade Gott ihnen allen.

ZWANZIG

Kim klopfte leise an die Tür, damit Lucas, der direkt dahinter saß, auf sie aufmerksam wurde.

Die Tür ging auf, und plötzlich wurde ihr klar, dass der Polizeibeamte seit über zwölf Stunden nicht auf seinem Posten abgelöst worden war.

»Legen Sie sich eine Runde aufs Sofa, Lucas«, sagte sie und setzte den Helm ab.

Er schüttelte den Kopf, doch seine Augen waren gerötet und blinzelten in einem fort.

»Gehen Sie«, beharrte sie. »Morgen früh kommt Ihre Ablösung.«

»Ziehen Sie mich bitte nicht von dem Fall ab, Madam«, flehte er.

»Das tue ich nicht, aber Sie können auch nicht rund um die Uhr arbeiten.«

Er nickte und schlich auf Zehenspitzen über den Flur in das behagliche Wohnzimmer.

Auch Kim bewegte sich auf Zehenspitzen. Auf diesem teuer gefliesten Boden klackerten alle Schuhe geräuschvoll.

Auf Höhe der Küchentür angelte sie nach dem Schlüssel in

ihrer Tasche, da fiel ihr Blick auf einen Schemen, der dort im Dunkeln stand. Kims Herz setzte einen Schlag aus.

»Himmel, Karen, ich dachte, Sie sind im Bett.«

»Wo waren Sie? Ich hab's an der Tür versucht«, sagte Karen und hob ein Glas Wasser an die Lippen.

Kim schaltete das Licht in der Küche an. »Manchmal drehe ich nachts noch eine Runde mit dem Motorrad. Das macht den Kopf frei.«

Das war nicht gelogen. Sie machte das oft. Nur heute Nacht nicht. Doch Kim war froh, dass der Schlüssel zu ihrer Einsatzzentrale sicher in ihrer Tasche verwahrt war.

»Arbeiten Sie noch an einem anderen Fall, denn meine Tochter ist …«

»Ich arbeite nicht an einem anderen Fall, Karen. Das hier ist so lange mein einziger Fall, bis ich Charlie und Amy nach Hause gebracht habe.«

»Versprochen?«

Eine kindische Bitte von einer Frau, die verzweifelt um Fassung rang.

»Versprochen«, sagte Kim und neigte den Kopf zur Seite. »Was machen Sie hier so allein?«

»Ich hatte es satt, so zu tun, als würde ich schlafen. Robert wirft sich von einer Seite auf die andere, und den Flur runter höre ich Elizabeth weinen. Ich bin nach unten gekommen, um mir ein Glas Wasser zu holen, und bin einfach … geblieben.«

Sie berührte das Display ihres Handys.

Kim fragte sich, wie viele Hundert Male sie das schon gemacht hatte.

»Ich starre ständig darauf und wünsche mir, dass es klingelt, und gleichzeitig graut mir davor, dass es klingelt.«

Kim setzte sich ihr gegenüber an den Frühstückstresen. Der Rest des Hauses war in tiefem Schweigen versunken.

»Ich bilde mir ein, wenn ich mich richtig konzentriere, kann ich die Zeit zurückdrehen und dafür sorgen, dass sie nicht ins Freizeitzentrum gehen.«

Kim hatte den Verdacht, dass das nichts geändert hätte. Die Familien waren ausgewählt und die Entführung geplant worden, irgendwann wäre es so oder so passiert.

»In der einen Minute bin ich voller Zorn, dass diese Leute meine Tochter haben, und in der nächsten möchte ich ihnen mein Leben anbieten im Tausch für mein Baby. In Gedanken habe ich mich allen Wohltätigkeitsorganisationen verpflichtet und geschworen, ein besserer Mensch zu werden. Ich würde alles tun, um Charlie zurückzukriegen. Sie ist mein Ein und Alles.«

Karen griff hinter sich und stellte ein gerahmtes Foto von zwei Mädchen neben das Handy.

»Wollen Sie das mit nach nebenan nehmen, damit Sie es nicht vergessen?«

Kim schüttelte den Kopf. Sie brauchte keine solche Erinnerung, doch sie nahm sich einen Augenblick Zeit, um die beiden in Ruhe zu betrachten. Charlies Haut war sonnengebräunter als Amys. Sie war ein wenig größer als ihre Freundin und hatte blonde, widerspenstige Locken. Ihre Lippen zierte ein Eiscremeschnurrbart. Ihre Augen waren von einem durchdringenden Blau.

Amys Haare waren zu einem dunklen Bubikopf mit einem zerstrubbelten Pony geschnitten. Sie blickten beide in die Kamera, hatten den Hals gereckt und die Hände vor die Brust gehoben und zogen Grimassen.

Karen fuhr die Umrisse des blonden Mädchens nach. »Wir waren in einem Safaripark, und sie haben so getan, als wären sie Meerkatzen. Wir haben sie nicht mehr wegbekommen von den kleinen Tieren. Nicht einmal für die Fahrgeschäfte. Am liebsten hätten sie allen Namen gegeben, aber sie sind einfach nicht sitzen geblieben.«

»Wie ist Charlie?« Kim betrachtete den Lockenkopf.

Karen lächelte. »Ich glaube, temperamentvoll wäre eine gute Beschreibung. Sehen Sie die Haare? Seit dem Kindergarten ist sie deswegen ausgegrenzt worden. Sie haben sie ›Feudelkopf‹ genannt und andere unschöne Sachen, aber sie will sie sich partout nicht schneiden lassen, nicht mal nachschneiden. Sie liebt ihre Haare, und das ist alles, was zählt.

Verstehen Sie mich nicht falsch, sie ist nicht verwöhnt. Robert ist nachsichtig, aber er legt Wert auf gute Manieren. Er erlaubt ihr, dass sie ihre Meinung sagt, aber gemeines oder gehässiges Verhalten duldet er nicht. Er liebt sie über alles. Er ist der Erste, der mit ihr auf dem Boden herumrollt oder sie durch den Garten jagt und Tierlaute nachmacht.«

Kim war zufrieden, nur dazusitzen und zuzuhören. Mit dem Bild von Brad vor ihrem inneren Auge war an Schlaf sowieso nicht zu denken.

»Haben Sie Kinder?«, fragte Karen.

Kim schüttelte den Kopf.

Karen sah sie traurig an, und Kim beschloss, es dabei zu belassen. Sie hatte sich bewusst so entschieden. Unter keinen Umständen würde sie die Gene ihrer Mutter weitergeben.

»Da verpassen Sie was, Kim. Man weiß erst, was Liebe ist, wenn man Mutter ist. Daneben verblasst jede andere Liebe.«

Ja, trotzdem ist es das nicht wert, diese spezielle Ahnenreihe fortzusetzen, dachte Kim. Sie sagte nichts. Sie konnte hundert Fälle von Kindesmissbrauch und -vernachlässigung anführen, die nicht zu Karens Frühlingswiesenblick passten. Zum Teufel, sie konnte sogar ihren eigenen Fall anführen, doch sie ließ es.

»Damals haben Sie mich nicht besonders gemocht, oder?«

Kim war verblüfft über den plötzlichen Themenwechsel. Es war eine gewaltige Untertreibung, doch Kim schüttelte nur den Kopf.

»Warum?«

»Jetzt ist nicht der richtige Zeitpunkt ...«

»Bitte, Kim, sprechen Sie mit mir über etwas anderes. Ich brauche eine Pause von meinen eigenen Gedanken. Die Bilder, die mein Hirn produziert, treiben mich noch in den Wahnsinn. Erzählen Sie mir, wie Sie sich an die Zeit erinnern.«

Mit mehr Klarheit als du, dachte Kim. Es war sinnlos, die Vergangenheit wieder hervorzukramen. Sie war vergangen. Unveränderbar.

»Ich weiß«, fuhr Karen fort, »dass wir uns nicht nahegestanden haben, aber es gab trotzdem ein Band zwischen uns allen. Es gab so etwas wie Schwesternschaft. Wir haben uns umeinander gekümmert.«

»So erinnern Sie sich daran?«

Karens offenes und ehrliches Gesicht war ihre Antwort.

Das hatte Kim schon öfter erlebt. Manche Menschen schrieben ihre Vergangenheit einfach um. Kim zog es vor, sie in Kisten zu packen und darin zu lassen.

»Karen, es gab keine Schwesternschaft, und wir haben uns definitiv nicht umeinander gekümmert.«

»Ich weiß, dass ich manchmal ein bisschen aggressiv war, aber das war nur …«

»Sie waren ein egoistisches Biest, das immer genau das haben wollte, was andere hatten«, versetzte Kim wahrheitsgemäß.

Wenn es nach ihr gegangen wäre, hätten Karens Erinnerungen gern dort bleiben können, wo sie waren, in Karens ureigener Fiktion, aber sie hatte die Sprache darauf gebracht, und Kim konnte es unmöglich unkommentiert so stehen lassen.

Die Zeit damals war für alle hart gewesen. Manche Kids hatten sich zusammengetan, bloß um irgendwo dazuzugehören, hatten eine Art Ersatzfamilie gebildet. Nicht so Kim. Sie hatte weder dauerhafte Freundschaften geknüpft noch starke Bindungen zu irgendjemandem. Doch Kids, die andere schikanierten, hatte sie leidenschaftlich gehasst.

Seit sie sechs Jahre alt war, hatten Karens und ihre Wege

sich immer wieder gekreuzt, und die Episoden waren selten besonders erfreulich gewesen.

Doch erst bei der letzten Pflegefamilie hatten sie tatsächlich längere Zeit unter einem Dach gelebt.

»Erinnern Sie sich an ein schmächtiges indisches Mädchen namens Shafilea?«, fragte Kim.

Karen kramte in ihren Erinnerungen. »O Gott, ja, sie war ein lustiges kleines Ding, was? Wenn ich mich recht erinnere, hatte sie einen ziemlich großen Kopf.«

Ja, sie hatte einen großen Kopf gehabt und einen sehr kleinen Körper.

Sie war ihren Eltern weggenommen worden, denn die hatten ihr monatelang nichts zu essen gegeben, weil sie eine zerrissene Jeans getragen hatte. Kim hatte mit angehört, wie sich die Pflegeeltern über den strengen Diät- und Ernährungs-plan beklagt hatten, an den sie sich halten mussten, damit sich die Muskulatur des Mädchens langsam wieder aufbaute.

Kim hatte ein paarmal versucht, mit Shafilea zu sprechen, doch selbst die dreimal wöchentlich angesetzten Termine beim Therapeuten bewegten das Mädchen nicht dazu, den Mund aufzumachen.

»Erinnern Sie sich noch an die Getränke, die sie nach dem Abendessen bekam?«

Karen lächelte. »Ja, wir haben uns alle gefragt, warum sie einen Milchshake bekommt und wir nicht.«

Kim konnte ihre Verblüffung über Karens verdrehte Erin-nerung kaum zügeln. Sie überlegte, wo sie an dem Tag gewesen war, an dem sich dieses Haus in ein glitzerndes Märchenschloss voller Schmetterlinge und Feen verwandelt hatte.

In Wirklichkeit hatte die Pflegefamilie in zwei kleinen Sozi-alhäusern gewohnt, die zusammengelegt worden waren und in denen mehr Etagenbetten standen als bei IKEA.

»Das waren Proteinshakes zum Aufbau ihres unter-ernährten Körpers.«

»Oh, das hab ich nicht gewusst ...«

»Ich habe Ihre beste Freundin damals dabei erwischt, wie sie dem Mädchen den Kopf in die Toilette hielt, bis sie ihn rausrückte.«

Karen sah sie zweifelnd an, und dann schüttelte sie den Kopf.

»Das Mädchen war zehn Jahre alt.«

Karen war entsetzt. Nur ein Jahr älter als ihre Tochter jetzt.

»Nein, da müssen Sie sich irren«, sagte Karen. Doch ihren Worten fehlte die Überzeugung der Rechtschaffenen.

»Also, sie hat ihr jedenfalls keine rosafarbenen Glitzerbänder in die Haare geflochten«, fuhr Kim auf.

Karen schlug sich die Hand auf den Mund. »O mein Gott. Das waren Sie?«

Kim antwortete nicht.

»Sie haben Elaine so vermöbelt. Sie hat nie was gesagt und Sie auch nicht, aber ich erinnere mich. Und wenn ich jetzt so darüber nachdenke, sie hat Sie wirklich gehasst wie die Pest.«

Endlich, dachte Kim, ein wenig Klarheit.

Sie war nicht stolz auf das, was sie an dem Tag getan hatte, doch manchmal musste man dieselbe Sprache sprechen wie die Schikanierer.

Schweigen senkte sich herab, während sie jede für sich ihre Erinnerungen an die Vergangenheit wieder wegpackten.

»Also, Kim, es kann sein, dass Sie recht haben, was damals angeht, aber im Augenblick ist das Einzige, was mich interessiert, Charlie wiederzusehen.«

Kim nickte, und Karen hob die Hand an den Mund und unterdrückte ein Gähnen.

Kim sah auf die Uhr. »Es ist kurz vor drei. Schauen Sie, dass Sie noch ein bisschen Schlaf bekommen, ja?«

Karen nickte und berührte noch einmal ihr Handy.

Kim beugte sich vor und legte ihre Hand auf Karens. In Karens verängstigten Augen lag ein Flehen.

Sie sahen einander ein paar Sekunden lang an.

»Ich bringe Ihr kleines Mädchen wieder nach Hause.«

Karen nickte und drückte Kims Hand. Mit einem weiteren Gähnen verließ sie die Küche.

Egal, wie die Umstände waren, der Körper verlangte nach Ruhe, und irgendwann – wenngleich manchmal verzögert durch Stress, hohen Energiepegel, Angst oder Sorgen – streckte Erschöpfung einen nieder.

Kim wartete noch.

Für sie war es Zeit, zurück in die Einsatzzentrale zu gehen.

Sie langte nach dem Foto.

EINUNDZWANZIG

Kim warf den alten Filter in den Abfalleimer. Der Kaffeesatz darin war noch nass, und er schlug mit einem Patsch auf dem Boden auf.

Sie gab ein frisches, weißes Dreieck in die Kaffeemaschine und tat vier großzügige Löffel Kaffee hinein und dann noch einen als Glücksbringer.

Dann setzte sie sich an den Tisch und wartete, während ihr Blick von dem Foto an der Wand angezogen wurde.

Sie war hingerissen von der Reinheit der Mädchen. Beide strahlten in die Kamera, ein Schnappschuss, der ihre ausgelassene Freude für immer festhielt. Zwei junge Seelen, sicher und geborgen in ihrer Welt: Familien, Freunde, Unschuld.

Hatte es in Kims Leben je einen Augenblick gegeben, in dem solch ein Schnappschuss hätte gemacht werden können?

Zwischen zehn und dreizehn hatte es eine Zeit gegeben, da hätte die Kamera immerhin ein Lächeln einfangen können. Mit Erica auf der einen Seite und Keith auf der anderen. Bei Pflegefamilie vier hatte sie sich sicher gefühlt. Doch selbst damals hatten ihre Augen die Traurigkeit in ihrem Innern widergespiegelt. Mit all seiner Freundlichkeit hatte das Paar die Schrecken aus Kims Vergangenheit nicht ungeschehen machen können.

Sie konnte nicht an Keith und Erica denken, ohne dass ihre Gedanken auch zu Mikey wanderten. Die Kiste in ihrem Kopf, die mit »Verlust« beschriftet war, barg die Erinnerung an sie alle.

Sie schloss für eine Sekunde die Augen. Wie anders wäre ihr Leben verlaufen, wenn sie eine Mutter wie Erica gehabt hätten?

Rasch schüttelte Kim die Gedanken ab. Sich in das zu vertiefen, was in ihrem Kopf war, war, wie über ein Minenfeld zu hüpfen. Wenn sie zu lange verharrte, würde sie in Stücke gesprengt werden.

Sie gestand es sich nur ungern ein, aber Karens Worte hatten sie aufgewühlt. Was sie über mütterliche Liebe gesagt hatte, war das komplette Gegenteil dessen, was Kim erlebt hatte. Die allumfassende Zuneigung, von der sie gesprochen hatte, war Kim fremd. Sie hatte kein Bezugssystem dafür und begriff deswegen das Konzept einfach nicht. Zwischen ihrer Mutter und ihr hatte es kein magisches Band gegeben. Kim war viel zu sehr damit beschäftigt gewesen, Mikey und sich am Leben zu halten.

Das Gespräch mit Karen hatte die Vergangenheit heraufbeschworen, und jetzt war sie hier bei ihr. Hier. In diesem Raum.

Kim schob den Stuhl nach hinten und öffnete die Tür. Sie trat leise in den Flur.

»Geht es Ihnen gut, Madam?«, fragte eine Gestalt aus der Ecke.

»Ich dachte, Sie schlafen«, sagte Kim zu Lucas, der seinen Platz wieder eingenommen hatte.

»Hab ich, zwei Stunden. Ich komme klar, bis die Ablösung hier ist«, erwiderte der junge Beamte.

Sie nickte und öffnete die schwere Eichentür. Eisige Luft

wehte herein und strich über ihre nackte Haut. Sie trat froh nach draußen und hieß sie willkommen.

Die Hände tief in die Taschen geschoben, stellte sie sich dem frostigen Wind direkt entgegen.

Er wirbelte um ihren Kopf, bis ihre Ohren taub waren, und stürzte sich dann auf einen Baum, der die Bewegung weitergab, bis die ganze Koniferenreihe sich nach rechts lehnte.

Kim schob die Hände noch tiefer und ging zu der Baumreihe. Der Wind brach abrupt ab. Jetzt hörte sie nur noch das Knacken der Zweige unter ihren Füßen, spröde vom Frost und vom Wind fortgetragen.

Kim drehte sich um, als eine Bö unvermittelt den Deckel des Mülleimers hochhob und wieder daraufwarf, bevor sie sich zurückzog.

Sie ging weiter, doch ein Rascheln drang an ihre Ohren. Obwohl sich Büsche und Bäume nicht bewegten.

Ihr Körper reagierte sofort und schaltete auf höchste Alarmbereitschaft. Sie rührte keinen einzigen Muskel und lauschte.

Stille.

Das Licht der Straßenlaternen am Ende der Einfahrt reichte nicht bis hierher. Die einzige Lampe im vorderen Bereich des Hauses hing im Flur, hinter der schweren Eichentür, die Lucas hinter ihr geschlossen hatte.

Ein Duft strich an ihren Nasenlöchern vorbei. Ein Hauch von Petunie, wo doch gar keine Blumen blühten.

Sie drehte den Kopf ein wenig in Richtung des Raschelns. Eine Bö strich an der Baumreihe vorbei und ließ auf der anderen Seite der dichten Hecke einen dunklen Schemen erkennen.

Der Geruch wurde intensiver, und der Schemen bewegte sich ein wenig nach links. Sie waren jetzt beide auf einer Höhe, aber durch die Bäume getrennt.

Das Pochen ihres Herzens dröhnte laut in Kims Ohren. Wenn sie jetzt zurück ins Haus ging, würde sie niemals erfahren, wer hier draußen im Dunkeln herumschlich und das Haus beobachtete.

Sie war auf halbem Weg an der Grundstücksgrenze. Wenn sie um die Hecke herumlief, verlor sie kostbare Zeit.

Kim verharrte noch eine Sekunde vollkommen reglos und stieß den Arm dann mit Schwung durch die Hecke.

Ihre Hand bekam ein dickes, raues Kleidungsstück zu fassen. Der Wind war abgeebbt, und sie hörte jemanden scharf nach Luft schnappen. Und dann lachen.

»Wer zum Teufel ...«, sagte Kim und zog die Jacke durch die Bäume.

Kim lockerte ihren Griff, während die Gestalt damit beschäftigt war, sich die Spinnweben von den Bäumen aus dem Gesicht zu wischen.

»Wieder die alten Tricks, Stone? Was für Geheimnisse sind es diesmal?«

Kims Herz donnerte in ihrer Brust.

Tracy Frost schlug Kims Hand von ihrer Jacke, doch Kim blieb hart. Das hier würde nicht gut enden.

»Zum Teufel noch mal, was machen Sie hier?«, fuhr Kim die Frau an, auch wenn sie es längst wusste und es nichts Gutes war.

»Dasselbe könnte ich Sie fragen.« Tracy neigte den Kopf.

»Außer dass ich darauf nicht antworten werde, und das wissen Sie auch.«

Kims Gehirn ratterte hektisch. Sie würde dieser Frau keinen Zentimeter nachgeben.

»Ich weiß, dass hier irgendetwas los ist ...«

»Ja, bringen Sie das doch morgen im *Dudley Star*«, versetzte Kim, die nicht von der Stelle wich. »Haben Sie wirklich nichts Besseres zu tun, als sich mir an die Fersen zu heften?«

»Sie würden 'ne tolle Geschichte abgeben.«

»Sie sind mir vom Tatort hierher gefolgt, richtig?«

Tracy zuckte die Achseln, wirkte aber sehr zufrieden mit sich.

»Verdammt, was wollen Sie?«, fragte Kim. Sie verlor rasch die Geduld. Sich um vier Uhr morgens bei Minusgraden draußen mit jemandem zu unterhalten war schon schlimm genug, aber mit diesem Abschaum war es absolut unerträglich.

»Ich tippe auf eine Entführung«, sagte Tracy mit einem Lächeln.

Kim spürte den Ekel, der durch ihren Körper brauste. Nur dieses jämmerliche Exemplar von einer Frau konnte so etwas mit einem Lächeln sagen.

»Schön für Sie«, sagte Kim und wandte sich ab.

Ihr Herz hämmerte. Sie wusste, dass sie ein Problem hatte.

»Pressesperre. Polizeisperre. Verrät mir, dass Sie Angst haben, es wieder zu vermasseln.«

»Sehr dünnes Eis, Tracy.«

»Ha, Sie glauben immer noch, ich war das, nicht wahr?«

Kim knirschte mit den Zähnen. »Ich weiß, dass Sie es waren. Sie haben die Geschichte über Dewain Wright veröffentlicht, und das hat ihn das Leben gekostet.«

Tracy schüttelte den Kopf. »Ich war das nicht.« Ihrer Stimme war anzuhören, dass sie es satthatte, immer wieder dasselbe zu sagen.

Und Kim hatte es genauso satt, es zu hören; zudem glaubte sie ihr immer noch nicht.

»Nein, Sie haben die Wahrheit für sich behalten, und das war der Grund, und das wissen Sie auch.«

Kim wandte sich ab. »Zum Teufel, Tracy, verschw...«

»Ich kriege raus, was los ist, Stone. Und wenn ich es rauskriege ...«

»Dann behalten Sie es verdammt noch mal für sich, Sie herzloses Miststück, denn wenn nicht, wird es Ihnen noch leidtun.«

Tracy nahm die Herausforderung an und trat vor. »Und was, wenn nicht?«

»Dann lasse ich meine eigene Geschichte durchsickern. Es interessiert die Öffentlichkeit sicher brennend, dass Sie gern einen über den Durst trinken. Ich meine, *wirklich* über den Durst, und dass Sie in einer Nacht mal so besoffen waren, dass Sie einen Mann geschlagen haben, der Fotos von Ihnen gemacht hat, und dass nur einer meiner Beamten, der zufällig vor Ort war, verhindern konnte, dass Sie festgenommen wurden. Dawson hätte Sie wegen Trunkenheit und Störung der öffentlichen Ruhe und Ordnung einbuchten sollen, ein paar Verstößen gegen Section 5 und sexuellen Übergriffs.«

Tracy wich einen Schritt zurück.

»Haben Sie wirklich gedacht, ich würde das nicht erfahren? Dawson mag mir ja ab und zu auf den Wecker gehen, aber er ist äußerst loyal. Ich weiß, dass Ihre Hand während der Rauferei den Weg an seiner Hose hinunter fand. Wäre eine tolle Schlagzeile für eine Kriminalreporterin, was? Ihr Herausgeber würde es mit Kusshand bringen. Gleich nachdem er Ihre Kündigung unterzeichnet hat.«

Tracy kannte Kim gut genug, um zu wissen, dass sie nicht bluffte. Nur eine von ihnen wusste, dass diese Drohung unbedingt ziehen musste. Sie hatten zwar eine Mediensperre verhängt, aber Tracy besaß ein großes Mundwerk, und es wäre eine Katastrophe, wenn sie auch nur ihren Verdacht äußern würde.

»Ein paar Tage. Ich warte ein paar Tage«, sagte Tracy und trat den Rückzug an. »Aber dann fange ich an zu graben.«

Erleichterung durchflutete Kims Körper. Das Letzte, was sie brauchen konnte, war, dass Tracy jetzt ihre Nase in diesen Fall steckte.

Tracy war kaum drei Meter entfernt, da drehte sie sich um. »Ich weiß, was Sie denken, Stone, und ich sage es nicht noch einmal. Aber statt automatisch mir die Schuld an dem zu geben, was falsch gelaufen ist, sollten Sie sich mal den zeitlichen Ablauf ansehen. Schauen Sie mal, was Sie finden.«

Kim antwortete, indem sie sich abwandte und zurück ins Haus ging. Sie musste sich gar nichts ansehen. Tracy Frost war verantwortlich für den Tod von Dewain Wright, Punkt. Tracys Anspielung auf Kims eigene Schuld war nur ein Versuch, von ihrer Verantwortung abzulenken.

Verdammt, sie würde die Akten überprüfen und ein für alle Mal beweisen, dass sie recht hatte.

ZWEIUNDZWANZIG

Charlie Timmins saß mit dem Rücken an der Wand. Es war eine der wenigen Stellen, die sie gefunden hatte, die nicht mit dem kalten, nassen Schleim überzogen waren, der so eklig roch.

Ihre Oberschenkel krampften, doch sie gab sich allergrößte Mühe, sich nicht zu bewegen. Es war, wie mit Daddy Stopptanz zu spielen, außer dass Mummy dann die Musik anhielt, und Daddy und sie mussten so lange wie möglich mitten in der Bewegung stillhalten.

Charlie liebte das Spiel, auch wenn sie festgestellt hatte, dass, wenn sie sich darauf konzentrierte, sich nicht zu bewegen, jeder Körperteil sich bewegen wollte. Plötzlich juckte es sie überall, und dann dachte sie ganz fest an irgendetwas, um sich abzulenken.

Das versuchte sie auch jetzt, während ihre Hände gedankenverloren über Amys Haare strichen. Endlich war ihre Freundin mit dem Kopf in ihrem Schoß eingeschlafen.

Charlie hatte keine Ahnung, ob es Nacht war oder Tag und wie lange sie schon in dieser stinkigen Dunkelheit waren.

Der Polizist hatte gesagt, Mummy hätte ihn geschickt, weil

ihr Auto kaputtgegangen war. Daddy hatte verboten, mit Fremden zu reden, aber er war ja Polizist.

Bei dem Gedanken an ihren Daddy schnürte es ihr schmerzhaft die Kehle zu. Aus Gewohnheit kämpfte sie die Tränen nieder. Wenn sie sich jetzt hängen ließ, würde Amy noch mehr Angst bekommen. Dann würde Amys Gesicht ganz starr werden, und sie würde komisch atmen. Zweimal war es Charlie schon gelungen, sie zu beruhigen, indem sie ein Spiel gespielt hatte.

Sie schluckte die Tränen herunter. Bis jetzt hatten sie ihr noch nicht geholfen. Mummy und Daddy waren nicht gekommen. Am Anfang war sie wütend gewesen, aber mit der Zeit hatte sie begriffen, dass ihre Eltern keine Ahnung hatten, wo sie war.

Charlie wusste, dass sie kommen würden, wenn sie könnten.

Ein Schauder lief durch ihren ganzen Körper, doch es war nicht die Kälte. Es war ganz anders als das Gefühl, als Daddy mir ihr zum Eislaufen gegangen war. An dem Tag hatten ihre Zähne geklappert, und ihre Haut war kalt gewesen. Doch kaum vom Eis runter, hatte sie aufgehört zu zittern.

Sie schluckte die Angst bis tief in den Bauch hinunter und versuchte, sich zu sagen, dass sie keine Angst hatte. Wenn sie über alles nachdachte, was passiert war, hatte das Zittern keine Chance.

In dem Raum gab es eine Doppelmatratze und einen Eimer. Charlie hatte ein paar Sekunden vor Amy begriffen, wofür der war. An der Decke hing eine nackte Glühbirne, die den Raum in ein kränkliches gelbes Licht tauchte.

Sie versuchte, sich auf das zu konzentrieren, was sie wusste. Es waren zwei Männer. Sie kamen nicht herein, aber sie wusste, dass es zwei waren, weil ihre Schritte sich unterschieden. Amy und sie hatten zweimal etwas zu essen bekommen, und der eine stellte das Essen einfach hinter die Tür, und der andere schubste es über den Boden.

Es war beide Male dasselbe gewesen. Ein Sandwich in einer Plastikverpackung, eine Tüte Chips, ein Päckchen Saft.

Ihre letzte Mahlzeit hatte der Schubser gebracht. Charlie hatte »Scht« zu Amy gesagt, damit sie die Schritte auf der Treppe hörten, unmittelbar gefolgt vom Öffnen der Tür. Dann ging die Tür zu, und die Schritte entfernten sich. Nicht allzu weit weg wurde eine zweite Tür geöffnet und geschlossen. Dann gingen die Schritte noch einmal an ihrer Tür vorbei, bevor sie wieder nach oben verschwanden.

Darüber würde sie noch einmal nachdenken, wenn sie nicht so müde war. Vielleicht konnte sie einfach den Kopf an die Wand lehnen und ein Weilchen schlafen. Amys tiefe Atemzüge lockten sie in die Entspannung. Vielleicht nur für eine Minute, während Amy schlief, falls sie die Sprungfeder ignorieren konnte, sie sich in ihren Oberschenkel bohrte.

Ihr Kopf sank an die knubbelige, kalte Wand. Selbst die rauen Backsteine, die sich in ihren Kopf drückten, konnten nicht verhindern, dass ihr die Augenlider zufielen. Schwere Dunkelheit senkte sich herab. Das war schön. Sie wollte ihr folgen. Das Dunkel wirkte sicher, und wenn sie wach wurde, waren Mummy und …

»Na, wie geht's meinen kleinen Mädchen?«, sagte eine Stimme draußen vor der Tür.

Charlie schoss hoch. Sie hatte sich von der Müdigkeit in den Schlaf ziehen lassen und die warnenden Geräusche verpasst, die sie deuten zu lernen versuchte.

»Charl… was ist …?« Amy rührte sich, von Charlies abrupter Bewegung geweckt, und hob den Kopf.

»Scht …«, machte Charlie.

»Ich hab heut Abend zu tun gehabt, kleine Mädchen. Kennt ihr Brad aus dem Freizeitzentrum?«

Amy packte ihre Hand und drückte sie. Die Stimme klang

beinahe nett. Sie war leise, aber nicht warm. Angenehm, aber nicht freundlich.

»Wer ist Brad?«, flüsterte Amy.

»Manchmal kassiert er am Empfang den Eintritt«, flüsterte Charlie. Und einmal hatte er Amy ein Pflaster um den Zeh geklebt.

»Antwortet mir, Mädchen«, rief er.

»J...ja«, rief Charlie, während Amy sich ganz dicht an sie drängte.

»Ich hab ihn heute getroffen, und wir haben ein kleines Spiel gespielt. Ich liebe Spiele.«

Amy schnappte laut nach Luft und sah sie an. Charlie merkte, dass ihre Augen ganz groß wurden, während sie weiter auf die Tür starrte.

»Das Spiel war zu schauen, wie oft ich seinen Kopf treten konnte, bevor er explodierte. Es war so witzig, als seine Nase unter meinem Stiefel splitterte. Und beim nächsten Tritt ist sein Augapfel aus der Höhle gehüpft.«

»Charl...«, flüsterte Amy, »mach, dass er ...«

»Halt dir die Ohren zu«, sagte Charlie. Sie würde dasselbe tun.

»Ich kann nicht«, sagte Amy, denn sie wollte Charlies Hand nicht loslassen.

»Komm her«, sagte Charlie, hob ihre verschränkten Hände zwischen ihre beiden Köpfe wie einen Kopfhörer, den man sich teilt. »Und jetzt mach es so«, sagte sie und hielt sich mit der freien Hand das andere Ohr zu.

»... geschrien wie ein Baby und gefleht ... aufhören ... noch mal getreten. Ein anständiger ... Rugbytritt und ich ... Genick gebrochen ...«

Die Stimme war jetzt gedämpft, doch das meiste konnte Charlie trotzdem noch hören, und es reichte, um vor ihrem inneren Auge ein grässliches Bild heraufzubeschwören.

Sie kniff die Augen fest zu und versuchte, die Stimme und die Bilder auszublenden.

»... knackte und Blut schoss ... Ohren ... Zähne landeten ... Boden.«

Amy stieß ein leises Wimmern aus, und Charlie zog sie noch enger an sich.

»... Gehirn sickerte ... über ...«

»Charl...«, hauchte Amy.

Charlie war machtlos. Sie konnte nichts dagegen tun. Sie kniff die Augen noch fester zu, um ihn auszublenden, bis ihr Gesicht ganz verzerrt war.

»... hatte großen Spaß, Mädchen. Ich hab ... jede Sekunde genossen. Mein Lohn, wisst ihr. Kein Interesse ... Geld ... Schmerzen zufügen. Ich hab ihm ... arg ... meine kleinen Hübschen ...«

Charlie hörte immer noch nur Bruchstücke, aber es reichte, um Bauchschmerzen zu bekommen. Den letzten Satz, den er sagte, den jedoch hörte sie Wort für Wort.

»Ich kann's kaum erwarten, mit euch zu spielen.«

DREIUNDZWANZIG

Kim saß schon am Esstisch, als das erste Mitglied ihres Teams eintraf. Es würde eine kurze Einsatzbesprechung werden, und sie war nicht in bester Stimmung. Sie mochte keine nächtlichen Besucher, und Lügner verabscheute sie besonders. Tracy war beides.

»Morgen, Guv«, sagte Bryant und zog seinen Mantel aus. Der lässige Dresscode war gestrichen. Es war Montag, der erste volle Tag der Ermittlungen, und er war Detective. Das hieß kohlegrauer Anzug, weißes Hemd und Krawatte. Anzug und Hemd waren nicht verhandelbar, bei der Krawatte gab es gelegentlich ein wenig Spielraum. Für Bryant hieß Zivilkleidung nicht Freizeitkleidung. Er war zwar erst siebenundvierzig, doch in ihm steckte sehr viel alte Schule.

»Kaffee ist schon fertig«, sagte sie.

Er nahm einen Becher und schenkte sich ein. »Helen ist ein früher Vogel, was?«

Kim nickte. Die Opferschutzbeamtin hatte pünktlich um Viertel vor sechs vor der Tür gestanden.

»Ist das immer noch derselbe Bursche an der Tür wie gestern?«

»Ja«, sagte sie. »Heute kommt ein zweiter Beamter, der die Tagschicht übernimmt, und Lucas ist heute Abend wieder da.«

»Haben Sie schon mit Woody gesprochen?«

»Ich hab ihm 'ne SMS geschickt.«

Bryant hielt seinen Kaffee zwischen beiden Händen und betrachtete die Fotos an den Wänden. »Hübsche kleine Mädchen«, bemerkte er. »Und sie trägt ihre Haare mit Stolz.«

Kim lächelte. Dawson und Stacey kamen zusammen herein.

Kim fiel sofort auf, dass Dawson es ausnutzte, dass sie weit weg vom Revier waren. Er trug eine indigofarbene G-Star-Jeans und ein University-Sweatshirt.

»In Eile, Kev?«, fragte sie und blickte streng auf seine Beine. In ihrem Team war immer wieder er derjenige, der ein wenig zu weit ging.

»Nein, Guv, ich hab bloß ...«

Sie sah ihn an, erbarmungslos.

Er erwiderte ihren Blick fünf Sekunden lang, bevor er wegschaute.

»Ich gehe davon aus, dass ich Ihnen das nicht noch einmal sagen muss. Und jetzt gehen Sie an die Tafel.«

Stacey nahm am Kopfende des Tisches Platz und schaltete ihre Geräte ein.

»Okay, schreiben Sie oben hin ›Charlie und Amy‹. Links das Datum und die Uhrzeit der Entführung, in der nächsten Spalte die beiden SMS, Wort für Wort. Auf der zweiten Tafel will ich die Ermittlungsansätze.«

Kim hielt inne. Dawson tat sein Bestes, mit ihr mitzuhalten, aber er war noch damit beschäftigt, die zweite SMS zu notieren.

»Unser erster Ermittlungsansatz sind die Videoaufnahmen. Schreiben Sie ›Inga‹ daneben. Der zweite sind die Telefonnummern, von denen die SMS geschickt wurden. Der dritte sind die Akten von der letzten Entführung und der vierte die Listen potenzieller Feinde der Familienmitglieder. Als Staatsanwalt ist

Stephens Liste sicher ziemlich lang und vermutlich die wichtigste. Als Nächstes sehen wir uns die Namen von Elizabeth an und dann Roberts Liste.«

Kim wartete, bis Dawson so weit war.

»Als letzte Überschrift nur die Buchstaben FM. Damit müssen wir äußerst behutsam umgehen. Wenn wir die Familienmitglieder unter die Lupe nehmen, ziehen wir eine Trennlinie zwischen uns und ihnen, und deswegen halte ich es für angeraten, wenn sie nichts davon erfahren.« Sie wandte sich an Stacey. »Ich möchte, dass Sie bei ihren Freunden nachfragen, Bekannten und der weiteren Familie sowie die Finanzen überprüfen.«

»Aber wenn sie es nicht erfahren sollen, wie ...«

»Da kommt Helen ins Spiel«, fiel Kim Dawson ins Wort. »Sie kann ein paar Namen und Einzelheiten in Erfahrung bringen, ohne Verdacht zu erregen.«

»Aber, Guv?«

»Ja, Kev?« Sie widmete ihm ihre volle Aufmerksamkeit.

»Was ist, wenn der Modus Operandi derselbe ist wie beim letzten Mal? Was ist, wenn es dieselben Täter sind wie beim letzten Mal? Ist das dann nicht alles Zeitverschwendung?«

»Wissen Sie was, Kev, ich wünschte, ich wäre von selbst darauf gekommen. Ich weiß, was wir machen: Wischen Sie die Tafel sauber, und wenn ich das nächste Mal mit den Entführern spreche, frage ich sie, ob sie es waren. Bitte alle zurücklehnen; wir warten einfach ab, bis sie anrufen.«

Kim war sich darüber im Klaren, dass sie ein wenig harsch mit ihm umsprang, aber es gab Tage, da ging Dawson ihr mit seiner Art einfach auf die Nerven.

»Kev, selbst wenn es dieselben Entführer sind, gibt es einen Grund, warum sie genau diese beiden Familien ausgewählt haben. Es muss irgendeine Verbindung geben.«

Er nickte.

»Also, ich will, dass Sie da rausgehen und Inga finden.

Sprechen Sie mit Nachbarn, Freunden, mit jedem, der womöglich einen Hinweis auf ihren Verbleib geben kann. Wir wissen, dass sie mit drinhängt und dass die Entführer von ihr erfahren haben, wie der Tagesablauf der Familien ist. Wir wissen auch, dass sie Schiss bekommen hat und abgehauen ist. Die Suche nach ihr hat höchste Priorität.«

»Alles klar«, sagte Dawson.

»Okay. Stace, was sagen uns die Handynummern?«

Stacey verzog das Gesicht. »Nicht viel.«

Das hatte Kim befürchtet. Sie wartete darauf, dass Stacey es weiter ausführte.

»Die SMS verraten uns, über welchen Anbieter die Handys verbunden sind. Vermutlich hat er eine ganze Latte von Prepaidhandys, die nicht registriert sind. Und wenn er so clever ist, wie wir nicht hoffen, dann ist jedes von einem anderen Anbieter, was es uns fast unmöglich macht, über die Provider an Informationen zu kommen.«

»Können wir die Mobilnummern nicht einfach orten?«, fragte Dawson.

Für einen Detective saß er eindeutig zu oft vor der Glotze.

Stacey schüttelte den Kopf. »Die GSM-Ortung wird von Telefongesellschaften genutzt, um den ungefähren Standort eines Handys zu bestimmen.«

Sie stellte ihren eigenen und Dawsons Kaffeebecher im Abstand von ungefähr fünfundzwanzig Zentimetern auf den Tisch und legte ihren Bleistift dazwischen.

»Sie beruht auf der Messung von Leistungspegeln und Antennendiagrammen, denn ein eingeschaltetes Handy kommuniziert immer drahtlos mit einem der nächstgelegenen Funknetze. Hochentwickelte Systeme bestimmen den Abschnitt, in dem das Handy sich befindet, und schätzen grob die Entfernung zum Mobilfunksender, in Stadtgebieten oft bis auf fünfzig Meter genau.«

»Also, das wäre doch ein Anfang, oder?«, fragte Dawson.

Stacey schob die Becher an die Ränder des Esstisches, den Bleistift ließ sie liegen, wo er lag. »Auf dem Land liegen zwischen den Mobilfunksendern oft viele Kilometer, also ist die Bestimmung des Sendemastes für die Ortung ziemlich nutzlos.«

»Aber die Telefonnummern haben wir doch«, sagte Dawson.

Stacey verdrehte die Augen und wandte sich an Kim. »Guv?«

»Die Handys sind mit Sicherheit ausgeschaltet, Kev. Keine Ortungstechnik der Welt funktioniert, wenn das Handy nicht wenigstens eingeschaltet ist.«

»Wissen wir denn mit Sicherheit …?«

»Ich habe beide letzte Nacht überprüft«, sagte Kim. »Sie sind ausgeschaltet, vielleicht haben sie sie inzwischen sogar zerstört und weggeworfen.«

Dawson nahm seinen Handymast und trank daraus.

Er war noch nicht recht überzeugt. Es gab Tage, da war seine Hartnäckigkeit Gold wert, doch manchmal zielte sie einfach in die falsche Richtung.

»Aber ich habe in einem Artikel gelesen, dass man das integrierte Mikro eines Handys benutzen kann, um Gespräche zu belauschen.«

»Ja, viel Glück bei dem Versuch, dass Ihnen dafür jemand einen Gerichtsbeschluss unterschreibt«, sagte Stacey. »Außerdem würde es uns ohnehin nichts nützen. Ich wette, die haben sogar die Akkus rausgeholt.«

»Aber können wir denn gar nichts machen?«

Stacey seufzte. »O Kev, in einer Notsituation bekommen wir schon mal die Erlaubnis, ein Handy zu orten, aber es ist ziemlich klar, dass die Entführer jedes Mal ein anderes Handy benutzen, und eingeschaltet sein muss das Handy auf jeden Fall. Ich kann höchstens die vier größten Mobilfunkanbieter mit E-Mails bombardieren und schauen, ob sie für uns eine

Suche durchführen – aber das kann Tage dauern, wenn nicht gar Wochen, und jeder Einzelne wird uns dafür mehrere Tausend Pfund in Rechnung stellen.«

Stacey sah Kim an zur Bestätigung.

Kim zögerte nicht. »Versuchen Sie's trotzdem. Man weiß nie. Wir brauchen hier alles, was wir kriegen können.«

Schweigen senkte sich herab, sodass Kim nebenan in der Küche etwas hörte.

Sie schob ihren Stuhl nach hinten.

»Okay, sobald Sie ein bisschen Zeit haben, sollten Sie die alten Fallakten lesen. Vielleicht haben wir Glück und finden etwas, was damals übersehen wurde.«

Bryant und sich selbst hatte sie noch keine Aufgabe zugewiesen.

Kim hatte das Gefühl, dass sie einen Ausflug machen würden.

VIERUNDZWANZIG

Als Inga den öffentlichen Fußweg betrat, stolperte sie über eine hochstehende Platte.

Es war ihr gelungen, den Spielplatz zu verlassen, ohne entdeckt zu werden. Die Nacht in der Kletterburg war kalt und unbequem gewesen, doch für ein paar Stunden hatte sie sich sicher gefühlt. Die Umstände hatten verhindert, dass sie in einen richtigen, tiefen Schlaf gefallen war, doch ihr Körper hatte sich hier und da ein Nickerchen gegönnt, unterbrochen nur von dem periodisch wiederkehrenden grellen Scheinwerferlicht des Security-Fahrzeugs bei seinen Kontrollrunden.

Auf der Fahrt ins Krankenhaus war ihr klar geworden, wie skrupellos sie benutzt worden war. Als sie den fremden Stimmen zugehört hatte, die echte Sorge um ihr Wohlergehen verrieten, während sie still dalag und die Sanitäter an der Nase herumführte. Unter ihren geschlossenen Lidern hatten Tränen gebrannt; noch nie im Leben hatte sie sich so einsam gefühlt. Außer einmal vielleicht.

Sie staunte nicht zum ersten Mal darüber, wie leicht sie sich zu etwas hatte verführen lassen, was eigentlich vollkommen gegen das stand, woran sie glaubte. Ihre Unsicherheiten und Fantasien zu manipulieren war sehr leicht gewesen. Sie hatte keine große Herausforderung dargestellt.

Ihre ganzen Schwächen waren gegen sie benutzt worden. Sie hatte bekommen, wonach sie sich gesehnt hatte, doch sie hatte sehr viel dafür gegeben. Sie hatte ihnen Amy gegeben.

Beim Gehen kehrte das Gefühl in ihre Zehen zurück. Sie kribbelten und schmerzten, als sich die Wärme in ihren Füßen ausbreitete.

Jetzt, da sie ein paar Stunden ausgeruht hatte, war sie klarer im Kopf.

Als Erstes brauchte sie andere Kleidung. Sie trug noch dieselben Sachen wie bei dem Vorfall, und wer nach ihr Ausschau hielt, konnte sie leicht identifizieren.

Gut sechs Kilometer lagen zwischen ihr und der kleinen Wohnung. Wenn sie sich an Seitenstraßen und Gassen hielt, konnte sie einfach nach Hause gehen und sich andere Kleider holen.

Während der Gedanke zum Plan wurde, beschleunigten sich ihre Schritte. Es würde schon reichen, wenn sie nur so lange in ihre Wohnung konnte, um sich umzuziehen und ihren Pass zu holen. Dann konnte sie zum Flughafen fahren, ein wenig Geld abheben und in ein Flugzeug steigen.

Ja klar, wenn sie ihre Karte benutzte, hatten sie sie schnell auf dem Radar, aber bis dahin war sie sicher mitten in einem geschäftigen Flughafen. Anonym. Und in der Sekunde, in der sie deutschen Boden betrat, würde sie bei der Polizei anrufen und sagen, was sie wusste.

Als sie sich der Bushaltestelle Cradley Heath näherte, schaute sie in ihre Geldbörse. Dass sie jetzt einen Plan hatte, erfüllte sie mit neuer Hoffnung, und sie beschloss, ihr restliches Geld für eine Busfahrt auszugeben.

Sie lief vor einen Bus, der gerade ausscherte. Der Fahrer brachte das Fahrzeug quietschend zum Halten und bedachte sie mit einem wütenden Blick.

Sie sprang hinein, dankbar, sich mitten in die Trübsal der arbeitenden Masse zu begeben, für die eine neue Woche begann. Wie sehnte sie sich nach den Problemen dieser Leute.

Zwölf Minuten später sprang sie aus dem Bus und eilte in die Dover Street, die Hauptstraße, die parallel zu ihrer Straße verlief. Wenn sie am oberen Ende um die Ecke bog, konnte sie mit einem Blick sehen, ob jemand dort herumlungerte.

Sie wusste, nach wem sie Ausschau halten musste; er war schwer zu übersehen.

Sie blieb an der Ecke stehen und ließ den Blick schweifen. Sie konnte nichts entdecken. Sie machte ein paar Schritte und taxierte beim Gehen jedes Haus.

Irgendwo wurde ein Mülleimer nach der wöchentlichen Entleerung zurück zum Haus gezogen, und das Geräusch ließ sie zusammenschrecken, doch sie gelangte sicher zu dem viktorianischen Wohnhaus.

Die Schlüssel klimperten, als sie die Haustür zu öffnen versuchte. Zweimal fielen sie ihr aus der Hand, und Inga fluchte über ihre Ungeschicklichkeit. Schließlich schloss sie die Tür hinter sich und lehnte sich dagegen.

Sie spürte die warme Vertrautheit des Nach-Hause-Kommens. Plötzlich sehnte sie sich nach der stumpfsinnigen Plackerei der Normalität.

Das alltägliche Leben lag noch nicht so weit zurück, dass sie sich nicht daran erinnern konnte, wie es war, abends von der Arbeit nach Hause zu kommen und über ihre Arbeitgeber, die überfüllten Busse oder die Preise für Lebensmittel zu stöhnen.

Sie steckte den Schlüssel in das Schloss ihrer Wohnungstür, doch die schwang einfach auf. Als Ingas Blick auf das Gemetzel dahinter fiel, pochte ihr Herz wie wild.

Ihr ganzes Mobiliar war zertrümmert. Ihre Kleider waren überall verstreut, und von der Tür aus konnte sie erkennen, dass sie zerrissen und zerschnitten worden waren. In der Luft lag der klinische Geruch nach Bleiche.

Sie starrte auf das Zerstörungswerk und stellte sich vor, wie Symes lächelnd ihre Wohnung auseinandernahm.

Die Verwüstung war als Warnung gedacht, und Inga hatte sie laut und deutlich vernommen.

Sie drehte sich auf dem Absatz um und floh.

FÜNFUNDZWANZIG

Als Kim in die Küche trat, war Karen allein dort.

Sie blickte vom Saubermachen auf und bedachte Kim mit einem angedeuteten Lächeln. Kim bemerkte, dass sie den Schmuck, den sie am Vortag getragen hatte, abgelegt und nicht durch etwas anderes ersetzt hatte. Und sie hatte auch kein Make-up aufgelegt.

»Morgen, Kim, ich hoffe, letzte Nacht war nicht ...«

»Können wir uns draußen unterhalten?«, fragte Kim.

Karen verharrte mitten im Wischen.

»Ist alles okay, haben Sie Neuigkeiten?«

Kim schüttelte den Kopf und ging zu den Terrassentüren.

Karen trocknete sich die Hände ab und holte sich aus der Waschküche einen schwarzen Schal. Sie bot Kim einen roten an.

»Ich brauche keinen«, sagte Kim.

Es war kurz vor neun, und die Temperatur lag bei einem Grad.

Karen schloss die Küchentür und zog den Schal fest um sich. »Was ist ...«

»Erzählen Sie mir von Robert«, sagte Kim und entfernte

sich ein paar Schritte von der Hintertür. Karen folgte ihr mit verdutzter Miene.

»Er ist ein wirklich wunderbarer Mann. Als wir uns das erste Mal begegnet sind, war ich nicht unbedingt dieser Meinung, aber wenn er will, kann er sehr beharrlich sein.«

Kim nickte. Sie gab Karen die Gelegenheit, die Wahrheit zu sagen.

»Ich habe bei einer Luxusautovermietung Spätschicht gearbeitet. Alle paar Wochen kam er, um übers Wochenende einen Wagen zu mieten. Er fuhr gern verschiedene Autos, aber er sah keinen Sinn darin, für sich ganz allein eine ganze Flotte zu besitzen.

Wir haben uns ein paarmal kurz unterhalten. Ich war zweiundzwanzig und er einundvierzig. Als er das fünfte Mal kam, brachte er mir einen riesigen Blumenstrauß mit. Zuerst wollte ich ihn nicht nehmen, und wissen Sie, was er da gesagt hat?«

Kim schüttelte den Kopf.

Karen lächelte. »›Bitte betrachten Sie meine Aufmerksamkeit nicht als degoutant, trotz des Altersunterschieds. Ich bin kein schmieriger alter Mann; ich werbe um die Frau, die ich heiraten möchte.‹«

»Nonchalant«, sagte Kim.

»Es war clever. Ich konnte das ganze Wochenende an nichts anderes denken als an das, was er gesagt hatte, und deswegen habe ich unablässig an ihn gedacht.

Ich beschloss, ihm das nächste Mal gründlich den Kopf zu waschen, aber dann sah ich ihn fast einen ganzen Monat lang nicht. Und da wurde mir klar, dass ich mir wünschte, er käme.

Als er das nächste Mal da war, trug er einen Frack. Er sah so elegant und weltmännisch aus, dass ich ihn nicht zurechtweisen konnte. Er tat, als wäre nichts gewesen, und bat um den teuersten Wagen, den wir dahatten, ein Bentley Cabrio. Ich fragte ihn, ob es für einen besonderen Anlass sei, und er erklärte mir, es sei für eine sehr wichtige erste Verabredung. Unsere.«

Ein Schachzug, den er aus einer Liebeskomödie abgekupfert haben konnte, doch es hatte funktioniert, und Robert schien ein sehr netter Mann zu sein.

»Genau ein Jahr später haben wir geheiratet. Es war wunderbar.«

Das Ganze hier ging nicht so zügig voran, wie Kim es gern gehabt hätte. Sie nahm die Schnellstraße.

»Weiß Robert, dass Charlie nicht seine Tochter ist?«

Irgendwo in diesem Märchen hatte es einen Betrug gegeben, und Kim hatte keinen Nerv, sich weiter die geschönte Version anzuhören.

Karens Kopf kam aus den Wolken und schoss zu ihr herum.

»Wie zum Teufel ...?«

»Weil ich das Foto studiert habe, und in ihrem Gesicht ist absolut nichts, was auch nur entfernt Ihrem Mann ähnelt, besonders nicht die Lippen.«

Karen klappte mit dem ganzen Oberkörper nach vorn und fing an zu schluchzen. Kim blickte weiter geradeaus.

»O Gott, Kim, es ist so eine Erleichterung, endlich ...«

»Von mir können Sie keinen Trost erwarten. Ich bin weder Seelsorgerin noch Samariterin noch Anwältin. Ich bin Polizeibeamtin, und es gibt nur eines, was ich ganz sicher wissen muss.«

»Es war Lee«, murmelte sie und senkte den Blick.

Kim nickte. Das hatte sie sich gedacht. Die Lippen hatten es ihr verraten. Für einen gemeinen, aggressiven Scheißkerl hatte er einen sehr femininen Mund.

»Es war nur einmal, ich schwöre es. Ich konnte einfach nicht ...«

»Karen, das ist mir scheißegal. Aber es stinkt mich gewaltig an, dass Sie es nicht für bedeutsam genug gehalten haben, um es mir sofort zu sagen. Begreifen Sie nicht, dass jede Information entscheidend sein kann? Glauben Sie wirklich, es würde mir helfen, Ihre Tochter zurückzuholen, wenn Sie mir so ein Detail verheimlichen?«

Karen hob die Hand an den Hals. »O Gott, Kim, es tut mir so ...«

»Weiß er es?«

Karen wurde kreidebleich. »Sie denken doch nicht etwa ...«

»Nicht so zu denken kann ich mir nicht leisten, Karen. Ich muss ihn ausschließen können.«

Karen schüttelte energisch den Kopf. »Er weiß nichts von Charlie. Ich hab ihn danach nie mehr gesehen ... Ich betrachte ihn nicht einmal als ihren Vater. Für mich war ihr Vater immer ...«

»Werden Sie es Robert sagen?«, fragte Kim spitz. Sie musste wissen, ob sich eine emotionsgeladene häusliche Situation anbahnte.

Karen sah sie voller Entsetzen an. »Gott, nein. Ich kann ihm das jetzt nicht sagen und Sie auch nicht.«

Kim hatte nicht die Absicht, Robert die Wahrheit zu sagen. Es war nicht an ihr, doch sie musste ermitteln, ob Charlies leiblicher Vater die Finger im Spiel hatte.

Sie verstand, dass Karen nicht mit der ganzen Wahrheit herausgerückt war. Robert hatte das Geld – und wer ruinierte sich schon für ein Kind, das nicht sein eigenes war?

Karen machte einen Schritt auf sie zu. »Kim, es war wirklich nur das eine ...«

Kim drehte sich um und ging davon. Es gab einen alten Spruch, dass man, wenn man nichts Nettes zu sagen habe, verdammt noch mal das Weite suchen solle, bevor man das Falsche sage. Oder so ähnlich. Kim war sich nicht sicher, wie er genau lautete, denn sie hatte ihn noch nie beherzigt.

Sie persönlich verabscheute Betrug in jeder Form, doch in einer Beziehung war er unverzeihlich. Wenn eine Beziehung vorbei ist, beende sie, und lebe dein Leben, aber gib einem

Menschen, den du einmal geliebt hast, nicht das Gefühl, er sei ein Idiot.

Sie betrat die Einsatzzentrale und rieb die Hände aneinander.

»Stacey, suchen Sie bitte nach einem Lee Darby. Er ist im System und sollte nicht allzu schwer zu finden sein.«

»Alles klar, Chefin«, sagte sie.

»Ähm ... Guv, um Sie ein wenig aufzumuntern, Woody war am Telefon«, sagte Bryant. »Er will, dass wir vorbeikommen.«

Na super, dachte Kim und schnappte sich ihre Jacke.

Der Tag hatte schon nicht besonders gut angefangen, und sie hatte das Gefühl, dass er noch schlimmer werden würde.

SECHSUNDZWANZIG

»Verdammt, was kann er nur wollen?«, murmelte Kim, während Bryant den Wagen durch den Verkehr im Stadtzentrum von Halesowen lenkte. »Er weiß doch, woran wir arbeiten, und da beruft er uns zu einem verdammten Meeting.«

»Dann muss es etwas Wichtiges sein«, meinte Bryant, aber Kim war nicht in der Stimmung, ihm beizupflichten.

Er bog auf den Parkplatz. Kim löste schon ihren Sicherheitsgurt.

»Warten Sie hier, und lassen Sie den Motor laufen. Ich brauche nicht lange.«

Kim hastete ins Gebäude und lief die Treppen hoch. Sie klopfte und wartete eine Sekunde, bevor sie eintrat.

Woody war allein.

»Sie wollten mich sehen, Sir?«

Sie war in der Tür stehen geblieben.

»Stone, setzen Sie sich«, sagte er und nahm die Brille ab.

»Ich stehe ein wenig unter ...«

»Ich sagte setzen.«

Kim machte drei Schritte und setzte sich.

»Wie steht's?«

Nie im Leben hatte er sie für einen Zwischenbericht herbeizitiert. Den hätte er auch telefonisch haben können. Doch sie würde mitspielen.

»Das Team hat sich bei den Timmins eingerichtet. Die Hansons sind ebenfalls dort eingezogen. Gestern Abend haben sie eine zweite SMS bekommen, in der es hieß, das Spiel werde heute beginnen. Helen ist dort, und wir haben die Videoaufzeichnungen aus dem Freizeitzentrum gesichtet. Der Entführer hat sich als Polizist ausgegeben, und dass Bradley Evans tot ist, wissen Sie sicher.«

Woodys rechte Hand schloss sich um den Stift, den er hielt.

»Was genau hätten wir tun sollen, Stone?«, fragte er leise.

Sie wusste, dass er recht hatte, aber das änderte nichts daran, dass Brad tot war. »Ich weiß es nicht. Ich wollte ihn nur irgendwie beschützen, Sir. Das ist doch unsere Aufgabe.«

»Und ich weiß, dass Sie auf Ihre Art Ihr Bestes versucht haben, aber der Tod von Mr Evans geht ganz allein auf das Konto desjenigen, der mit seinem Kopf Fußball gespielt hat. Unser Fokus muss weiterhin auf Charlie und Amy liegen.«

Er legte den Stift weg und griff nach dem Antistressball.

Oh, Mist.

»Das, was ich jetzt sage, ist nicht verhandelbar. Sie können zetern und wüten, mit dem Fuß aufstampfen und schmollen, so viel Sie wollen, es wird nichts ändern.«

»Gute Nachrichten also?«

»Sie werden bei diesem Fall die Unterstützung von zwei hochrangigen Experten erhalten. Einer kommt heute, der andere morgen.«

»Klingt wie ein Roman von Dickens«, sagte Kim.

»Der erste ist Verhaltensexperte ...«

»Ein Profiler, Sir?«

»Nein, ein Verhaltensexperte.«

Ist doch dasselbe, dachte Kim. Sie hatte ihre eigenen

Ansichten über das Profiling, die sie sehr gern mit dem »Verhaltensexperten« diskutieren würde.

»Also, auf der Grundlage von zwei SMS bin ich ganz Ohr.«

»Der zweite ist ein Verhandler ...«

Kim ließ den Kopf sinken. »Soll das so was wie ein Scherz sein?«

»... der sich als nützlich erweisen könnte, sobald der Kontakt zu den Entführern hergestellt ist.«

»Ich kann verhandeln. Wie wäre es damit: Sobald ich die Scheißkerle gefasst habe, verhandele ich lebenslanges Gefängnis ohne jede Möglichkeit der vorzeitigen Entlassung und einen besten Freund namens Butch?«

»Der Verhandler war meine Idee, Stone.«

»Oh ... Warum das, Sir?«

»Sagen wir einfach, ich habe das Gefühl, dass Ihre Stärken woanders liegen.«

Sie akzeptierte sein Urteil.

Sie hob eine Augenbraue. »Wie wäre es mit einem Deal? Ich nehme den Verhandler, und Sie behalten Fitz.«

Woodys Lippen verzogen sich beinahe zu einem Lächeln.

»Und ich vertraue darauf, dass Sie sich die ganze Zeit höflich und professionell verhalten.«

Er legte den Antistressball zurück auf den Tisch.

Kim hatte gelernt, klug zu wählen, wo es sich zu kämpfen lohnte und wo nicht. »Selbstverständlich. Sie kennen mich.«

Seine saure Miene sagte alles.

Sie seufzte schwer. »Sonst noch etwas?«

»Nein, ich glaube, ich habe Ihnen den Tag genug versüßt.«

»Ja, Sir.« Mehr wagte sie nicht zu sagen.

Sie verließ das Büro und eilte die Treppe hinunter. Sie hielt zwei Sekunden inne und traf rasch eine Entscheidung. Ein Umweg über ihr Büro würde nicht länger als fünf Minuten dauern.

»Bekommen wir alle eine Gehaltserhöhung?«, fragte Bryant, als sie einen Aktendeckel auf den Rücksitz warf.

»Nein, noch besser. Wir bekommen einen Profiler und einen Verhandler.«

»Und einen Hinz und einen Kunz?«

»Im Augenblick nicht, aber wer weiß, vielleicht später.«

Bryant kicherte. »Ähm ... und wozu genau?«

»Damit die Oberen sich besser fühlen. Damit sie mich, wenn der Fall spektakulär in die Hose geht, zum Trocknen raushängen und sagen können, ich hätte alle zur Verfügung stehenden Mittel gehabt.«

»Aber er wird nicht spektakulär in die Hose gehen, nicht wahr, Guv?«

»Darauf können Sie wetten.«

Bryant lächelte. »Setze ich unsere Fahrt nach Featherstone fort?«

Sie waren kaum aus der Einfahrt der Timmins raus gewesen, da hatte Stacey Lee Darby schon ausfindig gemacht. Er residierte im Augenblick hinter schwedischen Gardinen.

»O ja«, sagte Kim. Auch wenn sie keine große Lust auf die Begegnung hatte.

SIEBENUNDZWANZIG

Karen war überrascht, dass sie doch einigermaßen funktionierte, wenn sie eine systematische Aufgabe hatte.

Sie hatte wohl die leise Hoffnung, wenn sie ganz normal weitermachte, würde Charlie irgendwann einfach zur Tür hereingefegt kommen. Wie genau das gehen sollte, spielte keine Rolle. Karen wusste, dass ihre Tochter in der Hand von Entführern war und nicht einfach wieder auftauchen würde, doch wenn sie ganz normalen Alltagsaufgaben nachging, schien es immerhin möglich.

Alle paar Minuten blickte sie sehnsüchtig zur Haustür. Am liebsten wäre sie einfach rausgelaufen. Sie wollte schreien, brüllen und ihre Tochter suchen, überzeugt, Charlie würde sie hören und heimkommen. Sie würde herausfinden, dass die SMS nur ein dummer Streich gewesen und die beiden Mädchen zu keinem Zeitpunkt in Gefahr gewesen waren.

Karen blinzelte die Tränen fort, als die Sinnlosigkeit dieses Wunsches den harten Fakten Platz machte. Für wenige Sekunden war es himmlisch, sich solchen Fantasien hinzugeben, doch sie kehrte immer in die Realität zurück. Vierundzwanzig Stunden waren vergangen, in denen ihre Tochter nicht nach Hause gekommen war.

Das Mittagessen vorzubereiten und zu kochen hatte ihr eine kleine Pause von dem Gedanken verschafft, der sich beharrlich immer wieder in ihr Bewusstsein schob. Doch sie konnte ihn nicht denken; *würde* ihn nicht denken. Wenn sie ihn dachte, würde er sie zerstören. Charlie lebte. Sie wusste es.

Karen beschäftigte sich mit dem Spülen der Teller. Vier davon waren kaum angerührt worden, aber das war okay. Es war ihr in erster Linie darum gegangen, das Essen zuzubereiten, nicht, es zu essen.

Sie ließ heißes Wasser in die Spüle einlaufen; die Geschirrspülmaschine blieb unbenutzt. Sie wollte nicht, dass das Aufräumen in wenigen Minuten erledigt war. Es sollte sie für Stunden beschäftigen. Bis zu der Sekunde, da Charlie nach Hause kam.

Angesichts dessen, was sie wusste und Robert nicht, wurde es ihr mit jedem Augenblick schwerer, mit ihm umzugehen. Sie fühlte sich von Kim gerüffelt, doch sie wusste, dass die Polizistin recht hatte. Wenn sie überzeugt wäre, es könnte dabei helfen, ihre Tochter zu retten, würde sie es von den Dächern brüllen. Doch es hatte nichts damit zu tun. Es konnte nichts damit zu tun haben.

»Kann ich dir helfen?« Elizabeth war in die Küche gekommen.

Es lag Karen auf der Zunge, es ihr auszuschlagen. Wenn sie sich zusammen der Aufgabe widmeten, war sie schneller erledigt, und dann war sie wieder ihren Gedanken ausgeliefert. Ein Blick auf ihre Freundin, und sie besann sich eines Besseren.

Sie genoss wenigstens den kleinen Luxus, in ihrem eigenen Zuhause zu sein. Sie konnte kochen, sauber machen und versuchen, sich irgendwie zu beschäftigen.

»Schnapp dir das Geschirrhandtuch da«, sagte Karen. »Was

machen die Jungs?«, fragte sie. Es waren natürlich keine Jungen, aber im Plural sprachen sie so über ihre Männer.

»Sie hocken über ihren Laptops. Robert tut, als würde er E-Mails lesen, aber er hat seit Minuten keine Taste angeschlagen.«

»Und Stephen?«

»Er hat einige Anrufe erledigt. Anscheinend gibt es ein paar Sachen, die er nicht delegieren kann. Es ist nicht seine Schuld. Seine Arbeit kann er nicht so leicht an jemand anderen übergeben wie ich meine«, sagte Elizabeth verlegen.

»Ist das wirklich so?«, fragte Karen.

»Ja, ich bin nicht annähernd so unersetzlich wie mein Mann. Wenn ich krank bin, wird der Stapel Anfragen auf meinem Schreibtisch einfach zum nächsten Rechtsassistenten weitergeschoben. Das ist bei Stephen ganz anders. Selbst bei einer ernsthaften Lebensmittelvergiftung bleibt er nicht von Anrufen verschont.«

Karen tat, als hörte sie den Anflug von Bitterkeit in der Stimme ihrer Freundin nicht. Sie wusste, dass Elizabeth Stephen auf der Uni kennengelernt hatte, und als die Beziehung litt, weil sie beide das Juraexamen ablegen wollten, hatte sie ihre eigene Karriere auf Eis gelegt, um ihn zu unterstützen. Eigentlich hatte sie ihr Studium fortsetzen wollen, sobald Stephen sich etabliert hatte. Doch dann war überraschend Amy gekommen und danach Nicholas.

Karen hätte gern noch eine Tochter oder einen Sohn gehabt. Sie hatte die Hoffnung noch nicht aufgegeben, eines Tages vielleicht Roberts Kind unter dem Herzen zu tragen. Sie hatte nie verhütet, und Robert hatte keinen Grund, an seiner Potenz zu zweifeln. Er ging davon aus, dass er Charlie gezeugt hatte.

Dass Elizabeth ihre abgewürgte Karriere nicht ihren Kindern vorhielt, wusste Karen. Sie war eine wunderbare

Mutter, aber die unterschwellige Animosität gegen ihren Mann war eine andere Geschichte.

Was als lockere Bekanntschaft wegen der Kindergartenfreundschaft ihrer Töchter begonnen hatte, war zu einer tiefen Freundschaft herangewachsen, ganz unabhängig von der Zuneigung der beiden Mädchen zueinander.

Eine gemeinsame Begeisterung für die Musik der Achtziger und für chinesisches Essen war die Grundlage für viele interessante gemeinsame Freitagabende. Die Beziehung zwischen ihren Männern war nicht annähernd so persönlich, aber sie kamen miteinander klar und ertrugen sich gegenseitig um ihrer Frauen und Kinder willen.

Stephen, Elizabeth und Robert hatten zahllose Anrufe bei Arbeitgebern, Kollegen und Freunden getätigt, um zu erklären, warum sie Arbeit, Verabredungen und gesellschaftlichen Ereignissen fernblieben. Ihre Handys hatten unablässig Laut gegeben, um Empfangsbestätigungen, Antworten und Gute-Besserung-Wünsche anzuzeigen.

Karen hatte niemanden angerufen. Ihr Kreis war sehr klein. Und sie hatte kein Problem damit. Elizabeth hatte sich erstaunt gezeigt, dass sie für so ein großes Haus keine Haushälterin hatte, und selbst Robert hatte es ihr mehrfach vorgeschlagen, doch Karen hatte es immer abgelehnt.

»Hast du dich erkundigt, wie es Nicholas geht?«

Elizabeth nickte. »Es geht ihm gut. Ich konnte nicht lange reden. Die Versuchung war zu groß.«

Karen verstand Elizabeth' Gefühle. Etwas sagte ihr, je mehr Menschen davon wüssten, desto besser wäre es. Als könnte irgendjemandem irgendetwas einfallen, was ihnen ihre Töchter zurückbringen würde.

»Glaubst du, wir tun das Richtige, indem wir uns an die Mediensperre halten? Ich meine, vielleicht sollten wir die Öffentlichkeit einschalten?«, fragte Elizabeth wie ein Echo auf Karens Gedanken.

Etwas in Karen wollte es in die Welt hinausschreien. Hunderte von Menschen sollten nach den Mädchen suchen. Und wenn sie tief in ihrem Herzen wirklich das Gefühl hätte, es könnte ihre Tochter zurückbringen, würde sie keinen Augenblick zögern.

Doch sie konnte sich nichts Schlimmeres vorstellen als eine Schlange von Familienmitgliedern, Freunden und Kollegen, die ins Haus kamen und wohlmeinende Plattitüden von sich gaben. Sie würde den Druck nicht ertragen, freundlich und höflich zu bleiben, während Charlie immer noch vermisst wurde. Sobald Charlie zu Hause war, würde Karen eine Party schmeißen, zu der gern die ganze Welt kommen konnte.

Karen konzentrierte sich ganz auf die Küchengeräte und überzeugte sich davon, dass sie sämtliche Oberflächen dreimal abgewischt hatte.

»Weißt du was, Kaz«, sagte Elizabeth mit einem Zittern in der Stimme. »Wo auch immer unsere Mädchen sind, mehr als alles andere hoffe ich, dass sie zusammen sind.«

Karen schnürte es die Kehle zu. Zuweilen hatte sie das Gefühl, sie könnte nicht mehr weinen.

Doch als sie die Tränen in den Augen ihrer Freundin sah, begriff sie, dass es immer noch mehr Tränen geben würde.

Sie fielen einander in die Arme und weinten, als hinge ihr Leben daran, teilten den Schmerz, den nur sie verstehen konnten.

»Das hoffe ich auch«, flüsterte Karen an der Schulter ihrer Freundin.

Einen Augenblick später löste sich Elizabeth und trocknete ihre Augen.

»Vertraust du ihr?«, fragte Elizabeth.

Karen nickte, ohne zu zögern; sie wusste, dass Elizabeth von Kim sprach.

Ihre Wege hatten sich im Laufe ihrer Kindheit mehrmals gekreuzt. Anfangs hatten die schwarzen Haare und düsteren

Züge des Mädchens Karen fasziniert. Sie hatte etwas Exotisches an sich gehabt.

Kim war immer eine Einzelgängerin gewesen, und das hatte sie noch interessanter gemacht. Karen konnte sich nicht an eine einzige Freundin von Kim erinnern. Sie hatte keine engen Beziehungen gesucht und sich gegen alle Versuche, sich mit ihr anzufreunden, verschlossen. Sie hatte nirgendwo dazugehören oder sich anschließen wollen, um sich das Leben leichter zu machen. Sie hatte nur überleben wollen.

Karens beste Freundin war Elaine gewesen, und die hatte Kim leidenschaftlich gehasst. Sie hatte versucht, sie für ihre Gruppe zu gewinnen, und war abgeblitzt. Danach hatte sie Kim mit Anstarren, Schubsen und Drängeln zu manipulieren versucht.

Karen erinnerte sich an den Tag, an dem Elaine sich ein grausames Doppelgängerspiel mit Kim erlaubt hatte. Sie hatte den ganzen Tag sämtliche Bewegungen von Kim nachgeäfft, nie mehr als sechzig Zentimeter hinter ihr. Die anderen Kinder hatten das Spiel toll gefunden, und zur Teezeit wohnten fast alle Kinder im Heim als Publikum den Possen bei.

Karen hatte mitgemacht. Nicht weil sie Angst vor Elaine hatte, sondern weil sie fasziniert war von der eisernen Ruhe, mit der Kim ihre Sachen machte, als würden nicht zwanzig dämliche Mädchen sie nachäffen.

Kim hatte bis zur Schlafenszeit gewartet. Sie hatte sich früher als die anderen ausgezogen, sich die Zähne geputzt und das Gesicht gewaschen, gleichgültig gegenüber den Scherzen, die hinter ihrem Rücken veranstaltet wurden.

Dann packte sie ihre Zahnbürste weg, drehte sich zu Elaine um und lächelte freundlich. »Oh, tut mir leid, Elaine, ich hab dich gar nicht gesehen.«

Die ganze Entourage war verstummt, als Kim zur Badezimmertür ging, wo sie noch einmal innehielt und sich umdrehte.

»Ist es nicht ein bisschen traurig, dass du dich so intensiv mit jemandem befasst, dem du vollkommen gleichgültig bist?«

Fünf Sekunden lang hatte Kim auf eine Antwort gewartet, dann hatte sie sich durch die schweigende Mädchenschar geschoben und war direkt ins Bett gegangen.

Kim war dreizehn Jahre alt gewesen und der einzige Mensch, der Karen je begegnet war, der keine Angst vor Elaine hatte.

»Ich würde ihr mein Leben anvertrauen«, sagte Karen wahrheitsgemäß.

Doch als sie es sagte, ging ihr auf, dass es nicht ihr eigenes Leben war, das sie der Polizistin anvertraut hatte.

ACHTUNDZWANZIG

»Na, was spukt Ihnen im Kopf herum, Guv?«, fragte Bryant, als sie durch Dudley fuhren.

»Nichts. Mir geht's gut.«

»Nein, das tut es nicht. Sie lassen mich fahren, und das tun Sie nur, wenn Sie Zeit zum Nachdenken brauchen.«

»Es ist nichts … Ich kriege das klar.«

»Das bezweifle ich nicht, aber vielleicht geht es schneller, wenn Sie es mir um die Ohren hauen.«

»Und das soll helfen?«, fragte sie.

»Nicht wörtlich. Ich kenne Sie, also verspreche ich Ihnen hoch und heilig, Ihnen keinerlei nützliche Ratschläge zu erteilen. Sprechen Sie das Problem einfach nur laut aus.«

»Tracy Frost ist nicht der Grund, warum Dewain Wright gestorben ist«, sagte Kim und empfand tatsächlich ein wenig Erleichterung, dass es raus war. »Sie war gestern Abend am Haus – was ein ganz anderes Problem ist –, aber in Bezug auf Dewain ist sie stur geblieben, also habe ich mir die Akte auf dem Revier geholt und sie mir noch einmal genauer angesehen.«

»Aber sie hat die Geschichte veröffentlicht, also wie …?«

»Das Timing passt nicht. Wir ... ich bin davon ausgegangen, dass sie es war, weil alles so schnell ging. Sie hat es veröffentlicht, verstehen Sie mich nicht falsch, aber er starb, zehn Minuten bevor die ersten Zeitungen ausgeliefert wurden.«

»Mist, dann hat jemand anderes Lyron gesteckt, dass Dewain noch am Leben war?«

Kim nickte und richtete den Blick aus dem Fenster.

Das ständige Anhalten und Weiterfahren an den zahllosen Ampeln auf der Birmingham New Road ging ihr allmählich auf die Nerven. Bryant hätte nur eine Ampel bei Gelb nehmen müssen, dann wären sie bei den restlichen durchgeflutscht.

»Die Sache mit dem Jungen ist Ihnen richtig an die Nieren gegangen, was?«, fragte Bryant.

Kim sah Bryant nicht an. Ja, Dewain Wrights Tod war ihr nahegegangen, weil er einer der mutigsten jungen Männer war, denen sie je begegnet war. Er hatte gewusst, dass er sein Leben aufs Spiel setzte, wenn er die Gang verließ, aber er hatte es trotzdem versucht.

»Und was wollen Sie jetzt machen?«, fragte Bryant. »Sie mögen keine ungeklärten Sachen, und mit diesem Fall an der Backe ...«

»Ich kann nicht mal daran denken, einen zweiten Fall zu bearbeiten, und zwar nicht nur, weil ich es Karen versprochen habe. Ich muss mich ganz darauf konzentrieren, Charlie und Amy nach Hause zu bringen.«

Bryant nickte. »Sie können sich also nicht darum kümmern.«

»Ich weiß, aber ich werde die Tatsache, dass jemand durchsickern ließ, dass der Bursche noch lebt, und damit für seinen Tod verantwortlich ist, nicht einfach ignorieren. Das hat er nicht verdient.«

»Gott behüte, dass Sie zulassen, dass bei einem Ihrer Fälle eine Frage offenbleibt«, meinte er und machte: »Tz, tz, tz.«

»Aber Sie haben hier wirklich alle Hände voll zu tun.«

Sie sah ihn von der Seite an. »Bezahlen die Ihnen was extra, wenn Sie alles wiederholen, was ich sage?«

»Nein, das mache ich absichtlich.«

»Ah«, sagte sie, als der Groschen endlich fiel. »Ich weiß, was Sie denken, und es gefällt mir.«

»Ich denke überhaupt nichts. Ich höre, wie gesagt, nur zu.«

Sie wusste jetzt genau, was sie tun würde, und sobald sie zurück waren, würde sie sich darum kümmern.

Als sie auf das Gefängnisgelände fuhren, wandte sie sich Bryant zu. »Wie üblich danke ich Ihnen dafür, Bryant, dass Sie mir kein bisschen weitergeholfen haben.«

»Jederzeit, Guv.«

Aus der Ferne erinnerte die Tür der Haftanstalt Featherstone in der dicken Backsteinmauer Kim an einen Comic, als wäre der Zugang zu der Einrichtung erst im Nachhinein dazugekommen.

Kim gefiel der Gedanke, dass der Architekt die hohe, undurchdringliche Mauer gebaut und dann einen Blick darauf geworfen und gedacht hatte: Oh, verdammt, ich hab vergessen, dass die Leute ja auch reinmüssen.

Featherstone in Wolverhampton war nie ein Paradebeispiel für erfolgreichen Strafvollzug gewesen. Es feierte das neue Millennium mit einem Gutachten, aus dem hervorging, dass vierzig Prozent der Insassen zugaben, Drogen zu nehmen. Mindestens ein Drittel konnte noch dazugerechnet werden, die es nicht zugaben. 2007 hatte das Gefängnis die Konkurrenz geschlagen, indem es bei Tests auf Opiate wie etwa Heroin den höchsten Prozentsatz im ganzen Vereinigten Königreich erzielt hatte.

In den letzten Jahren waren drei neue, funkelnde Zellenblocks hinzugekommen, die es zum Supergefängnis machten und die Aufnahmekapazität für Gefangene der Kategorie C fast verdoppelten.

Hinter der Minitür wurden sie von einer uniformierten Vollzugsbeamtin begrüßt, die aussah, als spielte sie Verkleiden. Kim schätzte sie mit ihrer schmächtigen Gestalt und ihrem unschuldigen Gesicht auf kaum älter als einundzwanzig.

Ihr war klar, dass der äußere Eindruck täuschen konnte, doch lügen tat er nicht. Sie betete nur zu Gott, dass diese junge Frau nicht der Vorstellung anhing, alle Inhaftierten seien anständige Menschen, und dem Missverständnis unterlag, wenn sie sie mit Respekt behandelte, würden sie das ebenfalls tun.

Denn das waren sie nicht, und das würden sie nicht.

Bryant zeigte seinen Dienstausweis vor, und die junge Frau studierte ihn gründlich.

Sie schüttelte den Kopf. »Heute ist kein Besuchstag, heute ist Montag.«

Kim war ihr wirklich dankbar, dass sie sie daran erinnerte, welcher Wochentag war. Sie machte den Mund auf, aber zum Glück war Bryant schneller.

»Wir haben angerufen und mit ...«

»Alles okay, Daisy?«, fragte ein Mann von der Tür her, die zum Rest des Gefängnisses führte.

Bryant hielt ihm rasch seinen Dienstausweis unter die Nase. »Wir haben die Erlaubnis. Wenn Sie ...«

»Ich bin informiert«, versetzte er barsch.

»Wir müssen mit einem Ihrer Insassen sprechen«, fuhr Bryant fort. »Es ist wichtig.«

Kim schätzte den Mann auf Anfang fünfzig. Sein weißes Hemd war makellos, der oberste Knopf geöffnet, am Hals ein ausgedehnter Rasurbrand.

»Treten Sie durch«, sagte er und zeigte auf den Metall-detektor.

Sie leerten ihre Taschen und legten Schlüssel, Handys und

Kleingeld aufs Tablett. Kim war schnell durch, doch ein vergessener Stift in Bryants Innentasche sorgte dafür, dass das Ding Alarm schlug.

»Wir müssen zu Lee Darby«, sagte Kim und wollte nach ihren Sachen greifen.

»Ihre Besitztümer müssen Sie hierlassen«, sagte der Beamte und reichte Daisy das Tablett.

Kim sah zu, wie es unter dem Tisch verschwand. »Officer ...«, protestierte sie und richtete den Blick auf sein Namensschild, »... Burton, ich würde gern mein ...«

»Mit Schlüsseln, Handys und Dienstausweisen kommen Sie hier nicht rein.«

»Seien Sie nett, Guv«, sagte Bryant und kaschierte es mit einem Husten.

Mürrisch akzeptierte sie, dass dies hier sein Laufstall war, nicht ihrer, und seufzte schwer.

Er reichte ihnen zwei Besucherausweise über den Tisch.

»Und zum Schluss noch: Haben Sie etwas Scharfes dabei?«

Bryant trat vor. »Könnten Sie ihr die Zunge rausnehmen?«

»Anlass des Besuchs?«, fragte Burton, ohne auf Bryants Bemerkung einzugehen.

»Vertraulich«, antwortete Kim.

Burton betrachtete sie ganze fünf Sekunden lang. Kim blinzelte nicht.

Er drehte sich um. »Ich bringe Sie in den Besuchsraum.«

»Wir würden es vorziehen, zu ihm zu gehen«, sagte Kim.

Officer Burton blieb stehen. »Das ist absolut gegen die Vorschriften.«

»Das verstehe ich«, sagte Kim. Es musste ihm doch klar sein, dass dies kein geplanter Besuch war. Kim wollte nur herausfinden, ob Lee Darby etwas mit der Entführung seiner Tochter zu tun hatte. Dazu musste sie zuerst in Erfahrung bringen, ob er überhaupt von Charlie wusste. »Aber es ist unabdingbar, und ich kann gar nicht genug betonen, wie dringend es ist.«

Kim setzte sich in Bewegung.

Officer Burton schaute auf seine Uhr und überlegte einen Moment lang.

»Er ist vermutlich in der Turnhalle beim Basketballtraining. Da sind viele andere Insassen.«

»Machen Sie sich keine Sorgen um Bryant«, sagte Kim. »Ich beschütze ihn.«

»Inspector, für Ihre Sicherheit bin ich verantwortlich.«

»Okay, Officer«, lenkte sie ein. »Ich verspreche, dass ich Ihnen nicht von der Seite weiche. Ist das okay?«

Wenn ihr Plan funktionierte, würde das nicht nötig sein.

Er überlegte und nickte dann zustimmend.

»Und, wie ist er so?«, fragte Bryant, als sie den Flur hinuntergingen. Sooft sie einen der vielen identischen Abschnitte hinter sich gebracht hatten, mussten sie stehen bleiben, bis Türen auf- und wieder zugeschlossen worden waren.

Irgendwo in diesem Gebäude trug eine kleine Gruppe Menschen sämtliche Informationen über jeden einzelnen Insassen zusammen. Sie wussten, wer mit wem sprach und mit wem nicht, wer sich spinnefeind war und, noch wichtiger, wer mit wem befreundet.

»Er ist einer unserer Aufstrebenden«, sagte Burton.

»Ihrer was?«, fragte Kim nach.

»Wir unterteilen sie nach Persönlichkeitstypen. Unser Lee versucht gern, sich unter die zu mischen, die vom Rang her über ihm stehen.«

»Wie das?«, wollte Bryant wissen.

»Wie überall gibt es auch hier im Gefängnis eine Hierarchie, eine Art Klassensystem. Ganz unten die Bagatelldelikte: Inhaftierte, die wegen wiederholten Ladendiebstahls oder Autodiebstahls und so weiter hier sind. Das ist die größte Gruppe. Sie sind jedes Mal nur für relativ kurze Zeit bei uns. Sie stehen zusammen und halten sich aus der Gefängnispolitik raus. Hauptsächlich, weil sie nicht lange genug hier sind.

Eine Stufe höher die Berufskriminellen oder solche, die wegen schwerer Körperverletzung hier sind und eine mittlere Haftzeit abzusitzen haben. Unser Bursche versucht immer wieder, sich unter die schweren Jungs zu mischen. Aber die Wortwechsel sind nicht gerade lang. Wahrscheinlich nur lang genug, dass er gesagt kriegt, er solle sich verpissen.«

»Also ist er nicht besonders beliebt?«

Burton zuckte die Achseln. »Er könnte es sein, wenn er aufhören würde, sich unter die harten Jungs mischen zu wollen. Seine Frau zu verprügeln kommt nie gut. Besonders nicht in seinem Fall.«

»Warum nicht?«

»Weil sie vor Gericht gegen ihn ausgesagt hat und er eingebuchtet wurde, also hat nicht mal seine Frau Angst vor ihm. Er steht nicht so weit unten wie die Pädos, aber auch nicht viel höher.«

»Und er versucht es immer wieder?«

Burton nickte. »So hat er was zu tun.«

»Irgendwelche anderen Probleme?«, fragte Kim.

»Ein paar Streitereien, aber nichts Ernstes. Hat dazu geführt, dass er ein paar Monate länger hierbleiben muss, und seine erste Anhörung wegen bedingter Strafaussetzung ist Ende des Jahres.«

Burton tippte den Code ein, mit dem sie in einen Vorraum gelangten, von wo aus eine Tür in die Turnhalle führte. Kim wusste, dass das Gefängnis ein großes Sportangebot hatte, darunter Badminton, Bowling, Volleyball und Football. Sie wusste auch, dass die Inhaftierten in Featherstone ungefähr zehn Stunden am Tag außerhalb ihrer Zellen verbrachten.

Oh, wenn sie doch nur die Welt regieren würde.

Burton wandte sich zu ihr um. »Ähm ... besteht nicht vielleicht die Möglichkeit, dass Sie außer Sichtweite bleiben und es Ihrem Kollegen überlassen ...?«

»Bryant, gehen Sie zu dem kleinen Kerl da drüben. Tun Sie

so, als würden Sie ihn kennen«, sagte sie, indem sie den Kopf zur Tür hineinstreckte.

Bryant warf ihr einen seltsamen Blick zu, doch er tat, worum sie ihn gebeten hatte.

Kim betrat die Turnhalle, lehnte sich an die Wand und richtete den Blick auf nichts Bestimmtes. Burton seufzte tief, bezog aber neben ihr Posten.

Der Duft einer neuen Frau hatte hier dieselbe Wirkung wie Kokain auf einen Drogenhund. Kim rechnete fast damit, dass sie alle zu ihr gelaufen kamen und Sitz machten. Wie erwartet, wanderten sämtliche Augenpaare im Raum in ihre Richtung.

Es dauerte ungefähr vier Sekunden, bis die Männer sie als Polizeibeamtin identifizierten und das Interesse verloren. Bis auf einen.

Kim blickte nicht in seine Richtung, doch aus den Augenwinkeln sah sie, dass er den Kopf zur Seite neigte und auf sie zugeschlendert kam. Es schien, als hätte er für sie seinen besten Sonntags-Gangster-Gang aufgelegt. Ein leichtes Hüpfen und dann das Bein hinterherziehen. Es war das Witzigste, was sie seit Tagen gesehen hatte.

Burton rückte näher.

Lee hob die Hände. »Alles cool, Kumpel. Ich kenn die Braut.«

»Hey, achten Sie auf ...«

»Kim?«, sagte er, als er schließlich vor ihr stand. »Nicht wahr, Kim Stone?«

Zögerlich richtete sie den Blick auf ihn. Er blieb leer.

»Ich bin's ... Lee ... Lee Darby. Wir sind zusammen aufgewachsen. War 'n Kumpel.«

Gütiger Himmel, er redete, als würde er den Mist, der aus seinem verfaulten Maul kam, tatsächlich glauben. Ihre Erinnerungen waren da doch ein wenig anders.

Kim neigte den Kopf zur Seite und runzelte die Stirn. Ein

leichtes Lächeln spielte um ihre Lippen. Ach, na gut, was soll's, sie würde ein Weilchen bei seinem Spiel mitspielen.

»O ja, ich erinnere mich an Sie. Wir waren zusammen in Goodhampton.«

Er lächelte breit, was sein aasiges Gesicht nicht schöner machte. »Na klar. Ja, ich hab gehört, du wärst 'ne Bullette, aber wenn ich ehrlich bin, hab ich's nicht recht geglaubt.«

Kim sah sich um, als ginge ihr eben jetzt erst auf, wo sie dieses Gespräch führten.

»Wie sind Sie denn hier gelandet? Ich dachte, bei Ihnen lief's wie geschmiert?«, sagte sie knapp.

»Nur eine kurze Episode. Ihr Bullen buchtet immer die Falschen ein. Ich hab nix gemacht. Bloß falscher Ort, falsche Zeit.«

Ah, es war also ein Missverständnis, dass er zufällig die Faust geführt hatte, die seine Freundin auf die Intensivstation geprügelt hatte. Was für ein Pech für ihn.

»Und was machen Sie, wenn Sie zur richtigen Zeit am richtigen Ort sind?«

»Ein bisschen was kaufen, ein bisschen was verkaufen.«

Kim nickte zum Zeichen, dass sie verstanden hatte. Wer ihm glaubte, sollte mal zu ihr kommen. Sie hatte eine hübsche Brücke in London zu verkaufen.

»Frau, Kinder?«

Er schüttelte den Kopf. »Nein, kann die kleinen Biester nicht ausstehen. Die saugen einen doch nur aus. Frei und ungebunden.«

Er zwinkerte ihr zu, und in ihrer Kehle stieg tatsächlich Galle auf.

Sie hob die Hand vor den Mund und hustete. Das Zeichen für Bryant, dass sie hier fertig war.

Endlich ließ sie die Maske fallen, und der ganze Widerwille, den sie für ihn empfand, zeigte sich in ihren Augen.

»Lee, Sie haben mit dem Alter definitiv nichts aus sich

gemacht. Mag sein, dass Sie nicht da sind, wo Sie zu sein erwarten, aber Sie sind genau da, wo *ich* Sie erwartet habe.«

Bryant schlenderte näher. Sie drehte sich um und ging davon.

Sie hatte nicht die geringste Falschheit entdecken können. Wäre er in eine so komplizierte Operation wie eine doppelte Entführung verwickelt, hätte er sich sehr viel überlegener gegeben. Er hätte eine blasierte Selbstgefälligkeit zur Schau getragen und sich daran ergötzt, wie clever er war.

Kim war sich sicher, dass er nichts von Charlies Existenz wusste. Bei der Frage nach Kindern war kein Schatten über sein Gesicht gezogen.

Ja, sie hätte es sich leicht machen und ihn direkt fragen können, doch dann hätte sie ihn darauf gestoßen, dass er eine Tochter hatte. Und das würde Lee zweifellos irgendwann zu seinem Vorteil zu nutzen versuchen.

Wenn sie ehrlich war, lag ihr nichts daran, die zerbrechliche Mauer, die Karen um ihre Familie herum errichtet hatte, zu schützen. Es war ein Lügengeflecht, mit dem sie sich irgendwann auseinandersetzen musste.

Sie hatte es für Charlie getan. Einen Vater wie Lee Darby brauchte das Mädchen gewiss nicht. Sie hatte Robert. Noch.

»Wohin jetzt?«, fragte Bryant, als sie an die frische Luft traten.

»Zurück zum Haus«, antwortete sie.

Nachdem sich dies hier als vermauerte Sackgasse erwiesen hatte, hoffte sie zum Teufel noch mal, dass in den Akten etwas war.

NEUNUNDZWANZIG

»Kev, haben Sie etwas?«, fragte Kim. Dawson war ins Haus zurückbeordert worden, damit sie sich kurz über das Neueste austauschen konnten, bevor der Verhaltensexperte kam.

Die Enttäuschung war ihm anzusehen. »Laut meinem neuen besten Freund von unten hat Inga seit Monaten niemanden mit in die Wohnung gebracht. Keiner von den anderen Nachbarn spricht viel mit ihr, und alle bestätigen, dass sie sie immer allein gesehen haben.

Ich habe ihr Foto in den Läden in der Gegend vorgezeigt. Sie war ein paarmal für einen Trockenschnitt beim Friseur und hat ab und zu mal beim Chinesen was zu essen geholt, sich aber nicht unterhalten. Bin den Kollegen von Brierley Hill über den Weg gelaufen, die sich um den Einbruch kümmern sollen, aber die fragen sich, warum sich niemand beschwert hat.«

Den Kollegen nichts zu verraten war genauso schwer, wie die Presse außen vor zu lassen.

Inga zu finden erwies sich als unmöglich. Um der jungen Frau willen hoffte Kim, dass es auch den Entführern nicht gelang. Die einzige Erklärung dafür, dass sie aus dem Krankenwagen abgehauen war, war Angst. Sie hatte die Nerven verloren. Kim bezweifelte ernsthaft, dass es zum Plan gehört hatte. Es wäre viel sinnvoller gewesen, wenn Inga im Krankenhaus gewartet hätte, bis sie abgeholt wurde, oder einfach später gegangen wäre, aber dass sie vor dem Krankenhaus eine Szene gemacht hatte, verriet Kim, dass sie Panik bekommen hatte.

»Stace?«, fragte sie und sah sie an.

»Ich habe flehentliche E-Mails an die Mobilfunkanbieter geschickt. Sie haben mir Empfangsbestätigungen zugesandt und ihr dröhnendes Lachen höflich auf ein Minimum beschränkt. Die etwaige Adresse einer der von der letzten Entführung betroffenen Familien habe ich rausgekriegt, aber bei der anderen Familie erweist es sich als schwieriger. Wahrscheinlich haben sie die Adresse gewechselt und den Nachnamen.

Auf den Listen der Eltern mit den infrage kommenden Personen gibt es einen mit einer Vorstrafe wegen einfachen Diebstahls, aber Robert hat bestätigt, dass er davon wusste, als er ihn eingestellt hat. Der Rest ist sauber, anders als die meisten Namen auf Stephens Liste. Da setze ich mich als Nächstes dran.«

»Irgendetwas Brauchbares über die beiden benutzten Handys?«

»Prepaidhandys von verschiedenen Anbietern mit Startguthaben. Beide mit einer gefälschten Kreditkarte in Manchester gekauft und an eine Postfachadresse in Ealing geliefert.«

»Nun, dann haben wir ...«

»Vor elf Monaten, Chefin«, stellte Stacey klar.

»Verdammt«, knurrte Kim. Es wäre sowieso ziemlich aussichtslos gewesen, aber an jemanden, der vor so langer Zeit ein Postfach gemietet hatte, würde sich niemand mehr erinnern.

»Das zeigt, wie lange sie geplant haben, diese beiden Mädchen zu entführen«, sagte Bryant.

»Nicht unbedingt diese beiden Mädchen«, hielt Kim dagegen. »Es zeigt uns, wie lange es einen Entführungsplan gab, aber nicht unbedingt, *wen* sie entführen wollten. Es muss eine Verbindung zu einer der anderen Familien oder zu beiden geben. Es muss einen Grund dafür geben, dass sie die Aufmerksamkeit der Entführer erregt haben.

Okay, jeder schnappt sich einen Stapel«, fuhr sie fort und nahm einen Packen Unterlagen aus dem nächsten Karton. »Ich will wissen, ob es irgendwelche Hinweise darauf gibt, warum beim ersten Fall die Wahl auf diese beiden Mädchen fiel.«

Alle nickten und nahmen sich einen Teil der alten Fallnotizen.

»Hey, Guv, stellen Sie sich vor, dieser Doc da würde versuchen, ein Profil von Ihnen zu erstellen«, sagte Dawson lächelnd.

Bryant schnaubte. »Dafür kriegt er mein Mitgefühl und mein Haus.«

»Und eine wohlverdiente Gehaltserhöhung«, fügte Dawson hinzu.

Kim schenkte den beiden ein Lächeln.

»Mist, Dawson, sie lächelt«, bemerkte Bryant.

»Dann halt ich wohl besser die Klappe.«

»Das ist doch mal eine gute Idee«, versetzte Kim.

Sie blätterte ihren Stapel durch, der Zeugenaussagen enthielt, Gesprächsprotokolle, Berichte von Polizeibeamten darüber, dass die Täter womöglich gesehen worden waren, und über die Hinweise, die von überall her via Hotline eingegangen waren.

»Oh, verdammt«, stöhnte Kim, als ihr ein Foto in den Sinn kam.

Sie schoss aus dem Raum und kehrte zwei Minuten später mit dem gerahmten Foto von Charlies Nachttisch zurück.

»Das Schwimmfest«, sagte sie und löste die Spangen vom Rahmen.

Kim las den Artikel rasch durch, und bei jedem Satz

rutschte ihr das Herz tiefer in die Hose. Als sie fertig war, legte sie ihn auf den Tisch und schob ihn zu Bryant hinüber.

»Da ist ausführlich davon die Rede, dass sie beste Freundinnen sind. Amys Vater, ›der hochgeachtete Staatsanwalt‹, wird genauso erwähnt wie der ›örtliche Unternehmer‹ Robert Timmins.«

Während der Artikel um den Tisch wanderte, staunte Kim darüber, was er alles preisgab. Die Mädchen waren leidenschaftliche Schwimmerinnen und hatten beide wohlhabende Eltern. Selbst ohne weitere Hilfe hatten die Täter gewiss keine große Mühe gehabt, ihre Spur zum Old-Hill-Freizeitzentrum zu verfolgen, und wegen des schönen Fotos, auf dem sie ihre Medaillen in die Kamera hielten, waren sie leicht zu identifizieren.

Bryant stieß einen Pfiff aus. »Ein vollkommen unschuldiger Artikel, der so gut wie alles verrät.« Er schaute auf die Kopfzeile der Seite. »Und der ist im Juni erschienen.«

Ja. Das hatte Kim auch schon ausgerechnet. Wenn dieses Foto der Katalysator gewesen war, dann hatten sie neun Monate Zeit zum Planen gehabt.

»Und hilft uns das weiter, Guv?«, fragte Dawson. »Sollen wir uns jetzt nicht mehr mit Feinden oder Familienmitgliedern befassen? Grenzt diese Information unsere Suche ein?«

»Nein, Kev, es erweitert sie in alle möglichen Richtungen.«

Sie konnten jetzt nicht mehr davon ausgehen, dass eine den Familien bekannte Person die Finger im Spiel hatte.

Immerhin hatten sie nun den Anfang einer Spur, und wenn da etwas war, würden sie es finden. Doch jetzt musste Kim sich mit der Tatsache auseinandersetzen, dass die Mädchen aufgrund eines Zeitungsartikels willkürlich ausgewählt worden waren.

Je unwahrscheinlicher es wurde, dass die Entführer eine Verbindung zu einer der beiden Familien hatten, desto dringender musste sie hoffen, dass sie es mit denselben Leuten zu tun hatten wie beim letzten Mal. Jeder Satz, jede Tatsache, jeder Kontakt und jeder Zeuge von damals musste noch einmal überprüft werden in der Hoffnung, dass die Täter ungewollt irgendwo einen Krümel hinterlassen hatten.

»Okay, alle zurück an die Fallnotizen«, wies Kim die anderen an. Es war Zeit, richtig tief zu graben.

Will überprüfte die Akkuladung von Handy Nummer drei. Nummer eins und Nummer zwei lagen ganz an der linken Tischkante. Sie waren ausgeschaltet. Er erwartete keine Antwort. Noch nicht. Erst später, nach der nächsten SMS.

Er reihte die übrigen Handys auf, sorgsam darauf bedacht, dass die Oberkanten bündig abschlossen. Zwischen zwei Telefonen war immer ein Abstand von exakt fünf Zentimetern.

Zufrieden, dass die Geräte in Ordnung waren, wandte er sich wieder dem Text zu. Er hatte die Nachricht hundert Mal gelesen, aber sie musste perfekt sein. Das letzte Mal hatte er sich nicht genug Zeit für die Formulierung genommen. Hatte sie sich nicht gründlich genug durch den Kopf gehen lassen.

Beim letzten Mal waren viele Fehler passiert. Er hatte gedacht, er kriegte es allein hin, doch diesmal hatte er Hilfe gehabt, und die war in zweierlei Gestalt erschienen. Die erste war aus einer vollkommen unerwarteten Ecke auf ihn zugekommen. Um die zweite hatte er geworben.

Symes hatte er gefunden, bevor die Paare ausgewählt worden waren, und er hatte gleich beim ersten Zusammentreffen gewusst, dass er der richtige Mann war. Der Prozess verlief in mehreren Phasen, und Symes brauchte er ganz am Ende. Die kalte Skrupellosigkeit des Mannes erlaubte es ihm, seinen Teil der Arbeit zu genießen.

Er las die SMS noch einmal durch. Diesmal sollte jedes Wort maximale Wirkung erzielen. Doch was er sich wirklich wünschte, war, dabei zu sein, wenn die Nachricht gelesen wurde.

Er war von einer beinahe atemlosen Aufregung erfüllt, wie er sie am Weihnachtsabend nie empfunden hatte. Als mittleres von sieben Kindern hatte es sowieso wenig gegeben, worauf er sich hätte freuen können. Seine erste Erinnerung war die, wie seine Mutter ihm den Versandhauskatalog in die Hand drückte, begleitet von der Anweisung, seine Initialen neben etwas zu setzen, was nicht teurer war als ein Zehner. Er tat es, und sie reichte den dicken Katalog an das nächste Kind weiter.

Wenn die anderen Kinder in der Schule dann am ersten Tag nach den Weihnachtsferien sämtliche Geschenke herunterleierten, die der Weihnachtsmann ihnen gebracht hatte, hatte er gespürt, wie der Neid in ihm wuchs. Nicht nur auf die Geschenke, sondern auf den Glauben an etwas Magisches, einen Mythos. Er erzählte allen Kindern, die er zu fassen kriegte, dass es den Weihnachtsmann gar nicht gab, und klärte sie darüber auf, dass es eine dicke, fette Lüge war. Mädchen und Jungen hatten geweint und protestiert und sich mit ihm gestritten und es schließlich akzeptiert und dann noch ein wenig geweint. Und er hatte gelacht, denn plötzlich hatte er im Mittelpunkt gestanden.

Seine Eltern hatten an gar nichts geglaubt. Der Zahn unter dem Kissen war am Morgen noch da gewesen. Eier kamen aus dem Supermarkt und kosteten drei Stück ein Pfund.

Er wollte das Geld. Er wollte *ihr* Geld. Er wollte Menschen, die alles hatten, etwas wegnehmen.

Will versuchte, sich die Gesichter der Familien vorzustellen, wenn er ihr Leben in Fetzen riss. Oh, wie sehr er sich wünschte, er könnte es mit eigenen Augen sehen, doch das war unmöglich. So blieb ihm nur, hier zu sitzen und es sich vorzustellen.

Nur noch eine Stunde, bis er die SMS schickte, die ihrer aller Leben für immer verändern würde.

Seine Gedanken wanderten zu seinem Kollegen. Er hatte erwartet, dass er den Auftrag inzwischen erledigt hätte und zurück wäre. Was Ingas Schicksal anging, gab's kein Entweder-oder. Sie hatte eine Dummheit begangen, und dafür musste sie zahlen. Sie wusste zu viel, um am Leben bleiben zu dürfen. Sie war ein dummes Flittchen, das die Nerven verloren hatte. Er empfand nicht das Geringste für sie. Ihre Gefühle hatten sich anfangs als nützlich erwiesen, doch jetzt drohten sie, das ganze Projekt zu Fall zu bringen.

Sie musste sterben, und zwar bald.

Und er hoffte, dass Symes sich Zeit dabei ließ.

»Wer auch immer diese Akten geordnet hat, hätte eine ordentliche Tracht Prügel verdient.«

»Hören Sie auf zu jammern, Kev, und machen Sie weiter«, fuhr Kim auf, auch wenn sie ganz seiner Meinung war. Der erste volle Tag der Ermittlungen neigte sich dem Ende zu. Charlie und Amy waren seit fast sechsunddreißig Stunden fort, und es erschien ihr, als kämen sie keinen Schritt voran.

Wenn die Ermittlungen mit derselben Effizienz durchgeführt worden waren wie die Aktenablage, wunderte Kim sich nicht, dass sie so spektakulär in die Hose gegangen waren. Und das war ein noch größerer Grund zur Sorge.

»Was glauben Sie, warum nur eines der Mädchen zurückgekommen ist?«, fragte Bryant.

»Ich weiß es nicht ... aber ich möchte wetten, dass die Antwort irgendwo hier drinnen zu finden ist.«

Ein leises Klopfen an der Tür. Helen streckte den Kopf herein, trat aber nicht über die Schwelle.

»Madam, es ist jemand für Sie da: Doktor Lowe.«

Kim schob ihren Stuhl nach hinten und ging zur Haustür.

Im Flur wurde sie von dem köstlichen Dunst umweht, der aus der Küche waberte.

Doktor Lowe war schlank und groß, trug einen Bleistiftrock, hohe Absätze und ein strenges Jackett. Ihr kastanienbraunes Haar war zu einem Bubikopf geschnitten, der Pony blau gefärbt.

Sie wandte sich Kim mit einem starren Lächeln zu, an dem ihre kalten blauen Augen keinen Anteil hatten.

»Doktor Alison Lowe«, sagte sie freundlich. »Sie erwarten mich?«

»Die Profilerin?«, hakte Kim nach. Sie hatte Probleme mit der Bezeichnung »Doktor« für Menschen, die weder einen weißen Kittel noch grüne OP-Kleidung trugen.

»Ich ziehe ›Verhaltensexpertin‹ vor«, sagte Lowe mit einem Anflug von Ungeduld in der Stimme.

»Selbstverständlich«, gab Kim mit einem Lächeln zurück. Woody hatte klargemacht, dass sie nett zu den hinzugezogenen Experten zu sein hatte, doch es war ihr deutlich anzusehen, wie schwer ihr das fiel.

Kim streckte ihr die Hand hin. Alison wirkte verdutzt. Hatte sie es zu schnell getan? Wenn Kim ehrlich war, verabscheute sie Körperkontakt mit Fremden – es sei denn, sie warf sie zu Boden.

»Freut mich sehr, Sie kennenzulernen«, sagte Kim zusammen mit einem kurzen Berühren der Handteller.

»Und Sie sind die leitende Ermittlungsbeamtin?«

Kim zog Detective Inspector vor, doch sie ließ es ihr durchgehen.

Sie taxierte die Kleidung der Frau und lächelte. »Vielen Dank, dass Sie gleich hergekommen sind, aber wenn Sie zuerst ins Hotel möchten, um einzuchecken und sich frisch zu machen und dann ...«

»Das habe ich schon, Officer.«

»Oh, kein Problem«, sagte Kim und fragte sich, wer sich um

halb sieben am Abend so kleidete. »Wenn Sie mir folgen möchten, stelle ich Sie dem Team vor. Meine Leute brennen darauf, Sie kennenzulernen.«

Kaum waren die Worte über ihre Lippen, erkannte Kim, dass sie womöglich ein bisschen zu dick aufgetragen hatte. Doch sie hatte das Gefühl, sich mit ihrer natürlichen Art bei der Frau nicht besonders beliebt machen zu können.

»Leute, dies ist Doktor Alison Lowe, unsere beratende Verhaltensexpertin.«

Doktor Lowe bewegte sich auf Zehenspitzen an das Kopfende des Tisches.

»Bitte nennen Sie mich Alison«, sagte sie mit perfekt modulierter öffentlicher Sprechstimme und einem Lächeln, das sich gleichmäßig im Raum ausbreitete. Sie stellte die Aktentasche auf den Esstisch und stupste damit einen Kaffeebecher an, den Stacey gerade noch auffangen konnte.

»Hier ist mein Lebenslauf, damit Sie sich ein wenig über mich und meine Qualifikation informieren können.«

Sie reichte die Ausdrucke um den Tisch.

Kim warf einen Blick auf den Lebenslauf und fragte sich kurz, ob Alison ein Wunderkind gewesen war – eine von denen, die mit zwölf schon das Medizinstudium abschlossen. Ein Abschluss in Soziologie, einer in Psychologie und eine beeindruckende Ansammmlung von Großbuchstaben.

Was sie nicht fand, waren Hinweise auf praktische Berufserfahrung.

»Wenn Sie mich gern etwas fragen möchten, nur zu.«

Bryant hustete. »Können Sie die Fälle umreißen, an denen Sie bisher gearbeitet haben?«

Es war einfach Verlass darauf, dass er wusste, was Kim dachte, und er hatte die Frage unendlich viel eleganter formuliert, als sie es gekonnt hätte.

Alison lächelte Bryant an, als hätte sie mit der Frage gerechnet.

»Ich habe bei den Ermittlungen eines Dreifachmords in Edinburgh assistiert und im Fall einer mehrfachen Vergewaltigung in Hertfordshire.«

Kim war sich nicht sicher, was »assistiert« in solch einem Fall bedeutete, doch dies war kein Vorstellungsgespräch, also hakte sie nicht weiter nach.

»Wo möchten Sie anfangen?«, fragte Kim.

Alison setzte sich an den Tisch.

»Ich hätte gern einen Überblick über den Fall. Ich habe gehört, im letzten Jahr hat es einen ähnlichen Vorfall gegeben.«

»Das ist korrekt«, bestätigte Kim.

»Wenn ich die Fallnotizen dazu ebenfalls haben könnte.«

Kim zeigte auf die zahllosen Aktenstapel. »Bedienen Sie sich.«

Alison sah sich am Tisch um. »Nicht systematisch geordnet, nehme ich an.«

Ein Klopfen an der Tür enthob Kim einer Antwort. Dawson saß am nächsten und ging öffnen.

Kim lehnte sich auf ihrem Stuhl nach hinten. Es war Karen.

Karen schaute an Dawson vorbei zu Kim. »Das Abendessen ist fertig, wenn Sie Zeit haben.«

Ihre drei Teammitglieder sahen sie sehnsüchtig an.

»Na los«, sagte Kim und verdrehte die Augen. Sie nahm sich vor, mit Karen zu sprechen. Es war nicht ihre Aufgabe, für das Ermittlerteam zu kochen, und auch wenn sie sich vorstellen konnte, dass Karen froh war, etwas zu tun zu haben, musste das aufhören. Gemeinsame Mahlzeiten führten zu einer Intimität – ähnlich einer Familie, die sich zum Abendessen am Tisch versammelte, um über den Tag zu sprechen. Ihr Team durfte sich nicht dazu verleiten lassen, über irgendetwas zu sprechen.

»Bitte«, sagte Kim zu Alison.

»Danke, ich habe schon gegessen. Ich würde lieber gleich loslegen.«

Kim wartete, bis die Tür zu war. »Okay, in einem örtlichen

Freizeitzentrum wurden zwei neunjährige Mädchen entführt. Das Auto der Mutter, die sie abholen wollte, war manipuliert worden, sodass sie nicht pünktlich dort sein konnte. Unser erster Entführer war als Polizist verkleidet. Ein Mitarbeiter des Freizeitzentrums, der ihn angesprochen hat, ist letzte Nacht umgebracht worden.

Die Kommunikation läuft über SMS. Bis jetzt sind zwei Nachrichten eingegangen. Der Text steht auf der Tafel.

Die Mädchen sind beste Freundinnen. Vor einigen Monaten wurde in einem Zeitungsartikel über sie berichtet, darin wurden auch die Berufe der beiden Väter erwähnt. Und um gleich schon mal zu beantworten, was bestimmt Ihre erste Frage ist: Es gab bislang noch keine Lösegeldforderung.«

Alison betrachtete die Tafel und rieb sich das Kinn.

Als Kim umriss, was sie bisher hatten, ging ihr auf, wie wenig es war.

»Momentan«, fuhr sie fort, »arbeiten wir uns durch die Listen potenzieller Feinde der beiden Familien, aber wir müssen in Betracht ziehen, dass sie aufgrund dieses Zeitungsartikels ausgewählt worden sind.«

»Hm ... diese letzte SMS ist ein wenig beunruhigend.«

Kim nickte zustimmend. »Ja, es sieht ganz so aus, als hätten wir es mit einem Psychopathen zu tun.«

ZWEIUNDDREISSIG

Symes kippte sein zweites Bier herunter, was nicht dazu beitrug, seine Stimmung zu heben.

Er war den ganzen Tag hinter dieser Schlampe her gewesen, und er hatte keine einzige Spur von ihr gefunden.

Er hob die Hand, um noch ein Pint zu bestellen. Wenn er nicht arbeiten müsste, würde er Schnaps trinken, aber er wollte bloß ein bisschen von seiner Wut herunterkommen. Nur ein bisschen entspannen.

Er war von Anfang an dagegen gewesen, sie mit ins Boot zu holen. Sie hätten die dämliche Kuh nicht gebraucht. Er hatte recht gehabt. Aber der verdammte Will hatte darauf bestanden.

Doch ein Gedanke belustigte ihn kurz. Er klopfte auf seine Tasche. Ohne ihren Pass würde sie nirgendwo hingehen.

Die Verwüstung, die er in ihrer Wohnung angerichtet hatte, war zum Teil entstanden, als er das Dokument gesucht hatte. So sorgte er dafür, dass sie in der Nähe blieb. Der Rest sollte ihr eine Ahnung davon geben, was sie erwartete, wenn er sie fand. Und finden würde er sie.

Es war nämlich so, dass Will seine Intelligenz erheblich

unterschätzt hatte. Er hätte nicht zwei Einsätze in Helmand überstanden, wenn er so dumm wäre, wie er aussah.

Symes hatte zuerst Ingas Hintergrund recherchiert. Sein angeborenes Misstrauen gegenüber Menschen machte es zwingend erforderlich, dass er sich informierte, mit wem er es zu tun hatte.

Er wusste, wo sie gern einen Kaffee trank, wo sie sich die Haare machen ließ und wo sie einkaufte. Er wusste alles über sie. Er wusste auch, dass der Mensch in Zeiten von großem Stress von Natur aus die Orte aufsuchte, an denen er sich sicher fühlte.

Weit weg war sie nicht. Sie versuchte seit inzwischen fast dreißig Stunden, am Leben zu bleiben, und die Zeit lief ihr davon.

Doch, dachte er ernüchtert, er musste zurück und dem verdammten Will berichten, dass er sie noch nicht gefunden hatte. Er konnte sich den Ausdruck vorstellen, der über Wills Gesicht gehen würde, bevor er sich umdrehte und auf seine kostbaren Bildschirme glotzte. Es würde ein wissender Blick sein mit einem Anflug von Widerwillen und Abscheu. Und für eine Minute würde Symes versucht sein, ihm diesen Blick sonst wohin zu prügeln, doch das ging nicht. Sie brauchten sich gegenseitig – noch.

Will war ihm schon als Kind auf die Nerven gegangen; dauernd krank und allergisch auf alles Mögliche. Symes war mit Wills älterem Bruder befreundet gewesen, der sich beim Kämpfen gegen ihn behauptet hatte. Larry war knallhart gewesen und hatte den kleinen Scheißer öfter mal nur so zum Spaß verprügelt. Er hatte Symes ein paarmal eingeladen mitzumachen, und der dämliche Kerl hatte es einfach über sich ergehen lassen.

Larry war zum Ende seiner Teenagerzeit in den Knast gewandert, weil er mit gestohlenen Sachen gehandelt hatte.

Jemand hatte ihn verpfiffen und dafür gesorgt, dass er eingebuchtet worden war. Symes ahnte, wer.

Zwei Wochen nach Antritt seiner dreijährigen Haftstrafe
war sein Kumpel bei einem Aufstand im Knast niedergestochen
worden. Will war nicht mal zur Beerdigung gegangen.
Verfluchte Familie. Symes war froh, dass sein beschissener
Vater gestorben war, als er zwölf gewesen war. Er bedauerte
nur, dass er dabei nicht die Finger im Spiel gehabt hatte.

Als er Will vor elf Monaten in einem Pub in Gornal über den
Weg gelaufen war, war Symes überrascht gewesen über dessen
freundliche Begrüßung und seine Großzügigkeit am Tresen. Zwei
Wochen später hatten sie sich wieder getroffen, und Will hatte
eine Andeutung fallen lassen, dass er an etwas Interessantem
dran sei. Symes' Antennen hatten etwas Großes aufgefangen.

Es war nicht einfach, mit seinem Kollegen zusammenzuar-
beiten. Sein Gesicht war permanent zu einem höhnischen
Grinsen verzogen, und allein der Gedanke an Wills ständiges
Gespött brachte Symes' Blut in Wallung.

Er wusste, wie das lief. Wenn er sich nicht beruhigte, bevor
er zurückging, würde er gar nicht anders können, als Will zu
schlagen. Der Nebel würde über ihn kommen, und er würde
sich erst später daran erinnern, was er getan hatte.

Aus Erfahrung wusste er, dass es nur zwei Dinge gab, die
die Spannung aus seinem Körper vertrieben. Er hatte das dritte
Pint heruntergekippt, als ihm eine Möglichkeit einfiel, beides zu
kriegen.

Er verließ den Pub und ging zum Wagen, der am Tesco
Express parkte. Mit einem Lächeln im Gesicht fuhr er nach
Stourbridge.

Er parkte in der Hauptstraße und ging in eine Bar, in der er
vor ein paar Wochen mit zwei Kumpels gewesen war. Er hatte
Blicke aufgefangen, und damals hatte er auf Durchzug gestellt,
doch jetzt war er empfänglich.

Er trat an den Tresen und bestellte einen Scotch. In den Augen seines Gegenübers dämmerte das Wiedererkennen.

»Na, hallo, großer Mann. Wie geht's?«

Die Stimme war leise und sanft und gehörte einem Typen namens Stuart, der in einem Arbeiterpub ein wenig fehl am Platz wirkte.

»Gut, Junge, und selbst?«

»Gleich besser, wo ich dich sehe.«

»Hast du auch mal Pause?«

Stuart sah auf die Uhr. »Jetzt, wenn du möchtest.«

Symes lächelte. »Ja, gern. Wir treffen uns hinten.«

Er verließ den Pub und ging um das Gebäude herum. Eine dunkle, enge Gasse trennte es vom Fischhändler nebenan. Er lehnte sich an die Wand und wartete.

Die schwere Stahltür zu seiner Linken ging auf, und Stuart trat mit einem schüchternen Lächeln heraus.

Symes war von Kopf bis Fuß in seine Uniform gekleidet – schwarzes Hemd und schwarze Hose –, und er nahm an, dass er ein gut aussehender Kerl war. Fast hübsch.

Weil die Gasse so eng war, stand Stuart ganz dicht vor ihm.

»Also, großer Junge, worüber wolltest du reden?«, fragte Stuart und fuhr mit den Fingern über Symes' Unterarm.

Symes schüttelte ihn ab und öffnete seinen Hosenstall.

»Meine Güte«, flüsterte Stuart und schaute nach unten. Seine Hand folgte seinem Blick und streichelte die Erektion.

Symes wurde noch härter. Stuart stöhnte, als er den Schwanz liebkoste. Er rückte näher und suchte Blickkontakt, doch Symes schaute über seinen Kopf.

Symes legte Stuart die rechte Hand auf die Schulter und drückte ihn nach unten.

Stuart umfasste seine Eier und nahm ihn der ganzen Länge nach in den Mund.

Symes lächelte in sich hinein. Niemand blies so gut wie ein Schwuler.

Er spürte, wie sich die Hitze in ihm aufbaute, krallte die Finger in die blonden Haare und zog den Kopf vor und zurück, während er hineinstieß.

Symes sah nicht nach unten, aber er bekam trotzdem mit, dass Stuart sich gleichzeitig einen runterholte. Er wagte nicht, nach unten zu schauen. Der Anblick, wie ein anderer Mann sich an seinem Schwanz zu schaffen machte, würde ihn anwidern.

Während die Hitze in ihm weiter anstieg, rückte alles andere weit fort. Alles, was jetzt zählte, war, dass er sein Ziel erreichte. Er stieß fester in Stuarts Mund und riss ruckartig an seinem Kopf. Schweißperlen traten ihm auf die Stirn. Er sah es näher kommen. Er raste darauf zu, einzig darauf konzentriert, die Ziellinie zu überqueren.

Symes brüllte, als er durch das Band flog.

Die Wirkung war unmittelbar. Sein Stresslevel sank wie der Wasserspiegel in einem lecken Eimer, doch die Wut war noch nicht ganz weg.

»Himmel, Mann, du hätt'st wenigstens warten können ...«

Stuarts Satz blieb unvollendet, als Symes ihm einen Hieb gegen den Kopf verpasste. Der Kerl fiel auf die Seite.

Rasch zog Symes seinen Reißverschluss hoch und trat Stuart ins Kreuz.

Stuart schrie auf vor Schmerz.

»Ja, zum Teufel, was hast du denn erwartet, du kleiner Wichser?«, fragte Symes. »Ihr fickenden Schwuchteln seid doch alle gleich.« Er trat ihn in den Bauch. »Ihr verdammten Homos. Ihr seid widerlich.«

Stuart rollte stöhnend am Boden und hielt sich den Bauch. Weiter unten baumelte sein erschlaffter Penis über den Boden.

Der Anblick widerte Symes an. Ihm wurde übel, was seine Wut weiter anheizte. Er trat Stuart hart von hinten in den Oberschenkel.

»Du bist eine verdammte Schande. Weißt du nicht, dass es

eine verdammte Sünde ist, was du grad gemacht hast? Es ist unrein, einem anderen Mann den Schwanz zu lutschen.«

Symes trat noch einmal zu.

Stuart stöhnte und wälzte sich weiter in die Gasse, um ihm zu entkommen.

Symes folgte ihm.

»Bitte ... nicht mehr ...«, flehte Stuart.

Symes trat noch einmal zu. »Ich sollte dich von deinem verdammten Elend erlösen.«

»Bitte ... nicht ...«

Symes stellte sich breitbeinig über die gekrümmte Gestalt, platzierte die Füße links und rechts von Stuarts Oberkörper. Er blickte in das entsetzte Gesicht hinunter.

»Okay, ich lass dich in Ruhe, wenn du sagst, dass es dir leidtut.«

»W...was ...«

Symes stieß ihm mit dem rechten Fuß in die Rippen.

»Ich hab gesagt, du sollst sagen, dass es dir leidtut. Entschuldige dich dafür, dass du ein dreckiger, ekliger Schwuler bist, und sag, dass es dir leidtut, wozu du mich gerade gezwungen hast.« Er stieß ihn noch einmal an. »Sag's, verdammt.«

Symes sah, dass dem Kerl eine Träne aus dem Auge lief, als er Symes' Anweisungen Wort für Wort Folge leistete.

Symes lächelte zufrieden. Der Kerl hatte die Verantwortung für sein Tun übernommen, deswegen würde er ihn leben lassen. Er selbst war, von aller Verantwortung freigesprochen, jetzt gereinigt.

Er strich seine Kleidung glatt und verließ die Gasse.

Jetzt konnte er zurückfahren.

Kim hielt inne, als sie auf ein Deckblatt mit dem Titel »Abschrift der 3. SMS« stieß.

Es gab kein zweites Blatt.

Sie sah sich zwischen den verstreuten Stapeln um. Das Bild von der Nadel im Heuhaufen kam ihr in den Sinn. Ihr Blick blieb auf Alison am anderen Ende des Tisches hängen. Die Frau betrachtete sie mit einem angedeuteten Lächeln.

Kim bemühte sich, es ihr gleichzutun, doch es fühlte sich an wie das Spiegelbild in einem Zerrspiegel.

»Warum versuchen Sie, nett zu mir zu sein?«, fragte Alison amüsiert.

»Ich versuche gar nichts«, log Kim.

»O doch, und jetzt lügen Sie auch noch.« Alison zog die Augenbrauen zusammen. »Ich verstehe nur nicht, warum.«

»Wie kommen Sie darauf, ich würde so tun?«, fragte Kim.

»Ich bin Verhaltensexpertin, Inspector. Ich erkenne aufgesetztes Verhalten auf einen Kilometer Entfernung. Also, warum?«

Kim machte zum ersten Mal, seit sie der Frau begegnet war,

das Gesicht, das ihr entsprach. »Mein Chef sagt, mit mir zu arbeiten sei nicht ganz einfach.«

Alison wirkte erleichtert. »Ah, es ist also nicht so, dass Sie mich persönlich nicht mögen. Sie mögen bloß Menschen im Allgemeinen nicht besonders.«

Kim bewunderte ihre rasche Auffassungsgabe. »So was in der Art, aber wenn wir dieses Gespräch schon führen, will ich auch ganz ehrlich sein. Beim Profiling im Allgemeinen dreht sich mir den Magen um.«

Alison verzichtete darauf, sie in ihrer Wortwahl zu korrigieren. »Sie glauben also nicht, dass es der Polizei nützt, Kriminelle aufgrund ihrer Psyche zu identifizieren?«

»Ich weiß, dass man vor noch nicht allzu langer Zeit Profiling so betrieb, dass man Körperteile vermaß. Vergewaltiger hatten kurze Hände, eine niedrige Stirn und schütteres Haar. Diebe wiesen Schädelanomalien und dichtes Haar auf.«

Alison lächelte. »Ich glaube, seither haben wir ein paar Fortschritte gemacht. Heute werden einige bewährte Profile benutzt, die wissenschaftlich entwickelt wurden: Myers-Briggs, Guilford-Zimmerman und Edwards Personality Profile Scale.«

Kim legte das Blatt, das sie in der Hand hielt, zur Seite.

Sie kannte sämtliche von Alison zitierten Tests.

»Und sie beruhen alle darauf, dass die Person die Testfragen wahrheitsgemäß beantwortet. Das setzt voraus, dass der Straftäter vollkommen ehrlich ist und hinreichend Selbsterkenntnis besitzt. Das ist der erste Schwachpunkt.

Der zweite liegt darin, dass man nur die Straftäter befragen kann, die erwischt wurden, also fehlen all die, die davongekommen sind. Die Datengrundlage ist also unvollständig.«

»Ich verstehe, was Sie sagen ...«

»Das dritte Problem ist, dass Ihre Daten veraltet sind. Sie sagen auf der Basis dessen, was bereits passiert *ist*, vorher, was passieren *wird*. Dieser Typ von Mensch wird in dieser und jener Weise reagieren. Ihre Systeme reduzieren Menschen auf vorhersagbare Maschinen, und das sind Menschen nun mal nicht.«

»Aber das menschliche Handeln folgt typischen Verhaltensmustern. Persönlichkeitsmerkmale sind tief verwurzelt.«

»Unter Stress handeln Menschen aber anders. Sie treffen eine Wahl, und diese Wahl ist nicht vorhersagbar.«

Alison beugte sich vor. »Aber der Vergleich von Verhaltensprofilen ist ein Vergleich von Mustern – und Muster sind wichtig.«

Kim öffnete den Mund, doch in dem Moment streckte Bryant den Kopf zur Tür herein.

»Frischer Kaffee?«

»Bryant, ich hätte gern eine schöne Tasse Tee.«

Er machte große Augen. »Guv, Sie trinken *nie* Tee.«

Sie wandte sich Alison zu. »Sehen Sie, genau darauf will ich hinaus. Nur weil ich normalerweise Kaffee trinke, bedeutet das nicht, dass ich nicht ab und zu eine Abwechslung möchte.«

»Aber die meiste Zeit trinken Sie Kaffee. Dass Klischees Klischees sind, hat einen Grund.«

»Und es gibt immer eine Ausnahme, die die Regel bestätigt«, versetzte Kim. »Jeder Fall und jeder Straftäter ist einzigartig, und folglich lässt sich sein Verhalten nicht anhand der vergangenen Taten anderer vorhersagen.«

»Sie sehen also überhaupt keinen Nutzen in der Verhaltensanalyse?«

Kim überlegte einen Augenblick. »Ich glaube fest daran, dass gute Ermittlungen eine Mischung aus Beobachtungen, Schlussfolgerungen und Erfahrung sind.«

»Ah, der Sherlock-Holmes-Ansatz.«

»Nein, eigentlich nicht, denn Sherlock Holmes war Fiktion. Aber es gibt bestimmte Dinge, deren ich mir sicher sein kann. Kein Täter agiert ohne ein Motiv. Verschiedene Täter legen aus vollkommen verschiedenen Gründen ein ähnliches Verhalten an den Tag. Menschliches Verhalten entwickelt sich einzig und allein als Reaktion auf Umwelt und Biologie.

Ganz ehrlich, es ist mir vollkommen gleichgültig, ob unser Entführer eine Freud'sche Faszination für seine Mutter hat oder ein unsozialer Einsiedler ist, der in seiner Freizeit strickt, denn solange Sie mir nicht seine Adresse geben können, ist uns das keine große Hilfe.«

Alison überraschte Kim, indem sie laut auflachte. »Haben Sie überhaupt mal Luft geholt?«

Vielleicht war sie ein wenig hart rangegangen. Sie hatte nicht die Frau samt ihrer Berufswahl in Grund und Boden stampfen wollen.

»Also, sollten Sie uns auf der Basis seines bisher an den Tag gelegten Verhaltens etwas über das potenzielle zukünftige Verhalten des Entführers sagen können, wird jede Hilfe dankbar angenommen.«

»Gewiss, Inspector.«

Kim betrachtete sie von oben bis unten. »Und kommen Sie um Himmels willen morgen passend gekleidet. So ein ernstes Äußeres macht die Familien nervös. Sie sehen aus wie eine verdammte Bestatterin.« Sie musterte sie eingehend. »Was hat das überhaupt mit dem Powerdressing auf sich? Das ist doch ein bisschen sehr späte Achtziger.«

»Als Frau muss ich kämpfen, um ernst genommen zu werden. Mit der Art und Weise, wie ich mich kleide, sorge ich dafür, dass ich respektiert werde und nicht missachtet.«

Kim wusste, dass der Respekt eines Teams nicht auf einem bestimmten Dresscode gründete. Er gründete darauf, dass man die richtigen Entscheidungen traf.

»Also, seien Sie versichert, Doc, dass mein Team Sie nicht missachten wird, weil Sie eine Frau sind. Allenfalls, weil Sie Mist reden.«

Das brachte ihr ein kaltes Starren ein.

»Also, das war ein Witz.«

»Oh, verstehe, Birmingham-Humor.«

»O nein, nein, nein, und mit so was riskieren Sie hier leicht Ihr Leben. Das Black Country ist definitiv nicht Birmingham.«

Und das war kein Witz.

»Inspector, ich glaube ...«

Ein Schrei aus dem Wohnzimmer unterbrach Alison mitten im Satz. Kim trampelte über Papierstapel, stürzte zur Tür und schoss in den Flur.

»SMS«, sagte Dawson und reichte ihr Karens Handy. Kim hatte die Familien gebeten, die nächste Nachricht nicht zu lesen, doch Stephen hielt Elizabeths Handy fest umklammert.

Kim streckte die Hand danach aus. »Mr Hanson, wenn Sie ...«

»Ich lese sie, Inspector«, sagte er und wischte mit dem Daumen über das Display.

Kim machte einen Schritt auf ihn zu. »Mr Hanson, bitte geben Sie mir das ...«

Er wich aus. »Es geht hier um *meine* Tochter, nicht um ihre.«

Als er die Nachricht auf Elizabeths Handy öffnete, rückten die beiden Mütter auf dem Sofa näher zueinander und hielten sich fest an den Händen.

Kims Team, einschließlich Alison, hatte sich im Raum verteilt. Kim hätte es vorgezogen, wenn Stephen die Nachricht nicht laut vorgelesen hätte, bevor sie deren Inhalt kannte, doch sie konnte ihm das Handy nicht gewaltsam abnehmen.

Er fing an zu lesen, und sein Gesicht wurde mit jedem Wort bleicher.

Wie sehr lieben Sie Ihre Tochter? Bestimmen Sie es in Pfund.
Ein gesunder Wettstreit bringt das Beste im Menschen hervor.
Die Eltern, die die höhere Summe bieten, werden ihre Tochter
wiedersehen. Die unterlegenen Eltern nicht. So lauten die

Regeln, daran ist nicht zu rütteln. Ich melde mich wieder. Seien Sie gewiss: Ein Kind wird sterben.

Das Zimmer explodierte in einer Kakofonie aus Schreien und Stöhnen.

Kim richtete den Blick auf die verstörten Mütter und sah mit an, wie die Hände der Frauen sich voneinander lösten.

»Helen«, wandte Kim sich an die Opferschutzbeamtin, »auf ein Wort.«

Sie verließ den Raum, ging den Flur hinunter und zur Haustür hinaus. Es folgten dreißig Schritte die Einfahrt hinunter. Dies war ein Gespräch unter vier Augen.

Helen schloss zu ihr auf. »Madam?«

Kim drehte sich um. »Das ist auch beim letzten Mal passiert, nicht wahr? Er spielt sie gegeneinander aus? Und sie sind nicht auf die Idee gekommen, es zu erwähnen?«

Sie hatte die Hände in den Taschen zu Fäusten geballt.

»Ich wusste nicht, dass es wieder so laufen würde. Ich wusste nicht ... Ich hab bloß ...«

Die Frau wirkte verzweifelt, doch das interessierte Kim nicht.

»In den Fallunterlagen steht kein Wort darüber. Und es gibt auch keine Abschrift der dritten Nachricht.«

Helen wirkte gequält.

»Hören Sie, Sie sollten jetzt besser ehrlich zu mir sein, sonst werde ich, Gott steh mir bei ...«

»Sie ist nicht in den Akten«, gestand Helen schließlich.

Kims Hände lösten sich. »Verdammt, warum nicht?«

»Nur zwei von uns haben von der dritten SMS gewusst. Wir mussten schwören, nichts zu sagen. Es hätte nicht gut ausgesehen, wenn bekannt geworden wäre, dass wir wussten, dass nur ein Kind zurückkommen würde, und wir der Auflösung des Falls trotzdem keinen Schritt näher gekommen sind. Es war von Anfang an klar, dass nur ein Kind zurückkehren würde, also haben unsere Ermittlungen zu nichts geführt.«

»Wie kommt es, dass das nie an die Öffentlichkeit gedrungen ist?«

»Ehrlich, Madam. Sie haben doch sicher auch schon Fälle bearbeitet, bei denen bestimmte Informationen nicht im Interesse der Öffentlichkeit waren.«

Kim schäumte. »Wir sprechen hier nicht vom ›Interesse der Öffentlichkeit‹, wir sprechen von ›entscheidend für diesen verdammten Fall‹.«

»Und der leitende Ermittlungsbeamte ist immer noch mein Chef, Madam«, schoss Helen zurück.

Kim fuhr sich mit der Hand durch die Haare. »Himmel, das wird ja immer besser. Gibt es sonst noch etwas, was ich wissen sollte?«

Helen schüttelte den Kopf.

Kim hatte jetzt zwei Möglichkeiten. Sie konnte Helen von den Ermittlungen ausschließen, oder sie konnte weiterhin schauen, ob sie sie für irgendetwas gebrauchen konnte.

»Madam, es tut mir wirklich leid. Ich hätte es Ihnen sagen sollen. Die Publicity war schlimm genug, aber das ist keine Entschuldigung. Ich hätte Sie vor dem warnen sollen, was wahrscheinlich passieren würde.«

»Ja, verdammt, das hätten Sie«, wütete Kim.

Helen schob sich eine Haarsträhne hinters Ohr. Ihre Finger zitterten.

»Wenn ich Ihnen erlaube zu bleiben, dann muss ich mir sicher sein können, dass Sie mir nicht noch etwas vorenthalten.

Ihre einzige Priorität sollte die sein, etwas dazu beizutragen, die Mädchen nach Hause zu bringen.«

»Madam, ich versichere Ihnen, dass ich ...«

»Gehen Sie zurück ins Haus, Helen. Und ... kochen Sie Tee.«

Helen nickte und eilte hinein.

Kim ging noch einen Augenblick lang auf und ab, denn sie wollte ihre Wut nicht ins Haus tragen. Sie musste sich noch ein Bein oder einen Arm wachsen lassen, damit sie genug Finger und Zehen hatte, um daran abzuzählen, auf wie viele Arten die Ermittlungen bei der letzten Entführung vermasselt worden waren. Doch diese Fehler zogen jetzt auch Charlie und Amy in Mitleidenschaft, und das gefiel Kim ganz und gar nicht.

Sie würde Woody am nächsten Tag über die fehlenden Unterlagen informieren. Diesen Kampf musste er austragen.

Kims einzige Sorge galt der sicheren Rückkehr der beiden Mädchen.

FÜNFUNDDREISSIG

Kim kehrte in die Einsatzzentrale zurück. Die Stimmung war ernst.

»Okay, Leute, rufen Sie zu Hause an. Wir arbeiten die Nacht durch.«

»Schon erledigt, Guv«, sagte Bryant. Dawson und Stacey nickten zur Bestätigung. Himmel, ihr Team kannte sie wirklich gut. Der erste volle Tag der Ermittlungen würde ein sehr langer werden, doch Kim konnte nicht vergessen, dass es schon die zweite Nacht war, die die Mädchen nicht daheim verbringen würden. Der Fall besaß eine solche Intensität, dass es ihr vorkam, als wäre die Woche schon viel weiter vorgerückt als Montagabend.

»Oberste Priorität ist, diesen Akten alles zu entlocken, was nur möglich ist. Sie sind nicht vollständig, aber es ist inzwischen doch sehr wahrscheinlich, dass wir es mit denselben Entführern zu tun haben wie beim letzten Mal. Also ist alles, was wir kriegen können, von Nutzen.«

Kim sah auf die Uhr. Es war kurz vor neun. »Alison, Sie können gern gehen, wir bringen Sie dann morgen früh auf den aktuellen Stand.«

»Ich habe Augen, Inspector. Ich kann lesen.«

Kim war nicht in der Stimmung, sich mit ihr zu streiten.

»Okay, wir wechseln uns ab, damit jeder sich zwei Stunden im Sessel ausruhen kann. Zweite Priorität ist, immer genug Kaffee vorrätig zu halten.«

»Alles klar, Guv«, sagte Bryant.

»Gut. Ich gehe rüber und rede mit den Familien.« Kim stand auf.

Karen hatte den Kopf an der Brust ihres Mannes vergraben. Robert strich ihr übers Haar.

Elizabeth saß auf einem Sessel, Stephen auf der Lehne. Elizabeth starrte in die Ferne. Stephens Zorn war mit Händen zu greifen.

Als Kim hereinkam, zog Helen sich in die Küche zurück.

Die Elternpaare hatten noch nie so voneinander isoliert ausgesehen, und Kim hatte Mühe, das Bild heraufzubeschwören, wie die Frauen einander an der Hand gehalten hatten.

Sie setzte sich auf den freien Sessel und sah sie der Reihe nach an.

»Diese Entwicklung ist für mich genauso ein Schock wie für Sie, aber ...«

»War das beim letzten Mal auch so?«, fragte Stephen.

»Ich kann mit Ihnen nicht über die Details des letzten Entführungsfalls sprechen ...«

»Also ja, schließlich ist nur ein Mädchen zurückgekehrt.«

»Mr Hanson, wir müssen mit ...«

»Was wir brauchen, ist jemand Anständiges, der diese Ermittlung leitet.«

Drei Augenpaare richteten sich auf ihn. Er öffnete die Arme. »Was? Ich sage doch nur, was wir alle denken.«

Karen machte den Mund auf, doch Robert war schneller. Seine Stimme war ruhig, aber entschlossen.

»Stephen, maße dir nicht an, für mich zu sprechen. Detective Inspector, ich denke das keineswegs.«

Karen schüttelte zustimmend den Kopf.

»Fahren Sie bitte fort, Inspector«, sagte Elizabeth.

»Vielen Dank. Der Zeitungsausschnitt ist nützlich, aber noch kann ich nicht gänzlich ausschließen, dass jemand aus Ihrem Leben in der Sache mit drinsteckt. Bitte versuchen Sie, sich zu erinnern, ob es jemanden gibt, den Sie bisher noch nicht erwähnt haben. Auch wenn es Ihnen belanglos erscheint, sagen Sie es mir bitte.«

Kim verließ das Zimmer, blieb jedoch noch einmal kurz stehen und drehte sich um.

»Ich muss Sie bitten, keinen Versuch zu unternehmen, auf die SMS zu antworten. Ich weiß, dass das hart ist, aber es steht absolut nicht zur Debatte. Okay?«

Die Reaktion der Eltern fiel nicht so deutlich aus, wie sie es sich gewünscht hätte.

Sie wandte sich an Karen. »Wir bleiben heute Nacht alle hier, aber wir sind so leise wie möglich.«

Damit ging sie zurück in die Einsatzzentrale.

Es wurde Zeit, den Gegenschlag vorzubereiten.

SECHSUNDDREISSIG

In der improvisierten Einsatzzentrale herrschte noch fassungsloses Schweigen angesichts der entsetzlichen SMS. Doch damit konnten sie sich nicht aufhalten. Kim musste die Konzentration wieder auf das lenken, wozu sie hier waren.

»Gut, wir können es uns nicht erlauben, uns davon lähmen zu lassen. Die Entführer mögen ein krankes Spielchen spielen, wir nicht. Es hat sich nichts geändert, Leute. Wir wollen die beiden Mädchen nach Hause bringen.«

»Aber es ist doch schrecklich, Chefin«, flüsterte Stacey.

Bryant machte ein gequältes Gesicht. »Selbst wenn bloß einer ein Angebot macht, besiegelt er damit womöglich den Tod des anderen Kindes.«

Kim nickte. Der Gedanke war abscheulich, aber nichtsdestotrotz wahr.

»Sehen Sie sich die Wirkung dieser SMS an. Die Einigkeit zwischen den Familien wurde zerstört. Jetzt ist jedes Elternpaar auf sich gestellt. Teile und herrsche. Die Chance, dass sie an einem Strang ziehen, ist futsch. Versetzen Sie sich in ihre Lage. Hätten Sie wirklich um das Kind anderer Leute dieselbe Sorge wie um Ihr eigenes?«

»Ich kann nicht einmal ...« Bryant beendete seinen Satz nicht, denn er begriff, was für ein Zwiespalt zwischen dem herrschte, wie er gern reagieren *würde*, und dem, wie seine Reaktion tatsächlich aussähe.

»Die Eltern werden wahrscheinlich Kontakt aufnehmen«, sagte Alison leise.

Kim nickte zum Zeichen, dass sie ihrer Meinung war. Sie fragte sich, welches Paar zuerst einknicken würde.

»Guv, wir müssen die Möglichkeit in Betracht ziehen, dass die Mädchen ...«

»Bryant, denken Sie nicht mal dran. Die einzige Möglichkeit, die ich in Betracht zu ziehen bereit bin, ist die, dass Charlie und Amy nach Hause kommen. Lebend.«

Unter einer anderen Prämisse würde sie diese Ermittlungen nicht leiten.

Kim holte ihr Handy heraus und tippte die drei Handynummern ein, die die Entführer bislang benutzt hatten. Jetzt hatten sie Kims Nummer, und dagegen hatte sie nichts einzuwenden.

»Was machen Sie?«, fragte Bryant.

»Ich schicke unserem Freund eine kleine Nachricht.«

»Glauben Sie, er wird die Handys noch mal checken, nachdem er sie benutzt hat?«

»Ja«, warf Alison ein. »Das Spiel ist jetzt eröffnet. Er bekommt keine Genugtuung von Angesicht zu Angesicht. Also nimmt er jede Art von Schmeichelei, die er kriegen kann. Und da nichts in den Zeitungen steht, sind seine Möglichkeiten der Bestätigung sehr beschränkt.«

»Besteht die Gefahr«, wandte Stacey sich an Alison, »dass er es irgendwie an die Presse durchsickern lässt? Ist es, wenn er auf Bewunderung aus ist, nur eine Frage der Zeit?«

Alison überlegte einen Moment lang und schüttelte schließlich den Kopf. »Ich glaube nicht. Seine oberste Priorität wird sein, am einmal gefassten Plan festzuhalten. Sein Wunsch nach

Respekt ist dem untergeordnet. Wie auch immer es ausgeht, irgendwann wird es in die Medien kommen, und dann wird es einschlagen wie eine Bombe. Er hat bereits gezeigt, dass er kontrolliert und geduldig ist. Er kann warten.«

Kim blickte nicht auf, während Alison sprach. Sie speicherte die Nummern in ihrem Handy unter EF1, EF2 und EF3 ab.

Es wurde still im Raum. Das Einzige, was zu hören war, war das leise Piepen ihres Handys beim Tastendruck. Dann drückte ihr Finger auf Senden.

»Was haben Sie ihm geschrieben, Guv?«, fragte Bryant. Vier Augenpaare waren auf sie gerichtet.

»Ich hab den Scheißkerl um einen Beweis dafür gebeten, dass die Mädchen leben.«

SIEBENUNDDREISSIG

Charlie knabberte an der Haarspange, die sie aus Amys Pony gezogen hatte.

Als sie nach links schaute, fiel ihr Blick auf Amys Hand, die über ihren Unterarm wanderte.

»Hör auf zu kratzen, Ames«, flüsterte sie.

Seit der Mann sie in der Nacht zuvor besucht hatte, unterhielten sie sich nur noch flüsternd. Charlie war sich nicht sicher, warum, aber es fühlte sich so besser an.

»Ich kann nicht aufhören«, hauchte Amy, schob die Hand aber unter ihr Knie.

Charlie wusste, dass Amy nichts dafürkonnte. Sie machte das immer, wenn sie nervös wurde. Charlie hatte es zum ersten Mal vor einem Rechtschreibtest bemerkt, als sie sechs Jahre alt gewesen waren.

»Ich verstehe immer noch nicht, was du da machst«, flüsterte Amy.

Endlich löste sich der Plastiküberzug, und übrig blieb ein dünnes, scharfes Stück Metall.

Charlie rutschte zur Wand und schob ihren Rucksack aus

dem Weg. Sie rieb mit der Metallspitze über die Backsteine. Nach ein paarmal erschien ein Strich.

»Beim letzten Mal, als er hier war«, wandte sie sich an ihre Freundin, »hat er einen Teil des Abfalls mitgenommen. Ich will versuchen zu zählen, wie viele Sandwiches wir hatten. Vielleicht kriegen wir dann raus, wie lange wir schon hier unten sind.«

Amy kratzte sich wieder am Arm. Diesmal blieb eine lange Schramme zurück.

»Amy, du musst versuchen, dich zu erinnern, was für Sandwiches wir hatten. Dein Gedächtnis ist richtig gut. Also, kriegst du es noch zusammen?«

Jetzt waren Amys Hände damit beschäftigt, es an den Fingern abzuzählen.

»Wir hatten eines mit Käse, eines mit Schinken und noch eines mit Käse.«

Amy unterbrach sich für einen Augenblick. Ja, an die konnte Charlie sich auch erinnern, obwohl sie alle gleich trocken gewesen waren und nach nichts geschmeckt hatten.

»Oh ... und auf dem ersten war Ei. Erinnerst du dich an den Geruch?«

Charlie lächelte, als Amy die Nase kraus zog. Sie hatten die Sandwiches gegessen, weil sie schier am Verhungern gewesen waren. Dieses Sandwich hatte sie ganz vergessen.

»Super, Ames. Dann haben sie uns insgesamt vier Mahlzeiten gegeben, wahrscheinlich zwei am Tag«, sagte sie und ritzte entsprechend viele Striche in die Wand. »Ich glaube, es könnte Montagabend sein, weil ...«

Charlie unterbrach sich mitten im Satz, denn auf der Treppe waren Schritte zu hören. Seit dem letzten pappigen Sandwich war noch nicht viel Zeit vergangen. Er kam also nicht, um ihnen etwas zu essen zu bringen.

»Hallo, meine kleinen Hübschen. Habt ihr mich vermisst?«

Charlie zog Amy näher. Sie schlangen Arme und Beine

umeinander in dem Versuch, eine schützende Barriere zu bilden.

»Es ist okay, Ames, hör einfach nicht hin«, flüsterte sie.

Sie hörte, dass ihre eigene Stimme zitterte, und die Übelkeit war wieder in ihrem Bauch.

»Heute habe ich einen Mann gezwungen, meinen Schwanz zu lutschen. Wisst ihr Mädchen, wie eklig das ist?«

Charlie wusste nicht, was das war, doch es klang nicht besonders schön. Amy fing an zu zittern.

»Und dann habe ich ihm das Gesicht zu Brei geschlagen. Soll ich euch sagen, warum? Weil ich langsam ungeduldig werde. Eigentlich will ich nämlich euch wehtun.«

Amys Wimmern drang an Ohren, die versuchten, sich zu verschließen.

Charlie konnte spüren, wie das Blut durch ihren Körper rauschte und in ihren Adern pochte.

Solange er auf der anderen Seite der Tür war und redete, war es in Ordnung. So lange waren sie sicher.

Doch dann drehte sich der Schlüssel im Schloss.

Sie hörte ihn lachen, als die Tür aufging und er wie ein Riese in der Türöffnung stand und auf sie herablächelte.

Ein grausames Funkeln erhellte seine Augen, als sein Blick über die beiden glitt. Bei seinen nächsten Worten kroch ihnen ein Frösteln bis ins Mark.

»Es ist Zeit, die Kleider auszuziehen, Mädchen.«

ACHTUNDDREISSIG

Kim schob den dritten Aktenstapel zur Seite. Blätter von einem Baum, der für eine gute Sache gestorben war, und die doch absolut nichts Nützliches für sie enthielten.

Sie hatte von Strategie gelesen, Rahmenkonzepten, Entwürfen und Zielvorgaben. Dingen, die in der ganz frühen Phase von Ermittlungen hohe Priorität hatten.

Was sie nicht gefunden hatte, waren die Kleider, die man dem Dummy angezogen hatte. Berichte über die tatsächlich geleistete Ermittlungsarbeit. Was vollkommen fehlte, waren Ermittlungsansätze, ausführliche Gesprächsnotizen, Tätigkeitsprotokolle oder auch nur eine stringente Logik, und das wog schwer.

Es war kurz vor zwölf, und in der letzten Stunde war nicht ein Wort zwischen ihrem Team und ihr gefallen. Sämtliche Akten im Raum waren aufgeschlagen und studiert worden. Bis auf eine. Die Akte im Fall Dewain Wright.

Sie schob ihren Stuhl nach hinten, woraufhin drei müde Köpfe sich in ihre Richtung drehten.

»Okay, Bryant, Stace, schlafen Sie ein paar Stunden. Wir wechseln uns ab.«

Stacey nickte und ließ sich in dem Sessel in der Ecke nieder. Bryant zog ihren freien Stuhl näher und legte die Füße darauf. Er verschränkte die Arme und ließ den Kopf zur Seite sinken. Alison hatte sich erst vor einer Stunde überreden lassen, in ihr Hotelzimmer zurückzukehren.

Dawson schaute neidisch zu den beiden hinüber und wies dann mit einem Nicken zur Tür. »Guv, ich muss mal kurz ...«

»Wir sind hier nicht in der Schule, Kev. Sie müssen nicht um Erlaubnis bitten.«

Sie stand auf und reckte sich. Zwischen ihren Schulterblättern knackte etwas und löste sich.

Wenn die Straßen nicht so vereist gewesen wären, hätte sie sich auf die Ninja gesetzt und wäre eine Weile durch die Gegend gebrettert, um den Kopf frei zu bekommen.

Die Nachtstunden waren bei so einem Fall ihr größter Feind. Normalerweise hatte sie es mit Leichen zu tun, für die kein Risiko mehr bestand, denn der Schaden war schon angerichtet. Sie waren nicht mehr in Gefahr. Charlie und Amy lebten noch, sie wusste es. Und es war an ihr, dafür zu sorgen, dass es so blieb.

Nach der SMS, die sie am Abend bekommen hatten, konnte Kim nur mutmaßen, was in den Schlafzimmern oben mit gedämpften Stimmen gesprochen wurde.

Als die Tür langsam aufging, rechnete sie damit, Dawson zu erblicken, doch es war Helen, die den Kopf hereinstreckte.

»Ich wollte nur Bescheid sagen, dass ich jetzt fahre.«

Mist, Kim hatte vergessen, dass sie noch da war.

»Helen, Sie müssen wirklich ...«

Ein leises, aber entschiedenes Klopfen an der Haustür unterbrach sie mitten im Satz.

Kim sah Helen mit gerunzelter Stirn an und folgte ihr dann in den Flur. An der Haustür stand Lucas und blickte sie, auf Bestätigung wartend, an.

Kim nickte und näherte sich der Tür. Helen war einen Schritt hinter ihr.

Als die Tür aufging, musste Kim den Blick etwas senken. Er landete auf einer korpulenten Frau in einer langen Jacke, in der sie mit ihrer geringen Körpergröße noch kleiner wirkte. Ein dicker Wollschal war um ihren Hals geschlungen. Zwischen den warmen Wollschichten und einer roten Strickmütze lugte ein rundes, faltiges Gesicht hervor.

Die Frau musste irgendwo falsch abgebogen sein.

»Sind Sie Polizistin?«, fragte die Frau und sah Kim misstrauisch an.

Vielleicht auch nicht.

Kim deutete ein winziges Nicken an.

Die Frau reichte ihr die Hand, als wäre es nicht nach Mitternacht.

Kim ignorierte sie und verschränkte die Arme.

Die Hand wurde zurückgezogen. »Ich heiße Eloise Austen. Ich habe Informationen.«

»Worüber?«, fuhr Kim auf.

Es war nichts öffentlich über den Fall bekannt. Die Zahl derjenigen, die außerhalb dieses Hauses davon wussten, konnte Kim an einer Hand abzählen. Und hatte noch einen Finger übrig.

»D...die ... Mädchen ... die entf...«

»Hören Sie«, sagte Kim und trat vor. »Ich weiß weder, wie Sie an Ihre Informationen gelangt sind, noch, wer zum Teufel Sie sind ...«

»Ich weiß, wer sie ist«, sagte Helen hinter ihr.

Kim sah die Opferschutzbeamtin an.

Helens Miene war voller Widerwillen, als hätte sie etwas Ungenießbares gegessen, aber ihre guten Manieren hinderten sie daran, es wieder auszuspucken.

»Sie hat eine monatliche Veranstaltung in der Stadthalle. Sie ist Hellseherin.«

»Wollen Sie mich auf den Arm nehmen?«

Helen schüttelte den Kopf. »Ist beim letzten Mal auch vorbeigekommen und hat sich irgendwie Zugang zum Haus verschafft. Hat die Eltern traumatisiert, indem sie alle möglichen Sachen sagte, die ...«

»Nein, Sie müssen mir zuhören«, sagte die Frau und schaute von einem zum anderen. »Ich weiß einiges. Die Mädchen ... die Mädchen ... sie leben, aber sie sind unter der Erde. Sie frieren ... haben Angst ...«

»O gütiger Himmel.« Kim schüttelte den Kopf. »Erzählen Sie mir etwas, was ich noch nicht weiß.« Ihr Bauch spürte die Angst der Mädchen, jede Minute.

»Es gibt Geheimnisse, Lügen und Verrat, und die Zahl 278 ist bedeutsam. Vergessen Sie die Zahl 278 nicht. Und er ist noch nicht fertig«, sagte sie eindringlich.

Kim runzelte die Stirn. »Noch nicht fertig?«

»Mit den anderen. Er hat noch was vor ... Es gibt Verbitterung ... Wut ...«

»Kommen Sie, Eloise«, sagte Helen und drehte die Frau behutsam herum. »Zeit, nach Hause zu gehen.«

Eloise wandte den Kopf noch einmal um, während Helen sie vorwärtsschob, und versuchte, Kims Blick festzuhalten.

»Bitte ... Sie müssen mir zuhören ...«

»Nein, muss ich nicht.« Kim wandte sich ab.

»Er weiß es, Kim. Er weiß, dass Sie ihn nicht retten konnten ...«

Kims Kopf schoss herum. Sie ging zurück.

»Was haben Sie da gesagt? Wer weiß das?«

Eloise blinzelte hektisch. »Er weiß, dass Sie es versucht haben, und er hat Sie so geliebt ...«

»Schaffen Sie sie mir aus den Augen, Helen«, schrie Kim.

»Schauen Sie in der Nähe, Inspector, jemand ...«

»Kommen Sie, Eloise, Sie sollten längst im Bett sein«, redete Helen beschwichtigend auf die Frau ein und nahm sie am Arm.

Kim drehte sich um, konnte hinter sich aber noch die Stimme vernehmen, die etwas von wegen »genäht« rief, doch sie wollte kein Wort mehr aus dem Mund dieser Person hören.

Sie ging zurück ins Haus und schloss die Tür hinter sich.

»Wer zum Teufel war das?«, knurrte Stephen Hanson auf halber Treppe.

Toll, noch jemand, den sie jetzt nicht gebrauchen konnte.

»Niemand, über den Sie sich den Kopf zerbrechen müssen«, sagte Kim und entfernte sich von der Tür.

»Sie hat gesagt, sie hätte Informationen.« Stephen wollte an ihr vorbeischauen, doch die Tür war geschlossen, und Lucas hatte sich davorgestellt. Mr Hanson würde nirgendwo hingehen.

»Gehen Sie bitte zurück ins Bett, Mr Hanson?«

»Und was soll ich da machen?«, fuhr er auf. »Glauben Sie wirklich, da oben schläft irgendjemand?«

Stephen hatte die Stimme erhoben. Falls es tatsächlich jemandem gelungen ist einzuschlafen, dachte Kim, ist sie oder er jetzt definitiv wieder wach.

»Mr Hanson.« Sie senkte ihre Stimme zu einem Flüstern und hoffte, er tat es ihr nach. »Gehen Sie bitte wieder hoch, und lassen mich die Ermittlungen führen.«

Seine Augen waren kalt und hart, als er den Blick auf Helen richtete, die gerade zurück ins Haus kam. »Solange sie tatsächlich ermitteln, Inspector.«

Kim atmete tief durch und ging in die Küche, während sie überlegte, wie zum Teufel die Frau es herausgefunden hatte. Sie würde Woody am Morgen Bescheid geben, dass auf seiner Seite des Eimers eine undichte Stelle war.

»Tut mir leid für das Versehen, Helen. Ich dachte, Sie wären nach Hause gegangen«, sagte Kim, während sie den Kessel füllte. Instantkaffee würde im Augenblick genügen müssen.

Helen setzte sich an den Frühstückstresen und rieb sich die Hände.

»Hab nur noch ein bisschen aufgeräumt, nachdem sie endlich zu Bett gegangen waren. Ich schlafe nachher ein wenig auf dem Sofa.«

Kim holte einen zweiten Becher aus dem Schrank.

»Milch oder Zucker?«

»Beides«, antwortete Helen.

»Wie waren sie nach der Nachricht?«, fragte Kim.

Man musste eine besondere Art von Mensch sein, um sich von der Angst und Verzweiflung anderer nicht auffressen zu lassen. Die Opferschutzbeamten mussten Unterstützung, Kraft und Mut geben, ohne emotional beteiligt zu sein, und gleichzeitig die Geistesgegenwart besitzen, alles aufzuschnappen, was für die Ermittlungen von Nutzen sein konnte.

»Nach der SMS haben die Paare kaum miteinander gesprochen. Es gab einen seltsamen Wortwechsel über Tassen und Tee, aber es war, als würde man zwei Wechselmannschaften zusehen, die sich in ihre Ecken zurückziehen.«

»Und die Hellseherin?«, fragte Kim.

»Ich weiß, dass irgendwo was über sie in den Akten ist. Ich hab den Bericht selbst geschrieben. Ich meine, es war kein ausführliches Dokument, aber vielleicht hätte ich sie erwähnen sollen ...«

Kim hob die Hand. Ihr war klar, dass sie Helen nicht sämtliche Fehler der damaligen Ermittlungen anlasten konnte. Sie hatte eine bestimmte Rolle, und dazu gehörten weder externe Ermittlungen noch die Vollständigkeit der Fallnotizen.

»Ich hätte den Besuch einer Hellseherin wahrscheinlich auch nicht erwähnt«, sagte Kim, um den Druck ein wenig herauszunehmen. Kaum ein Polizeibeamter würde dem Gefasel so einer Spinnerin Beachtung schenken.

»Hat ihr beim letzten Mal jemand zugehört?«

»Eigentlich nicht. Sie hat nichts Präzises gesagt, aber die

Eltern waren sehr aufgewühlt. Sie hat immer wieder Mrs Cottons Hand genommen und gesagt, es tue ihr leid.«

Kim runzelte die Stirn. »Die Mutter des Mädchens, das nicht zurückgekommen ist?«

Helen nickte. Es schauderte sie. »Es war schrecklich.«

»Dann glauben Sie nicht an das Übernatürliche?«

»Ich bin kein Fan von Menschen, die aus den Nöten verletzlicher Menschen Profit schlagen. Bei ihren Bühnenshows geht es um tote Familienangehörige.«

»Ist sie ein Medium?«

»Spiritualistin anscheinend.« Helen lächelte in sich hinein. »Aber um Ihre Frage nach dem Übernatürlichen zu beantworten. Nein, ich glaube nicht daran. Ich bin bei meiner Großmutter aufgewachsen, die zu den Streikenden von 1910 gehörte.«

»Wirklich?«

Es war bekannt, dass die Kettenmacherinnen aus Cradley Heath damals zu den Ärmsten im Land gehört hatten. Sie hatten in der Stunde nicht einmal so viel verdient, wie ein Brot kostete.

Im August 1910 hatte eine Gruppe von Frauen das Undenkbare gewagt und war in den Streik getreten. Die Bewegung hatte die Stadt in den Fokus internationaler Aufmerksamkeit gerückt.

Der zehnwöchige Protest hatte den ersten dokumentierten Mindestlohn in der Geschichte zur Folge gehabt.

»Wenn man diese Zeiten durchlebt hat, glaubt man am Ende nur an das, was man mit eigenen Augen sehen kann. Meine Großmutter war da keine Ausnahme. Wer mit der Rute spart, verzieht das Kind.« Helen lächelte nicht mehr. »Sind Sie zum Glauben erzogen worden?«, fragte sie.

Kim schüttelte den Kopf. Sie war so gut wie gar nicht erzogen worden.

»Eltern?«, fragte Helen.

»Tot«, log Kim. Soweit sie wusste, konnte ihr Vater, den sie nie kennengelernt hatte, durchaus tot sein, doch ihre Mutter war es – leider – nicht. Sie lebte in Grantley Care, einer geschlossenen psychiatrischen Einrichtung für geisteskranke Straftäter.

Kim trank einen Schluck Kaffee. Sie wollte das Gespräch unbedingt von sich weg wieder auf die Gegenwart lenken.

»Kinder?«, fragte sie Helen.

Helen schüttelte bedauernd den Kopf.

»Ich wollte immer, denke ich mal. Aber ich bin nie dazu gekommen. Ich liebte meinen Job, und ich war verdammt gut. Und so habe ich bei jeder Gelegenheit den beruflichen Aufstieg gewählt. Ich hab's bis zur DCI geschafft.«

Kim verbarg ihre Überraschung.

»Aber bei der großen Umstrukturierung vor vier Jahren hat man mir ein Angebot gemacht.« Sie öffnete die Hände in einer ausdrucksstarken Geste. »Ich hatte eine Hypothek, Rechnungen und niemanden, mit dem ich die Last teilen konnte, also hatte ich keine große Wahl. Ich habe die erforderliche Ausbildung gemacht und auf eigene Kosten Beratungs- und Psychologiekurse belegt. Wenn ich Menschen helfen wollte, musste ich verstehen, wie sie sich fühlten, aber vor allem, wie sie reagierten.« Sie lächelte entschuldigend. »Es tut mir leid, ich stehle Ihnen die …«

»Fahren Sie bitte fort«, sagte Kim. Die Frau, die in ihrem Beruf das Elend anderer aufsaugte, strahlte etwas Einsames aus.

»Man merkt einfach nicht, wie die Jahre vergehen. Männer haben es da leichter. Wenn sie eine Familie haben, hindert sie das nicht daran, Karriere zu machen. Uns Frauen schon, da können die bei der Polizei noch so viel von Gleichstellung reden. Die Monate des Mutterschaftsurlaubs addieren sich. Nicht dass es je jemanden gab, für den ich diese Wahl hätte treffen müssen.« Sie zuckte die Achseln. »Niemand Besonderen. Und jetzt ...«

»Bedauern Sie es?«, fragte Kim.

Helen überlegte einen Augenblick lang und schüttelte den Kopf. »Nein, es waren meine Entscheidungen, und ich stehe dazu.« Sie lächelte. »Das hier ist wahrscheinlich mein letzter großer Fall. Ich gehe unter der A19-Regelung in Pension.«

Kim wusste von der umstrittenen Regelung, die es der Polizei erlaubte, Polizeibeamte mit einem Rang unterhalb eines Chief Officer nach siebenunddreißig Dienstjahren in den Ruhestand zu schicken. Eine Regelung, die in Zeiten von Sparmaßnahmen eingeführt worden war und seit 2010 »im allgemeinen Interesse der Wirtschaftlichkeit« Anwendung fand.

Viele Beamte waren nach so vielen Dienstjahren bereit, mit fünfundfünfzig in Pension zu gehen. Andere nicht.

»Haben Sie Widerspruch eingelegt?«, fragte Kim.

Helen zuckte die Achseln. »Erfolglos.« Sie trank ihren Kaffeebecher leer. »Und jetzt lege ich mich ein Weilchen hin.«

Kim bedankte sich noch einmal bei ihr für ihre Hilfe, bevor sie die Kanne für die Kaffeemaschine füllte. An Schlaf war für sie vorerst nicht zu denken.

NEUNUNDDREISSIG

Kim ging zurück in die Einsatzzentrale und schloss die Tür. Staceys Augen rollten unter ihren Augenlidern hektisch hin und her, und aus der Ecke kam leises Schnarchen, was darauf hindeutete, dass Bryant tief und fest schlief.

Dawson rieb sich die Augen und blätterte eine Seite um.

Sie betrachtete ihn eine Minute lang und traf dann einen Entschluss.

»Kev, schlagen Sie die Akte für eine Sekunde zu?«, sagte sie und bückte sich zu Boden.

Über seine Züge strich ein Anflug von Resignation. Er war offensichtlich zu müde, um in seinem Hirn danach zu kramen, was er falsch gemacht hatte.

Sie legte die Akte auf den Tisch zwischen ihnen.

»Entspannen Sie sich, Kev. Ich möchte nur mit Ihnen über etwas reden.«

Er fiel sichtlich in sich zusammen und richtete den Blick auf die Akte.

»Es geht um den Fall Dewain Wright«, sagte Kim.

Er kniff die Augen ein wenig zu, sodass sich in den Augenwinkeln feine Fältchen bildeten. »Ich dachte, wir wären fertig ...«

»Das dachte ich auch, aber in einem Punkt habe ich mich getäuscht.«

Dawson beugte sich vor. Er brauchte keine weiteren Erläuterungen zu dem Fall. Sie hatten ihn erst vor wenigen Tagen abgeschlossen.

Es war nicht der erste Tote im Umfeld von Gangs, mit dem sie es zu tun gehabt hatten, und es würde auch nicht der letzte sein.

Birmingham gehörte neben London, Manchester und Liverpool zu den vier Städten im Land, die ernste Probleme mit Gangs hatten. In einigen Stadtgebieten von London und Manchester wurden die Gangs immer mehr zu einem Kulturtransfer der amerikanischen Crips und Bloods.

Zu den wichtigsten Gangs in der Gegend gehörten die Brummagem Boys, die Burger Bar Boys und The Johnsons. In einer Fernsehdokumentation war vor einiger Zeit über einen Waffenstillstand nach einer bitteren Fehde zwischen den Burger Bar Boys und The Johnsons berichtet worden. In den entsprechenden Stadtvierteln war die Zahl der Gewaltdelikte seither deutlich zurückgegangen.

Die Hollytree Hoods waren nicht rassistisch, sie waren eine regionale Gang. Und auch wenn sie nicht in derselben Liga spielten wie die Brummagem Boys, The Johnsons und die Burger Bar Boys, kontrollierten sie doch die Prostitution und den ganzen Drogenverkehr in der ausgedehnten Wohnsiedlung, in der rund viertausend Menschen lebten.

»Das mit dem Jungen ist Ihnen an die Nieren gegangen, was?«, fragte Dawson.

Am Samstagvormittag hatte Kim endlich sein Krankenbett verlassen, und am Mittag war er tot gewesen. Lyron, der Anführer der Gang, war zwei Stunden später festgenommen worden, nachdem die Überwachungsvideos vom Krankenhaus gezeigt hatten, wie er im Auto seine Maske auszog. Die Gang hatte nicht damit gerechnet, dass eine Kamera direkt auf die Parkplatzschranke gerichtet war.

Sie nickte. »Schlagen Sie die Akte auf, und sehen Sie sich die ersten beiden Dokumente an.«

Er holte die zwei Dokumente heraus und überflog sie. Das erste war eine beeidigte Erklärung von Conroy Blunt, Chefredakteur des *Dudley Star*, in der er bestätigte, wann Tracy Frosts Artikel eingereicht und abgesegnet worden und in Druck gegangen und die Zeitung ausgeliefert worden war. Das zweite war die Sterbeurkunde von Dewain Wright.

Dawson schaute von einem Dokument zum anderen und hob dann den Blick.

Auf seinen Zügen zeigte sich Begreifen. »Sie war es gar nicht. Es war nicht Tracy Frost. Er war schon tot, als die Zeitung es brachte.«

Sie nickte. »Damit wir uns nicht falsch verstehen, sie hat die Geschichte, dass er noch lebte, veröffentlicht, aber da wusste die Gang es längst.«

Ohne Mutter und mit drei Schwestern war Dewain der von der Hollytree Gang am häufigsten eingesetzten Verführungstechnik zum Opfer gefallen.

Sie feierten regelmäßig Partys, zu denen sie alle Kids ab zwölf, dreizehn Jahren aus der Siedlung einluden. Sie versprachen Geld, Sex, Aufregung. Alles, was sich Jugendliche nur wünschen konnten.

Wenn die Partys nicht zogen, gab es noch andere Methoden. Eine gängige war es, Kids davon zu überzeugen, dass es ein Club oder eine Gruppe von Freunden sei, die sich gegen den Feind wehrte. Sie pickten sich Schlüsselkinder heraus und erklärten ihnen, sie würden nicht geliebt.

Andere Kids wurden durch Verpflichtungen eingeführt. Die Gang tat ihnen einen Gefallen – zahlte eine Rechnung oder verprügelte jemanden – und forderte im Gegenzug Loyalität ein.

Und natürlich setzten sie Prügel oder Drohungen gegen Familienmitglieder ein, um zu kriegen, was sie wollten.

In eine Gang aufgenommen zu werden war leicht. Rauszukommen war eine ganz andere Geschichte.

Dawson fuhr sich mit der Hand durchs Haar. »Mist.«

»Also, was bedeutet das, Kev?«

»Dass derjenige, der es der Gang gesagt hat, noch irgendwo da draußen herumläuft. Himmel, Guv, wir müssen herausfinden, wer das war. Der Junge ist tot.«

Kim lächelte. Genau die Reaktion, die sie sich von dem jungen Sergeant erhofft hatte. Der Wunsch zu wissen, aufzuklären, die Sache abzuschließen.

»Kümmern Sie sich darum. Finden Sie heraus, wer es war.«

Er schnaubte. »Machen Sie Witze? Sie betrauen *mich* damit?«

Kim nickte. »Nehmen Sie die Akte. Sie sind viel unterwegs. Schauen Sie auf Ihren Fahrten, was Sie herausfinden können. Ich werde mich nicht einmischen, aber ich möchte, dass Sie mich auf dem Laufenden halten.«

Er setzte sich auf. »Ich werde Sie nicht enttäuschen, Guv.«

Sie wies mit einem Nicken auf die Tür. »Im Wohnzimmer ist noch ein Sofa frei. Schlafen Sie ein wenig.«

Dawson tat, wie ihm geheißen, doch den Aktendeckel nahm er mit.

Kims Blick wanderte hinauf zu dem Foto von Charlie und Amy. Ihre müden Augen schienen sie zu täuschen, denn zwei andere Gesichter legten sich über die Fotografie. Zwei andere Kinder, ein Mädchen und ein Junge, viel jünger als Charlie und Amy.

Ihr verschwamm die Sicht, und sie blinzelte das Bild fort.

Sie musste diese Mädchen nach Hause bringen.

Alle beide.

VIERZIG

»Okay, Leute, ich weiß, dass Sie nicht gerade viel Schlaf bekommen haben, aber lassen Sie uns kurz das Neueste besprechen, bevor Alison uns ein paar Erkenntnisse liefert. Ich fange an.« Kim ließ den Blick durch den Raum schweifen.

Alle hatten sich frisch gemacht, waren hellwach und bereit. Weitestgehend. Doch es war der zweite volle Tag der Ermittlungen, sie brauchten neue Energie.

»Wir hatten letzte Nacht Besuch von einer Frau namens Eloise Hunter. Behauptet, Hellseherin zu sein oder Medium oder was auch immer. Stace, ich möchte, dass Sie ein wenig graben, denn sie ist auch beim letzten Mal schon aufgetaucht.«

»Haben Sie sich nett unterhalten?«, fragte Bryant.

»Das kann man so nicht sagen«, versetzte Kim.

Er grummelte. »Wenn sie gut ist, hätte sie das kommen sehen müssen.«

Kim ging nicht weiter darauf ein. »Stace, haben Sie etwas Neues?«

»Die Hintergrundrecherchen über die Familien haben nichts Augenfälliges ergeben, Chefin. Karen war zwei Jahre weg vom Radar, hat aber keine Vorstrafen. Ich arbeite noch dran, aber die Finanzen der Hansons sind besser unter Verschluss als Kevs Brieftasche.«

»Bleiben Sie dran«, sagte Kim. »Sonst noch etwas?«

»Immer noch nichts von den Mobilfunkanbietern, aber ich habe die Adresse der Familie des Mädchens, das nicht zurückgekommen ist. Bei der anderen ist es etwas schwieriger.«

»Wahrscheinlich sind sie umgezogen und haben ihren Nachnamen geändert, aber bleiben Sie dran. Kev, Sie wissen, was Sie zu tun haben.«

»Alles klar, Guv«, sagte er.

»Verzeihung, Madam«, sagte Helen von der Tür aus. »Da ist ein Matt Ward an der Haustür. Sagt, Sie erwarten ihn.«

»Bringen Sie ihn herein, Helen. Danke.«

Sie wartete, bis die Tür zu war. »Oh, toll, unser zweiter Experte ist hier, um uns zu unterstützen.« Sie blickte kurz zu Alison. »Nichts für ungut.«

Damit stieg die Zahl der derzeitigen Hausbewohner auf vier Eltern, vier Detectives, zwei Experten, einen Polizeibeamten, der die Haustür bewachte, und eine Opferschutzbeamtin. Kim war dankbar, dass das Haus so groß war und Abstand zu den Nachbarn hatte. Das Kommen und Gehen, das allmählich an die Hauptverkehrszeit am Bahnhof New Street erinnerte, wäre in einer kleinen Doppelhaushälfte unweigerlich jemandem aufgefallen.

Der Mann, der hereinkam, hatte ein mürrisches Gesicht aufgesetzt, von einem Lächeln keine Spur.

Er trug eine schlichte schwarze Hose und ein hellblaues Hemd. Als er einen grauen Schal ablegte, fiel Kim auf, dass der oberste Knopf offen war. Seinen schweren schwarzen Mantel hatte er bereits ausgezogen.

Kim schätzte ihn auf Ende dreißig, obwohl das Stirnrunzeln ihn zehn unglückliche Jahre älter machte.

Sie winkte ihn herein, stand auf und stellte ihr Team und

sich vor. »Und dies ist unsere beratende Verhaltensexpertin Alison Lowe.«

Matt nickte kurz in die Runde und trat ein.

Kim setzte sich und wies auf den Stuhl ihr gegenüber am Esstisch.

Er umschiffte die am Boden verteilten Papierstapel, wobei er sich mit der Entspanntheit eines Athleten in Ruhe bewegte. Sein Haar war dunkel, zeigte aber an den Schläfen schon einen Anflug von Grau, und seine Haut war in einem warmen Goldbraun gebräunt.

»Matt Ward, ausgebildeter Verhandler, soeben angekommen nach einem vierzehnstündigen Flug. Was haben wir?«

Kim hob eine Augenbraue ob seiner Unhöflichkeit. Sie öffnete den Mund, unsicher, was herauskommen würde, doch Stacey stand rasch auf.

»Kaffee, Matt?«

Als er sich Stacey zuwandte, veränderte sich seine Miene. Kim hätte es nicht als Lächeln bezeichnet, aber vielleicht als ein nicht mehr ganz so intensives Stirnrunzeln.

»Wenn kein doppelter Whisky zu haben ist, gebe ich mich auch mit Kaffee zufrieden.«

Bryant hustete, als Matt sich wieder Kim zuwandte.

Sie begrüßte seine Direktheit, doch mit ein wenig Manieren hätte er bei ihr erheblich schneller punkten können.

Sie umriss in kurzer, sachlicher Form die Ereignisse und endete mit dem Empfang der dritten SMS und ihrer Bitte um einen Beweis, dass die Mädchen noch lebten.

Matt stand auf, um die SMS zu lesen, die sie ausgedruckt und unter die zwei kürzeren an die Weißwandtafel gehängt hatten.

»Hmmm ...« Er setzte sich wieder.

Er hatte noch keinen einzigen Blick auf das Foto der beiden Mädchen geworfen.

»Ist Ihnen so etwas schon einmal begegnet?«, fragte sie.

Er schüttelte den Kopf. »Wenn ich etwas Nützliches zu sagen habe, werde ich das tun. Bis dahin würde ich Sie bitten, keinen weiteren Kontakt zu den Entführern aufzunehmen. Das ist jetzt meine Aufgabe.«

Kim machte den Mund auf, um ihm zu widersprechen, doch sie überlegte es sich noch einmal. Sich mit ihm zu streiten würde die Mädchen nicht zurückbringen.

Das alte Sprichwort, dass man nur *eine* Chance hatte, einen ersten Eindruck zu machen, hatte nie mehr Wahrheit besessen. Dieser Mann war eindeutig unhöflich, arrogant und abscheulich, und sie bezweifelte stark, dass sich ihre Meinung je ändern würde.

»Okay, Alison, Sie sind dran«, sagte sie und sah Alison über den Tisch hinweg an.

Die Verhaltensexpertin stand auf und rückte das Flipchart zurecht.

Kim warf einen raschen Blick auf ihren neuesten Zuwachs, der über ihren Kopf hinwegstarrte.

Sie durfte wirklich nicht vergessen, sich bei Woody dafür zu bedanken, dass er ihr so ein kaltes, gefühlloses Geschenk geschickt hatte.

Bryant beugte sich zu ihr. »Wie ein Blick in den Spiegel, was?«, flüsterte er.

»Bryant, ich schlage vor, Sie halten Ihr verdammtes Maul, bevor ich ...«

»Sie können mir nichts tun. Hier sind Zeugen.« Er grinste breit und setzte sich wieder gerade hin.

Für diese Bemerkung hätte sie ihn fröhlich umbringen und ihre Zeit locker absitzen können.

EINUNDVIERZIG

Alison stand mit einem Marker in der Hand am Flipchart. »Darf ich um Ihre Aufmerksamkeit bitten?«, fragte sie mit ihrer gut tragenden Sprechstimme, die eher in einen Hörsaal oder ein Klassenzimmer gepasst hätte. Kim sah sich um. Nein, es war definitiv immer noch ein Esszimmer.

»Okay, zuerst ein paar grundlegende Fakten. Von mir erfahren Sie weder die Haarfarbe noch die Schuhgröße von irgendjemandem, und auch wenn ich weiß, dass unter uns Skeptiker sind, ist vergangenes Verhalten immer noch der beste Indikator für künftiges Handeln.«

Kim hätte schwören können, dass Alison bei dem Wort »Skeptiker« den Blick direkt auf sie gerichtet hatte.

»Indem wir Persönlichkeitsmerkmale identifizieren und diese zu einem Typen zusammensetzen, erhalten wir ein Profil. Ich werde den SMS-Schreiber als Zielperson eins bezeichnen und mich zuerst mit ihm befassen.«

»Ähm«, sagte Kim, nachdem sie kurz noch einmal ihre Notizen zurate gezogen hatte. »Könnten wir als Erstes über Inga sprechen? Sie ist die einzige uns bekannte Mitwirkende, also könnte ein Einblick in ihre Persönlichkeit hilfreich sein.«

Die leichte Verärgerung, die über Alisons Miene huschte, entging ihr nicht. Doch Inga war ihre einzige bislang identifizierte Spur.

Alison überlegte einen Moment lang und tippte sich dann, während sie sprach, mit dem Stift in den Handteller. Eindeutig ihre »Ad hoc«-Pose.

»Bezugspersonen, die sich um Kinder kümmern, entwickeln, besonders wenn es um ein Einzelkind geht, oft eine Ersatzmutter-Kind-Beziehung. Sie sind bei vielen Meilensteinen in der Entwicklung des Kindes dabei. Das baut so etwas wie eine Pseudomutterbindung auf.

Inga ist nicht von der Familie Hanson gekündigt worden, sie hat sie auf eigenen Wunsch verlassen. Das war erst vor zwei Monaten, woraus wir schließen können, dass sie Amy gut behandelt und sich gut um sie gekümmert hat. Sie wurde von einem der Entführer zu etwas überredet, was im Widerspruch zu dieser Bindung steht.«

»Geld?«, fragte Dawson.

Alison schüttelte den Kopf. »Es ist unwahrscheinlich, dass Bezahlung ihr Motiv war. Es gibt andere Möglichkeiten, Geld zu machen, ohne ein Kind in Gefahr zu bringen.«

»Liebe?«, fragte Kim.

Alison nickte. »Mehr als wahrscheinlich. Mit Liebe zu konkurrieren ist sehr schwer, und man kann sie nicht kaufen ...«

»Aber eine andere Liebe kann sie übertrumpfen?«, fragte Kim.

»Ja«, antwortete Alison. »Es besteht die Möglichkeit, dass Inga von einem der Täter verführt und mit Liebe und Zuneigung überschüttet wurde, damit sie sich als etwas Besonderes fühlt, geliebt und bewundert. Mit so einer Liebe kann kaum etwas konkurrieren. Amy war immer das Kind von anderen. Immer einen Schritt entfernt.«

Kim machte sich Notizen auf ihrem Block. Die Theorie, dass Liebe Liebe übertrumpfte, erschien ihr vollkommen logisch, sie war sich nur nicht sicher, welcher der Entführer die nötige Wärme für so etwas besaß.

»Fahren Sie fort, Alison«, sagte Kim. Interessanterweise hatte ihr die Verhaltensexpertin etwas gegeben, worüber sie nachdenken konnte.

Alison schlug das Deckblatt des Flipchartblocks nach hinten. Das Blatt darunter war mit »Zielperson eins« überschrieben und einer Reihe von Spiegelstrichen versehen. Mit dem Marker zeigte Alison nacheinander darauf.

»Wir haben es eindeutig mit zwei Entführern zu tun. Zielperson eins, der SMS-Schreiber, hat seine Intelligenz bereits unter Beweis gestellt. Er ist wahrscheinlich kalt und akribisch. Er übt extreme Kontrolle aus, was sich daran zeigt, dass er an seinem Plan festhält. Seine SMS kommen, genau nach Plan, pünktlich zur vollen Stunde. Er hat zwei Mädchen in seiner Gewalt, aber noch ist er in der Lage, einer Strategie zu folgen und nicht in Hektik zu geraten. Andere würden die Dinge womöglich eher beschleunigen wollen. Nicht so der SMS-Schreiber. Seine Nachrichten sind zeitlich so platziert, dass sie die größtmögliche dramatische Wirkung erzielen.

Er ist einigermaßen gebildet und unternimmt keinen Versuch, das zu verbergen. Selbst in den SMS hält er sich an Grammatik und Zeichensetzung.

Er genießt das Spiel. Wenn er die SMS schickt, stellt er sich vor, wie sie aufgenommen werden. Er genießt den Kick, die Kontrolle zu haben.

Er kann nicht gut mit Unvorhergesehenem umgehen und verhält sich, wenn er unter Stress gerät, womöglich untypisch.«

»Wie hat er wohl darauf reagiert, dass Inga sich nicht an den Plan gehalten hat?«, fragte Kim.

Alison sah sie stirnrunzelnd an, weil sie sie unterbrochen hatte, doch Kim hielt ihrem Blick stand.

»Er will sie tot sehen, zum Schweigen gebracht, aus seinem

Blickfeld entfernt, damit er nicht mehr daran denken muss, dass sie versagt hat, aber er tut es bestimmt nicht selbst.«

Kim nickte zum Zeichen, dass sie verstanden hatte und dass Alison fortfahren konnte.

»Falls er der Polizei bekannt ist, dann am ehesten wegen Unterschlagung oder Wirtschaftskriminalität – Straftaten, die seine Intelligenz auf die Probe stellen, aber ein Ziel haben, eine Belohnung.

Er ist nicht in erster Linie gewalttätig, und das bringt mich zu Zielperson zwei.«

»Moment«, unterbrach Kim sie. »Warum nicht gewalttätig? Haben Sie nicht eben gesagt, er könnte sich untypisch verhalten, wenn es eine Planabweichung gibt?«

Alison atmete tief durch, bevor sie antwortete. »Ich habe gesagt *nicht in erster Linie*, das heißt, Gewalt ist nicht das, wozu er als Erstes greift.«

Kim hakte noch einmal nach. »Aber er ist zu Gewalt fähig, ja? Ich will nicht, dass jemand eine falsche Vorstellung davon bekommt, womit wir es hier zu tun haben.«

Alisons Blick streifte nicht durch den Raum, sondern war fest auf Kim gerichtet. »Okay, lassen Sie es mich anders formulieren: Er wird weniger wahrscheinlich zu Gewalt greifen als Zielperson zwei.«

Kim nickte zufrieden.

Alison schlug das nächste Blatt um und zeigte darauf.

»Die wenigen Informationen, die wir über seinen Komplizen haben, lassen darauf schließen, dass er das genaue Gegenteil ist. Das Ausmaß der Verletzungen, die er Bradley Evans am Kopf zugefügt hat, und die Fotos aus Ingas Wohnung deuten auf einen Mann, der sich an willkürlicher Gewalt geradezu ergötzt. Wenn ihn zu töten das einzige Motiv für Bradley Evans' ...«

»Brad«, unterbrach Kim sie. »Bitte nennen Sie ihn Brad.«

Sein Namensschild hatte ihr verraten, dass er es vorgezogen hatte.

»Okay, wenn die einzige Motivation für die Gewalt sein Tod gewesen wäre, hätte es schnellere Möglichkeiten gegeben, als auf den Kopf des Mannes einzutreten wie auf einen Fußball. Das hat unser Entführer ganz allein für sich getan. Er hat sich damit einem erhöhten Risiko ausgesetzt, sich aber zugleich ein hohes Maß an Vergnügen verschafft. Der ganze Vorfall hat mehr Lärm gemacht, als nötig gewesen wäre. Brad Evans hat vermutlich ...«

»Fahren Sie bitte fort«, sagte Kim scharf.

Sie spürte Bryants Blick. Diese Szene brauchte sich keiner von ihnen vor Augen zu führen.

»Genauso wenig gab es einen Grund, Ingas Wohnung kurz und klein zu schlagen. Er hat die Möbel zertrümmert, und dabei war es ihm egal, ob ihn jemand hörte. Er war überzeugt, dass niemand ihn aufhalten würde, und so lebt er vermutlich auch sein Leben.

Momentan habe ich keine Möglichkeit zu sagen, wo seine Wut herkommt, aber sie ist nicht allein daraus erwachsen, dass Inga sich nicht an den Plan gehalten hat.«

»Wie stehen die Chancen, mit Zielperson eins zu verhandeln?«, fragte Kim.

»Das wird schwierig. Es ist unwahrscheinlich, dass Sie ihn dazu kriegen, mit Ihnen am Telefon zu sprechen, und SMS müssen sehr sorgfältig formuliert werden, damit er weiterhin das Gefühl hat, dass ihm die Kontrolle nicht ...«

»Vielen Dank für Ihren Beitrag, ich werde Ihre Ausführungen sicher berücksichtigen.«

Matt brachte diesen Satz geschickt mit großer Professionalität und einem höflichen Nicken dar, doch Kim schätzte, dass er es so oder so auf seine Art tun würde, ungeachtet des Rats von Alison.

Kim blickte auf ihre Notizen. Sie hatte fast alles angesprochen.

Sie stand auf. »Eine Sache noch«, sagte sie schlicht.

Alison betrachtete sie mit einem nachsichtigen Lächeln.

»Wo ist der Kleber?«, fuhr Kim fort.

»Verzeihung, Inspector?«

»Der Kleber, Guv?«, fragte Bryant von hinten.

Sie trat an das Flipchart, riss das erste Blatt ab und hielt es neben das zweite.

Matt betrachtete sie mit Interesse.

»Wir haben es hier mit zwei extremen Persönlichkeiten zu tun. Wer hat das Sagen? Jedes Team, und sei es noch so klein, hat einen Anführer, eine dominantere Persönlichkeit. Ich bin mir nicht sicher, ob einer von den beiden das Zeug zum Anführer hat. Ihre Persönlichkeiten sind zu extrem. Exzessive Gewalt versus nicht gewalttätig. Methodisch versus risikobereit.

Stellen Sie sich eine Wippe vor. Die Sitze sind an den Enden, aber in der Mitte ist der Fixpunkt, der verhindert, dass die Enden zu hoch oder zu tief gehen. Ich glaube nicht, dass diese beiden Persönlichkeiten ohne eine dritte, übergeordnete Kraft nebeneinander existieren können. Ohne eine Autorität.«

Alison schüttelte den Kopf. »Ich denke, es ist offensichtlich, dass der SMS-Schreiber das Sagen hat und dass Zielperson zwei ein gedungener Helfer ist. Eine klare Hierarchie.«

Mit einem Achselzucken sah sie sich im Raum um.

»Außer dass Zielperson zwei nicht bloß irgendein Schläger ist«, sagte Kim. »Es ist ihm gelungen, Brad Evans zu finden, also einen Mann zu identifizieren, dem er noch nie zuvor begegnet war, und ihn zu töten, ohne erwischt zu werden. Ja, er ist gewalttätig und potenziell unberechenbar, aber er hat Köpfchen, und er ist nicht leicht zu kontrollieren.«

Sie hob das oberste Blatt des Flipcharts an. Das Blatt darunter war leer.

Kim tippte mit dem Finger darauf. »Ich glaube, dieses müssen Sie auch noch beschriften. Und zwar mit ›Zielperson drei‹.«

ZWEIUNDVIERZIG

Elizabeth band ihre Haare zu einem Pferdeschwanz. Sie hatte geduscht, wenn auch nur ganz kurz.

Jegliche Aktivität barg die Aussicht, sie wenigstens für ein oder zwei Minuten abzulenken. Wie sehr sehnte sie sich nach dem Luxus von Schlaf, damit die Bilder in ihrem Kopf wenigstens für eine Weile pausierten.

Schon vor dem vergangenen Abend war es ihr unangenehm gewesen, in einem fremden Haus zu leben, doch nach der letzten SMS empfand sie es als absolut unerträglich.

Seit der SMS hatte sie versucht, mit Stephen zu sprechen. Sie mussten reden, ihre Möglichkeiten durchgehen. Sie brauchten einen Plan.

Bis Mitternacht war sie auf der Suche nach ihm herumgewandert, doch irgendwie war es ihm in diesem riesigen Haus gelungen, ihr zu entwischen.

Sie hatte das Gefühl, als wäre ihre ganze Familie verschwunden. Ihre wunderschöne Tochter war Gott weiß wo, voller Angst. Ihr Sohn war nicht bei ihr, und jetzt ging ihr Mann ihr auch noch aus dem Weg. Sie wohnte im Haus ihrer besten Freundin, mit der sie jetzt im Wettstreit um das Leben ihrer Mädchen stand.

Ab und an überkam Elizabeth für einen Augenblick der unkontrollierbare Drang zu lachen. Die Situation war so abstrus, dass sie sich für einen Moment einreden konnte, sie würde in einem Albtraum feststecken und bald zu Hause aufwachen, und ihre Tochter wäre da und ihr Sohn und ihr ganz normales Leben.

Und dann dämmerte ihr, dass es kein Albtraum war. Es war ihr Leben, und ihre Vorstellungskraft reichte nicht aus, um sich darauf zu besinnen, wie es bis vor Kurzem gewesen war.

Sie ging die Treppe hinunter und blieb wie immer vor dem Esszimmer stehen. Noch hatte sie nichts belauschen können, aber ein Versuch konnte nicht schaden.

Das Klappern von Tellern, die weggeräumt wurden, verriet ihr, dass Karen in der Küche war. Noch am Vortag waren sie angesichts dieses ganzen Grauens durch ein starkes Band verbunden gewesen, denn sie durchlebten etwas, was nur eine andere Mutter verstehen konnte. Unterstützung und Verständnis suchend, hatten sie sich aneinander gewandt. Und jetzt konnten sie einander nicht mehr in die Augen sehen.

Elizabeth wusste nicht mehr, wie sie mit ihrer Freundin sprechen sollte. Sie waren Rivalinnen in einem bösen, kranken Spiel.

Sie brauchte ihren Mann jetzt mehr denn je. Sie atmete tief durch und ging zur offenen Küchentür. Karen stand an der Spüle.

»Hast du ...?«

Karens Handy machte »pling«. Sie und Karen starrten darauf. Elizabeth hätte sich am liebsten auf das Handy gestürzt und es mit beiden Händen gepackt.

Karen nahm das Telefon, und Elizabeth hielt die Luft an, während Karens Blick über das Display wanderte.

Sie runzelte die Stirn und las es noch einmal laut.

Sucht gründlich nach den Geschenken, die ich Euch geschickt habe. Grabt tief, wenn Ihr Euch Eure Tochter vorstellt.

Karen sah sie ratsuchend an. »Was zum …«

Sie unterbrach sich, als wäre ihr gerade aufgegangen, mit wem sie sprach.

Karen schoss mit ihrem Handy aus dem Zimmer und ließ Elizabeth wie betäubt in einem Sperrfeuer an Fragen, die auf sie eindonnerten, zurück.

Was zum Teufel bedeutete diese SMS?

Sie holte ihr Handy heraus. Kein blinkendes Lämpchen, kein kleines Briefumschlag-Symbol und eindeutig keine SMS.

Warum war die Nachricht nur an Karen gegangen?

Und wo zum Teufel war ihr Mann?

<h1 style="text-align:center">DREIUNDVIERZIG</h1>

»Irgendwo hier am Haus ist etwas«, sagte Kim, nachdem sie Karen sanft aus dem Zimmer geschoben hatte. »Zielperson eins wählt ihre Worte mit Bedacht. Er hat geschrieben ›die ich euch geschickt habe‹, und das heißt, dass hier irgendwo etwas ist.«

Karen hatte ihr Handy mitgenommen, doch Kim hatte die Nachricht gelesen, und die Worte hatten sich in ihr Gehirn eingebrannt.

Sie stand am Kopfende des Tisches. »Ich gehe raus. Wir können ausschließen, dass einer von ihnen etwas *ins* Haus gebracht hat.« Sie sah sich im Zimmer um. »Bryant, Kev, Stacey, Sie kommen mit. Alison, Sie helfen Helen, die Eltern im Haus zu halten.« Ihr Blick fiel auf den Neuzugang. »Mr Ward, Sie bewachen den Laden. Niemand betritt diesen Raum.«

Er nickte, und Kim verließ das Zimmer, wandte sich nach rechts Richtung Waschküche und ging von dort in den Garten hinter dem Haus.

Aus dem frühmorgendlichen Nebel war ein sanftes Nieseln geworden, das sich rasch als Film auf ihre Haut legte.

Der Bereich, den sie absuchen mussten, war so groß wie ein

Fußballfeld. Wenn sie ihn in vier Rechtecke aufteilte, war die Suche effektiver.

Eine Rasenfläche wurde von einem mit braunem Rindenmulch bestreuten Weg, der den Garten halbierte, in zwei gleich große Bereiche unterteilt. Auf dem einen Rasenstück standen eine Schaukel und ein Sandkasten. Auf dem anderen befanden sich eine Kräuterspirale und ein Teich.

Die Grundstückseinfriedung bestand rundum aus alten, knorrigen Eichen. Davor standen mehrere Aufbewahrungsboxen für Gartenwerkzeuge und rechts ein Spielhaus vor einem dekorativen Steingarten.

Auf beiden Seiten des Hauses war Kies, und es standen Eimer und Aufbewahrungsboxen herum.

Kim wischte sich den Regen aus den Augen. »Okay, Stace, Sie nehmen sich die linke Seite vom Haus vor. Kev, Sie die rechte. Bryant, Sie suchen die rechte Seite des Gartens ab und ich die linke.«

Sie zerstreuten sich in alle vier Himmelsrichtungen und suchten beim Gehen den Boden ab. Kim fand nichts und war gerade vor den Aufbewahrungsboxen stehen geblieben, als das Nieseln in einen dichteren, kräftigeren Regen überging.

»Guv, ich habe hier einen Mantel«, rief Stacey zwischen den Bäumen hervor.

»Legen Sie ihn an der Hausecke ab, aber so, dass die Eltern ihn nicht sehen können«, wies sie sie an. »Da ist sicher noch mehr.«

Keiner von ihnen war für draußen passend angezogen, und sie wurden nass bis auf die Haut.

Sie öffnete den Deckel der ersten Aufbewahrungsbox und stieß auf einen Rasentrimmer. Sie holte ihn heraus und vergewisserte sich, dass sonst nichts darin war.

Die zweite Box, kniehoch, sah aus, als wäre darin noch mehr Gartenwerkzeug. Sie öffnete den Deckel und holte einen Laubsauger heraus.

»Ich habe hier eine Hose«, rief Dawson von der anderen Seite.

»Ich auch«, rief Kim und zog unter dem Gartenwerkzeug eine Leggings heraus.

Bryant kam mit einem T-Shirt herbeigelaufen, das, wie sie beide wussten, Amy gehörte. Sein hellblaues Hemd war ganz dunkel vom Regen und klebte ihm auf der Haut.

»Guv ...«

»Ich weiß, Bryant.«

In ihren Köpfen entstand dasselbe Bild.

»Ein Pullover im Spielhaus«, sagte Stacey und lief zurück zur Ecke.

Sie betrachteten zusammen den Kleiderhaufen, als Dawson mit einem zweiten Mantel kam.

»Wie zum Teufel ist es ihnen gelungen, hier Verstecken zu spielen, ohne dass ein Mensch im Haus irgendetwas gesehen oder gehört hat?« Kim sah sich um.

Sie bekam keine Antwort.

Kim zählte die Kleidungsstücke und ordnete sie anhand der Aufnahmen aus den Überwachungskameras in Gedanken den Mädchen zu. Sie ließ den Blick prüfend über den Garten schweifen, und ihr kam ein abscheulicher Gedanke.

»Hat schon jemand den Steingarten überprüft?«, fragte sie und betete, dass jemand Ja sagte.

»Ich mach's, Chefin«, sagte Dawson und lief hinüber.

»Das ist alles, was sie anhatten«, bemerkte Bryant und wischte sich den Regen aus den Augen.

Kim sagte nichts darauf. Sie war zu sehr mit dem Anblick von Dawson beschäftigt, der die Schultern hängen ließ. Sein Rücken war reglos, als sein Blick auf die Natursteine fiel. Die drei warteten auf ihren Kollegen.

»Verdammt«, sagte Kim, als die Wut in ihr hochkochte. Sie wusste, was er gefunden hatte.

Er kam langsam zu ihnen zurück und öffnete die Hände. Darin waren zwei Unterhosen.

Sie starrten auf die Kleidungsstücke, und die Botschaft, die man ihnen geschickt hatte, stand ihnen deutlich vor Augen.

Charlie und Amy waren jetzt vollkommen nackt.

VIERUNDVIERZIG

Inga fühlte sich geschlagen. Alles tat ihr weh, und sie war überzeugt, dass sie nur noch vom Schmutz zusammengehalten wurde.

Sie konnte sich nicht erinnern, wann sie das letzte Mal geduscht hatte. Wenn sie sich in öffentlichen Toiletten kurz frisch gemacht hatte, hatte sie sich hinterher dreckiger gefühlt als beim Betreten.

Sich an irgendetwas Normales zu erinnern, das vor Sonntag passiert war, fiel ihr immer schwerer. Und dass Dienstag war, wusste sie auch nur, weil sie gehört hatte, wie jemand es erwähnte.

An einem Tag, und sie war sich fast sicher, dass es am Vortag gewesen war, war sie kilometerweit gegangen und hatte nur eine Pause gemacht, um sich an einem Marktstand eine billige Tasse Tee zu kaufen. Dort hatte sie sich kurz hinsetzen und ein wenig ausruhen können. Inga wusste, dass ihr dieser kleine Luxus wegen ihrer äußeren Erscheinung heute verwehrt bleiben würde. Obwohl sie versucht hatte, sich mit den Fingern als improvisiertem Kamm durch die Haare zu fahren, waren sie verfilzt. Der Schmutz in ihrem Gesicht ließ sich mit Wasser allein nicht entfernen. Ihre gelbe Jeans waren voller Flecken von ihrer Wanderschaft.

Das überwältigende Bedürfnis zu weinen überfiel sie, doch die Tränen wollten nicht kommen.

Wo sie auch hinschaute, sah sie Symes; kleiner, dicker, größer ... doch jeder Mann war er, bis er vorbeigegangen war.

Sie würden ihr nie verzeihen, dass sie den Plan durchkreuzt hatte. Sie hätte sich ins Krankenhaus bringen lassen und dort warten sollen, bis »ihr Mann« sie abholte. Dann hätten sie sie in das sichere Haus gebracht, damit sie sich bis zur Übergabe um die Mädchen kümmerte. Doch sie konnte nicht. Amy hätte gewusst, dass Inga in die Sache verwickelt war, die ihr und Charlie solche Angst einjagte. Und wenn Amy es begriffen hätte, hätte Charlie es auch kapiert. Und dann hätte Inga mit ansehen müssen, wie sich Amys Erleichterung und Fröhlichkeit in Unglaube und Misstrauen verwandelten. Sie wusste, dass das Mädchen sie auf ewig gehasst hätte.

Inga hatte ein Gefühl, als hätte sich ihr ganzes Leben in den letzten paar Tagen abgespielt. Es gab keinen Augenblick mehr, der ohne Angst war, keine Bewegung ohne Zittern.

Sie zweifelte keinen Moment daran, was passierte, wenn sie aufhörte wegzulaufen. Sie war Symes nur einmal begegnet, das hatte gereicht. Sein Verhalten hatte etwas Distanziertes, was sie an einen Roboter erinnerte.

Er hatte sie mit einem Lächeln bedacht, in dem keine Wärme lag, sondern eine Drohung; als wüsste er etwas, was sie nicht wusste. Sein Blick war durch das Café gestrichen, und sie hatte unter dem Tisch einen Fingerknöchel nach dem anderen knacken hören.

Vom ersten Augenblick an hatte sie gespürt, dass diese Hände sich um ihre Kehle legen wollten. Doch solange sie nützlich gewesen war, waren diese Hände gebunden gewesen. Und jetzt war sie nicht mehr von Nutzen. Jetzt war sie eine Bedrohung, etwas Ungeklärtes, durch nichts mehr geschützt.

Die Angst wälzte sich durch ihren Bauch. Wenn Symes sie erwischte, wäre der Tod ein willkommenes Geschenk. Dieser Mann würde keine Gnade walten lassen. Er würde sie foltern, und der Mensch, dem sie vertraut hatte, würde keinen Finger krumm machen, um ihr zu helfen.

Sie war seit vielen Jahren allein, doch so einsam wie jetzt hatte sie sich noch nie gefühlt.

Ihr Körper war angeschlagen und ihr Geist gebrochen.

Inga wusste, was sie zu tun hatte.

FÜNFUNDVIERZIG

Will hatte das dringende Bedürfnis zuzuschlagen.

Seit er sich erinnern konnte, war er, wenn die Ordnung in seinem Kopf gestört wurde, anfällig für massive Blackouts.

Wenn die Dinge nach Plan liefen, blieb in seinem Kopf alles ruhig und gelassen. Im Hintergrund spielte ein leiser Rhythmus, doch ein unerwarteter Vorfall entfesselte das Orchester in seinem Kopf. Dann dröhnten Instrumente und kamen aus dem Takt, Saiten kreischten schmerzhaft, vereinten sich zu einer lärmenden Kakofonie, von der es kein Entrinnen gab.

Er schob seinen Stuhl nach hinten. Das Geräusch, wie die Metallbeine über den Steinboden scharrten, traf ihn wie der Stoß eines Messers.

Er ging zwischen dem einen Ende des Zimmers und dem anderen hin und her.

Zehn Schritte hin, zehn zurück. Viermal die Länge des Zimmers, und der Lärm ebbte ein wenig ab. Weitere sechs Längen brachten mehr Distanz zwischen sein Bewusstsein und den Lärm darin.

Er hätte sich niemals mit der Einbindung anderer einverstanden erklären sollen. Er hasste es, gesagt zu bekommen, was er zu tun hatte. Er hatte immer besser allein gearbeitet.

Er hatte die Familien ausgewählt, er hatte recherchiert, welchen Berufen sie nachgingen. War den Leuten nicht klar, wie viele Wochen es allein gedauert hatte, die richtigen Kandidaten zu finden – gut situierte Familien, die man miteinander in Wettstreit bringen konnte, um sie anschließend genüsslich zu zerpflücken?

Es hätte schon beim ersten Mal funktionieren sollen. Und es hätte auch funktioniert, wenn nicht etwas vorgefallen wäre, was vollkommen außerhalb seiner Kontrolle lag.

Symes mit an Bord zu holen war seine Entscheidung gewesen. Er wusste, dass er eine Fertigkeit brauchte, die der Mann besaß, doch er hatte auch von anderer Seite Hilfe angenommen, und das rächte sich jetzt bitter.

Sein Stress kam daher, dass er nicht die absolute Kontrolle hatte, und das ging ihm allmählich auf den Sack. Es hingen viel zu viele Leute mit drin.

Als mittleres Kind war er durch die natürliche Gruppierung seiner Geschwister immer ausgeschlossen gewesen. Er bildete das Hindernis zwischen den Älteren und den Jüngeren und gehörte folglich nirgendwo dazu. Er war die Zielscheibe für ihre Witze und der Boxsack für ihre Schläge. Und er hatte es ausgehalten, weil er nichts und niemanden hatte, an den er sich wenden konnte. »So sind Jungen nun mal«, hatte seine Mutter nur gesagt.

Er hatte Zuflucht darin genommen, seine Rache zu planen. Dort hatte er seinen Trost gefunden, seine Erleichterung – wie Larry, sein Bruder und schlimmster Peiniger, hatte erfahren müssen.

Er und Symes waren sich ähnlicher, als ihm lieb war. Er wusste, dass Symes als kleiner Junge von seinem Vater, einem Soldaten, geschlagen worden war, nachdem seine Mutter ihn verlassen und einem grausamen, gefühllosen Mann ausgeliefert hatte.

Obwohl er im Kreis seiner Brüder aufgewachsen war, hatte er sich genauso allein gefühlt wie Symes. Beide hatten Rettung in der Rache gefunden, er durch psychische Quälerei und Symes im körperlichen Leiden anderer.

Er mochte Symes nicht, aber er verstand ihn.

Weitere fünf Schritte, und die Spannung in seinem Körper löste sich allmählich.

Die Kleider waren genau zum festgelegten Zeitpunkt geschickt worden. So war es geplant und perfekt ausgeführt worden. Die Tatsache, dass die Eltern sich jetzt ihre kleinen Mädchen nackt vorstellen mussten, war der vorzeitige Appell an sie zu handeln: Räumt die Konten ab.

Doch irgendein Flittchen hatte einen Beweis verlangt, dass die Mädchen noch lebten. Er hatte beschlossen, die SMS zu ignorieren. Sie hatten nie in Erwägung gezogen, auf Nachrichten zu reagieren, die nicht von den Eltern kamen.

Das war der Plan gewesen.

Und jetzt musste er den Plan ändern.

Weil der Boss es sagte.

SECHSUNDVIERZIG

»Laut Navi haben wir noch knapp zwei Kilometer, Guv«, sagte Bryant neben ihr.

Sie bog scharf nach links ab und fuhr durch ein Wohngebiet. Eine Abkürzung, mit der sie fast die Hälfte sparten.

Bryant hielt sich das Navi vors Gesicht und sagte: »Sei nicht beleidigt, sie hört auf niemanden.«

Kim beachtete ihn nicht.

»War das ihr Beweis dafür, dass die Mädchen noch leben, Guv?«, fragte Bryant, als sie sich einer winzigen Verkehrsinsel näherten. Es führte kein Weg daran vorbei.

»Nein, das war von Anfang an geplant, und es beweist nicht, dass sie leben«, sagte sie und fuhr mitten hinüber. »Das war eine Aufforderung an die Eltern. Er wollte, dass sie suchen gehen. Er wollte, dass sie die Kleider finden. Er wollte, dass sie sich ihre Mädchen nackt vorstellen.«

»Also, das ist ja ein bisschen nach hinten losgegangen. Und warum nur an eine Mutter?«

»Spielchen, Bryant. Unsere Zielperson eins genießt es, ein bisschen Psychoterror zu veranstalten. Er möchte noch das letzte Quäntchen Qual aus diesem kranken Spiel herausquetschen.«

»Ah, also, da hat er nicht mit Ihnen gerechnet, was?«

Sie hoffte nicht. Die Kleider waren in eine Tüte gepackt worden, und Dawson hatte sie Richtung Forensik verschwinden lassen. Es bestand eine geringe Chance, dass sie daran etwas fanden, doch als Beweismittel vor Gericht würden sie nicht standhalten. Sie hatten im Schmutz gelegen, im Gras und Gott weiß wo sonst noch.

»Glauben Sie, Sie hätten ihnen die Wahrheit sagen sollen?«, fragte Bryant, ihr ausgelagertes Gewissen.

Es war das erste Mal, dass sie die Eltern angelogen hatte, und sie hoffte, dass es das letzte Mal sein würde, doch sie würde nicht Bryants nächste Mahlzeit darauf verwetten.

Sie hatte ihnen erzählt, sie hätten nur die Mäntel gefunden, und das war schon schlimm genug gewesen. Den Rest brauchten sie nicht zu wissen. Stephen hatte darauf bestehen wollen, Amys Mantel zu identifizieren, um ganz sicherzugehen. Doch da war Dawson schon weg gewesen. Kim hatte Stephen erklärt, dass sie ihn anhand der Aufnahmen aus den Überwachungskameras identifiziert hatten.

»Was soll das bringen?«, fragte sie. »Die Bilder in ihren Köpfen sind so schon schlimm genug.«

Kim wurde weiterer Erklärungen enthoben, als sie die gesuchte Hausnummer entdeckte. Sie parkte rasch den Wagen und klopfte.

Mit der Frau, die ihnen die Tür öffnete, war die Zeit nicht gerade gnädig umgegangen.

Kim wusste, dass Jenny Cotton sechsunddreißig Jahre alt war, und die ersten fünfunddreißig Jahre waren zweifellos freudvoller gewesen als das letzte.

Die hellbraunen Haare hatte sie zu einem unordentlichen Pferdeschwanz gebunden, sodass die vorzeitig ergrauten

Schläfen zum Vorschein kamen. Um die herabhängenden Mundwinkel waren zarte Falten zu erkennen.

»Detectives Stone und Bryant, Mrs Cotton. Könnten wir kurz mit Ihnen reden?«

In den müden Augen blitzte ein Funke Hoffnung auf.

Kim schüttelte den Kopf. »Es gibt keine Neuigkeiten über Suzie«, sagte sie rasch, um jegliche falschen Hoffnungen im Keim zu ersticken.

Den Fall Suzie Cotton würden sie erst abschließen, wenn sie sie nach Hause gebracht hatten.

Mrs Cotton trat zur Seite und ließ sie ein.

Kim ging nach hinten durch in eine kleine Wohnküche, die sich über die ganze Breite des Hauses erstreckte. Die Abwesenheit von Leben war unübersehbar. Dem Raum fehlte jegliche Individualität, jegliche Persönlichkeit. Er war sauber und funktional und blickte auf einen kleinen, mit grauen Platten ausgelegten Garten hinaus. Kein Baum, keine Blume, kein Pflanzkübel.

Sie waren in ein Leben gestolpert, das sich im Pausenmodus befand.

Jenny Cotton blieb in der Tür stehen. Die helle Jeans schlotterte ihr um den schmächtigen Körper. Das graue Sweatshirt war am Hals ausgeleiert, und die Schulternähte befanden sich auf Höhe der Oberarme. An den Füßen trug sie Flipflops.

Kim spürte, dass es ein Sieg war, wenn Jenny es überhaupt schaffte, sich anzukleiden.

Plötzlich hasste Kim die kalte Geschäftsmäßigkeit ihres Besuchs. Sie hatte der Frau hinsichtlich auf die Abwesenheit ihrer Tochter nichts zu bieten, zugleich war sie aber auf Informationen aus, selbst wenn sie die Frau dafür zwingen musste, sich an die schrecklichste Zeit ihres Lebens zu erinnern.

Doch im Augenblick hatte sie zwei vermisste Mädchen, und das war Kims oberste Priorität. Sie liebte ihre Arbeit, doch es gab Tage, da mochte sie sie nicht ganz so gern.

»Mrs Cotton, ich verstehe, dass das schwierig ist für Sie, aber wir müssen Ihnen einige Fragen zu dem stellen, was letztes Jahr passiert ist ...«

Intelligente Augen durchbohrten sie. »Warum?«

»Mrs Cotton, ich kann Ihnen ...«

»Natürlich können Sie mir nichts sagen«, fuhr sie bitter auf. »Ich habe schließlich kein Recht, etwas zu erfahren, nicht wahr?«

Kim schwieg einen Augenblick. Diese Frau hatte jedes Recht auf ihre Wut. Ihr Kind war nicht nach Hause gekommen. Sie konnte Jenny Cotton keine Einzelheiten über die aktuellen Ermittlungen anvertrauen, doch als Kim in die traurigen, verzweifelten Augen blickte, die sie ansahen, hoffte sie, dass sie das verstand.

Die Frau sog scharf die Luft ein, bevor sie die Augen schloss und die Lippen schürzte.

Sie verstand es.

»Fragen Sie mich alles, was Sie wollen, aber tun Sie bitte nicht so, als würden Sie es verstehen. Denn das ist unmöglich.«

»Sie haben recht, das kann ich nicht«, pflichtete Kim ihr leise bei. »Aber wenn Sie uns erzählen können, wie Sie es erlebt haben, vom ersten Tag an, wäre ich Ihnen sehr dankbar.«

Jenny Cotton nickte, setzte sich an einen runden Esstisch aus Holz und bedeutete ihnen, ebenfalls Platz zu nehmen.

»Erwarten Sie nicht, dass ich mich genau erinnere, was an welchem Tag passiert ist, denn das kann ich nicht. Es ist ein einziger Nebel aus Hektik, untätigem Warten und Tränen. Das Einzige, was ich mit Sicherheit weiß, ist, dass die beiden am Montagmorgen verschwanden und Emily am Mittwochnachmittag gefunden wurde. Gott, es kommt mir viel länger vor als zwei Tage.«

Kim fand es schrecklich, was sie dieser Frau mit ihren Fragen antun musste, doch wenn sie es mit denselben Tätern zu tun hatte, dann waren die Informationen für sie von unschätzbarem Wert. Sich noch einmal mit der ersten Entführung zu befassen konnte entscheidende Hinweise liefern. Ein Modus Operandi wurde im Laufe der Zeit weiterentwickelt. Elemente wurden perfektioniert, Lektionen gelernt. Wenn sie herausfanden, was beim ersten Mal womöglich falsch gelaufen war, konnte ihnen das zu wichtigen Erkenntnissen verhelfen.

»Suzie wurde aus dem Laden auf halbem Weg zwischen unserem Haus und der Schule entführt. Emily haben sie sich fünfzig Meter von zu Hause entfernt geschnappt. Ich habe um elf eine SMS bekommen, genau wie Julia.«

»Haben Sie eine Ahnung, warum die beiden Mädchen ausgewählt wurden?«

Sie nickte. »Sie haben gemeinsam einen Radioaufruf für Kinder in Not gestartet. Über fünfhundert Pfund haben sie gesammelt, indem sie Autos gewaschen haben. Mein Mann wurde in dem Beitrag erwähnt. Er besaß einen Limousinenverleih; also, den besitzt er noch, soweit ich weiß.«

Sie lächelte traurig. »Das ist ein anderes Leben. Es fühlt sich an wie ein vergangenes Leben. Julias Mann, Alan, besaß eine Reihe von Maklerbüros. Es war kein fairer Kampf.

Ich habe sofort die Polizei angerufen, und man hat uns beide bei uns zu Hause befragt. Wir waren gute Freunde, sehr eng. Haben fast jedes Wochenende zusammen verbracht, sind zusammen in Urlaub gefahren.

Julia und ich haben uns aneinandergeklammert. Bis zur dritten Nachricht.«

»Hat man Ihnen geraten, keinen Kontakt zu den Entführern aufzunehmen?«, fragte Kim.

»Ja.«

»Und?«

»Detective, wenn Sie Kinder hätten, würden Sie das nicht fragen. Selbstverständlich haben wir Kontakt aufgenommen.

Plötzlich haben überall, wohin man schaute, Menschen

versucht, ihre privaten Gespräche zu verheimlichen. Selbst die Polizei stand flüsternd in der Ecke.«

»Wann ist die Frist abgelaufen?«, fragte Kim.

»Am Mittwochnachmittag.«

Kaum mehr als achtundvierzig Stunden nach der Entführung, wie Kim bewusst wurde. Bis dahin hatten sie noch eine Stunde.

»Was haben Sie gemacht?«

»Wir haben ein Angebot geschickt. Alles, was wir zusammenkratzen konnten: Ersparnisse, zweite Hypotheken, Hilfe von der Familie. Wir haben sofort die Antwort bekommen, dass die anderen mehr geboten hatten.

Die Angebote gingen hin und her bis am Mittwochmorgen. Wir haben Summen geboten, die wir im Leben niemals zusammenkriegen würden, doch wenn man um das Leben des eigenen Kindes bietet, hat man keine Wahl.«

Kim beugte sich vor. Die Situation, die Jenny Cotton beschrieb, war von einer Grausamkeit, die Kim anwiderte. In einer normalen Lösegeldsituation gab es alle möglichen Gefühle, doch diese Trade-off-Strategie bot den Eltern die Illusion einer gewissen Kontrolle: dass sie den Ausgang beeinflussen könnten, wenn sie nur genug Geld zusammenbekämen. Und wenn ihnen das nicht gelänge ...

»Dass Suzie nicht nach Hause kam, hat mich zerstört. Ich habe alles verloren. Ich konnte meinen Mann nicht mehr ansehen, weil ich nur noch dachte: Wenn er einen besseren Job gehabt hätte, hätten wir unsere Tochter retten können.«

Kim ließ die Frau reden. Es war das Mindeste, was sie tun konnte.

»Und Menschen trauern unterschiedlich, auch vom Tempo her. Als ich Peter danach das erste Mal lachen hörte, erstarben auch noch meine letzten paar Gefühle für ihn. Ich verstand, dass der Körper reagiert und dass Verteidigungsmechanismen greifen, aber bei mir geschah das einfach nicht.«

Kim hatte den Verdacht, dass sie immer noch wartete. Diese Frau war ein Schatten, sie existierte, aber sie hatte keinen Weg zurück ins Leben gefunden. Die Menschen um sie herum schon.

Plötzlich kam Kim ein Gedanke. »Mrs Cotton, haben Sie noch das Handy?«

Jenny Cotton schob ihren Stuhl nach hinten und ging zum Wasserkessel. »Nein, Inspector, Ihre Leute haben es als Beweismittel mitgenommen.«

Kim sah Bryant an. Er machte sich eine Notiz. Wenn die Handys noch in der Asservatenkammer waren, dann war darauf vielleicht etwas, womit sie arbeiten konnten.

Mrs Cotton starrte aus dem Fenster; das Wasser lief aus der Tülle des Kessels über.

»Ich habe von Urlauben geträumt und vielleicht einem zweiten Kind.« Sie verharrte, ihre Hand schwebte über dem immer noch offenen Wasserhahn. »Und jetzt ist das Einzige, wovon ich noch träume, meine Tochter beerdigen zu können.«

Sie drehte sich um und fixierte Kim mit einem harten Blick. »Können Sie mir dabei helfen, Detective Inspector?«

Kim hielt ihrem Blick stand, sagte aber nichts. Sie würde keine Versprechungen machen, die sie vermutlich nicht halten konnte.

»Mrs Cotton, was hat Ihrer Meinung nach zur frühen Freilassung von Emily geführt?«

»Ich hätte gedacht, das wäre klar. Julia und Alan haben das Lösegeld gezahlt.«

SIEBENUNDVIERZIG

Kims Finger hatte schon die Ruftaste gedrückt, bevor sie am Auto war.

»Stace, Sie müssen unbedingt die Familie Billingham finden. Sie sind womöglich viel wichtiger, als wir gedacht haben.«

»Ich bin dran, Guv«, antwortete Stacey. »Aber diese Familie will definitiv nicht gefunden werden.«

Das überraschte Kim nicht. »Versuchen Sie es weiter, Stace. Wir sind uns nicht sicher, aber es ist möglich, dass sie das Lösegeld gezahlt haben.«

Sie hörte, wie am anderen Ende der Leitung nach Luft geschnappt wurde.

»Es ist nichts in den Akten, was darauf hinweist, dass ...«

»Es ist nichts in den Akten, was auf irgendetwas hinweist, Stace.«

»Alles klar, Guv.«

Kim legte auf. »Bis jetzt sind wir davon ausgegangen, die Entführer hätten Panik bekommen, weil die Nachricht durch die Medien ging. Wir haben gar nicht in Erwägung gezogen, dass eine der Familien tatsächlich gezahlt hat.«

Bryant nickte. »Und wenn sie gezahlt haben, hatten sie weiteren Kontakt mit den Entführern: Anweisungen, Ablageort, irgendwas.«

So unschön der Gedanke war, musste Kim doch in Betracht ziehen, dass das, was die andere Familie getan hatte, zum Tod von Suzie Cotton geführt hatte.

ACHTUNDVIERZIG

Symes lächelte. Heute konnte ihm nichts die Stimmung verderben. Er hatte eine Spur, und die Sache würde in Kürze erledigt sein.

Ja, er konnte durch die Gegend laufen, hinter Inga herjagen und sinnlos Energie darauf verwenden, ihre Schritte nachzuvollziehen. Oder er konnte bleiben, wo er war, und darauf warten, dass sie zu ihm kam. Und das würde sie.

Die dämliche Kuh war seit fast achtundvierzig Stunden auf der Flucht. Sie war müde, schmutzig und schier wahnsinnig vor Angst.

Sie war körperlich erschöpft vom ständigen Herumlaufen, um der Gefahr zu entkommen. In ihrem Kopf war kein einziger vernünftiger Gedanke mehr. Der Wunsch nach Selbsterhaltung war nicht mehr besonders stark.

Sie zu fangen hieß, Angst zu verstehen.

Nach zwei Einsätzen in Afghanistan wusste Symes, welche Wahl Menschen aus tiefer Angst heraus trafen. Einer Angst, die nichts mit der alltäglichen Welt zu tun hatte. Die nur da existierte, wo der Mensch um sein Leben fürchtete.

Vor einem Bungeesprung durchflutet Angst den Körper,

vermischt mit Aufregung und Adrenalin. Doch wahre Angst lässt keinen Platz für andere Gefühle. Sie arbeitet sich von der Haut nach innen und gräbt sich bis zu den Knochen vor.

Sie wird nicht Teil des Menschen. Sie wird der *Mensch*. Jeder Atemzug, jeder Blick, jede Bewegung ist erfüllt von Angst, die sich mit noch so vielen Atemübungen nicht vertreiben lässt.

In der Armee galt ein solches Ausmaß von Angst als akzeptabel, Tag für Tag, doch Symes hatte sich entschieden, sein Unterbewusstsein auszutricksen. Statt jeden Tag zu versuchen zu überleben, hatte er jeden Morgen eine Minute lang damit verbracht, sich auf den Tod vorzubereiten.

Während seines Einsatzes hatte er sich jeden Tag voller Überzeugung gesagt, dass dies der Tag sei, an dem er sterben würde. Jeden Morgen hatte er sich seinen Tod vorgestellt, und jeden Abend war er dankbar gewesen, sich die Zähne putzen zu können.

Wenn Inga vor ihm und vor der Polizei Angst hatte, dann war die Frage lediglich, vor wem sie *weniger* Angst hatte. Und die Antwort darauf kannte Symes.

Er lächelte und ließ die Fingerknöchel knacken.

NEUNUNDVIERZIG

Inga stellte einen Fuß vor den anderen und hoffte auf das Beste. Die Angst fraß sie von innen auf. Wohin sie auch den Blick richtete, starrten die Leute sie an. Die Männer, auf die ihr Blick fiel, waren entweder Will oder Symes. Sämtliche Schatten waren strategisch genau da platziert, wo sie sie in Angst und Schrecken versetzten.

Die Welt rückte von allen Seiten auf sie zu. Ihre Umgebung war eine Anhäufung rechter Winkel und gefährlicher Schemen, die jede Sekunde zuschlagen konnten.

Die letzten zwei Tage waren ihr vorgekommen wie ein ganzes Leben. Sie konnte sich nicht an die Wochen, Monate und Jahre davor erinnern. Sie konnte sich nicht an eine Zeit erinnern, wo nicht jede Zelle ihres Körpers von Angst niedergedrückt wurde.

Überall lauerten Gefahren.

Obwohl sie seit achtundvierzig Stunden auf der Flucht war, waren diese letzten Augenblicke die gefährlichsten.

Ihr Ziel war keine dreißig Meter mehr entfernt. Sie konnte es sehen. Alles, was zwischen ihr und ihrem Seelenfrieden lag, waren eine wogende Menschenmenge zur Mittagszeit, eine Fußgängerampel und eine viel befahrene Kreuzung.

Sie ließ sich von der hektischen Menschenmenge über die Straße schubsen und schieben.

Zwanzig Meter. Sie hielt den Blick fest auf das Gebäude gerichtet, voller Angst, es könnte sich in Luft auflösen. Sie würde ihnen alles sagen. Sie würde damit anfangen, was sie gemacht hatte, und sie dann zu den Mädchen bringen. Zum Abendessen wären sie sicher zu Hause bei ihren Familien, und sie würde ihre Strafe bereitwillig akzeptieren.

Noch zehn Meter, sie stolperte über einen erhöhten Bordstein. Es gelang ihr, sich wieder aufzurichten. Zwei Männer hinter ihr kicherten.

Es war ihr egal. Noch sechs Meter, und sie würde zusammen mit ihnen lachen.

Die Sicherheit einer Haftzelle rief nach ihr. Wie auch immer ihre Strafe lautete, sie war bereit, sie anzunehmen. Nichts konnte schlimmer sein als das hier.

Anderthalb Meter vor dem Eingang wich die Anspannung langsam aus ihrem Körper.

Die Hand in ihrem Nacken war stark und resolut. Sie drehte sie von der Tür zum Polizeirevier weg, die fast zum Greifen nahe gewesen war.

»Netter Versuch, du kleines Flittchen, aber nicht ganz.«

Inga spürte, wie sie von seinem Griff geführt wurde. Ihr war, als berührten ihre Füße kaum den Boden.

»Wenn du nur einen Mucks von dir gibst, schneide ich dir hier und jetzt die Kehle durch.«

Inga brachte keinen Ton heraus, als sich der muskulöse Arm um ihre Schultern legte. Sie wollte schreien, doch ihr Mund war staubtrocken.

Symes nutzte ihre schweigende Fassungslosigkeit, um sie in eine Gasse hinter dem Polizeirevier zu führen.

Sie war so nah gewesen.

Für die Passanten sah es aus wie eine liebevolle Umarmung. Doch sie spürten nicht die Kraft der Finger, die sich in ihre Schulter gruben, sahen nicht, dass ihre Füße kaum den Boden berührten.

Der Lärm der Hauptstraße erstarb in ihren Ohren.

»Wir unterhalten uns nur ein bisschen, damit du wieder weißt, wo's langgeht.«

»Nein, nein«, weinte sie und mühte sich, die Füße auf den Boden zu bekommen.

Sie nahm ihre letzte Kraft zusammen und schlug mit den Armen um sich. Jetzt packte er sie am Hals. Der Schmerz schoss ihr in den Kopf. Sie wusste, dass er ihr mit einer einzigen Bewegung das Genick brechen konnte.

»Bitte ... tu mir nicht ... weh ...«

»Das hättest du dir vorher überlegen sollen.«

Inga war nicht zu stolz, um ihn anzuflehen. Es war jetzt ihre einzige Chance zu überleben.

»Symes, es tut mir leid. Ich hätte nicht ... ich hab nur ... Angst ...«

Er kicherte und öffnete die Tür des Lieferwagens. »Nicht so viel Angst, wie du bald kriegen wirst.«

Er schlug die Tür zu und lief auf die andere Seite, wo er einen Knopf drückte, der beide Türen verschloss.

Inga kämpfte gegen das Bedürfnis an, zu weinen. Plötzlich waren die Augenblicke, die ihr noch blieben, kostbar. Sie wusste, dass sie sterben würde, und jetzt zählte nur noch eines.

»Die Mädchen?«

Er wandte sich ihr zu. Seine Augen loderten vor Aufregung, die Vorfreude zuckte um seine Lippen. Sein Blick war fast wie in Trance. Sämtliche Zellen seines Körpers befanden sich in einem gesteigerten Zustand, warteten nur darauf, ihr das Leben zu nehmen.

»Die M…Mädchen«, stammelte sie.

Er warf den Kopf nach hinten und lachte. »Die sind tot. Deinetwegen.«

FÜNFZIG

Eine gruselige Stille lag über Hollytree, als Dawson den Wagen vor der Ladenreihe parkte, die den Eingang zu der ausgedehnten Wohnsiedlung markierte.

Es war allgemein bekannt, dass man hinter der durch die Läden markierten Grenze »in« der Siedlung war. Zwar war es, als beträte man ein fremdes Land, doch nicht ein Ausweis verschaffte einem den sicheren Zutritt, sondern eine Verurteilung wegen antisozialen Verhaltens, ein Gefängnisaufenthalt oder der Besitz illegaler Substanzen.

Wegen Hollytree waren viele andere Sozialwohnungssiedlungen im Black Country sauberer, gesünder und glücklicher.

Keine Gemeinde, die nicht einen erleichterten Seufzer tat, wenn eine Problemfamilie zwangsgeräumt wurde; doch irgendwohin musste sie, auch wenn es eigentlich keine gute Idee war, sie alle zusammenzustecken. Das Ergebnis war eine von Gangs beherrschte Gemeinschaft, die ohne Einmischung der örtlichen Behörden funktionierte.

Dawson empfand es als leise Ironie, dass Dewain Wright in einer Wohnung über einem der Läden gewohnt hatte. Am

Rand der Wohnsiedlung. Noch nicht ganz draußen, aber fast. Genau das, nämlich herauszukommen, hatte der arme Kerl versucht.

Gangkultur war für Dawson nichts Neues. Er verstand sie besser, als ihm lieb war, doch nicht auf der Stufe von Hollytree.

Als Kind war er übergewichtig gewesen, ohne dass er an einer Hormonstörung oder einer unbekannten Krankheit gelitten hätte. Sein Übergewicht verdankte sich schlicht einer alleinerziehenden Mutter, die arbeiten musste und sich ein wenig zu sehr auf die Bequemlichkeit der Bratpfanne verließ.

Mit fünfzehn hätte Dawson alles getan, um einer Gruppe anzugehören, irgendeiner Gruppe. Und beinahe wäre es ihm auch gelungen.

Einen Tag gab es in seiner Teenagerzeit, der ihm immer noch die Schamesröte ins Gesicht trieb – und auf ewig treiben würde. Ein Tag, den er nie vergessen hatte.

Als er sechzehn geworden war, hatte er sich in einem Fitnessstudio angemeldet, sich sein Essen selbst zubereitet und auf ungesättigte Fettsäuren geachtet. Er wollte nie wieder dorthin zurück.

Dawson betrat das Gebäude über ein Treppenhaus an der Rückseite. Es waren zwar Wohnungen, doch sie erstreckten sich über zwei Etagen. Die Terrassen der einzelnen Wohnungen waren durch ein einfaches Eisengeländer voneinander abgetrennt und blickten auf ein Labyrinth aus Mietgaragen, von denen nur wenige tatsächlich dazu benutzt wurden, Autos abzustellen.

Er betrachtete das Außengelände, das mit zwei rostigen Grills und einer Ansammlung nicht zueinanderpassender Gartenstühle zugemüllt war. Rechts neben der Tür stand ein ausrangierter Puppenwagen.

Er klopfte zweimal und sah unmittelbar darauf durch das Riffelglas einen dunklen Schemen.

Die Tür wurde ihm von einer jungen Frau geöffnet, die Dawson auf achtzehn, neunzehn Jahre schätzte. Von den Fotos wusste er, dass er Dewains ältere Schwester Shona vor sich hatte. Ihre Haare fielen in kleinen, schimmernden Löckchen um ein attraktives Gesicht, das ihn finster anblickte.

»Was woll'n Sie?« Er war ganz offensichtlich nicht willkommen.

»Detective Sergeant Dawson«, sagte er und zeigte ihr seinen Dienstausweis. Ihr Blick löste sich nicht von seinem Gesicht. Er hatte gesehen, von welcher Qualität die falschen Dienstausweise waren, die in und um Hollytree kursierten, und die meisten davon sahen echter aus als seiner.

»Kann ich mit Ihrem Vater sprechen?«

»Wozu?«

»Es geht um Ihren Bruder«, antwortete er geduldig. So nervig er ihr Verhalten auch fand, diese Familie hatte einen Verlust erlitten, den die Polizei nicht verhindert hatte. »Es hat Entwicklungen gegeben.«

»Wie, ist er nicht mehr tot?«

»Ist Ihr Vater zu Hause, Shona?«, fragte er beharrlich.

»Moment, ich seh mal nach.« Sie machte ihm die Tür vor der Nase zu. Diese Wohnungen bestanden aus zwei Schlafzimmern, einem Wohnzimmer, einer Küche und einem Bad. Er konnte also davon ausgehen, dass sie wusste, ob er da war.

Ein paar Sekunden später ging die Tür wieder auf.

Dawson blickte auf und sah in das Gesicht von Vin Wright. Seine Miene war weder freundlich noch feindselig. Nur starr.

»Was wollen Sie, Junge?«

Es ärgerte Dawson, wenn er »Junge« genannt wurde. Sein eigener Vater hatte ihn nie so genannt, nicht einmal in der Nacht, in der er weggegangen war, um sich in den schottischen Highlands selbst zu finden. Soweit Dawson wusste, suchte er noch immer.

Doch das war nicht der einzige Grund, warum es ihm widerstrebte. Er war Polizist, er war Mitarbeiter der Kriminalpolizei, und er war nicht der Junge dieses Mannes.

»Mr Wright, ich muss Sie über eine Entwicklung in Bezug auf Dewain informieren. Kann ich hereinkommen?«

Vin Wright zögerte, bevor er einen Schritt nach hinten machte.

Dawson wusste, dass es keine Mrs Wright gab, schon seit zwölf Jahren nicht, seit ihrem Tod aufgrund von Komplikationen bei der Geburt ihres vierten Kindes.

Dawson trat in eine kleine Küche, wo Shona damit beschäftigt war, Gläser und Schachteln zurück in die Schränke zu räumen. Eine Rolle Frühstücksbeutel lag an der Seite. Vermutlich räumte sie die Reste vom Broteschmieren für die beiden jüngeren Töchter weg.

Vor dem Wasserkessel war eine Sammlung von Broschüren mit Grabsteinen und Blumen ausgebreitet. Dieser Mann plante die Beerdigung seines Sohnes.

Vin blieb in der Tür stehen, sodass das Gespräch in dem engen Raum stattfinden musste. Dawson schätzte, dass er nicht lange bleiben würde.

Und das war okay, denn er wollte den Schmerz dieses Mannes nicht unnötig verlängern.

»Mr Wright, nicht die Reporterin hat durchsickern lassen, dass Ihr Sohn noch lebte.«

Ein Teller rutschte klappernd in die Spüle, und Dawson und Vin schauten beide zu Shona. Sie drehte sich nicht gleich um, sondern blickte weiter auf den Teller, der ihrem Griff entglitten war.

Vins Blick blieb noch ein paar Sekunden länger auf sie gerichtet, bevor er wieder zu Dawson wanderte.

»Das verstehe ich nicht. Es war doch offensichtlich ...«

»Die Zeit stimmt nicht. Wir haben die Bestätigung, dass zu dem Zeitpunkt, als Dewain starb, die Zeitung noch nicht von der Druckerei ausgeliefert worden war. Das geschah erst zehn Minuten später. Es ging alles Schlag auf Schlag, und wir haben angenommen ...«

Dawson ließ den Satz unvollendet, als ihm bewusst wurde, dass sich der Anflug einer Entschuldigung in seine Stimme geschlichen hatte.

Das war auch Vin nicht entgangen. In seinen Augen lag kein Vorwurf, nur eine tiefe Traurigkeit. »Haben wir alle, Junge.«

»Und das heißt, dass jemand anderes es ausgeplaudert hat.«

Vin nickte zum Zeichen, dass er verstand. Darauf war er schon von ganz allein gekommen.

»Ich muss Sie fragen, wer außer den Familienmitgliedern gewusst hat, dass Dewain noch lebte?«

Vin rieb sich über die kurzen, drahtigen Haare. »Ich weiß nicht, es ist alles ein einziger Nebel. Letzte Woche um diese Zeit hat mein Sohn ... Es ging alles so schnell. Ich bekam auf der Arbeit einen Anruf. Ich rief die Kinder an und ...«

»Lauren«, sagte Shona leise.

Dawson wartete. Endlich drehte sie sich um.

»Wir haben Lauren angerufen. Sie ist ... war Dewains Freundin. Ich hab ihr 'ne Nachricht hinterlassen, aber sie hat mich nie zurückgerufen.« Sie sah ihren Vater an. »Weißt du nich mehr, Dad, sie hat sich noch nich ma im Krankenhaus blicken lassen.«

Dawson spürte, wie sich Aufregung in seinem Bauch ausbreitete. Der einzige Anruf seitens der Polizei hatte Dewains nächsten Verwandten gegolten. Er wusste, dass man sie angewiesen hatte, niemandem zu sagen, dass der Junge noch lebte, bis sich sein Zustand stabilisiert hatte.

»Wissen Sie, wo ich sie finden ...?«

»Ich schreib's Ihnen auf«, sagte Shona und rannte fast aus dem Zimmer.

Dawson wandte sich an Vin, dessen Blick seiner ältesten Tochter gefolgt war.

»Irgendwelche Probleme mit der Gang seit Dewains Tod?«

Er schüttelte den Kopf. »Seit Ihre Leute Lyron für den Mord verhaftet haben, ist Kai nachgerückt. Er ist nicht so schlimm wie Lyron. Ich glaube, sie haben die Anweisung, uns in Ruhe zu lassen.«

Da hatte Dawson seine Zweifel. Ein Toter in der Familie durch die Hand der Gang hieß nicht, dass seine drei Töchter sich in Sicherheit wiegen konnten. So tickten Gangs nicht. Vin Wright würde seine Mädchen bis zu dem Augenblick bewachen müssen, da sie Hollytree verließen.

Shona kam zurück in die Küche und drückte ihm einen Zettel in die Hand. »Da wohnt sie.«

»Danke, ich weiß das ...«

Er wurde vom Klingeln seines Handys unterbrochen.

»Verzeihung«, sagte er und wandte sich ab.

Es war die Leitstelle.

»Hab ich endlich einen Detective gefunden«, sagte die Stimme am anderen Ende. »Ich bekomme weder Ihre Chefin noch DS Bryant an die Strippe. Also muss ich's an Sie weitergeben.«

Er wusste, dass er der Dritte von vieren in der Nahrungskette ihres Teams war, aber er wurde nur ungern daran erinnert.

»Bleiben Sie dran«, sagte er und legte die Hand über das Mikrofon. »Vielen Dank, dass Sie sich Zeit für mich genommen habe«, wandte er sich an Vin Wright. »Und ich verspreche Ihnen, ich melde mich.«

Vin nickte traurig und öffnete die Tür, damit Dawson hinausgehen konnte.

»Was gibt's?«, fragte er die Leitstelle, als er sich seinen Weg um den Müll im Garten herum bahnte.

Er blieb wie angewurzelt stehen, als die Stimme die Worte sagte, die er schon seit sechs Jahren zu hören wünschte.

»Wir haben eine Leiche, und bis wir Ihre Chefin erreichen, sieht es so aus, als wären Sie dran.«

Endlich konnte er, wenn auch nur für kurze Zeit, einen Einsatz leiten.

EINUNDFÜNFZIG

»Ich bin ganz Ohr, Kev«, sagte Kim, als sie den Anruf entgegennahm.

»Chefin, ich stehe keine zwei Meter von einer weiblichen Leiche Mitte zwanzig entfernt, und ich weiß nicht, ob es unsere ...«

»Welche Farbe hat ihre Hose?«

»Ähm ... gelb.«

»Dann ist sie es«, knurrte Kim und schloss die Augen.

Sie hörte zu, als Dawson ihr weitere Einzelheiten durchgab.

»Wir sind schon unterwegs.« Sie legte auf.

»Verdammt«, sagte sie zu Bryant. »Wir sind zu spät.«

Nach dem, was sie auf den Aufnahmen der Überwachungskameras gesehen hatte, hegte Kim keinerlei persönlichen Gefühle für die Frau. Doch Inga war ihre einzige richtige Spur gewesen.

Die beiden Mädchen hatten sie gekannt, besonders Amy. Doch Inga hatte sie auf allerschlimmste Art und Weise verraten. Dafür hatte sie jetzt mit ihrem Leben bezahlt, und auch wenn Kim es vorgezogen hätte mitzuerleben, wie die Frau sich im Zeugenstand wand, konnte sie für ihren Tod kein Mitleid aufbringen.

»Vielleicht hatte sie keine Wahl, Guv«, meinte Bryant.

Sie fand seine großzügige Haltung anerkennenswert, doch sie konnte ihm nicht zustimmen.

»Man hat immer eine Wahl. Sie war für diese Mädchen keine Fremde, und sie hat sie trotzdem aufs Übelste verraten.«

»Aber aus irgendeinem Grund ist sie weggelaufen. Vielleicht hat ihr Gewissen ...«

»Werden Sie erwachsen, Bryant«, fuhr sie auf. Sein Optimismus ging ihr manchmal ziemlich auf den Wecker. »Wenn es ihr Gewissen war, hätte sie sich an den Plan gehalten und hätte die Mädchen bei der ersten Gelegenheit befreit. Was sie gemacht hat, geschah aus reinem Selbsterhaltungstrieb. Sie hat Schiss bekommen.«

»Und jetzt ist sie tot«, sagte Bryant, als bedeutete es etwas, als wäre damit reiner Tisch gemacht. Für Kim war es das nicht. Denn Amy und Charlie waren bestenfalls entsetzlichen Qualen ausgesetzt, schlimmstenfalls einem grausamen Tod.

»Bryant, tun Sie mir einen Gefallen, und fahren Sie einfach.«

Nein, ihre Tränendrüsen waren vollkommen trocken.

ZWEIUNDFÜNFZIG

Kim sprang ein paar Meter vor dem Absperrband aus dem Wagen, zeigte ihren Dienstausweis vor und betrat den Tatort. Die schmale Gasse verlief zwischen einem Supermarkt und einem Haushaltswarenladen am Ende der Brierley Hill High Street.

Mit kreidebleichem Gesicht trat Dawson ihr in den Weg.

»Das ist eine ziemliche Sauerei, Chefin.«

»Ich bin ein großes Mädchen, Kev«, raunzte sie ihn an und schob sich vorbei.

»Ah, Inspector, dachte ich's mir doch, dass ich Ihren weichen, warmen Tonfall gehört habe.«

Keats war der für sie zuständige Rechtsmediziner. Er reichte ihr gerade mal bis zur Schulter. Sämtliche Haare an seinem Kopf schienen sich auf der unteren Gesichtshälfte zu einem ordentlichen Schnurrbart und einem spitzen Bart versammelt zu haben.

Sie nahm die blauen Latexhandschuhe, die er ihr hinhielt. Er trug die gleichen.

»Keats, glauben Sie mir, wenn ich sage, dass ich nicht in der Stimmung bin.«

»Oje, hat Bryant …«

»Keats, lassen Sie es sich von mir gesagt sein«, sekundierte Bryant, »sie ist wirklich nicht in der Stimmung.«

Kim nahm schon die Szene in Augenschein. Sie trat um einen Fotografen von der Spurensicherung herum, um einen besseren Blick zu haben.

Die Tote lag seltsam abgeknickt am Boden. Kim wurde an die Umrisse aus weißen Klebebändern erinnert, mit denen bei Krimiwochenenden gern die Lage des Opfers umrissen wurde.

Der rechte Arm war über den Kopf gehoben, doch das Handgelenk zeigte in die falsche Richtung. Der linke Arm lag seitlich am Körper. Die Schulter schien viel tiefer als die andere, und der Handteller war nach oben gedreht.

Ingas Gesicht war aufgedunsen und verquollen. Das linke Auge war gar nicht mehr zu sehen, unter den Schwellungen an Wange und Stirn ganz verschwunden. Das rechte Auge starrte in den Himmel. Von der Mitte des Gesichts lief ein blutiges Rinnsal zum Kinn. Kim vermutete, dass sich irgendwo eine gebrochene Nase verbarg.

Überall lagen büschelweise blonde Haare herum, als wäre sie ein Hund, der haarte.

»Inspector«, sagte Keats und bedeutete ihr, zu ihm an die Füße der Toten zu kommen.

Kim trat aus dem Weg, und der Fotograf kniete sich hin, um Nahaufnahmen von ihrem Gesicht zu machen.

»Nach einer ersten oberflächlichen Untersuchung haben wir es hier mit mehrfachen Knochenbrüchen zu tun. Mindestens vier, würde ich sagen.«

»Sämtliche Gliedmaßen?«, fragte Kim.

Er nickte und zeigte auf das rechte Bein. Der Knöchel war um ganze hundertachtzig Grad verdreht.

Sie trat einen Schritt näher und betrachtete die Gegend, wo das blutige Rinnsal von der Nase endete.

Quer über ihren Hals verlief von einem Ohr zum anderen

eine dünne Linie. So fein, dass Kim auf irgendeine Gartenschnur tippte.

Sie wusste sofort, dass dies nicht der Ort war, wo sie getötet worden war. Inga war gefoltert worden. Sie hatte geschrien, und das hätte jemanden alarmiert. Hier war ihr toter Körper aus einem Fahrzeug gezerrt und abgelegt worden.

»Todesursache?«, fragte Kim.

Keats zuckte die Achseln. »Schwer zu sagen, solange ich sie nicht gründlich untersuchen kann, aber ich dachte, dass Sie das hier sicher sehen möchten.«

Keats machte zwei Schritte auf den Kopf der Toten zu und zog behutsam an dem Jackenkragen, der ihren Hals bedeckte.

»Gütiger Himmel.« Kim schüttelte den Kopf.

Sie trat vor und zählte. Um den Hals verliefen sieben oder acht zusätzliche rote Striemen.

Bryant trat neben sie und folgte ihrem Blick. »Hat sie sich gewehrt, Guv?«

Kim schüttelte den Kopf. Dafür waren die Streifen zu ausgeprägt. Hätte sie sich gewehrt, wären die Striemen nicht so tief in die Haut eingegraben, denn sie hätte sich hin und her gedreht.

Dawson tauchte auf der anderen Seite der Toten auf.

»Was denken Sie, Kev?«, fragte sie.

Dawson nahm die Striemen und dann den Rest des Körpers in Augenschein. »Er hat sie gefoltert, Chefin. Hat sie stranguliert, bis sie kurz davor war, ohnmächtig zu werden, und sie dann so lange geschlagen, bis sie wieder zu sich kam.«

Kim nickte, denn sie teilte seine Einschätzung. »Sie hat jede einzelne Verletzung gespürt, bevor sie starb.«

»Sadistischer Scheißkerl«, murmelte Bryant und wandte sich ab.

Kim musste ihm zustimmen, doch diesen Tatort betrachtete sie leidenschaftslos. Inga hatte ihre Wahl getroffen. Sie war an der Entführung unschuldiger Kinder beteiligt gewesen. Ja, die jämmerliche Gestalt hatte Angst gehabt, doch jetzt war sie von aller Angst befreit. Für die beiden kleinen Mädchen ging es weiter. So hoffte sie.

Sie waren irgendwo da draußen – verwirrt, verängstigt und allein. Und zu Hause versuchten zwei Elternpaare nicht durchzudrehen, nachdem ihnen ein grausames Bieterspiel um das Leben ihrer Kinder aufgezwungen worden war. Und diese Frau war dabei behilflich gewesen, das alles möglich zu machen.

Kim warf einen letzten Blick auf die Tote und prägte sich das Bild wie eine Fotografie ins Gedächtnis ein. Ihr Blick verharrte auf dem verdrehten Knöchel. Der Stoff der gelben Jeans war zweieinhalb Zentimeter höher gerutscht als an dem anderen Bein.

Sie bückte sich und schob das Hosenbein behutsam weiter hoch. Schwarze Tinte. Sie schob den Stoff noch weiter hinauf und stieß auf ein Rechteck mit einer dünnen Linie durch die Mitte. Ein Punkt auf beiden Seiten der Linie.

Kim winkte dem Fotografen. »Nahaufnahme hiervon«, sagte sie und stand auf.

»Grobe Dilettantenarbeit«, bemerkte Keats.

Kim nickte, während Bryant sich darüberbeugte und es betrachtete.

»Wer hat es gemeldet?«, fragte sie.

»Der Typ, der den Pub mit Snacks beliefert«, rief Dawson. »Ist hier rein, um zu pinkeln, bevor er zum nächsten Kunden fuhr. Er hat grad aufgehört zu kotzen, weil nichts mehr in ihm drin ist.«

»Und?«

»Soweit ich in Erfahrung bringen konnte, ist der Wirt gegen elf hier raus, um den Mülleimer auszuleeren, und da lag sie noch nicht hier.«

»Wollen Sie mich nicht wegen des Todeszeitpunkts nerven? Machen Sie doch sonst immer«, meinte Keats.

»Also, wenn Sie es genauer sagen können als der Zeitraum

von zwei Stunden, den ich gerade bekommen habe, dann nur zu.«

»Ich würde sagen, eher gegen Ende der zwei Stunden«, meinte Keats.

Kim nickte, da fing das Handy in ihrer Gesäßtasche an zu vibrieren. Die Nummer kannte sie.

»Stone«, meldete sie sich.

»Ist sie es?«

Im Augenblick schienen Woodys Manieren sich an ihre angepasst zu haben.

»Ja, Sir, sie ist es.«

»Dann haben wir jetzt zwei Tote, Stone?«

Sie bewegte sich von der Gruppe weg, die um Ingas Leiche stand.

»Wir haben versucht, sie zu finden, seit ...«

»Aber Sie haben sie nicht gefunden, oder, Stone? Wer war dran?«

Kim wusste, dass Dawson alles Menschenmögliche getan hatte, um Inga aufzuspüren. Das würde sie nicht zulassen. Woody würde Dawson nicht den Löwen zum Fraß vorwerfen.

»Sir, Inga wollte weder von uns gefunden werden noch von den Entführern. Sie war an der Sache beteiligt, und wenn ich die Wahl habe, dann ist mir ihre Leiche jederzeit lieber als die von Charlie oder Amy.«

Sie hörte, wie er nach Luft schnappte. »Wer war für diesen Teil der Ermittlungen verantwortlich, Stone?«

Himmel, er war wie ein Hund mit einem Knochen. Es war klar, dass er einen Namen hören wollte.

»Ich, Sir. Ich bin die leitende Ermittlungsbeamtin, und ich habe nach Inga gesucht.«

Sie spürte den Antistressball in seiner linken Hand.

»Selbstverständlich waren Sie das.«

Kim knurrte in die tote Leitung an ihrem Ohr.

Sie ging zurück zu der Leiche.

Keats hatte einen Teil des Gesprächs mitbekommen. »Sie haben diese junge Frau gesucht?«, fragte er.

Kim nickte. »Laufende Ermittlungen.«

Keats wartete auf weitere Erklärungen.

Kim gab keine, sondern warf nur einen letzten Blick auf die Tote.

Ein so brutaler Angriff erforderte normalerweise eine wütende Raserei – einen unkontrollierbaren Zorn, der in den Händen des Mörders explodierte –, doch Kim hatte das deutliche Gefühl, dass das hier allein aus Spaß passiert war.

Sie gingen zurück zum Wagen.

»Oh, Bryant, bitte sagen Sie mir, dass das da oben kein Audi ist«, zischte sie.

»Doch, der Bluthund ist hier.«

Ihr schossen eine ganze Reihe von Hundevergleichen durch den Kopf, doch sie kniff die Lippen fest zusammen.

»Kommen Sie gar nicht erst auf die Idee.« Kim hob eine Hand, als Tracy näher kam.

»Ich bin bald mit meiner Geduld am Ende, Inspector«, sagte Tracy und warf ihr langes, blondes Haar nach hinten.

»Ich auch, Tracy, und Sie stellen meine sehr auf die Probe.«

»Und Ihre Drohung wirkt auch nur eine gewisse Weile«, warnte sie.

»Welche?«, versetzte Kim wahrheitsgemäß. Sie zuckte die Achseln. »Egal. Mir fällt sicher eine neue ein.«

Tracy hatte sich ihnen auf dem Weg zum Auto an die Fersen geheftet. »Sie wissen, dass andere Polizisten sehr viel kooperativer gegenüber der Presse sind.«

Oh, das war ein guter Witz, den Kim unmöglich durchgehen lassen konnte. »Bringen Sie mir einen hilfreichen Pressevertreter, und ich unterhalte mich bereitwillig mit ihm oder ihr, aber da es nur Sie sind, muss ich passen, vielen Dank auch.«

»Wie lange werden die beiden Mädchen schon vermisst?«, fragte Tracy.

In einer einzigen Bewegung drehte Kim sich um und baute sich dicht vor Tracy auf.

»Guv …«, warnte Bryant.

Kim ignorierte ihn. »Wenn Sie diese Frage gegenüber jemand anderem wiederholen, wird es persönlich, das verspreche ich Ihnen. Ihnen das Maul zu stopfen ist es mir wert, meinen Job zu verlieren.«

Kim achtete sorgfältig darauf, Tracy nicht zu berühren, doch wenn die Frau irgendetwas tat, was die Sicherheit von Charlie und Amy gefährdete, würde Kim dafür sorgen, dass sie keine Minute mehr Frieden fand.

Sie trat um Tracy herum und ging zum Wagen.

»Guv, Sie waren ein wenig …«

»Bryant, reden Sie mit mir über den Fall, oder halten Sie den Mund.« Sie war nicht in der Stimmung für eine Bewertung ihres Verhaltens.

Mit einem schweren Seufzer blickte er noch einmal zurück zum Absperrband. »Wenn dieser Typ irgendwo in der Nähe unserer Mädchen ist …«

»Okay, Sie halten am besten ganz den Mund«, fuhr sie ihn an und stieg ins Auto.

Sie hatte die Bilder längst im Kopf.

DREIUNDFÜNFZIG

»Charl«, sagte Amy neben ihr. »Du zitterst ja.«

Charlie versuchte verzweifelt, ihrem Körper Bescheid zu stoßen wegen der unfreiwilligen Bewegungen. Sie konnte nicht mehr sagen, ob sie aus Angst zitterte oder vor Kälte. Sie wusste nur, dass ihre Zähne ab und zu aufeinanderschlugen und sie nichts dagegen tun konnte.

»Mir geht's gut, Ames, mir ist nur ein bisschen kalt«, sagte sie und rutschte hinüber, bis ihr nackter Oberschenkel Amys nackten Oberschenkel fand.

Der nasse Badeanzug, der sich am Abend zuvor an ihren Körper geschmiegt hatte, war auf der Haut getrocknet und bescherte ihr ein Frösteln, das bis ins Mark drang. Amys Handtuch war kleiner, sie hatten es sich unter die Pos gelegt, doch die Kälte fand den Weg durch die Matratze und den dünnen Stoff. Ihr eigenes Handtuch hatten sie sich wie einen Umhang, den sie sich teilten, umgelegt. Amy hielt es an einem Zipfel fest und sie an einem anderen.

Sie erschrak, als sich der Schlüssel im Schloss drehte. Sie hatte die Warnsignale nicht gehört. Sie wurde allmählich immer unaufmerksamer für das, was um sie herum geschah. Charlie versuchte, weiter in die Wand hineinzukriechen, und hielt Amy fest an der Hand. Amy starrte auf die Tür.

Die Gestalt trat in die Türöffnung.

Charlie schirmte ihre Augen von dem hellen Licht ab, das durch die offene Tür fiel. Es war wieder der größere Mann. Der, der ihnen die Kleider weggenommen hatte.

Amy rückte näher. »Charl, was will er …«

»Scht …«, machte Charlie.

Der Mann hatte eine Hand hinter dem Rücken. Er stand mit gespreizten Beinen da.

Seine linke Hand kam nach vorn. Darin war ein kleines schwarz-weißes Kätzchen. Seine Augen waren schläfrig und fügsam.

Charlies erste Reaktion war Wärme. Ihr Blick war fest auf das Fellbällchen gerichtet, das jetzt die Augen ganz öffnete und sich umsah.

In ihrer Magengrube baute sich ein Gefühl auf.

Charlie schaute hoch und blickte auf das Einzige, was sie von dem Mann erkennen konnte. Um seine Augenwinkel herum waren Fältchen. Er lächelte, doch sie konnte keine Wärme in seinen Augen entdecken. Sein Blick galt nicht dem Kätzchen, er war fest auf sie gerichtet.

Die Angst in ihrem Bauch schwoll an. So fühlte sie sich auch immer vor einem Besuch beim Zahnarzt. Nur schlimmer. Sie konnte ihr eigenes Herz in der Brust schlagen hören. Sie wollte aufspringen und ihm das Kätzchen aus den Händen reißen, doch sie zitterte von Kopf bis Fuß.

Sie schluckte schwer und versuchte, die ungewollten Bewegungen ihres Körpers unter Kontrolle zu bringen. Ihr Mund war wie ausgetrocknet. Die Kehle schnürte sich eng um die Worte, die zu viel Angst hatten, um herauszukommen.

Charlie sah zu, wie der Mann die rechte Hand hob und dem Kätzchen um den Hals legte.

In einer einzigen raschen Bewegung drehte er ihm den Hals um.

Amy und sie schrien.

VIERUNDFÜNFZIG

Kim hörte sich die Aufzeichnung ein zweites Mal an. Sämtliche Aktivitäten im Raum verharrten. Alle Blicke waren auf das Telefon gerichtet.

Der Schrei war grauenhaft in ihren Ohren, und Kim hatte das Gefühl, sie müsste sich übergeben.

Sie warf das Telefon über den Tisch und stürmte hinaus.

Zwanzig Schritte später schlug ihr die kalte Nachtluft entgegen. Sie ging um den Teich herum, die Hände zu Fäusten geballt. Sie hätte sich am liebsten selbst den Schädel eingeschlagen. Ihre Bitte um einen Beweis, dass die Mädchen noch lebten, war der Auslöser dafür gewesen, dass sie Schmerzen erlitten hatten, und das war nicht Kims Aufgabe. Sie sollte diese Kinder beschützen. Sie hätte sie längst nach Hause bringen müssen. Es waren Kinder, voller Angst und nackt und jetzt voller Schmerzen.

»Verdammt und zur Hölle«, knurrte sie und trat aus.

»Kein fairer Kampf. Die Bäume haben Ihnen nichts getan.«

Kim drehte sich um und entdeckte Matt Ward, der an der seitlichen Hauswand lehnte.

»Was wollen Sie?«

Er zuckte die Achseln. »Ich wollte nur zusehen, wie Sie schlechte Laune haben. Aber ich hab schon Bessere gesehen.«

»Ich zeige meinen Frust in der Regel nicht vor meinen Leuten. Es ist nicht gut für die Moral.«

»Oh, Sie glauben also, die lassen da drin Konfettikanonen hochgehen. Sie haben dasselbe gehört wie Sie.«

»Vielen Dank, dass Sie mich daran erinnern.«

»Aber sie sind nicht aus dem Zimmer gerannt wie ein verzogenes Kind. Ausgezeichnete Art, Ihr Team zu unterstützen, Detective Inspector. Ihre Leute sind immer noch da drin und starren auf das Handy.«

Kim wandte sich ihm zu. Ihre ganze Wut war jetzt gegen ihn gerichtet. »Sie wissen nichts über mein Team, also verpissen Sie sich.«

Seine Miene zeigte nicht die geringste Regung. »Was ist Ihr Problem?«

Sie war verdutzt über das Fehlen jeglicher Gefühle in seiner Reaktion. »Haben Sie das nicht gehört, Sie kaltherziger Scheiß...«

»Ich hab's gehört. Und dann hab ich's noch mal gehört.«

»Dann wissen Sie, dass den Mädchen Schmerzen zugefügt wurden, weil ich einen Beweis verlangt habe, dass sie noch leben.«

Er verdrehte die Augen. »Jetzt kriegen Sie sich mal wieder ein. Ich sehe in Ihnen nicht den Märtyrertyp. Selbstverständlich haben Sie einen Beweis verlangt, dass sie noch leben. Wenn ich früher hier gewesen wäre, hätte ich dasselbe getan. Kommen Sie von Ihrem Kreuz runter, und hören Sie mir zu. Es liegt nicht in meiner Natur, dafür zu sorgen, dass es Menschen besser geht, aber diesen Mädchen wurde kein Schmerz zugefügt.«

»Was meinen Sie damit?«

»Das waren Entsetzensschreie, keine Schmerzensschreie. Da gibt es einen Unterschied.«

»Woher wissen Sie das?«

Er verzog keine Miene. »Vertrauen Sie mir, ich weiß es.«

Sie sah ihn argwöhnisch an, als er sich von der Wand löste.

»Aber das Wichtigste vergessen Sie.«

Sie fragte ihn nicht, was das war, denn er würde es ihr ohnehin sagen.

»Sie wissen jetzt, dass sie leben. Beide.«

Matt drehte sich um und ging zurück ins Haus, und sie sah ihm hinterher.

Sie wusste längst, dass sie ihn nicht mochte. Er war von einer unterkühlten Distanziertheit bar jeglicher Gefühle, die ihr auf den Wecker ging. Während ihres Gesprächs hatte sich seine Miene kein einziges Mal verändert.

Sie mochte ihn nicht, und sie vertraute ihm nicht, aber sie hoffte, verdammt noch mal, dass er recht hatte.

FÜNFUNDFÜNFZIG

Jenny Cotton kratzte die Reste der Mikrowellenlasagne in den Abfalleimer. Mechanisch trug sie den Teller zur Spüle und wusch ihn sofort ab. Ein trauriges Lächeln kroch über ihr Gesicht. Es war nicht nötig, gleich abzuwaschen, nicht mehr. Aber ihre Hand griff trotzdem nach dem Geschirrhandtuch.

Der Akt stand symbolisch für die vergangenen dreizehn Monate. Es hatte wenig Sinn in irgendetwas gelegen, doch ihr Körper hatte trotzdem funktioniert.

Jeden Tag hatte sie ihn zum Handeln gezwungen. Jeden Morgen hatte sie versucht, Hoffnung zu empfinden. Vielleicht heute, hatte sie sich gesagt und damit ihren Kopf ausgetrickst, damit er ihren Gliedern Befehle gab.

Sie ging ins Wohnzimmer und räumte die Zeitschriften weg, die in ihrem Schoß gelegen hatten. Sie schaltete den Fernseher aus, der gelaufen war, ohne dass sie hingesehen hatte. Sie griff nach dem Handy, das seit Wochen nicht geklingelt hatte. Daneben lag das andere. Das Handy, das sie als letzte Verbindung zu ihrer Tochter verwahrte. Das, von dem sie der Polizistin erzählt hatte, sie besäße es nicht mehr.

Natürlich hatte die Polizei es damals zurückverlangt, und

man war sogar recht aufgebracht gewesen angesichts ihrer unwiderlegbaren Behauptung, es sei verloren gegangen. Sie hatte ihnen erlaubt, das Haus zu durchsuchen, sicher in dem Wissen, dass es in dem Vogelhaus an der Außenwand unentdeckt bleiben würde.

Die Nachrichten waren noch drauf, und sie las sie oft – immer noch auf der Suche nach Hinweisen –, doch die Worte waren stets dieselben, und Suzie war immer noch nicht nach Hause gekommen.

Es hatte etwas Befreiendes, nicht mehr so tun zu müssen. Es war nicht mehr nötig, sich jeden Morgen aus dem Bett zu quälen und am Leben teilzunehmen. Es war nicht mehr nötig, ihren Körper in Kleider zu stecken und sich die Haare zu kämmen. Es war nicht mehr nötig weiterzumachen.

Denn jetzt hatte sie Gewissheit.

Der Besuch der Polizei hatte ihre schlimmsten Befürchtungen bestätigt. Es war wieder passiert. Sie hatte es in den Augen der Frau gesehen. Und wenn dieselben Leute wieder zwei Mädchen entführt hatten, starrte ihr die Wahrheit ins Gesicht.

Suzie würde nie mehr nach Hause kommen.

Langsam ging sie die Treppe hinauf, ihre Schritte das einzige Geräusch im ganzen Haus. Doch diesmal störte es Jenny nicht. Der Friede, der sie einhüllte, erfüllte auch ihren Körper. Es war ein Annehmen. Das Ende.

Sie erwartete nichts von diesen letzten Augenblicken. Sie hatte nicht den Wunsch, aus diesem letzten Quäntchen Zeit noch irgendwelche Freude zu ziehen. Die Freude kam am Ende.

Sie kleidete sich aus, faltete ihre Sachen und legte sie auf das Bett. Sie verharrte. Sollte sie einen Brief mit einer Erklärung schreiben? An wen? Wer sie kannte, würde nicht überrascht sein. Die Besorgnis ihres Freundeskreises und ihrer Familie hatte sich auf gelegentliche Anrufe reduziert, erwachsen aus Schuldgefühlen und Verantwortungsbewusstsein. Sie hatten sie gedrängt, angespornt und geknufft, damit sie weitermachte, und als sie dazu nicht fähig war, hatten sie es trotzdem getan.

Jenny hoffte, dass sie verstanden, dass sie nicht *von* etwas *weg*lief, sondern *zu* etwas *hin*. Der letzte Funke Hoffnung, der noch in ihrem Herzen verblieben war, war erloschen.

Sie ließ sich ins Badewasser sinken und schloss die Augen. Nur ein kurzer Augenblick des Zweifels ließ sie zögern. Was, wenn sie Suzie im Leben nach dem Tod nicht fand? Was, wenn ihr Tun sie an einen finsteren Ort brachte und sie sich damit abfinden musste, sie für alle Ewigkeit zu suchen?

Sie schüttelte den Kopf, und die Furcht löste sich so schnell auf, wie sie gekommen war. Dafür müsste sie an ein höheres Wesen glauben. Und das tat sie nicht. Nicht mehr.

Sie nahm die Rasierklinge und brachte sie in Position. Sie wusste, dass sie längs schneiden musste, nicht quer. Ein Lächeln spielte um ihre Lippen, als sie spürte, wie sehr es sie zu ihrer Tochter hinzog.

»Ich komme, Suzie, ich komme«, flüsterte sie, als die Klinge sich ihrem Arm näherte.

Und dann klingelte das Handy.

Das andere.

SECHSUNDFÜNFZIG

»Okay, Leute, Zeit, nach Hause zu gehen.«

Ein protestierendes Stöhnen war zu hören, doch Kim brachte es zum Schweigen, indem sie die Hand hob. »Nein, Sie müssen sich ausruhen. Ich erstelle für morgen früh eine Liste von Prioritäten, und wir sehen uns um sechs Uhr hier wieder.«

Einer nach dem anderen verließ das Esszimmer.

»Das gilt auch für Sie, Mr Ward«, sagte sie zu dem gesenkten Kopf des Verhandlers.

»Ja, ich mache nur das hier noch fertig«, sagte er, ohne aufzublicken.

Sobald der Raum leer war, ging sie um ihn herum, schob die Stühle unter den Tisch und schlug die Akten zu.

Dann zog sie ihre Reisetasche unter dem Sessel heraus.

»Ähm, Sie sind bestimmt fertig mit Lesen, wenn Sie dann …«

»Also, ich gehe nicht. Ich wollte bloß nicht vor Ihrem Team mit Ihnen streiten.«

Sie atmete langsam und kontrolliert aus. »Muss das jetzt sein? Wenn Sie auf einen Streit aus sind …«

»Nein, ich versuche nur, meine Arbeit zu tun.«

Kim schlug mit der Faust auf den Tisch. Matt schaute immer noch nicht auf.

»Als Leiterin dieses Teams befehle ich Ihnen ...«

»Ah, also, da haben wir schon das erste Problem«, sagte er und sah sie endlich an. »Ich gehöre nicht Ihrem Team an. Ich bin nicht einmal ein Angehöriger der Polizei, also fangen Sie mir nicht an mit *Ich geh zu meinem Chef, und der spricht mit Ihrem Chef*, denn Sie stehen quasi vor ihm.«

Kim spürte, wie ihr die Hitze ins Gesicht schoss. »Ich fechte meine Kämpfe selbst aus, vielen Dank auch, und dieser Raum wurde von der West Midlands Polizei vorübergehend beschlagnahmt, deshalb fordere ich Sie als Nichtmitglied meines Teams auf, sich ...«

»Wollen Sie mich rausschmeißen?«, fragte er mit dem ersten Anflug eines Lächelns, den sie überhaupt den ganzen Tag bei ihm gesehen hatte.

»Wenn es sein muss«, schoss sie zurück.

Sie starrten einander über den improvisierten Schreibtisch hinweg an.

Sie würde nicht nachgeben.

Er hob die Hände. »Schön, ich glaube Ihnen.« Er stand auf und sammelte die drei Akten ein, aus denen er sich gerade die Rosinen herauspickte. »Okay, ich gehe in die Küche, aber ich verlasse dieses Haus nicht, bevor die Mädchen nicht sicher wieder hier sind.«

Kim nickte und ließ die Arme sinken. Toll, sie konnten Kekse essen und sich gegenseitig die Nägel machen.

Matt erwies sich allmählich als der nervigste Typ, der ihr je begegnet war. Seine Arroganz wurde nur von seiner Sturheit übertroffen, die von seinem absoluten Mangel an Gefühlen noch getoppt wurde.

In der Tür hielt er inne und wandte sich um. »Sind Sie es gewohnt, immer Ihren Kopf durchzusetzen, Inspector?«

Sie überlegte und nickte dann. »So ziemlich.«

»Na, vielleicht ist es an der Zeit, dass sich das mal ändert.«

»Mr Ward, ich würde mich gern mit Ihnen hinsetzen und darüber plaudern, wie sehr mir an Ihrer Meinung über mich liegt, aber darf ich Sie höflich bitten, den Raum zu verlassen, der jetzt mein Schlafzimmer ist.«

»Zum Teufel, ja«, sagte er und ging endlich hinaus.

Die Spannung in ihrem Kiefer löste sich.

Kaum hatte sie sich in dem Sessel niedergelassen, klopfte es leise an die Tür.

»Was zum ...«

»Madam, ich wollte Ihnen nur kurz Bescheid sagen, dass ich jetzt gehe.«

Kim fühlte sich augenblicklich mies. Sie vergaß Helen einfach immer wieder.

»Tut mir leid, dass ich heute keine Zeit hatte, mit Ihnen zu reden.«

»Ich hab sehr wenig zu berichten, Madam. Die Elternpaare wahren Distanz und tun so, als würden sie es nicht tun.«

Kim nickte. Der Bruch in der Freundschaft sollte nicht ihre Sorge sein.

»Glauben Sie, dass eines der Paare schon Kontakt aufgenommen hat?«

Helen schüttelte den Kopf. »Noch nicht. Sie hoffen alle noch, dass Sie die Mädchen wie von Zauberhand zurückbringen.«

Ja, das hoffte Kim auch.

Sie neigte den Kopf zur Seite. »Wissen Sie, wie viel Lösegeld beim letzten Mal gezahlt wurde?«

Helen schüttelte den Kopf. »Ich glaube nicht. Beide Familien waren in Kontakt mit den Entführern, und Angebote gingen hin und her, aber ich glaube nicht, dass Geld gezahlt wurde. Es war ein ziemlicher Schock für alle Eltern, als Emily gefunden wurde.«

Das hatte Kim vermutet. Sie hoffte noch, die Bestätigung

der zweiten Familie zu bekommen, aber ihr Bauchgefühl sagte ihr, dass die Sache aus einem anderen Grund zu Ende gegangen war.

»Jenny Cotton ist überzeugt, dass die andere Familie gezahlt hat«, sagte Kim. Und sie verstand auch, warum. Deren Tochter hatte überlebt, ihre nicht.

Davon war Helen nicht überzeugt. »Das wüsste ich. Es hätte zu einer deutlichen Veränderung in ihrem Verhalten geführt. Die Hoffnung, die damit einhergeht, kann man nicht für sich behalten.«

Kim drehte sich in dem Sessel. »Was hat Ihrer Meinung nach zu der Freilassung des einen Mädchens geführt?«

Ein kurzes Zögern ging Helens Worten voraus. »Der leitende Ermittlungsbeamte meinte ...«

»Helen.« Kim kniff die Augen zusammen. »Ich frage nicht den leitenden Ermittlungsbeamten. Wenn er mir sagen würde, ich sei eine Frau, würde ich ins Bad laufen und nachsehen. Ich frage *Sie*.«

»Ich glaube, bei denen ist was schiefgelaufen. Ich habe mir den Kopf zerbrochen, ob im Haus irgendetwas passiert ist, aber da war nichts.«

»Okay. Danke, Helen. Morgen reden wir in Ruhe. Gehen Sie schlafen.«

Die Sechzehn-Stunden-Tage forderten ihren Tribut, Helen hatte dunkle Ringe unter den blauen Augen. »Mach ich, Madam. Sie aber auch.« Damit zog sie sich zurück.

»Hey, Helen, nur aus Interesse, was glauben Sie, welches Paar zuerst einknickt?«

Helen kam wieder herein. »Elizabeth und Stephen«, sagte sie, ohne zu zögern.

Kim bat nicht um weitere Erläuterungen, warum sie dieser Meinung war.

Das war nicht nötig. Ihr Bauch war derselben Meinung.

Kim verabschiedete sie mit einem Winken. »Bis ...«

Sie wurde vom Klingeln ihres Handys unterbrochen. Eine Nummer, die sie nicht kannte.

Helen blieb in der Tür stehen.

»Detective Inspector Stone.«

Schweigen. Sie winkte Helen, sie solle gehen.

»Hallo, wer ist da?«, fragte sie.

Nichts.

Himmel, sie hasste Telefonscherze. »Wenn Sie nichts Besseres mit Ihrer Zeit anzufangen wissen, dann schlage ich vor, Sie ...«

»Inspector«, sagte eine leise Stimme, die ihr irgendwie vertraut vorkam, die sie aber nicht zuordnen konnte.

»Wer ist da?«, fragte sie und kniff die Augen zusammen.

»Ich bin's ... Jenny Cotton. Ich ... ähm ... ich glaube ...«

Kim war schon aufgesprungen. »Mrs Cotton, ist etwas passiert?«

»Es ist das Handy, das andere Handy ... Ich habe eine Nachricht ...«

»Mrs Cotton, tun Sie nichts«, sagte Kim. »Ich bin schon unterwegs.«

SIEBENUNDFÜNFZIG

Elizabeth saß gerädert auf der Bettkante.

Sie war von den Zehen bis zum Hals ganz steif von der Anspannung des Tages. Doch ihr Gehirn ratterte. Ihre Gefühle rutschten hin und her und kollidierten wie beim Stockcar-Rennen.

Sie vermisste ihre Kinder schrecklich. Sie sehnte sich nach Amys warmer Sanftheit und dem frechen Schalk von Nicholas. Sie hatte das Gefühl, ihr wären beide Kinder genommen worden.

Stephen kam aus dem angrenzenden Bad ins Schlafzimmer und legte seine Sachen auf den Stuhl, der direkt neben dem Koffer stand.

Sie ging ums Bett herum und nahm seine Jeans.

»Wir müssen wenigstens darüber reden«, sagte sie leise.

Stephen fummelte an seiner Uhr herum, sagte aber nichts.

Sie nahm das hellblaue Hemd. »Stephen, wir können nicht einfach so tun, als wäre nichts passiert. Wir haben vierundzwanzig Stunden lang einen weiten Bogen darum gemacht, aber wir müssen darüber reden.«

Sie hielt sich das Hemd vor den Körper, um es zu falten.

Das Wissen darum, dass sie bereit war, ihre Freunde zu hintergehen, durchströmte sie bei jedem Wort, das über ihre Lippen kam.

Er seufzte. »Du willst, dass wir in ihrem Haus wohnen, ihr Essen essen, in ihren Betten schlafen und darüber diskutieren, wie viel wir zahlen können, um ihre Tochter umzubringen?«

Elizabeth drückte das Hemd zusammen. »Du hast die Nachricht gelesen. Ihre Tochter oder unsere.«

Sie kannte Charlie, seit diese vier Jahre alt war, und liebte das Mädchen wie eine Nichte, aber eben nicht wie eine Tochter. Elizabeths Zuneigung zu Charlie war einen Schritt distanzierter.

Ihre eigene Tochter besaß nicht solch ein leidenschaftliches Naturell. Amys Liebenswürdigkeit war eher von der ruhigen, unerschütterlichen Art. Sie hatte nichts dagegen, dass Charlie bei allem, was sie machten, bestimmte, zufrieden, dass sie zusammen waren.

Wo auch immer sie jetzt waren, Elizabeth betete, dass sie nicht getrennt worden waren. Sie war so ehrlich zuzugeben, dass Charlie die Stärkere der beiden war. Erst letzte Woche war im Bällebad ein älterer Junge mit Amy zusammengestoßen und hatte sie umgeworfen. Elizabeth war damit beschäftigt gewesen, eine kleine Schramme an Amys Ellbogen zu verarzten, aber sie hatte trotzdem mitbekommen, was Charlie als Nächstes gemacht hatte.

Sie hatte gewartet, bis der Junge oben an der Rutsche stand, wo er sich auf die Brust trommelte wie Tarzan. Charlie hatte sich mit voller Wucht auf ihn geworfen, sodass er kopfüber die Rutsche hinuntersegelte. Und dann hatte sie ihm »Tut mir leid« hinterhergerufen.

Gott mochte ihr verzeihen, doch Elizabeth hoffte, dass Charlie auf Amy aufpasste, wie sie es immer getan hatte, trotzdem, was sie als Nächstes sagen würde.

»Wir müssen wenigstens darüber reden, Stephen«, flüsterte

sie, auch wenn sie jede einzelne Silbe verabscheute, die ihr über die Lippen kam.

Sie sprach davon, das Schicksal des einen Kindes zu besiegeln, damit ein anderes freigelassen wurde. Ihr eigenes.

Doch sie hatte keine Wahl.

»Ich muss wissen, wie viel wir bieten können.«

So endlich, nun waren die Worte, die ihr im Hals aufwallten, heraus, und sie konnte sie nicht mehr zurücknehmen.

»Das kannst du doch nicht ernsthaft in Erwägung ziehen. Würdest du ihnen das wirklich antun?«

»Würdest du es *nicht* tun, um Amy zurückzukriegen?«

Stephens vorrangige Sorge um die Sicherheit des anderen Mädchens ging ihr auf die Nerven. Sie liebte ihren Mann, aber sie war nicht blind für seine Fehler. Warum hatte er nicht längst ein Angebot geschickt?

»Bist du etwa bereit«, fuhr sie ihn an, »den Tod deiner Tochter in Kauf zu nehmen?«

Er schluckte und wandte den Blick ab.

Sie warf das Hemd zu Boden und ging zu ihm.

»Glaubst du nicht, dass die den Flur runter jetzt gerade dasselbe Gespräch führen?«

Stephen ließ den Kopf in die Hände sinken.

Plötzlich fühlte Elizabeth sich sehr allein. Sie sollten ein Team sein und gemeinsam um das Leben ihrer Tochter kämpfen. Doch ihr Mann hatte den Ring schon verlassen.

»Robert hat wahrscheinlich schon seinen Bankdirektor, seinen Steuerberater und alle angerufen, die ihm sonst noch eingefallen sind«, sagte sie zu seinem Hinterkopf. »Soweit wir wissen, kann er sogar schon ein Angebot abgegeben haben.«

Stephen stand vom Bett auf und entfernte sich.

Sie folgte ihm. »Stephen, was zum Teufel ist los mit dir? Wir müssen versuchen, unser Kind zu retten.«

Er drehte sich zu ihr um. »Indem wir ein anderes töten?«

Elizabeth machte einen Schritt nach hinten. Er hatte die

Worte ausgesprochen, doch in seinen Augen zeigte sich keinerlei Gefühl.

»Stephen, ich will nicht ... ich meine, was ...«

Er wandte sich wieder von ihr ab. »Ich komme einfach nicht damit klar, was wir da tun sollen. Es ist barbarisch.«

Seiner Stimme fehlte jede Tiefe, und das strafte seine Worte Lügen.

»Wie viel, Stephen?«, fragte sie. »Wie viel können wir aufbringen, um unserer Tochter das Leben zu retten?«

Sie hatte die Nase voll von seinen Ausweichmanövern.

Er setzte sich wieder aufs Bett. Sein Blick schoss im Zimmer hin und her. Das machte er immer, wenn er genervt war.

»Stephen, antworte mir. Wie viel ist dir Amys Leben wert?«

Seine Augen blitzten auf. Gut, sie hatte sich irgendeine emotionale Reaktion gewünscht, die echt war, die *er* war.

»Ich weiß nicht. Es ist kompliziert.«

»Nein, das ist es nicht. Du weißt doch wohl, wie viel wir besitzen.«

»Elizabeth, es ist spät.« Er wich ihrem Blick aus.

»Komm schon, Stephen. Es gibt das Sparkonto.«

»Liz, hör auf, bitte. Du verstehst nichts von den Finanzen«, fuhr er auf.

Sie trat näher. »Behandele mich nicht so von oben herab. Wie schnell können wir eine zweite Hypothek auf das Haus aufnehmen?«

»Hör auf, Liz. Das ist verrückt.«

»Wenn wir die Autos verkaufen und den Schmuck auch, kommen wir sicher auf ...«

»Liz, ich bitte dich ein letztes Mal, damit aufzuhören.«

Elizabeth erstarrte, denn ihr wurde klar, dass er ihr keine einzige richtige Antwort gegeben hatte.

Als er ans Fenster trat, sah sie die Anspannung, die seine

Schultern hart machte. Es wäre vernünftig, ihn in Ruhe zu lassen. Doch sie konnte nicht.

Sie trat vor ihn und zwang ihn, sie anzusehen. In seinen Augen loderte die Wut.

»Sag mir, Stephen, welchen Wert misst du unserem Kind bei?«

Sie sah, wie die Kontrolle in seinen Augen brach. Und in der nächsten Sekunde traf seine Faust ihre Lippen.

ACHTUNDFÜNFZIG

Auf der acht Kilometer langen Strecke von Pedmore nach Netherton waren viele vereiste Stellen gewesen. Mehr als einmal war der Hinterreifen des Motorrads Kims Kontrolle beinahe entglitten, und der Hügel, der zum Haus hinaufführte, war wie eine Skipiste gewesen, doch genau neun Minuten nachdem sie Jenny Cottons Anruf entgegengenommen hatte, stellte sie den Motor ab. Sie hatte ihr zwar ihre Visitenkarte gegeben, aber eigentlich nicht mit einem Anruf gerechnet.

Die Frau stand schon in einem weißen Bademantel in der Tür, das Telefon fest umklammert. Ihre erstarrte Miene hatte nichts mit den Temperaturen zu tun.

Kim nahm den Helm ab, führte die Frau ins Haus und schloss die Haustür.

»Danke, dass Sie gekommen sind … ich wusste nicht, was ich sonst …«

»Ist schon gut«, sagte Kim. »Sie haben genau das Richtige getan.«

Kim war nicht überrascht, dass Jenny noch im Besitz des Handys war. Wenn sie ehrlich war, hätte sie es auch nicht ausgehändigt.

Jenny bewegte sich mechanisch, wie erstarrt vor Schock. Sie stolperte gegen einen der Stühle am Esstisch.

Kim stützte sie und setzte sie auf einen Stuhl.

Sie selbst hätte gut etwas Warmes, Süßes zu trinken vertragen können, doch die Frau vor ihr brauchte es noch viel dringender.

Kim ging zur Küchenzeile und füllte den Wasserkocher. Nach ein paar Anläufen fand sie Becher, Kaffee, Süßstoff und Milch.

»Ich war so nah«, flüsterte die Frau, als der Wasserkocher sich ausschaltete.

Kim drehte sich um.

Stumme Tränen rollten der Frau über die Wangen, während sie auf das Telefon in ihrer Hand starrte.

»Wem oder was nah?«, fragte Kim, doch ihr Bauch gab ihr die Antwort, bevor Jenny es tat.

»Dem Frieden«, sagte sie und hob den Blick.

Kim stellte die Kaffeebecher auf den Tisch und setzte sich. »Das ist keine Lösung«, sagte sie leise.

»O doch, wenn man die Frage nicht mehr weiß.«

Kim dachte daran, was Albert Einstein gesagt hatte: *Nur ein für andere gelebtes Leben ist lebenswert.*

Ein Paradebeispiel dafür saß vor ihr. Diese arme, niedergedrückte Frau hatte versucht, ohne ihr Kind weiterzuleben, war aber unfähig gewesen, irgendeine Richtung einzuschlagen.

Kim langte über den Tisch und berührte sanft ihre Hand.

»Haben Sie die SMS gelesen?«

Die Frau nickte und drückte das Handy an ihre Brust.

Kim streckte die andere Hand danach aus. »Darf ich?«

Zögernd kam die Hand der Frau nach vorn. Kim löst das Telefon aus ihrem Griff und scrollte zu der aktuellsten Nachricht.

Sie kam nicht von einer der bereits benutzten Nummern. Diese standen auf der Tafel in der Einsatzzentrale über den jeweiligen Nachrichten. Die Texte der SMS und die dazugehörigen Nummern waren in ihr Gedächtnis eingebrannt.

Die Nachricht war ebenso kurz wie simpel.

Wollen Sie noch mal spielen?

Kim schloss die Augen. Schlimmstenfalls hatte sie es mit einem grausamen Witz zu tun, dem Versuch, einer Frau, die sich längst in ihrer Trauer verloren hatte, Geld abzunötigen. Bestenfalls hatte sie hier eine Mutter vor sich, die verhöhnt wurde, indem man sie für den Leichnam ihres Kindes bieten ließ.

Vor ihrem inneren Auge tauchte das Bild auf, wie Eloise aus dem Garten der Timmins weggeführt wurde. Sie hatte gesagt, er sei mit den anderen noch nicht fertig. War das damit gemeint? So schnell, wie er gekommen war, schob Kim den Gedanken von sich. Jedem Verrückten spielte ab und zu der Zufall in die Hände.

Kim war Polizistin, sie agierte auf der Basis von Fakten.

Sie stand auf und schob ihren Stuhl unter den Tisch. »Ich muss Sie bitten, mir zu erlauben, dieses Handy mitzunehmen.«

Entsetzt sah Jenny Cotton sie an. Ihr Blick schoss zu dem Handy, und Kim spürte förmlich, wie sehr es sie drängte, es sich zu schnappen und an sich zu drücken.

Mit der rechten Hand wrang sie die Finger der linken. »Besteht die Chance, irgendeine Chance, dass Sie mir den Leichnam meiner Tochter nach Hause bringen?«

Kim war nicht willens, Versprechungen zu machen, die sie nach bestem Wissen und Gewissen nicht halten konnte, doch ein Blick in das Gesicht, so dicht vor dem Abgrund, drückte ihr die Eingeweide zusammen.

»Wenn sie sie haben, dann finde ich sie.«

NEUNUNDFÜNFZIG

Kim war klar, dass es aus ihrer derzeitigen Zwickmühle keinen Ausweg gab.

Ihr war kalt, die Kaffeekanne war leer, und sie musste über sehr vieles nachdenken. Sie brauchte Wasser, und in der Küche war ein Arschloch.

Der Gedanke an einen neuerlichen Streit behagte ihr nicht besonders, doch ein Leben ohne Kaffee war auch keine Alternative, besonders nicht nach Mitternacht. Es gab vieles, was sie nicht zum Leben brauchte: Liebe, ja, Sex, normalerweise, Nahrung, oft, aber Kaffee – niemals.

Sie griff entschlossen nach der Kaffeekanne und verließ die Einsatzzentrale. Verdammt, sie fürchtete sich doch vor nichts und niemandem.

Mit entschlossener Miene betrat sie die Küche, doch dann hielt sie inne. Matt hatte den Kopf in die Hände gelegt, und sein Atem ging tief und gleichmäßig.

Auf leisen Sohlen schlich sie zur Spüle. Sie drehte den Wasserhahn nur ein winziges Stück auf und hielt die Kanne unter das Rinnsal.

»Danke für Ihre Rücksichtnahme, aber ich habe nicht geschlafen.«

Kim stöhnte innerlich auf. Sie drehte sich um. »Ehrlich? Ihr Schnarchen widerspricht Ihnen da aber.«

»Ich habe die Kunst der Tiefenmeditation geübt, bei der das Bewusstsein wachsam bleibt, während das Unterbewusstsein ruhen kann. Besonders hilfreich im Umgang mit schwierigen Menschen.«

»Ja, mit sich selbst zu leben muss eine echte Herausforderung für Sie sein.«

»Oh, gute Retourkutsche, Inspector.«

Kim verließ die Küche.

»Der Idiot, der beim letzten Mal für die Verhandlungen verantwortlich war, gehört hinters Haus geführt und erschossen«, rief Matt hinter ihr her.

Kim ging zurück zur Küche. »Warum?«

»Weil er es angegangen ist wie ein Börsenhändler. Keine Strategie, nur Positionierung und Getöse.«

Kim machte zwei Schritte in die Küche hinein. »Fahren Sie fort.«

Matt seufzte und rieb sich über den Nasenrücken.

»Vor ein paar Jahren gab es in Bolivien einen Tiger.«

»Einen Tiger?«

»Tut mir leid. Von einem Tigerkidnapping spricht man, wenn eine Geisel genommen wird, um eine geliebte Person oder ein Familienmitglied dazu zu bringen, etwas zu tun.«

Kim setzte sich.

»Ein fünfjähriger Junge wurde entführt, um seinen Vater, der Richter war, dazu zu bringen, den Bruder des Entführers aus dem Gefängnis zu entlassen. Dieser Bruder war politischer Aktivist und für die Ermordung von siebzehn Menschen in einem Stadtbus verantwortlich. Es ging um den Austausch von Leben gegen Leben, nicht gegen Geld. Es war eine unmögliche

Entscheidung, und es ging um etwas, was offensichtlich gar nicht in der Macht des Richters stand.«

»Was geschah?«

»Die Leiche des Jungen wurde zwei Tage später an einem Flussufer gefunden. So etwas passiert, wenn ein Verhandler am Werk ist, dem jeglicher Respekt für den Prozess abgeht. Wenn wir es mit einem Expressvorfall zu tun hätten ...«

»Express?«, fragte Kim. Diesen Begriff hatte sie in diesem Kontext noch nie gehört.

»Wenn ein kleiner Lösegeldbetrag gefordert wird, den eine Familie leicht aufbringen kann. Dabei geht man von Anfang an davon aus, dass das Geld gezahlt wird und das Kind wieder freikommt. Das Einzige, worüber verhandelt wird, ist der Preis.«

»Werden diese Banden je gefasst?«

Matt schüttelte den Kopf. »Selten. Sie sind Experten in dem, was sie tun. Und solange man die Verhandlungen richtig führt, gewinnen alle.«

Kim hörte etwas in seiner Stimme, was ihre Aufmerksamkeit erregte.

»Geht es je schief?«

Er stand auf und wandte sich der Spüle zu. »Ab und zu.«

Es war der erste Funke von Gefühl, den Kim bei Matt erlebte, doch irgendetwas an diesem Fall war ihr nach wie vor ein Rätsel.

»Wir haben keine Forderung nach einer bestimmten Summe, also, wie wollen Sie da verhandeln?«

Mit einem Glas Wasser in der Hand drehte er sich wieder um.

»Bei diesem Fall hier verhandele ich nicht um Geld. Es ist mir vollkommen egal, wer welchen Betrag zahlt. Ich verhandele um Leben. Auch wenn die SMS von *einem* Leben spricht. Ich will beide«, konstatierte er.

»Haben Sie so etwas schon einmal erlebt?«, fragte Kim. »So eine Auktion?«

Er schüttelte den Kopf. »Nein, ich hatte schon doppelte Entführungen, zwei Brüder, aber da wurde einfach nur Geld gefordert.«

Das machte Kim nicht gerade Mut. »Was schlagen Sie vor, wie ...?«

»Als Erstes muss ich versuchen, ihre Erwartungen einzuschätzen. Es wurde keine bestimmte Summe gefordert, aber es muss eine Zahl geben, die sie zu erreichen hoffen. Ich werde auch schauen, ob sie eine Familie bevorzugen würden. Könnte sein, dass sie größeres Interesse an den Hansons haben und die Timmins nur dazu dienen, den Preis hochzutreiben, oder umgekehrt. Jede Reaktion, die ich ihnen entlocken kann, wird mir etwas sagen und mir helfen, die nächsten Schritte zu bestimmen.«

»Dann ist der Plan flexibel?«

»Das muss er sein, bis ich erste Reaktionen habe.«

»Wow, jetzt haben Sie beinahe gelächelt«, bemerkte sie. »Seien Sie vorsichtig, am Ende denke ich noch, Sie besäßen doch ein paar Gefühle.«

Sein Gesicht wurde wieder starr. »Da Ihre Meinung mir nichts bedeutet, wird es mich nicht um den Schlaf bringen, aber um Ihre Frage zu beantworten: Meine Gefühle könnten diese Mädchen das Leben kosten.«

»Aber Sie könnten Ihre Arbeit doch sicher auch tun, wenn Sie ab und zu lächeln würden, oder?«, fragte sie.

»Kann sein. Aber wenn ich gut drauf bin, mache ich womöglich Zugeständnisse, die ich besser nicht machen würde, bloß weil die Sonne scheint oder ich einen tollen Abend in der Kneipe hatte. Und umgekehrt könnte es, wenn ich schlecht drauf bin – zum Beispiel, weil Sie in der Nähe sind –, zu unnötig irrationalem Verhalten führen. Es ist eine Tatsache, dass stocksaure Verhandler eher kompetitiven Strategien folgen und weniger kooperieren.« Er zog beide Augenbrauen hoch. »Also halten Sie sich bitte von mir fern.«

Kim stand auf. »Glauben Sie mir, das wird kein Problem sein.« Sie ging zur Tür. »Oh, und nur um Ihren Stress noch ein wenig zu vergrößern, Jenny Cotton, das ist eine der ...«

»Ich weiß, wer sie ist«, versetzte er knapp.

»Sie hat eine SMS bekommen, in der sie gefragt wird, ob sie noch einmal spielen will.«

Er lehnte sich auf seinem Stuhl nach hinten und rieb sich das Kinn. »Machen Sie Witze?«

Kim schüttelte den Kopf. »Ich habe das Handy.«

»Sie glauben aber doch nicht ernsthaft, dass das Mädchen noch lebt?«

Kim atmete tief durch und schüttelte den Kopf. Die Übelkeit, die immer noch in ihrem Bauch rumorte, erwuchs aus dem Wissen, dass der Kontakt ihnen helfen konnte, die beiden Mädchen zu finden, die noch am Leben waren. Sie benutzte den Tod und die Trauer einer Familie, um zwei andere zu retten.

»Sie müssen antworten«, sagte er.

Sie machte den Mund auf, um etwas darauf zu sagen.

»Schreiben Sie nur Ja, und schauen Sie, was passiert.«

Es war genau das, was sie vorgehabt hatte.

Kim verließ mit der Kaffeekanne die Küche. An der Tür blieb sie noch einmal stehen.

»Rein aus Interesse, was wird Ihr Eröffnungszug sein?«

»Daran habe ich gerade gearbeitet, als Sie in mein Schlafzimmer kamen.«

»Also, mir passt es jederzeit. Ich möchte nicht, dass Sie sich zur Eile gedrängt fühlen, weil zwei Kinder vermisst werden.«

»Seien Sie versichert, Inspector, dass ich mich nie zur Eile drängen lasse. Aber aus rein persönlichem Interesse: Wie würde Ihr Eröffnungsgebot lauten, wenn Sie den Anführer ans Telefon bekämen?«

Kim überlegte nur einen Sekundenbruchteil.

»Bringen Sie die Mädchen jetzt unversehrt zurück, und ich lasse Sie leben.«

Er starrte sie ganze zehn Sekunden lang an, und sie erwiderte seinen Blick, ohne mit der Wimper zu zucken.

»Ja, jetzt verstehe ich, warum man mich geholt hat.«

SECHZIG

»Charl, mir ist schlecht ...« Amy hielt sich den Bauch.

Charlie wusste, was sie meinte. Das Sandwich vorhin war warm gewesen und hatte komisch gerochen. Sie hatten es beide nicht aufgegessen, denn ihnen war noch übel gewesen bei dem Gedanken an das schlaffe Kätzchen, das er am Hals gepackt hatte baumeln lassen, bevor er die Tür schloss.

Sobald sie die Augen zumachte, sah sie das hübsche schwarz-weiße Gesichtchen, das sie – so verschlafen, so warm, so vertrauensvoll – anschaute.

Charlie hatte plötzlich eine Riesensehnsucht nach Eintopf. Ihre Mutter hatte öfter Eintopf gekocht, und jedes Mal hatte Charlie gesagt, sie würde ihn nicht mögen. Ein Durcheinander aus Gemüse und Fleischstücken in einer Bratensoße voller kleiner weißer Perlen, von denen ihre Mutter behauptete, es seien Graupen oder so. Auch ein Grund, warum sie immer froh war, wenn der Winter vorbei war. Kein Eintopf mehr.

Doch im Augenblick trieb ihr der Gedanke daran die Tränen in die Augen.

»Ich g...g...glaub, wir sind jetzt d...d...drei Tage hier«, sagte

Charlie und zählte die Striche an der Wand. »Also ist es, glaub ich, D...D...Diens...«

»Charl, du stotterst wieder«, bemerkte Amy und legte Charlie die Hand auf den Arm.

»B...b...bloß die K...K...Kälte, Ames.«

Amy zog sich das Handtuch von den Schultern und legte es Charlie um, dann rieb sie ihr mit den Händen die Arme.

Diese schlichte Geste brachte die Tränen zum Fließen, die Charlie unablässig in den Augen standen.

»Ich hab A...A...Angst, Ames«, sagte sie und wischte sich mit dem Handtuchzipfel das Gesicht ab.

»Ich auch, Charl, aber ich lass nicht zu, dass dir einer was tut. Versprochen.«

Charlie konnte nichts gegen die Tränen tun, die ihr über die Wangen liefen. Das Schluchzen fing im Bauch an und arbeitete sich hinauf in den Hals. Sie hatte versucht, für ihre Freundin stark zu bleiben, und jetzt hatte sie sie im Stich gelassen.

Amy rieb ein wenig Wärme in ihre Beine. »Es wird alles gut, Charl. Solange wir zusammen sind. Unsere Eltern suchen nach uns. Und sie finden uns, das weiß ich.«

»Du m...musst wieder hier r...r...reinkommen«, brachte Charlie heraus. Lange konnte Amy nicht ohne Zudecke sein. Die Badeanzüge boten keinen Schutz gegen die feuchte Kälte in dem Raum.

Amy rutschte neben sie, und sie kauerten sich unter das Handtuch.

»G...g...glaubst du w...w...wirklich, sie fi...fi...finden uns, Ames?«

Amy kicherte, und das Kichern trocknete ihre letzten Tränen.

»Weißt du noch, wie wir nach Great Yarmouth gefahren sind?«

Charlie überlegte einen Augenblick.

Amy gab ihr einen kleinen Schubs. »Wir haben den Clown gesehen und sind ihm gefolgt, weil er Olaf-Ballons hatte, und dann haben wir nicht mehr gewusst, wo wir sind. Wir sind ewig rumgelaufen und haben unsere Eltern gesucht, und dann haben wir uns irgendwo hingesetzt und gewartet, dass sie uns finden. Der Jahrmarkt hat zugemacht, und es wurde langsam dunkel, aber irgendwann haben sie uns gefunden.«

Charlie wusste, dass das nicht dasselbe war. »A...a...aber damals wussten sie, wo wir waren. S...S...Sie wussten, wo sie uns finden würden.«

Amy zuckte die Achseln. »Aber sie wären nicht nach Hause gefahren, bevor sie uns nicht gefunden hatten«, sagte sie schlicht.

Charlie fragte sich, ob Amy begriff, dass sie die Rollen getauscht hatten und dass sie jetzt die Starke war.

Sie hatte den Mund aufgemacht, um etwas darauf zu sagen, da hörte sie die vertrauten Schritte.

»Charl ... nein ... nicht noch mal ...«

»Guten Abend, Mädchen«, sagte er.

Keine von ihnen sprach, während sie dem Drehen des Schlüssels im Schloss lauschten.

»Ich hab heute 'ne Freundin von euch gesehen. Ihr erinnert euch doch an Inga?«

Amy erstarrte und nickte in Richtung Tür.

»Antw...«

»Ja«, rief Charlie. Nachdem sie gesehen hatte, was er mit dem armen Kätzchen angestellt hatte, wollte sie ihn auf gar keinen Fall gegen sich aufbringen.

Amys Hand ließ den Handtuchzipfel los und bewegte sich zu ihrem Unterarm. Charlie schob ihre Hand dazwischen.

»Halt dir die Ohren zu«, flüsterte sie, doch Amy schüttelte den Kopf, die Tür fest im Blick.

»Also, Mädchen, es wird euch freuen zu hören, dass sie tot ist ...«

Amys Schrei unterbrach ihn. Charlie konnte sich vorstellen, wie er auf der anderen Seite der Tür lächelte.

»Hör nicht hin, Ames«, sagte Charlie noch einmal. Sie wollte Amy die Ohren zuhalten, doch Amy schob ihre Hände weg.

»Ja, sie ist hinüber, und ich hab sie noch viel doller leiden lassen als Brad. Ich hab ihr richtig doll wehgetan, Mädchen, bevor ich ihr das Genick gebrochen hab.«

Amy fing an, den Kopf zu schütteln.

»Sie hat geweint und gefleht und geschrien, als ich sie verprügelt hab. Es war jämmerlich, aber ihr wisst, warum sie sterben musste, nicht wahr, Mädchen?«

Sie schwiegen beide, nur Amys Fingernägel waren zu hören, die durch die Haut auf ihrem Arm furchten.

»Sie musste sterben, weil sie uns enttäuscht hat. Sie war mit dabei, wisst ihr. Sie hat uns geholfen, euch zu kriegen. Hat uns alles über euch erzählt, auch wo ihr sein würdet. Sie hat's gemacht, weil sie sich nicht den Teufel um euch scherte.«

Selbst in dem trüben Licht konnte Charlie sehen, dass Amy sämtliche Farbe aus den Wangen gewichen war. Mit der freien Hand rieb sie sich den Bauch, während ihr Blick weiter starr auf die Tür gerichtet war.

»Er lügt, Ames. Hör nicht hin«, sagte Charlie. Sie kannte Inga, seit sie fünf Jahre alt war, und sie wollte ihm nicht glauben. Aber woher hätten sie sonst so viel über Amy und sie wissen sollen?

»Und wisst ihr, was sie zu mir gesagt hat, bevor ich sie umgebracht hab? Sie hat gesagt, sie hätt euch sowieso nicht gemocht und wünschte, ihr wärt tot.«

In dieser Sekunde übergab sich Amy.

EINUNDSECHZIG

Ein kalter Luftzug wehte mit ihrem Team herein, als es die Einsatzzentrale betrat. Der leichte Schneefall über Nacht war zu einem dünnen mürben Teppich gefroren.

»Da draußen geht's jetzt richtig ab«, polterte Bryant, als er hinter ihr vorbeiging. Sie zahlten nun den Preis für einen überdurchschnittlich warmen Februar.

»Holen Sie sich Kaffee, und lassen Sie uns anfangen«, sagte Kim, als Mäntel und Jacken auf dem Sessel in der Ecke landeten.

Stacey stand an der Kaffeemaschine. »Matt, möchten Sie …«

»Nein, vielen Dank, Stacey«, sagte er und wies mit einem Nicken auf den Becher, den er seit fünfzehn Minuten festhielt – seit Kim ihn hereingelassen hatte. In dieser Zeit hatten sie kein einziges Wort gewechselt.

»Gut, Leute, neuer Tag, neue Energie«, sagte Kim, als alle am Tisch Platz nahmen. Es war Mittwoch, und Kim war überzeugt, dass allen bewusst war, wie viel Zeit seit der Entführung am Sonntag schon verstrichen war.

»Stace, Sie zuerst.«

Stacey öffnete den Mund, hielt aber inne, als die Esszimmertür langsam aufging. Kim sprang sofort auf. Diesen Raum betrat niemand ohne ihre Erlaubnis.

In der Tür stand die gut ein Meter achtzig große Gestalt von Detective Chief Inspector Woodward. Kim gefror das Blut in den Adern, und sie ließ die Hand auf den Tisch sinken, um sich zu stützen.

Bitte, Gott, lass sie nicht die Leichen gefunden haben.

»Ich bin nur zur Einsatzbesprechung hier, Stone. Fahren Sie fort.«

Vor Erleichterung wäre sie beinahe zurück auf ihren Stuhl gesunken, doch es gelang ihr, sich gerade zu halten und Matt und Alison ihren Chef vorzustellen. Beide schüttelten ihm die Hand und nickten.

Woody zog sich in die Ecke des Zimmers zurück und lehnte sich an die Tür. Er hielt sich aufrecht wie mit der Wasserwaage ausgerichtet, die Arme so über der Brust verschränkt, dass sie das Sportemblem auf seinem hellblauen T-Shirt verdeckten. Gott sei Dank war er nicht in Uniform gekommen. Die Freizeitkleidung sah an Woody zwar irgendwie fehl am Platz aus, aber er passte damit doch besser in die Umgebung. Kim zweifelte keinen Augenblick daran, dass er nach Hause fahren und sich umziehen würde, bevor er zum Revier fuhr.

Sie wandte ihm den Rücken zu und bedeutete Stacey mit einem Nicken, fortzufahren.

»Ich habe die Adresse der anderen Familie, Guv. War nicht leicht.«

»Schicken Sie sie Bryant aufs Handy«, sagte sie.

»Von den Mobilfunkanbietern immer noch nichts«, fuhr Stacey fort. »Einer hat meine E-Mails als Spam blockiert, also schätze ich mal, dass er nichts für uns hat. Über die Irre kann ich nicht viel finden. Ein paar schlechte Besprechungen, aber zum Teufel, die kriegen selbst die Rolling Stones. Die Leute mögen ihre Vorstellung im Civic, aber abgesehen davon kann ich nichts finden, was Geld einbringt: keine Bücher bei Amazon, weder Hörbücher noch CDs oder Ähnliches. Sie nimmt einen Fünfer als Eintritt, und davon spendet sie noch die Hälfte dem Tierschutzverein. Kein Facebook, kein Twitter, keine anderen Netzwerke. Ich konnte nichts Bösartiges …«

»Moment«, sagte Kim, als ihr Handy vibrierte. Es war eine E-Mail von Keats, der den frühen Wurm geschluckt zu haben schien. Schwer vorzustellen, dass sie erst am Tag zuvor am Fundort von Ingas Leiche gewesen waren.

»Kev, die Obduktion ist um neun.«

Er nickte. Er würde daran teilnehmen.

»Sonst noch etwas, Stace?«

Stacey schüttelte den Kopf.

Im Anhang der E-Mail waren Fotos vom Tatort. Sie öffnete das erste und gab das Handy an Alison weiter. »Scrollen Sie einfach bis zu dem Bild von der Tätowierung.« Irgendjemand im Raum wusste bestimmt, was sie bedeutete.

Sie wandte sich wieder ihrem Team zu. »Ich habe gestern Abend einen Anruf von Jenny Cotton bekommen. Sie hat ebenfalls eine Nachricht erhalten.«

Die Überraschung ging durch den Raum wie eine Welle.

»Mr Ward hat das Handy, falls noch eine weitere Nachricht eingeht. Der Text ist kurz und direkt und fragt, ob sie noch einmal spielen will.«

»Himmel, das ist ja grausam«, sagte Bryant und schüttelte den Kopf.

»Verarsche?«, fragte Dawson.

Kim zuckte die Achseln. »Unmöglich zu sagen. Die Nachricht kam nicht von einer dieser Nummern, aber da er jedes Mal eine andere benutzt, hilft uns das auch nicht weiter.«

Stacey beugte sich vor. »Glauben Sie, es sind dieselben Typen, mit denen wir es zu tun haben?«

Kim seufzte. »Sie hat das Handy dreizehn Monate lang verwahrt in der Hoffnung, dass es noch einmal klingelt. Dass es das zur selben Zeit tut, da unsere zwei Mädchen entführt wurden, ist kein Zufall. Ich bezweifle auch, dass es ein Jux ist. Niemand weiß von Charlie und Amy.«

Dawson begegnete ihrem Blick. »Guv, glauben wir ...«

»Nein, Kev, das glauben wir nicht. Wenn Suzie Cotton hier noch eine Rolle spielt, dann können wir allenfalls auf die Bergung hoffen.«

Schweigen senkte sich über den Raum. Sie wussten alle, was sie meinte. Für Jenny Cotton würde selbst das einen Abschluss bedeuten.

»Schrecklich«, sagte Alison mit Blick auf das Handy.

Kim nickte zustimmend. »Wir können wohl davon ausgehen, dass dies das Werk von Zielperson zwei ist. Fällt Ihnen sonst noch etwas dazu ein?«, fragte sie die Verhaltensexpertin.

»Wenn er der Polizei bekannt ist, dann für brutale, gewalttätige Straftaten. Er könnte Schlachter sein oder einen Beruf haben, der in irgendeiner Weise etwas mit dem Töten zu tun hat. Sie könnten es auch mit einem Exsoldaten zu tun haben.«

»Einem Soldaten?«, hakte Bryant nach.

»Fahren Sie fort«, warf Kim ein.

Alison nickte. »Es ist gut dokumentiert, dass bis vor Kurzem die effektivste Waffe bei den Streitkräften der Hass war. Um die Tötungshemmung auszuschalten, wurde Soldaten ein Hass auf den Feind eingeimpft. Es ist leichter, ein Leben zu zerstören, wenn man denjenigen, der dieses Leben besitzt, hasst.

Wut und Aggression sind Grundbestandteile des militärischen Lebens, aber um eine effektive Tötungsmaschine hervorzubringen, muss man sie entmenschlichen. Man muss Empathie, Verständnis und Versöhnlichkeit ausmerzen. Sonst erreicht ein Feind, der um sein Leben fleht, womöglich, dass der Soldat einen Augenblick zögert, und das genügt, um seine Waffe unter Kontrolle zu bringen und einen ganzen Trupp zu töten.

Das ist sehr schlau, bis der Soldat entlassen wird und in die

Gesellschaft zurückkehrt. Die ihm eingeimpfte Geisteshaltung ist kein vorübergehender Zustand. Sie hat seine tiefsten Überzeugungen verändert. Doch wo ist plötzlich der Feind? Wo ist die Führung? Wo ist der Rest der Truppe, vereint in einem klaren Ziel?

Und die Gesellschaft sagt dem Soldaten, dass das, was er getan hat, falsch war. Gewalt ist falsch, Töten ist falsch.

Das, was ihm eingetrichtert wurde, lässt sich nicht so einfach wieder ausradieren, nur weil dieser Mensch jetzt in einer ›normalen‹ Gesellschaft funktionieren soll. Der Hass geht nicht weg. Er hat nur kein klares Ziel mehr.«

Kim sah sich im Raum um. Diesmal hatte Alison die volle Aufmerksamkeit von allen.

»Fahren Sie bitte fort«, sagte sie. Dieser Mann hatte Spaß am Töten, das bewiesen die Leichen von Brad und Inga. Und das hatte er irgendwo gelernt.

»Wenn Zielperson zwei beim Militär war, war er in seinem Element und hat die Streitkräfte womöglich nicht auf eigenen Wunsch verlassen.«

»Wir haben es mit einer verdammten Maschine zu tun«, warf Dawson ein.

Alison zuckte die Achseln. »Nicht unbedingt. Er hat seine Verletzlichkeiten, doch die sind tief verborgen und beziehen sich nur auf seine eigenen Gefühle. In der Zivilgesellschaft bewegt sich dieser Mensch jetzt auf unbekanntem Terrain. Kann sein, dass er durcheinander ist, verwirrt und verlassen. Unglücklicherweise nähren diese Gefühle noch seine Wut.«

Alison wandte sich an Kim. »Wenn ich recht habe, dann haben die Mädchen von ihm sehr viel mehr zu fürchten.«

Diese Bestätigung hätte Kim nicht gebraucht.

»Aber empfindet er denn nichts, wenn er unschuldigen Kindern wehtut?«

Oh, ein Hoch auf Bryants unsterblichen Optimismus. Er konnte sich nicht mit dem Gedanken anfreunden, dass nicht jeder Grenzen hatte, die er nicht überschreiten konnte. Wie es ihm möglich war, sich in diesem Job eine solche Naivität zu bewahren, war Kim ein ewiges Rätsel.

Alison schüttelte den Kopf. »Nicht mehr.«

Kim wandte sich an Dawson. »Sobald die Obduktion abgeschlossen ist, kümmern Sie sich bitte weiter um Ihre andere Aufgabe.«

Dawson nickte, schnappte sich seine Jacke und ging zur Tür. Woody trat zur Seite, ließ die Tür aber offen.

»Inspector ... auf ein Wort«, sagte er und verließ den Raum.

Bryant summte leise ein paar Töne aus dem Trauermarsch, als Kim hinausging.

Sie holte den Chief Inspector an seinem Auto ein, das auf der anderen Seite des Teichs stand.

»Sie wissen, dass Baldwin mich fast stündlich anruft, um auf den neuesten Stand gebracht zu werden?«

Sie war versucht zu sagen, sie werde es an die Entführer weitergeben, klappte aber noch rechtzeitig den Mund zu.

»Sie wissen auch, was hier auf dem Spiel steht?«, fragte er.

»Das Leben von zwei neunjährigen Mädchen namens Charlie und Amy.«

»Und ...?«

»Sir, bei allem Respekt, jetzt vergeuden Sie Ihre kostbare Zeit. Und meine. Für mich gibt es keine größere Motivation, als diese Mädchen gesund und munter vorzufinden. Nichts anderes kann mich antreiben, härter oder gründlicher zu arbeiten, als ich es tue, und wenn ...«

»Das sehe ich, Stone. Ich habe gerade mit angesehen, wie viele Bälle Sie im Augenblick in der Luft halten, und zu der Art und Weise, wie Sie diese Ermittlungen führen, habe ich nichts hinzuzufügen.«

Sie schenkte ihm ein versöhnliches Lächeln. »Sir, Sie kümmern sich um die Politik, und ich kümmere mich um die Mädchen.«

Er zögerte noch einen Moment, bevor er die Fahrertür öffnete und einstieg. »Bringen Sie sie nur nach Hause, Stone«, sagte er und zog die Tür zu.

Sie drehte sich um und ging zurück in die Einsatzzentrale und nahm ihr Handy, das im Raum herumgereicht worden war.

Mit dem Daumen tippte sie auf das Display, wo das letzte Foto vom Tatort aufschien. Kim neigte den Kopf zur Seite und vergrößerte es, bis es das ganze Display ausfüllte.

Sie hielt inne. »Stace, haben Sie diese E-Mail von Keats bekommen?«

»Ja, es hat gerade ›pling‹ gemacht ...«

»Holen Sie die Fotos auf den Bildschirm. Volle Größe.«

Während sie ein paar Tasten drückte, trat Kim hinter Stacey.

»Scrollen Sie zum letzten Foto.«

Stacey befolgte die Anweisung.

Kim zeigte auf das chinesische Symbol, das den ganzen Bildschirm ausfüllte. »Sehen Sie das?«

Stacey kniff die Augen zusammen und schüttelte den Kopf.

»Zoomen Sie näher ran.«

Das Symbol wurde immer größer.

»Da sind Linien von einer Seite zur anderen«, bemerkte Stacey, die noch näher ranging. »Himmel, richtig viele.«

»Sehen Sie sich die obere rechte Ecke an.«

Bryant war hinter sie getreten und betrachtete den Bildschirm.

»Getrocknetes Blut«, sagte Bryant und kratzte sich am Kopf. »Ich verstehe nicht ...«

»Das ist das chinesische Symbol für Mutter«, sagte Matt von links.

Kim verbarg ihre Überraschung, dass er das wusste. Sie schaute genauer hin. »Weist das getrocknete Blut darauf hin, dass sie kürzlich versucht hat, es wegzukratzen?«

Sie traten alle einen Schritt zurück und blickten darauf, bis Kim das nachdenkliche Schweigen brach.

»Stace, ich möchte, dass Sie Ihre ganze Energie auf Inga richten. Ich will alles über sie wissen. Ich glaube, diese tote Frau hat uns noch etwas zu sagen.«

ZWEIUNDSECHZIG

Karen nahm den braunen Teddybär, den Robert an dem Tag, an dem Charlie zur Welt gekommen war, mit ins Krankenhaus gebracht hatte. Das Plüschtier hatte im Laufe der Jahre viele Demütigungen über sich ergehen lassen müssen. Es war voll Erbrochenem gewesen und am Ohr herumgeschleift worden, und die Füllung war ihm fast ganz herausgedrückt worden.

In den letzten Jahren war er auf das oberste Brett des Bücherregals verbannt worden, um Platz für die wichtigeren Sachen einer Neunjährigen zu machen, doch er war immer in Sichtweite geblieben.

Vor drei Wochen hatte Charlie eine Halsentzündung und Husten gehabt. Irgendwie war der Bär da vom Bücherregal auf dem Kissen gelandet.

Jetzt saß Karen auf der Bettkante und drückte ihn an sich.

Dieser Raum war ihr sicherer Ort, umgeben von Charlie und ihren ganzen Schätzen. Alles in diesem Raum barg eine Erinnerung: ein mit Muscheln beklebter Bilderrahmen aus Jamaika, ein Spiegel mit batteriebetriebenen eingebauten Lämpchen über dem Toilettentisch, eine Bürste und ein Kamm, die sie bei einem Ausflug nach London gekauft hatten.

Hier in diesem Raum konnte sie die Anwesenheit ihrer Tochter spüren, als wäre Charlie nur im Bad den Flur hinunter und stünde unter der Dusche.

Es war der einzige Ort im Haus, der nicht von Fremden in Beschlag genommen worden war. Ihr Haus fühlte sich nicht mehr wie ein Zuhause an. Es war ein Schlachtfeld, ein Hotel, eine Festung. Und doch erwuchs das Gefühl, verdrängt zu sein, nicht aus den ungewohnten Aktivitäten in ihrem Haus, sondern aus einer Abwesenheit. Nämlich aus der Abwesenheit ihres kleinen Mädchens.

Sie umarmte den Bären fester, während eine Welle des Schmerzes sie durchflutete. Dass Kummer tatsächlich körperlich so wehtun konnte, war eine Offenbarung für sie. In ihrer ganzen Kindheit – voller Pflegefamilien, Kinderheime, Schläge und Missbrauch – hatte sie niemals einen so tiefen Schmerz empfunden wie den, der sie jetzt erfüllte.

»Ich liebe dich, mein Engel«, flüsterte Karen. »Bleib stark. Mummy holt dich heim.«

Die Tränen brannten, bevor sie fielen, doch irgendwie löste es den Schmerz ein wenig, laut mit Charlie zu sprechen.

»Hey, Schatz, ich hab mir fast gedacht, dass ich dich hier finde.«

In der Tür stand der einzige Mensch, mit dem sie diesen Raum teilen konnte.

Sie klopfte neben sich aufs Bett. Robert setzte sich und zog sie an sich.

Sie wusste, was andere Menschen sahen, wenn sie den Blick auf ihren Gatten richteten. Einen großen, gut gebauten Mann mit mehr als einem Anflug von Grau. Seine Nase war etwas zu spitz für sein Gesicht, und seine Ohren standen ein bisschen zu sehr ab. Sie sahen die ersten Altersflecken auf seinen Händen und dass sie, Karen, noch keine hatte.

Doch sie sahen nicht, was sie sah. Wenn die Leuten seinen Augen mehr Aufmerksamkeit schenken würden,

würden sie es verstehen, denn darin wohnten Liebe, Kraft, Leidenschaft und ein großzügiges Naturell. Und das sah sie jeden Tag.

»Wir kriegen sie zurück, Schatz, das verspreche ich dir. Die Polizei macht mit jeder Stunde Fortschritte.«

Seine Stimme war sanft, warm und überzeugt. Sie schloss die Augen an seiner Brust und gewährte sich eine Minute an diesem sicheren Ort.

»Der arme Bär«, sagte Robert und zupfte an seinem linken Ohr. »Weißt du noch, wie wir ihn mal waschen mussten, nachdem sie ihn mit einem Marmeladenbrot gefüttert hatte?«

Karen nickte an seiner warmen Brust.

»Wir haben alles versucht, um ihn ihr abzuschwatzen, und als sie begriff, was wir damit vorhatten, wollte sie ihn erst recht nicht hergeben.«

Karen lächelte.

»Am Ende sind wir darauf gekommen, Twister zu spielen, denn dann konnte sie ihn nicht mehr festhalten. Du hast dich davongestohlen und den Bär in der Waschmaschine verschwinden lassen.

Eine halbe Stunde später ist sie in die Küche spaziert und hat geschrien, als sie ihn durch das runde Glas hin und her taumeln sah. Sie dachte, wir wollten ihn umbringen.«

»Ja, ich weiß.«

Robert seufzte. »In der Nacht hab ich wach gelegen und mich gefragt, ob wir ihr durch das traumatische Erlebnis, ihren Bären so behandelt zu sehen, einen bleibenden psychischen Schaden zugefügt haben.«

Wie immer war es ihrem Mann gelungen, ihren Schmerz ein wenig zu lindern.

»Und du nennst mich überfürsorglich?«

»Ihr seid meine Familie, und ich liebe euch.«

Sie spürte, wie er erstarrte. Er hatte einige sehr traditionelle Ansichten, und dazu gehörte auch, dass es seine Aufgabe war, sie zu beschützen. Und jetzt hatte er das Gefühl, versagt zu haben.

Karen nahm seine Hand. »Du hättest es nicht verhindern können, Rob. Keiner von uns hätte das gekonnt.«

Sie strich mit dem Daumen über seinen Handteller.

Er streichelte ihr Haar. »Wir müssen sie zurückbekommen, Kaz.«

Sie nickte. Sie wusste, was das hieß.

Sie hatten sich in der Nacht lange unterhalten. Ihre Gedanken waren im Kreis gewandert, und sie hatten sich müde geredet. Verlust hatte gegen Verrat gekämpft, Freundschaft gegen Priorität, Überleben gegen Integrität. Und um zehn nach vier waren sie zu einer Entscheidung gelangt.

Und jetzt war es an der Zeit, eine SMS zu schicken.

DREIUNDSECHZIG

Den größten Teil der Fahrt verbrachte Kim damit, die Entscheidung für eine Mediensperre infrage zu stellen.

Lange konnten sie es nicht mehr aus der Presse und dem Fernsehen heraushalten. Die abgesagten Termine und Fehltage in der Schule würden bald Aufmerksamkeit erregen. Ganz zu schweigen von Tracy Frosts Drohungen. Die Leute würden reden. Freunde würden anrufen. Die Familie würde vorbeischauen, und ehe sie sichs versahen, wären sie der Aufmacher auf Sky News.

Die Mediensperre war zwar schon verhängt worden, bevor Kim den Fall übernommen hatte, doch ihr war klar, dass man sie zum Sündenbock machen würde, falls sich herausstellte, dass es der falsche Zug gewesen war. Das wäre es dann mit ihrer Karriere.

Die meisten Detectives konnten sich noch an den Fall Lesley Whittle erinnern, nicht nur, weil der Siebzehnjährigen Entsetzliches widerfahren war, sondern auch als Beleg dafür, was passierte, wenn man es vermasselte.

Lesley war 1975 aus dem Haus ihrer Familie in Shropshire entführt worden. Wegen der schwarzen Sturmhaube, die der

Entführer bei Überfällen auf Postfilialen getragen hatte, war er der Polizei schon als der Schwarze Panther bekannt gewesen.

Nielson hatte über vierhundert Überfälle begangen und drei Menschen erschossen, bevor er das Mädchen entführt und in einem Park in Staffordshire in einen Sickerschacht gesteckt hatte.

Zunächst war eine Nachrichtensperre verhängt worden, doch es war von Anfang bis Ende äußerst stümperhaft ermittelt worden, und zwei Versuche, Nielsons Forderung nach fünfzigtausend Pfund Lösegeld nachzukommen, waren fehlgeschlagen.

Schließlich hatte man Lesleys Leiche gefunden: Sie hing mit einer Kapuze über dem Kopf an einer Drahtschlinge an der Schachtwand. Es war nie endgültig geklärt worden, ob sie vom Sims gefallen war oder ob Nielson sie gestoßen hatte. Sie hatte nur noch fünfundvierzig Kilo gewogen, und ihr Magen und ihr Darm waren vollkommen leer gewesen.

Der Chief Superintendent, der die Ermittlungen damals geleitet hatte, war zum Streifenpolizisten degradiert worden.

Wenn man so mit einem Chief Superintendent verfuhr, konnte Kim froh sein, wenn sie noch einen Job als Nachtwächterin auf einem Schrottplatz bekam.

Die Entscheidung, eine Mediensperre aufrechtzuerhalten, beruhte auf der Abwägung zwischen dem, was dadurch zu gewinnen war, dass die Öffentlichkeit von der Entführung erfuhr, und den Nachteilen, die daraus erwuchsen, dass man zu vielen falschen Spuren nachgehen musste. Die saftige Geschichte der Entführung zweier junger Mädchen würde ein überwältigendes Medieninteresse auslösen, zahllose Reporter wären hinter einer Geschichte her, einem Interview mit den Eltern, Hintergrundgeschichten und der Vergangenheit. Die beiden Familien müssten vor der ganzen Welt ihr Leben offenlegen, damit die es sehen, verschlingen und darüber urteilen konnte. Allein schon für Karen würde das eine äußerst unerfreuliche Erfahrung sein, von den anderen ganz zu schweigen.

Doch große Vorteile brachte es nicht, die Sache öffentlich zu machen. Es gab keinen Bereich der Ermittlungen, der davon profitieren würde, dass die Presse sich einmischte.

»Wie weit noch?«, fragte Kim, die immer unruhiger wurde. Sie lösten den Fall nicht, wenn sie im Auto saßen.

Bryant schaute auf das Navi. »Noch gut drei Kilometer.«

Sie hatten den Ballungsraum der Industriestädte längst hinter sich gelassen und fuhren durch den ersten Grüngürtel, wo die Häuser aufgereiht waren wie Perlen an der Schnur, dazwischen ab und zu mal ein Laden oder ein Pub, und die Gärten hinter den Häusern über die Felder blickten. Doch jetzt fuhren sie durch Kims schlimmsten Albtraum.

Wiesen flankierten die Straße zu beiden Seiten, und Handyempfang war reine Glückssache.

Das Missbehagen fing in ihrem Bauch an. So weit von der Zivilisation weg zu sein machte sie nervös. Zwischen ausgedehnten Sozialwohnungssiedlungen und aufgelassenen Stahlwerken fühlte sie sich wohl. Sie atmete gern die Mischung aus Schadstoffen ein, die ihr versicherte, dass Tausende von anderen Menschen miteinander darum rangelten, denselben Raum in Beschlag zu nehmen. Sie war es gewohnt, zum Hupen von Autos und hochdrehenden Motoren aufzuwachen, nicht zu Vogelgezwitscher; zwischen Schatten von Wohntürmen, nicht von Bäumen.

Das Navi behauptete, ihr Ziel liege rechts.

»Macht sie sich lustig über uns?«, fragte Kim. Eine normale Postleitzahl umfasste zwölf Anwesen. Hier draußen konnte das etliche Kilometer bedeuten.

»Wir suchen Larksford Lane Nummer vier«, sagte Bryant.

Sie kamen an einem Tor vorbei, an das eine Fünf genagelt war.

»Ich weiß nicht, in welche Richtung hier gezählt wird, da muss ich erst mal weiterfahren.«

Vierhundert Meter weiter entdeckten sie die Nummer sechs.

Bryant fuhr vorbei und setzte rückwärts in die gepflasterte Einfahrt. Er beeilte sich nicht bei dem Manöver. Sie waren schon lange keinem anderen Auto mehr begegnet.

Er fuhr zu Nummer fünf zurück und verlangsamte auf fünfzehn Stundenkilometer. Eine ein Meter achtzig hohe Hecke säumte den Gehweg.

Schließlich waren sie an dem Grundstück mit doppelflügeligem Tor angelangt, an dem dick und fett zu lesen war, dass es Nummer drei war.

»Okay: von leicht amüsiert zu stinksauer in nur zehn Minuten«, sagte sie, als Bryant den Wagen erneut wendete.

Diesmal krochen sie die Straße entlang, und Kim inspizierte jeden Zentimeter der Hecke. Ihr war klar, dass sie eine Familie suchten, die nicht wollte, dass man ihr Zuhause fand. Sie waren umgezogen und hatten den Nachnamen von Billingham in Trueman geändert.

»Da.« Sie zeigte darauf.

Ein hüfthohes Tor, nicht mehr als neunzig Zentimeter breit, trennte die beiden eckig gestutzten Enden der Hecke. Kein Briefkasten, keine Hausnummer.

Bryant fuhr halb auf den Gehweg und parkte den Wagen.

Hinter dem Tor setzte sich die eindrucksvolle Ligusterhecke links und rechts von ihnen fort. Kim kam sich vor wie in einem Labyrinth.

Nach drei Metern standen sie vor einem schmiedeeisernen Tor zwischen zwei Backsteinmauern, die nach oben mit einem bunten Mosaik aus Glasscherben abschlossen. Wer versuchen wollte, diese Mauern zu erklimmen, konnte genauso gut auch gleich in einen Winkelschleifer greifen.

Das schmiedeeiserne Tor war oben mit dreißig Zentimeter

hohen Stacheln besetzt – als Zierelemente gefertigt, passend zum Tor, aber trotzdem Stacheln.

»Gesellige Leute«, bemerkte Bryant, während er schon auf den Knopf der Gegensprechanlage drückte, die rechts in die Wand eingelassen war.

»Mrs Trueman?«, fragte Bryant, als eine knisternde Stimme antwortete.

»Wer sind Sie?«, fragte die Stimme, ohne etwas zu bestätigen oder zu verneinen.

»Ich bin Detective Sergeant Bryant, und neben mir steht Detective Inspector Stone.«

»Bitte halten Sie Ihre Dienstausweise vor die Kamera.«

Bryant sah sich nach einer Kamera um, während er seinen Dienstausweis aus der Tasche holte.

»Wo ist das verdammte Ding?«, knurrte er.

»An der Sprechanlage neben dem Knopf«, sagte die gespenstische Stimme.

Bryant sah genauer hin. »Himmel, ist die winzig.«

Kim folgte seinem Blick. Die Miniaturüberwachungskamera sah aus wie eine Schraubbefestigung.

»Den anderen auch«, sagte die Stimme.

Kim gab Bryant ihren Ausweis, und der hielt ihn hoch.

»Gut. Und was wollen Sie?«

»Wir würden gern hereinkommen und mit Ihnen sprechen«, sagte Bryant knapp. Wie Kim verlor er langsam die Geduld bei diesem Versteckspiel.

»Ich möchte wissen, worum es geht, Inspector.«

Kim beugte sich vor. »Es ist eine Angelegenheit, die Ihre Tochter betrifft, Mrs Trueman, also öffnen Sie bitte das Tor, damit wir uns richtig unterhalten können.«

Von der Mitte des Tors hörten sie ein deutliches Klicken. Bryant drückte die Klinke. Sie ließ sich nicht bewegen.

»Guv, ich verliere ernsthaft ...«

Ein zweites Klicken vom oberen Ende des Tors, ein drittes von unten.

»Dreifache elektronische Verriegelung?«, sagte Bryant. »Was hat sie da drinnen – Lord Lucan, der mit dem Hope-Diamanten am Finger auf Shergar übers Gelände reitet?«

Kim seufzte, als sie das Tor energisch hinter sich zudrückte. »Nein, Bryant, nur ihr Kind.«

Die drei Schlösser wurden wieder verriegelt.

Sie betraten ein Grundstück von rund zweitausend Quadratmeter Größe. Der Weg vom Tor führte zwischen zwei symmetrischen Rasenflächen hindurch.

Links, vor dem Küchenfenster, stand eine Schaukel. Die mit Glasscherben besetzte Mauer lief um das ganze Grundstück herum.

Als sie sich dem Haus näherten, öffnete eine zierliche Brünette in Jeans und einem Männer-T-Shirt eine schwere Eichentür. Ihre Kleidung war mit lindgrünen Farbflecken gesprenkelt.

»Mrs Trueman?«, fragte Bryant und reichte ihr die Hand.

Die Frau schüttelte sie, jedoch ohne zu lächeln. Sie trat zur Seite, um sie einzulassen, sah sich aber aufmerksam draußen um, bevor sie die Tür hinter ihnen schloss.

Kim machte fünf Türen und eine Treppe aus, die nach oben führte, doch die Frau zeigte auf keine der Türen.

»Sie haben gesagt, es ginge um meine Tochter?«

Kim trat vor. »Mrs Trueman, wir müssen mit Ihnen über Emilys Entführung sprechen.«

»Haben Sie sie gefasst?«, fragte sie und schlug die Hände zusammen.

Kim schüttelte den Kopf, und die Frau machte ein langes Gesicht.

Sie rang die Hände. »Was dann?«

»Wir sehen uns den Fall noch einmal an, Mrs Trueman, und dazu brauchen wir Ihre Hilfe.«

Auf keinen Fall wollte Kim, dass die Frau Verdacht schöpfte, dass dasselbe wieder passiert war. Die Angst, die Julia Trueman ausstrahlte, konnte sie in tausend Stücke zerspringen lassen.

Emilys Mutter zeigte auf eine Tür. Ihre Schritte hallten durch den Flur. Es gab keinerlei Alltagsgeräusche: kein Fernseher, kein Radio, keine Stimmen. Schwer und drückend lastete die Stille über dem Haus.

Die Tür führte in ein kleines Wohnzimmer. Dick gepolsterte Sofas standen vor einem offenen Kamin. Die Wand dahinter war vom Boden bis zur Decke voller Bücher. Ein Panoramafenster blickte über den hinteren Teil des Grundstücks. Dort führte eine gekieste Einfahrt zu einem Holztor, das so hoch war wie die Mauer.

Kim vermutete, dass hinter der Zufahrt ein Feldweg lag, der ein paar Kilometer weiter in die Zivilisation führte.

Mrs Trueman setzte sich auf die Kante des Einsitzers. Sie nahmen das Sofa.

»Wir haben gestern mit Mrs Cotton gesprochen. Sie ...«

»Wie geht es ihr?«, fragte die Frau rasch.

»Ich vermute, dass Sie nicht mehr miteinander reden?«

»Wie können wir?«, fragte die Frau. »Ich habe meine Tochter wiederbekommen, und sie hat ihre verloren. Wie kann ich ihr je wieder in die Augen sehen? Wir waren wie Schwestern. Ich vermisse sie. Beide.«

Sie schaute an Kim und Bryant vorbei auf die Wand mit der Tür. Die Wand gegenüber dem einzelnen Sessel.

Kims Blick ruhte auf einer gerahmten Vergrößerung der sechs an einem Tisch, auf dem eine riesige Paellapfanne stand. Ihre Gesichter waren sonnenverbrannt.

»Unser letzter gemeinsamer Urlaub«, sagte Mrs Trueman leise. »Suzie war so ein hübsches Kind. Ich war auch ihre Patin. Jennifer und ich waren seit der Schule befreundet. Aber diese paar Tage haben alles zerstört.«

Kim hätte sie gern nach dem Lösegeld gefragt, doch die Frau fixierte sie mit ihrem Blick.

»Inspector, wissen Sie, was für ein Mensch Sie sind? Ich meine, wissen Sie das wirklich?«

»Ich bilde es mir ein.«

»Hab ich auch getan – bis eine einzige SMS dazu führte, dass ich alles infrage gestellt habe. Was diese Leute uns angetan haben, war unverzeihlich. Wir haben uns alle in etwas verwandelt, wie es in unseren schlimmsten Albträumen vorkommt. Verzweiflung und Angst stellen schreckliche Dinge mit einem Menschen an.«

Kim wollte ihr die eine Frage stellen, die ihr wirklich wichtig war, doch sie hatte das Gefühl, sie bewegten sich ohnehin darauf zu.

»Unsere Freundschaft war nichts wert gegen das Leben unserer Kinder. Plötzlich war meine beste Freundin meine Feindin. Wir waren in diesem surrealen Wettstreit gefangen, und nur eine von uns konnte gewinnen.«

»Haben Sie das Lösegeld gezahlt?«, fragte Kim leise.

Die Frau sah sie an, das Gesicht vollkommen nackt. In ihren Augen lag das ganze Entsetzen von damals. Und die Scham.

»Nein. Aber wir wollten«, antwortete sie ehrlich.

Kim und Bryant sahen einander an.

»Und warum ist Emily dann freigekommen und Suzie nicht?«

Mrs Trueman zuckte die Achseln. »Das wissen wir nicht. Wir haben uns das tausendmal gefragt.«

Kim überlegte, wer zum Teufel die Entscheidung getroffen hatte und warum.

Die Tür ging leise auf, und ein Kopf erschien.

Sie war ein wenig älter und sehr viel blasser als ihr Konterfei an der Wand, doch Kim erkannte Emily. Ihr Mund schloss sich, als ihr Blick auf die Fremden fiel. Sobald sie zu ihrer Mutter sah, waren ihre Augen voller Sorge.

Mrs Trueman stand auf. »Es ist okay, Emily. Bist du mit deiner Geschichtslektion durch?«

Das Mädchen nickte, doch ihr Blick war zu Kim zurückgekehrt.

Mrs Truman war ihrer Tochter in den Weg getreten, aber sie schob sich um sie herum und trat in den Raum.

»Emily, du musst dir keine Sorgen machen. Geh wieder hoch, und fang mit ...«

»Haben Sie Suzie gefunden?«, fragte das Mädchen voller Hoffnung.

Kim schluckte und schüttelte den Kopf. Die Augen des Mädchens füllten sich mit Tränen, doch sie kämpfte tapfer dagegen an.

Ihr Martyrium war dreizehn Monate her, doch es war eindeutig, dass ihre beste Freundin einen festen Platz in ihren Gedanken hatte.

»Geh bitte wieder hoch, Emily. Ich komme in einer Minute rauf, um deine Arbeit zu bewerten.«

Emily zögerte, doch die lenkende Hand ihrer Mutter auf ihrem Unterarm bewegte sie zu tun, worum diese sie gebeten hatte.

»Sie geht nicht zur Schule?«, fragte Bryant.

Mrs Trueman schloss die Tür und schüttelte den Kopf. »Nein, Emily wird zu Hause unterrichtet. Es ist sicherer.«

»Könnten wir uns ein paar Minuten mit ihr unterhalten?«, fragte Kim leise.

Mrs Trueman schüttelte vehement den Kopf. »Nein, das ist ausgeschlossen. Wir sprechen nicht darüber, weder mit ihr noch mit jemand anderem. Es ist das Beste, wenn sie es vergisst.«

Ja, das funktionierte, wie es schien, kein bisschen. Jede wache Minute in eine Festung eingeschlossen zu sein, ohne jeden Kontakt, musste sie unablässig daran erinnern, warum sie so abgeschottet lebten.

»War Emily in Therapie?«

Mrs Trueman schüttelte den Kopf. »Nein, wir sind zu dem Schluss gekommen, dass wir es hinter uns lassen sollten. Kinder sind stark, sie stehen wieder auf. Wir wollten nicht, dass ihr irgendein Psychologe Schuldgefühle einredet und ihr sagt, wie sie sich fühlen soll. Damit wäre niemandem geholfen.«

Kim überlegte kurz, wessen Schuldgefühle die Frau zu begraben versuchte.

»Also, es tut mir leid, aber ich kann Ihnen nicht erlauben, mit ihr zu sprechen. Sie würden nur alles wieder hochholen.«

Soweit Kim sehen konnte, war es allgegenwärtig. Bei ihnen allen.

Mrs Trueman blieb an der Tür stehen. »Und wenn Sie mich jetzt bitte entschuldigen würden. Ich muss weitermachen.«

Kim stand auf, und da kam ihr plötzlich ein Gedanke.

»Hatte man Ihnen damals einen Ort für die Geldübergabe genannt?«

Wenn die Familie bereit gewesen war zu zahlen, musste sie auch wissen, wie.

Mrs Trueman zögerte.

»Bitte, Sie müssen verstehen, dass wir im Augenblick Ihre Hilfe brauchen.«

»Und Sie müssen verstehen, dass ich weiß, dass sie noch da draußen sind.«

»Das ist mir klar, aber sie werden Emily nicht noch einmal entführen.«

»Ich höre, was Sie sagen, aber ich glaube Ihnen nicht. Sie können mir keine Garantie geben, die ich akzeptiere.«

Kim seufzte schwer.

»Aber ich sage es Ihnen, wenn Sie mir versichern, dass Sie uns dann in Ruhe lassen.«

Kim sah ein, dass sie keine Gelegenheit bekommen würde, allein mit Emily zu sprechen, also musste sie sich mit dem zufriedengeben, was sie kriegte.

Sie nickte zum Zeichen des Einverständnisses.

»Das Geld sollte am Mittwoch um zwölf in einem Streugutbehälter in der Wordsley High Street deponiert werden.« Sie runzelte die Stirn. »Aber das müssten Sie doch eigentlich wissen. Sie haben noch mein altes Handy.«

Verdammt, Kim begriff zu spät, dass sie einen Fehler begangen hatte. Wenn sie den alten Fall noch einmal durchgehen würden, wie sie behauptet hatte, hätten sie längst die Beweismittel überprüft – die sich, da der Fall nie aufgeklärt worden war, noch in der Asservatenkammer befanden.

»Ich wollte nur sichergehen, dass das Ihre letzte Kommunikation war«, sagte Kim rasch.

Mrs Trueman nickte zur Bestätigung.

In der Sekunde, da sie das Haus verließen, würde sie Dawson anweisen, das Handy zu holen.

Kim zog eine Visitenkarte heraus und legte sie auf den Tisch im Flur. »Falls Ihnen noch etwas einfällt, was helfen könnte, dann rufen Sie mich bitte an.«

Ihr lag auf der Zunge, der Frau zu sagen, dass Jenny Cotton verzweifelt war, weil sie ihre Tochter nicht begraben konnte. Doch sie ließ es.

Bryant schlug schon den Weg zum Tor ein, doch Kim wandte sich noch einmal um.

»Also, ich verstehe ja, dass Sie Ihr Kind beschützen möchten, aber ist das hier nicht ein bisschen zu viel? Sie ersticken sie. Sie braucht andere Menschen um sich. Sie muss mit anderen Kindern in ihrem Alter herumlaufen und lachen dürfen. Sie muss positive Erinnerungen aufbauen, damit sie das Schlimme loslassen kann.«

Das Gesicht der Frau war unbewegt. »Vielen Dank, aber ich glaube, ich weiß, was das Beste für meine Tochter ist.«

Kim schüttelte den Kopf. »Nein, das hier ist das Beste für *Sie*. Ihre Tochter wird sich zu einem nervösen, furchtsamen Kind entwickeln, das Angst vor allem und jedem hat.«

»Inspector, ich sorge dafür, dass sie am Leben bleibt.«

Kim sah sich um in dieser Umgebung, der jede Freude fehlte.

»Ja, aber das ist doch kein Leben, oder?«

Die schwere Eichentür wurde ihr vor der Nase geschlossen, doch Kim erhaschte noch einen Blick auf den Schatten, der am oberen Ende der Treppe vorbeistrich.

VIERUNDSECHZIG

Leise schloss Emily ihre Schlafzimmertür und setzte sich aufs Bett.

Als Nächstes sollte sie ihr Erdkundebuch aufschlagen, aber sie brachte es nicht über sich.

Sie wurde zwar zu Hause unterrichtet, doch ihre Mutter nahm es sehr genau mit der Dauer der Schulstunden. Sie saß um neun an ihrem Schreibtisch und musste über den Tag vier gleich lange Unterrichtseinheiten absolvieren.

Was sie vermisste, war der Lärm in der Schule: das Geplauder, die Rufe und das Kreischen.

Hier draußen in ihrem neuen Haus war nichts.

Die Mauer und die Hecke dämpften den Verkehrslärm von der Straße. Sie hörte nie etwas von den Nachbarn, deren Häuser zu Fuß zehn Minuten von ihrem entfernt lagen. Sie hatte keine Ahnung, ob es irgendwo in der Nähe Kinder in ihrem Alter gab.

Selbst das Haus war still. An den Wochentagen ging ihre Mutter im Erdgeschoss herum und putzte und räumte auf, aber nie war etwas im Hintergrund, kein Radio, kein Fernseher. Es war, als lauschte ihre Mutter unablässig auf die Geräusche des Hauses und lauerte darauf, dass irgendwas nicht stimmte.

Erst mit dem lauten Knirschen der Reifen auf dem Kies erwachte das Haus zum Leben. Wenn ihr Vater von der Arbeit nach Hause kam, verzogen sich die Ängste ihrer Mutter, und für ein paar Stunden am Abend taten sie, als wäre alles normal.

Emily vermisste sehr vieles aus ihrem alten Leben, aber am allermeisten vermisste sie ihre Freundin.

Sie langte unters Bett und zog das halb gefüllte Album heraus. Auf der ersten Seite war der Ausdruck eines Fotos von Emily und Suzie, die strahlten, und darunter die Titelzeile »Unsere Reisen«.

Das Album enthielt seitenweise Erinnerungen an ihre Ferien – in Gokarts, auf Jahrmarktsfahrgeschäften, am Meer – und von ihrem letzten gemeinsamen Ausflug zu einem Justin-Bieber-Konzert.

Sie betrachtete die leere Seite gegenüber und konnte es immer noch nicht glauben, dass nichts mehr kommen würde. Dass die Erinnerungen, die sie bis jetzt hatte, alles bleiben würden.

Aufmerksam betrachtete sie ihr letztes Foto. Suzie war so stolz auf ihr »Belieber«-T-Shirt gewesen. Den ganzen Heimweg von der Genting Arena im NEC in Birmingham hatten sie gelacht, waren abwechselnd in Ohnmacht gefallen und hatten gestritten, wer von ihnen ihr Idol einmal heiraten würde. Am Ende hatten sie sich darauf geeinigt, sich ihn zu teilen – zum großen Amüsement ihrer Mütter auf den Vordersitzen.

Drei Tage später waren sie entführt worden.

Emily blickte in die Augen ihrer Freundin; so voller Spaß und Übermut. Ganz anders als an dem Tag, an dem sie das letzte Mal getrennt worden waren. Suzies Züge verschwammen vor ihren Augen, als Emilys Finger über das Gesicht strichen, das in ihren Träumen immer noch so lebendig war.

Sie erinnerte sich ständig an das Martyrium, als wäre es erst letzte Woche passiert. Tagsüber litt sie unter Schuldgefühlen, weil sie überlebt hatte, während Suzie gestorben war. In der Nacht kehrte in ihren Träumen die Angst zurück. Besonders die vom letzten Tag.

Sie erinnerte sich an den Arm des Mannes um ihren Bauch, als er sie von ihrer Freundin wegzerrte. Sie erinnerte sich an das Gefühl seiner knochigen Brust an ihrem Rücken, als er sie durchs Zimmer zog. Sie erinnerte sich daran, wie sie versucht hatte, Suzies kalte Hand festzuhalten. Sie hatte gedacht, wenn sie beide richtig gut zupackten, könnte nichts und niemand sie je trennen. Doch sie hatte sich getäuscht.

Ein Schlag gegen Suzies Schläfe, und sie war zu Boden gegangen, und Emily hatte sie nicht festhalten können. In der nächsten Sekunde war sie um die Taille gepackt und hochgehoben worden. Sie hatte Suzie angeschrien, sie solle aufwachen, doch die war reglos am Boden liegen geblieben. Danach hatte sie ihre Freundin nie mehr wiedergesehen.

Das Bild fuhr ihr wie ein Hieb in die Magengrube, und Tränen fielen.

Sie wischte ihrer Freundin eine Träne vom Gesicht und drückte das Buch an sich, während sie von Schluchzern geschüttelt wurde.

»O Suzie, es tut mir leid, es tut mir leid, es tut mir so leid.«

FÜNFUNDSECHZIG

»Was geht Ihnen im Kopf herum, Guv?«, fragte Bryant, als sie wieder in den Wagen stiegen, nachdem sie das Grundstück der Truemans verlassen hatten.

»Klappe«, sagte Kim, genervt, dass er sie so gut kannte.

»Sie sehen aus wie ein Kind, dessen Strumpf am Weihnachtsmorgen voller Kohlestückchen ist. Also, das war wahrscheinlich …«

Sein Satz blieb unvollendet, als er den Motor startete.

»Es geht nur um Logik«, sagte sie. »Mein Gehirn lässt fröhlich von etwas ab, sobald es die Logik dahinter versteht, aber da ist etwas, das will einfach nicht verschwinden.«

»Und das wäre?«, fragte er.

»Vielleicht hätte ich auf sie hören sollen«, sagte sie und starrte aus dem Fenster.

»Also, das wäre ja mal was Neues, aber Sie müssen es schon ein bisschen mehr eingrenzen.«

»Eloise.«

Er machte den Motor wieder aus. »Sie wollen mich wohl auf den Arm nehmen. Sie erwägen tatsächlich, eine lebenslange Gewohnheit über den Haufen zu werfen für eine Spinnerin, eine Hellseherin, ein Medium ... oder was auch immer sie ist?«

Kim erkannte, wie absurd es klingen musste, aber was Stacey über die Frau herausgefunden hatte, war nicht das, was sie erwartet hatte. Sie hatte angenommen, die Frau wäre eine eigennützige, manipulative Betrügerin, die die Verletzlichkeit anderer Menschen ausnutzte. Wenigstens ein oder zwei Bücher ...

»Sie hat mir gesagt, er sei mit den anderen noch nicht fertig, und Jenny Cotton hat gestern Abend eine SMS bekommen, in der sie gefragt wird, ob sie noch mal spielen wolle.«

»Zufall«, sagte er wegwerfend. »Hatte sie sonst noch etwas?«

»Ja, die Nummer 278. Sie hat sie wiederholt und gesagt, ich solle sie mir merken.«

»Sonst noch was?«

Kim schüttelte den Kopf. Ihre dritte Bemerkung, die über Mikey, würde sie für sich behalten.

Sie erinnerte sich auch an Eloises Worte, als Helen sie vom Haus weggeführt hatte. »Sie hat etwas über jemanden in der Nähe gesagt, der ...«

»Ich glaube, Sie verschwenden zu viele Gedanken daran. Sie ist nur eine Scharlatanin, und wir warten noch auf die Pointe.«

»Aber was hat sie davon?«

Bryant zuckte die Achseln. »Wenn sie bei so einem heiklen Fall mitarbeitet, schießen die Eintrittskartenverkäufe in die Höhe. Vielleicht gibt's sogar eine Gelegenheit, ins Frühstücksfernsehen zu kommen. Wer weiß?«

»Aber das ist doch das Problem: Warum ist sie nicht zur Zeitung oder zum Radio gegangen und hat versucht, dort was draus zu machen? Warum finden wir bei ihr nichts, womit sich Geld machen lässt? Solange ich das nicht verstehe, kann ich es nicht abhaken.«

Er warf ihr von der Seite einen Blick zu. »Sie ziehen ja immer noch so ein Gesicht.« Er seufzte. »Sie können doch nicht ernsthaft glauben, sie hätte irgendetwas Nützliches, was uns hilft, Charlie und Amy zu finden? Und wenn sie irgendetwas gesagt hat, wollen Sie mir allen Ernstes erzählen, Sie würden ihr glauben, ganz zu schweigen davon, auch danach zu handeln?«

Kim zählte ungefähr drei Fragen, und die Antwort auf alle drei lautete Nein. Und doch hatte Eloise gesagt, dass andere Spiel sei noch nicht vorbei, und was sie über Mikey gesagt hatte ...

Verdammt, das konnte niemand wissen.

SECHSUNDSECHZIG

Dawson überprüfte die Adresse auf dem Zettel in seiner Hand. Ja, da stand eindeutig 42 Rosemary Gardens. Und das war die Adresse, vor der er jetzt stand. Das Haus lag in einer Sackgasse, die von der Amblecote Road in Brierley Hill abging. Der Unterschied zwischen diesem Haus und den Wohnblocks in Hollytree entsprach wahrlich nicht den anderthalb Kilometern, die dazwischen lagen. Relativ betrachtet, lag dieses Haus auf einem anderen Planeten.

Dawson fragte sich, ob Shona sich einen kleinen Spaß mit ihm erlaubt hatte, indem sie ihn zu so einem fruchtlosen Unterfangen schickte. Mädchen, die in Rosemary Gardens lebten, betraten nicht freiwillig die Wohnsiedlung Hollytree, und wenn doch, hatten sie es verdient, in ihr Zimmer eingesperrt zu werden.

Nach seinem Gespräch mit der Familie Dewain war dies der nächste logische Schritt. Er hoffte, wenn er von hier fortging, eine Spur zu haben, wer Lyron darüber informiert hatte, dass Dewain noch gelebt hatte. Jemand hatte es dem Anführer der Gang gesteckt, und die Chefin hatte ihn damit betraut, herauszufinden, wer.

Er hatte auch vorher schon Fälle selbstständig bearbeitet, doch das hier war etwas anderes als ein bewaffneter Überfall auf eine Tankstelle, schwere Körperverletzung oder gar häusliche Gewalt. Dieser Fall war seiner Chefin ziemlich an die Nieren gegangen. Ihm war zu Ohren gekommen, dass sie sogar Tracy Frost irgendwo in einem Fitnessstudio an die Wand genagelt hatte. Er hatte keine Ahnung, ob das stimmte, und von ihr, so viel war klar, würde er es niemals erfahren. Doch überraschen würde es ihn nicht. Dieser Junge hatte etwas an sich gehabt, was in ihr widerhallte. Auch wenn er, Dawson, keine Ahnung hatte, was es gewesen war.

Aber als sie zusammen an Dewains Bett gestanden und zugesehen hatten, wie sich seine Brust durch das Wirken der Maschinen hob und senkte, hatte er gesehen, dass sie mit der Rechten leicht die Hand des Jungen berührte, die reglos auf dem frischen, weißen Laken lag.

Wenn sie nicht damit beschäftigt wäre, Amy und Charlie das Leben zu retten, hätte sie die Aufklärung des Falls selbst übernommen. Und jetzt hatte sie es ihm anvertraut. Er durfte sie nicht enttäuschen. Und das würde er auch nicht.

Er näherte sich der geräumigen Veranda vor dem Haus, auf der eine Reihe von grünen Blattpflanzen in Blumenschalen stand. Das Dingdong der Haustürklingel klang ihm in den Ohren.

Eine Teenagerin öffnete ihm die Haustür. Ihre Beine steckten in Fair-Isle-Leggins, darüber ein winziger schwarzer Rock. Ein einfaches pinkfarbenes T-Shirt gab ihre linke Schulter frei. »Reckless« von Roja Parfums schlug ihm entgegen. Er erkannte es sofort, denn es war der Duft, den er seiner Verlobten zum Geburtstag geschenkt hatte. Sie hatte Witze gemacht, er würde ihr immer nur dann teure Geschenke machen, wenn er etwas ausgefressen hatte. Und dieses Parfüm *war* teuer gewesen. Viel zu teuer für eine Teenagerin, sann er kurz nach.

»Lauren Cain?« Er hielt seinen Dienstausweis hoch.

Sie löste den Blick nicht von seinem Gesicht, um sich von seiner Identität zu überzeugen, bevor sie ihn hereinbat, sondern trat nur zur Seite und hielt ihm die Tür auf.

»Kommen Sie herein«, sagte sie mit einem Lächeln und neigte den Kopf zur Seite.

Dawson trat ein, sorgfältig darauf bedacht, sie nicht zu streifen, und blieb im Flur stehen, während sie die Tür hinter ihm schloss. Plötzlich überkam ihn der unerklärliche Wunsch, die Tür wieder zu öffnen.

»Gehen Sie durch«, sagte sie und zeigte nach rechts, womit sie makellose Manieren an den Tag legte.

Er trat in ein Wohnzimmer, das sich über die ganze Länge des Hauses erstreckte. Dahinter ein großzügig bemessener Garten und der freie Blick über das Becken von Lye und die Clent Hills.

»Nehmen Sie Platz, Officer«, sagte sie und neigte den Kopf wieder zur Seite.

Während er sich setzte, taxierte sie ihn von oben bis unten, ohne ein Geheimnis daraus zu machen.

Er schätzte sie rasch ab. Die Nase war ein wenig zu eckig, als dass sie hübsch zu nennen war, doch Lauren gehörte zu denen, die das Beste aus dem machten, was sie hatten. Ihre Haare waren in einem attraktiven Blond gefärbt, und ihr Make-up war perfekt. Deutlicher war noch ihr Sex-Appeal, der ihm schon entgegengeschlagen war, bevor ihm ihr Parfum in die Nase stieg.

Trotz der vielen Sessel setzte sie sich neben ihn aufs Sofa. So, dass ihr Knie seines berührte. Er zog das Bein weg.

»Ich muss mit Ihnen über Dewain sprechen.«

Sie hob in einem wohlkalkulierten fragenden Blick kurz die Augenbraue.

Leichte Gereiztheit stieg in ihm auf. »Dewain Wright. Ihr Exfreund. Der, der letzte Woche gestorben ist.«

Falls sie die Schärfe in seiner Stimme hörte, ignorierte sie sie.

Sie drückte seinen Oberarm, als wäre er ein Spielzeug, von dem sie nicht wüsste, wie es funktionierte.

»Hübsche Muskeln«, sagte sie und neigte neuerlich den Kopf zur Seite.

»Danke« sagte er, zog den Arm weg und rückte so weit wie möglich von ihr ab. »Können Sie mir sagen, an was von dem Tag, an dem Dewain starb, Sie sich noch erinnern?«

Er hatte die Frage mit Absicht offen formuliert, um zu sehen, ob sie zugab, dass sie die SMS von Shona bekommen hatte.

Sie lehnte sich nach hinten und schlug ein Bein über das andere. Dabei strich ihr Knöchel über sein Schienbein.

Dawson stand auf und ging zum Kamin. Das Mädchen kapierte den Wink mit dem Zaunpfahl einfach nicht.

»Ich erinnere mich nicht besonders gut. Tut mir leid. Sind Sie verheiratet?«

»Das geht Sie nichts an«, erwiderte er knapp. Er musste seine Fragen stellen und die Teenagerin dann wieder ihren Spielchen überlassen. »Wie haben Sie von dem Angriff auf ihn erfahren?«, hakte er nach.

Sie zuckte die Achseln. »Ich erinnere mich ehrlich nicht mehr.«

Ihre Miene verriet Dawson, dass sie es nicht einmal mehr versuchte.

»Lauren, Sie müssen ...«

Sie stand auf. »Ich habe keinen Freund, wissen Sie.«

»War Ihnen bekannt, dass er in der Gang war?«, fragte er, ohne auf die Anspielung einzugehen.

Sie verdrehte die Augen und machte einen Schritt auf ihn zu. »Logo, na klar.«

Dawson machte einen Schritt nach hinten. »Hat das die Anziehung ausgemacht?«, fragte er offen.

»Ich kann mich ...«

»... nicht erinnern«, beendete er den Satz für sie.

Ihre Miene blieb unverändert. Sie betrachtete ihn verschämt und neigte den Kopf, als spielten sie Küsschen-Fangen auf dem Spielplatz.

»Hat man Ihnen gesagt, dass er nach dem Messerangriff gestorben ist?«

»Ich glaube.« Sie nickte. »Ja, man hat mir eindeutig gesagt, er wäre tot.«

Gott sei Dank erinnerte sie sich wenigstens an etwas.

»Und dann haben Sie eine SMS von Shona bekommen?«

»Ja, stimmt. Eine oder zwei Stunden später, glaub ich.« Sie machte noch einen Schritt nach vorn und zwirbelte ihre Haare. »Meine Eltern kommen erst in ein paar Stunden zurück.«

Es war noch nicht lange her, da war Dawson ein Teenager voller wütender Hormone gewesen, doch er konnte sich nicht an Mädchen erinnern, die sich so verhielten. Damals hätte es ihm sicher gefallen, doch jetzt widerte es ihn nur an.

Diese flirtende, übersexualisierte junge Frau war für ihn bloß eine Zeugin. Ein Mensch, für den er sich nur im Zusammenhang mit der Aufklärung eines Verbrechens interessierte.

»Lauren, ich habe eine Verlobte und ein Kind, und was ich von Ihnen brauche, sind Antworten.«

»Stört mich nicht.« Sie zuckte die Achseln. Dawson erkannte zu spät, dass er zugelassen hatte, dass sich das Gespräch von Dewains Tod fortbewegte, doch in den Augen des Mädchens war eine Entschlossenheit, die ihm allmählich auf die Nerven ging.

»Hat in der SMS gestanden, dass Dewain noch lebt?«

»Ich glaub schon. Ich nehme die Pille«, platzte sie heraus und beugte sich ihm entgegen.

Okay, genug war genug. Es fehlte nicht mehr viel, und die Situation würde zu einer Gefahr für seine Karriere. In seinem Kopf schrillten die Alarmglocken.

Er schob sich an ihr vorbei und ging zur Haustür.

Lauren folgte ihm dicht auf den Fersen. »Ich kann meinen Eltern sagen, dass Sie's gemacht haben, wissen Sie«, zischte sie. Endlich. Die Botschaft war definitiv bei Lauren angekommen. Ihr plötzlicher Stimmungsumschwung passte eher zu einem Kleinkind, das keine Süßigkeiten bekommt.

Es entging ihm keineswegs, wie heikel die Situation für ihn war. Er war allein im Haus mit einem Mädchen, das ihn beinahe auf den Boden gezwungen hatte. Er hatte sich vorschriftsmäßig verhalten. Sie war neunzehn, da brauchte er nicht die Zustimmung ihrer Eltern, um sie zu befragen, doch was er dringend brauchte, war ein Zeuge. Zu seiner eigenen Sicherheit.

Dawson wartete, bis er zur Tür hinaus war, bevor er sich noch einmal umdrehte und die Frage stellte, derentwegen er gekommen war.

»Sagen Sie mir, Lauren, haben Sie irgendjemandem gesagt, dass Dewain noch lebt?«

Sie setzte ein geziertes Lächeln auf, und er konnte ihre Antwort aufsagen, noch bevor sie ihr über die Lippen kam.

Sie konnte sich verflucht noch mal nicht erinnern.

SIEBENUNDSECHZIG

Karen ließ das Wasser aus der Spüle ablaufen und griff nach der Scheuermilch. Ihre wunderschöne Küche war immer schon sauber gewesen wie ein Labor, doch jetzt hatte sie das Gefühl, auf der Arbeitsfläche könnte eine OP am offenen Herzen durchgeführt werden, ohne dass eine Infektion zu befürchten wäre.

Das Haus war in die Nachmittagsroutine geglitten, die sich rasch herausgebildet hatte. Der Wachmann saß an der Haustür, ohne viel zu tun zu haben. Er hielt sich im Hintergrund, begierig, jedem zu Diensten zu sein, der nur einen Finger hob.

Es gab Zeiten, da war sie richtiggehend verärgert über Helens Anwesenheit; nicht über die Frau selbst, sondern über ihr unablässiges Bemühen, ihnen allen das Leben leichter zu machen. Karen wollte nicht, dass man ihr die Ablenkungen wegnahm. Sie wollte Teller, Becher und Gläser aufräumen. Sie wollte alles tun, was ihren Kopf und ihre Hände beschäftigte, und sei es für eine Sekunde.

Jede Ablenkung von den Fragen in ihrem Kopf war eine willkommene Erleichterung. Sie wusste, dass Stephen und in gewissem Maß auch Elizabeth das Gefühl hatten, die Mediensperre sei der falsche Schritt. Bis jetzt hatte sie die beiden dazu bewegen können, Kim zu vertrauen, doch sie wusste nicht, wie lange ihr das noch gelang. Stephen war nicht leicht zu überzeugen.

Doch Karen hatte immer noch das Gefühl, dass es richtig war, auf Kims Urteil zu vertrauen. Ihre Wege hatten sich während ihrer Kindheit mehrmals gekreuzt. Damals war das mürrische Mädchen mit den dunklen Haaren allen ein Rätsel gewesen. Sie hatte keine Freunde gewollt; ja, sie hatte es richtiggehend vermieden, irgendwelche Bindungen einzugehen.

Genau wie im Gefängnis wurde selten über die persönlichen Umstände und die Gründe gesprochen, warum man in der Obhut des Jugendamtes war. Erst viel später hatte Karen von Kims tragischer Vergangenheit erfahren. Dass die junge Kim mit so viel Ballast überhaupt weiterleben konnte, war das reinste Wunder.

Aber es gab noch einen Grund, warum Karen der Frau, die so offen und geradeheraus war, vertraute, und davon hatte Kim keine Ahnung.

Vor zwölf Jahren hatte Karen in einem besetzten Haus am Rand von Wolverhampton gelebt. Sie war zwei Jahre lang arbeitslos gewesen und hatte ihre Wohnung verloren. Der aufgelassene Pub war von zwölf Polizeibeamten und drei Mitarbeitern des Jugendamtes für die sieben Kinder, die ebenfalls dort lebten, gestürmt worden. Karen hatte Kim sofort erkannt und sich die Hand vors Gesicht gehalten.

Eine Frau, Lynda, hatte die Schlafzimmertür zugeknallt und sich geweigert aufzumachen. Sie hatte gedroht, ihren zweijährigen Sohn aus dem Fenster zu werfen, falls jemand den Raum betrat. Während die übrigen Polizisten das Haus geräumt hatten, hatte Kim an der Tür gestanden und Lynda in ein Gespräch verwickelt.

Sie hatte Lynda versprochen, niemand werde ihren Sohn

anrühren und sie könnten zusammenbleiben, bis man ihn untersucht hätte, ob er gesund war.

Irgendwann war das Gebäude geräumt, und das ganze Team versammelte sich vor der letzten Tür. Karen hörte, wie die anderen Beamten Kim drängten, ihnen zu erlauben, die Tür aufzubrechen, doch Kim wich keinen Zentimeter von der Stelle.

Weitere vierzig Minuten guten Zuredens vergingen, bevor Lynda die Tür öffnete. Zwei Sozialarbeiter wollten hineinstürzen, um das Kind an sich zu nehmen, doch Kim trat ihnen in den Weg.

»Ich habe ihr mein Wort gegeben«, war alles, was sie sagte.

Karen hatte das alles gesehen und gehört, weil sie mit im Zimmer gewesen war, als Lynda die Tür abgeschlossen hatte. Als die Tür aufging, huschte sie unbemerkt nach draußen.

Angesichts von Kims beruflichem Erfolg hatte Karen sich geschämt, wenn sie ihr eigenes Leben betrachtete. Verdammt, Kim war Polizeibeamtin, und sie war der Abschaum, der in einem besetzten Haus lebte.

Am nächsten Morgen war Karen ins Jobcenter gegangen und hatte sich geweigert, es wieder zu verlassen, bevor sie ihr nicht irgendeine Arbeit vermittelt hatten.

»Oh, tut mir leid, ich wusste nicht, dass du hier bist.«

Karen erkannte die Stimme, aber sie drehte sich trotzdem zu Elizabeth um, die sich wieder zurückziehen wollte.

»Können wir uns jetzt nicht mal mehr im selben Zimmer aufhalten?«, fragte sie traurig.

Es war noch gar nicht lange her, da hatten sie hier in diesem Raum gestanden und einander gehalten und getröstet. Hatten den Schmerz geteilt, den nur sie beide verstehen konnten.

»Es ist nur ...«

Elizabeths Satz blieb unvollendet. Es war nur was? Dass sie sich noch vor ein paar Tagen näher gewesen waren als Schwestern. Und dass sie jetzt im Wettstreit um das Leben ihrer Kinder standen.

Die Unwirklichkeit der Situation traf Karen hart. Egal, wie es ausging, von dieser Geschichte würden sie sich nicht mehr erholen.

Sie würde nie zu einer Erinnerung werden, die man beim Abendessen oder an einem milden Samstagabend zärtlich wieder hervorholen konnte.

Sie standen in entgegengesetzten Ecken des Zimmers, zwischen ihnen mehr als der Frühstückstresen.

Karen wollte etwas sagen, irgendetwas, was sie zurück zu dem Abend bringen würde, an dem sie ihrer besten Freundin ihr allergrößtes Geheimnis anvertraut hatte. Nur Elizabeth wusste, dass Robert nicht Charlies Vater war.

Erst jetzt sah sie ihre Freundin richtig an.

»Deine Lippe ist geschwollen«, sagte sie und neigte den Kopf, um es besser betrachten zu können.

Elizabeth wandte sich ein wenig ab. »Ach, ich bin nur im Bad ausgerutscht.«

»Worauf?«, fragte Karen. Sie versuchte nicht einmal, ihren Unglauben zu verbergen. Dazu kannten sie einander zu lange.

»Ich bin nur über ...«

»Du bist schon mal *im Bad ausgerutscht*, Elizabeth. Ich erinnere mich gut.«

Elizabeth machte einen Schritt nach hinten. »Nein ... ich hab nicht ...«

»Du hast gesagt, du würdest ihm das nicht noch einmal erlauben.«

»Es ist nur die Situation. Ich hab ihn gedrängt und ...«

»Robert hat mich nicht geschlagen, und wir stehen genauso unter Druck wie ihr.«

Karen hatte nicht gewollt, dass es so herauskam. Im Kopf hatte es ganz anders geklungen. Laut ausgesprochen, hörte es sich an, als würden sie darum konkurrieren, wer mehr Kummer hatte und unter größerem Druck stand.

Endlich blickten sie einander in die Augen, und Karen sah, wie Elizabeth die Tränen kamen, während sie behutsam an ihre Lippe fasste.

Normalerweise hätte Karen die Distanz überwunden und sie getröstet. Doch selbst das kam ihr jetzt vor wie Verrat an ihrer Tochter. Wie konnte sie mit dem Feind verkehren? Der Gedanke stieß ihr ins Herz wie ein Messer, doch wie auch immer die Sache ausging, sie würden einander nie wieder ansehen können, ohne die innersten Gedanken der anderen zu kennen. Ohne zu wissen, was sie beide für ihr Kind zu opfern bereit waren.

Charlie war ihr Ein und Alles. Karen würde ihr eigenes Leben und das eines anderen opfern, um ihr Kind zu retten. Auch Amys. Und sie wusste, dass Elizabeth es genauso empfand. So etwas hielt keine Freundschaft aus.

Und als sie einander über den Küchentisch hinweg ansahen, war ihnen das beiden bewusst.

Karen wandte sich wieder der Spüle zu.

Es war alles gesagt.

ACHTUNDSECHZIG

Kim blickte die Wordsley High Street hinauf und hinunter. Der Streugutbehälter stand an der Ecke.

»Wie spät ist es?«, fragte sie.

»Elf Uhr fünfundfünfzig.«

Kim ging die Straße hinunter. Linker Hand befanden sich einige Läden, darunter ein Café, ein Metzger, ein Juwelier und ein kleiner Supermarkt.

Auf der anderen Straßenseite stand eine Reihe neuer Stadthäuser.

Sie ging zurück zur Mitte der Straße und blickte wieder in beide Richtungen, hin und her. Sie blendete all die Menschen auf ihrer Straßenseite aus, die in die Läden gingen und wieder herauskamen.

Was machte diese Straße für die Entführer brauchbar?

»Bryant, wann sind diese Häuser gebaut worden?«

»Erst kürzlich. Es sind hauptsächlich Einzimmerapartments.«

In Kims Kopf kristallisierte sich ein Bild heraus. »Also war das Gelände damals eine Brachfläche?«

»Ich glaube schon. Was sehen Sie, Guv?«

»Ich sehe auf dieser Straßenseite nichts, wo Polizeibeamte auf der Lauer liegen könnten. Da ist nichts. Wer hier herumsteht, fällt auf wie ein rosa Pinguin. Der einzige Punkt, von wo man das Ding im Auge behalten kann, ist hier drüben. Etwas fehlt mir noch ...« Sie vollendete ihren Satz nicht, denn in diesem Augenblick entdeckte sie das letzte Puzzleteilchen. »Und da kommt es auch schon.«

Bryant sah nach links. Ein Doppeldeckerbus kam gemächlich die Straße herunter und hielt direkt vor dem Streugutbehälter.

»Himmel, niemand hätte etwas sehen können. Er konnte irgendwo um die Ecke warten. Den Bus hätte er auf jeden Fall kommen gehört.«

Kim nickte. »Ein paar Leute steigen aus, um einkaufen zu gehen, da bleibt mindestens eine Minute, um den Behälter aufzumachen und etwas rauszuholen.«

»Simpel, aber clever.«

Kim rannte die sechs Meter zum oberen Ende der Straße. Sie konnte die Nummer der Linie gerade noch erkennen, bevor der Bus um die Ecke bog.

»Verflucht, Guv, was war das denn?«, fragte Bryant, als er sie eingeholt hatte.

»Die Vorderseite des Busses. Verdammt, das war die Linie 278.«

NEUNUNDSECHZIG

»Gütiger Himmel, Symes, musstest du so ein Zerstörungswerk anrichten?«

Will hatte den Zeitungsartikel, der erheblich mehr Einzelheiten enthielt als die Berichte im Fernsehen, zweimal gelesen.

Symes zuckte die Achseln und lächelte. »Ich hab den Auftrag erledigt, und ich bin zufrieden mit meiner Arbeit. Was hast du für ein Scheißproblem? Sie ist doch tot, oder?«

Kopfschüttelnd wandte Will sich ab. Es hatte keinen Sinn, dem Schwachkopf erklären zu wollen, dass er unnötige Risiken einging. Je gewalttätiger er am Tatort vorging, desto größer war die Gefahr, dass er irgendetwas zurückließ, was sie analysieren konnten. Will war nur dankbar, dass er sie nicht auch noch vergewaltigt hatte. Bei dem Typen aus dem Freizeitzentrum hatte er, den Nachrichtenbeiträgen im Internet nach zu urteilen, nur zugetreten. Und die Tesco-Turnschuhe, die er trug, gab es so oft, dass sie nicht zu ihm zurückverfolgt werden konnten. Trotzdem war es überflüssig gewesen.

Er ging zum Telefontisch.

Er schaltete Handy Nummer eins ein und war nicht überrascht, als ihm ein verpasster Anruf angezeigt wurde.

Er schaltete Handy Nummer zwei ein. Noch ein verpasster Anruf von derselben Nummer.

Er schaltete Handy Nummer drei ein und entdeckte, dass darauf eine Nachricht auf der Mailbox und eine SMS waren.

Er stellte das Handy auf Lautsprecher und drückte auf Abspielen.

Die Stimme war ruhig und freundlich.

»Matt Ward, Verhandler. Rufen Sie mich an, dann klären wir die Sache. Ich kann Ihnen helfen zu kriegen, was Sie wollen.«

Will löschte die Nachricht. Er brauchte nicht mit irgendeinem Verhandler zu reden. Er hatte seine Bedingungen genannt, jetzt waren sie am Zug.

»Das würdest du doch nicht etwa, oder?«, fragte Symes.

»Was das?«

»Den Plan ändern, einen Deal abschließen – denn *wir* zwei haben einen Deal, das weißt du doch noch, oder?«

Will hatte es nicht vergessen. Er hatte sich darauf eingelassen, weil er Symes so von den Mädchen fernhalten konnte. Vorerst.

Er konnte es nicht riskieren, dass der Idiot die Ware beschädigte, bevor sie das Geld hatten. Und danach, na ja …

»Wir beide haben einen Deal«, bestätigte Will.

Er scrollte zu der einzigen eingegangenen Nachricht, die ihn interessierte. Sie kam von einem Elternpaar.

Das Spiel hatte endlich begonnen.

Mit einem Lächeln öffnete er die SMS und las sie. Er machte große Augen vor Überraschung und las sie ein zweites Mal.

Er drehte sich zu Symes um, der neugierig wartete.

Als er ihm das Handy reichte, sagte er: »Also damit hatte ich nicht gerechnet.«

»Meinen Sie wirklich, das bringt was, Guv?« Bryant brachte den Wagen zum Halten.

»Ich habe keinen Schimmer, Bryant«, antwortete sie wahrheitsgemäß. Sie wusste nur, dass irgendetwas sie drängte, mit der Frau zu sprechen.

Die Adresse gehörte zu einem bescheidenen Bungalow oben auf einem Hang in einem kleinen Wohnviertel. In der aufgeräumten Einfahrt stand ein blauer, zehn Jahre alter Fiesta.

»Sie können gern hier warten, wenn Sie wollen«, sagte Kim und öffnete die Wagentür. Es war mitten am Nachmittag, und die Frau konnte auch gemütlich über den Markt spazieren oder sonst wohin gegangen sein.

Kim hatte ohnehin keine Ahnung, was sie sagen würde. Bryant hatte recht gehabt mit seiner Mutmaßung, dass sie wahrscheinlich ohnehin kein Wort von dem glauben würde, was die Frau von sich gab. Und doch war sie hier.

»Bei allem gebotenen Respekt, Guv, aber das letzte Mal, als ich im Auto gewartet habe, haben Sie versucht, sich gewaltsam Zugang zu einem Freizeitzentrum zu verschaffen, also bleibe ich diesmal lieber an Ihrer Seite.«

Sie gingen hintereinander an dem Fiesta vorbei und klopften an die Tür.

»Meinen Sie, sie gibt mir die Lottozahlen für Samstag, wenn ich sie freundlich frage?«

»Klappe«, stutzte sie ihn zurecht.

Sie lauschte, ob sie irgendeine Bewegung hören konnte. Nichts. Sie klopfte noch einmal und bückte sich, um den Briefschlitz zu öffnen. Die Haustür führte in einen kleinen Flur, von dem zwei schlichte weiße Türen abgingen, doch sie konnte nicht sehen, was dahinter lag. Sie horchte angestrengt auf irgendein Geräusch aus dem Haus. Stille.

Sie klopfte noch einmal, lauter, und trat links von der Haustür an ein Fenster. Sie drückte das Gesicht dagegen, doch durch die schweren Stores konnte sie nichts erkennen.

»Klopfen Sie noch einmal, Bryant«, sagte sie und trat zurück. Das Fenster auf der anderen Seite der Haustür war genauso verhängt.

Kim sah Bryant an, dann blickten sie beide auf das Auto.

»Ich gehe hintenrum. Versuchen Sie es nebenan«, sagte sie und wies mit einem Nicken auf das Nachbargrundstück.

»Guv ...«

»Tun Sie's einfach, Bryant«, knurrte sie.

An der Seite war das Grundstück nicht eingezäunt. Eine etwa dreißig Zentimeter hohe Beeteinfassung aus Rundhölzern bildete die Grenze zum linken Nachbarn.

Die Hintertür hatte einen Einsatz aus Riffelglas, durch das nur Schemen auszumachen waren. Das Fenster daneben hatte keine Vorhänge und gehörte zu einer kleinen, hellen Küche.

Kim spürte, wie sich in ihrem Bauch Frust breitmachte. »Komm schon, Eloise, wo zum Teufel bist du?«

»Guv, der Nachbar hat sie gestern Nachmittag das letzte Mal gesehen, mit zwei Tüten von Aldi.«

»Schauen Sie mal da rein«, sagte sie und trat zur Seite. Er

war ein paar Zentimeter größer und konnte vielleicht mehr erkennen.

Bryant sah hinein und ließ den Blick schweifen. Er setzte zu einem Kopfschütteln an, doch dann hielt er inne. Er stellte sich etwas anders hin und drückte das Gesicht an die Fensterscheibe.

»Moment, das könnte ...«

»Was?«

Er winkte sie näher. »Ich hebe Sie jetzt hoch, und Sie drücken das Gesicht an die Scheibe und schauen ganz nach links hinten.«

Kim sah sich nach etwas um, worauf sie sich stellen konnte, entdeckte aber nichts.

»Na gut«, sagte sie.

Bryant schlang die Arme um ihre Oberschenkel und hob sie so hoch, dass ihr Kopf rund dreißig Zentimeter über seinem war. Sie tat, worum er sie gebeten hatte, und sah den Rand eines Ohrensessels, oben darauf etwas Graues.

»Lassen Sie mich runter«, sagte Kim.

Sie ging zur Tür und klopfte laut. »Achten Sie darauf, ob sie sich bewegt.«

Sie klopfte noch einmal an die Glastür.

Bryant schüttelte den Kopf.

»Okay, wir gehen rein«, sagte Kim und sah sich im Garten nach etwas Schwerem um.

»Warten Sie, Guv«, sagte Bryant und holte ein Taschentuch aus seiner Tasche.

Er betätigte die Klinke, die sich widerstandslos herunterdrücken ließ.

Er sah Kim mit einem Achselzucken an, ein bisschen zu selbstzufrieden.

»Kein Wort«, versetzte sie und trat an ihm vorbei.

Mit drei Schritten hatte Kim die Küche durchquert. Der Ohrensessel stand neben einem kleinen runden Tisch, auf dem neben einem Exemplar von *Stolz und Vorurteil* ein Becher mit etwas Kaltem darin stand. Neben dem Becher eine Schale mit Kristallen in unterschiedlichen Farben.

Kim trat vor den Stuhl. Die Augen der Frau waren geschlossen, ihr Mund leicht geöffnet.

In eine dicke Strickjacke gehüllt und mit einem Plaid über den Beinen sah sie nicht mehr so wohlbeleibt aus. Kim stieß sie sanft an.

»Eloise«, rief sie.

Keine Reaktion.

Kim schüttelte sie und rief ihren Namen, doch der Kopf der Frau rollte bloß zur Seite.

»Sie schläft nicht, Guv«, sagte Bryant von hinten.

»Verdammt«, sagte Kim und trat zurück.

»Sieht ziemlich friedlich aus«, sagte Bryant und neigte den Kopf zur Seite. »Vielleicht hatte sie im Schlaf einen Schlaganfall oder etwas Ähnliches.«

Kim schüttelte den Kopf. »Verdammt, ich hätte auf sie hören sollen. Was hätte es geschadet?«

Sie trat zur Seite und seufzte schwer. Erst vor zwei Tagen hatte diese Frau versucht, ihr etwas zu sagen, und sie war zu stur gewesen, um ihr zuzuhören.

Sie wandte sich der Frau wieder zu. »Am besten rufen wir einen Krankenwagen«, sagte sie, und Bryant holte sein Telefon heraus.

Sie nahm das Bild der armen alten Frau in sich auf, die allein gestorben war. Die Bücherregale hinter ihr sahen so aus, als wären Bücher ihre Gefährten gewesen. Eindeutig eine Liebhaberin der Klassiker – Kim entdeckte auf Eloises Regalen einen Tolstoi, ein paar weitere Romane von Jane Austen und die gesammelten Werke von Charles Dickens. Ein Foto von zwei Hunden schmückte die Fensterbank, doch Spuren ihrer Anwesenheit waren keine zu sehen.

»Sieht aus, als wäre sie ziemlich ...«

Ihr Satz blieb unvollendet, als sie die Frau genauer betrachtete. Irgendetwas stimmte an dieser Szene nicht.

Bryant legte auf. Der Krankenwagen war unterwegs.

»Stellen Sie sich mal hier hin.« Sie hatte den Kopf zur Seite geneigt.

Er tat es.

»Kommt Ihnen hier nicht irgendetwas ein bisschen komisch vor?«

Er blickte von den grauen Locken zu den blumigen Pantoffeln, die unter der Decke hervorschauten.

Er schüttelte den Kopf. »Sieht ziemlich gemütlich aus.«

»Exakt«, sagte Kim und trat vor. Sie betrachtete die Frau von rechts und dann von links.

»Sehen Sie sich das Plaid an, Bryant. Es liegt über ihren Händen.«

Bryant schaute dahin, wo die Hände unter der Wolldecke verschwanden.

Er sah Kim fragend an und richtete den Blick dann wieder auf die Hände der Frau. »Ich verstehe nicht, was ...«

Als ihm aufging, worauf Kim hinauswollte, verstummte er.

»Mist. Ja, jetzt weiß ich, was Sie meinen. Es ist, als hätte jemand die Decke über ihr festgesteckt.«

So sah es für Kim auch aus. Das Plaid war ihr über den Schoß gelegt und dann links und rechts über den Hüften festgesteckt worden. Es war möglich, dass sie es selbst gemacht hatte, denkbar, dass sie den Wollstoff an den Hüften glatt gestrichen und dann die Hände daruntergeschoben hatte, doch es war sehr unwahrscheinlich, schließlich stand auf dem Tisch etwas zu trinken und daneben ein Buch zum Lesen.

Kim trat vor und platzierte ihre Füße links und rechts von Eloises Füßen. Sie stützte beide Hände auf den Sessel und beugte sich weit vor.

»Verdammt«, sagte Kim, als sie auf den Lippen der Frau

einen Fleck entdeckte. »Bryant, auf ihrer Lippe ist eine dunkelblaue Faser.«

Das Plaid war rot und marineblau.

Sie streckte die Hand aus und bewegte behutsam die Unterlippe.

»Gütiger Himmel«, schrie sie und machte einen Satz nach hinten.

»Verflucht, Guv ...«

Kim erholte sich schnell von dem Schock, ihre Gedanken rasten. Sie streckte wieder den Arm aus und legte zwei Finger auf die weiche Haut am Hals der Frau.

Staunend drehte sie sich zu ihrem Kollegen um. »Bryant, der Krankenwagen soll sich beeilen. Unser Opfer lebt noch.«

Bryant zögerte nur eine Sekunde, dann holte er sein Handy heraus.

»Eloise, falls Sie mich hören können, es wird alles gut. Ein Krankenwagen ist unterwegs, und wir lassen Sie nicht allein.«

Keine Reaktion.

Kim legte eine Hand auf ihre Schulter, ihr Herz schlug immer noch sehr schnell.

Bryant beendete den Anruf.

»Sie sind in zwei Minuten hier«, sagte er kopfschüttelnd.

Sie hatte es zwar noch nie gesehen, doch Kim wusste, dass Erstickungsopfer ins Koma fallen konnten, bevor sie starben. Ihr Angreifer hatte gedacht, es würde reichen, doch diese Dame hatte an einem dünnen Faden Leben festgehalten.

»Sie glauben also, unsere Tötungsmaschine hat von Eloise erfahren und sich Sorgen gemacht, sie könnte was zu sagen haben?«

»Ausgeschlossen, Bryant. Zielperson zwei war unterwegs, um zu töten, und Zielperson eins musste bei Charlie und Amy bleiben. Ich glaube, das hier war das Werk von Zielperson drei.«

Als sie aus der Ferne das Heulen der Sirenen näher

kommen hörte, dämmerte Kim, dass Eloise nichts gerufen hatte, was mit »genäht« zu tun hatte. Sie hatte sie versucht zu warnen, sie könnte womöglich »zu spät« kommen.

Kim musste sich fragen, ob sie gemeint hatte, für sich selbst oder für die Mädchen.

EINUNDSIEBZIG

Sie sahen zu, wie der Krankenwagen losfuhr.

Kim hätte sich am liebsten auch gleich ans Steuer gesetzt, um ihm zu folgen – aus dem einfachen Grund, weil es niemand anderes tat.

Als der Krankenwagen auf die Straße bog, fuhr ein Streifenwagen vor. Beamte würden das Haus sichern, damit Bryant und sie fahren konnten.

Sie hatte Woody bereits Bericht erstattet, und er hatte ihr zugesichert, er werde ein paar Leute von der Spurensicherung zu dem Haus schicken. Sie hatte ihn auch gleich auf den aktuellen Stand der Ermittlungen gebracht. Als sie fertig war, hatte das Schweigen am anderen Ende der Leitung schwer gelastet.

Doch Woodys Enttäuschung war nichts gegen ihre eigene.

Die Nachbarn hatten sich in zwei Grüppchen in der engen Straße versammelt, doch niemand war näher gekommen.

»Sehen Sie sich die an«, bemerkte Bryant. »Die sind alle erleichtert, dass es nicht sie getroffen hat.«

Eloise würde im Krankenhaus ankommen, wie sie ihr Haus verlassen hatte. Allein.

»Hatte Woody irgendetwas Nützliches für uns?«, fragte Bryant, als er vom Bordstein losfuhr.

Kim schüttelte den Kopf. »Kann ihm keine Vorwürfe machen«, sagte sie. »Charlie und Amy sollten längst zu Hause sein.«

»Verdammt, Guv, jetzt lassen Sie's aber mal gut sein. Niemand könnte härter daran arbeiten, die Mädchen nach Hause zu holen. Sie leben und atmen ...«

»Das sind Kinder, Bryant. Kleine Mädchen. Wo auch immer sie sind, sie haben Angst, sind durcheinander, womöglich verletzt, vielleicht, was Gott verhüten möge, sogar noch Schlimmeres.« Sie hatte das Bild ihrer Kleider wieder vor Augen. »Ich muss sie nach Hause holen. Ich muss auf sie aufpassen«, sagte sie.

»Auf sie aufpassen, Guv?«

Sie hatte gar nicht gemerkt, dass sie das gesagt hatte. Jetzt hatte sie Mikeys Bild vor Augen. »Ich meine aufpassen, dass sie sicher nach Hause zurückkommen«, sagte sie und blinzelte Mikey fort.

»Wir finden sie«, sagte Bryant und blickte nach vorn.

»Wieso sind Sie sich da so sicher?«

»Weil Sie keine Ruhe geben, bis wir sie haben.«

Kim konnte das Lächeln, das um ihre Lippen spielte, nicht verbergen. Und da war sie. Die einfache Wahrheit, die alle Zweifel vertrieb.

»Okay, Bryant, bringen Sie mich zurück zum Haus.«

ZWEIUNDSIEBZIG

»Also, was sagt uns das, Doc?«, fragte Kim, den Blick fest auf
Alison gerichtet. An der Wand hing jetzt eine Luftaufnahme
des Black Country. Der Ort der Entführung war auf der Karte
markiert, Anfang und Ende der Buslinie sowie die Stelle, wo
das Geld hatte deponiert werden sollen – alle mit roten Nadeln
versehen.

Die Ungeduld in ihrer Stimme rührte von dem Wissen her,
dass die Mädchen auch an diesem Abend nicht nach Hause
kommen würden.

Ihr Zeitempfinden löste sich allmählich ganz auf. Sie war
überzeugt, ihre letzte Einsatzbesprechung hätte vor mindestens
drei Tagen stattgefunden und nicht gleich als Erstes an diesem
Morgen. Sie musste sich in Erinnerung rufen, dass es immer
noch Mittwoch war.

Das Bild, wie Eloise aus ihrem Haus fortgebracht wurde,
wollte ihr nicht aus dem Kopf gehen. Kim hätte sich in den
Hintern treten können, dass sie der Frau nicht einmal eine
Minute zugestanden hatte. Sie beschloss, später im Krankenhaus anzurufen. Damit sie innerlich Frieden fand. Wenn sie

Eloise die Chance gegeben hätte zu sprechen, hätte sie es vielleicht irgendwie verhindern können.

Der Fall ging ihnen allen an die Nieren. Ihr Team saß um den Tisch, jeder in einem eigenen Stadium der Auflösung. Bryants Krawatte war ein paar Stufen nach unten gerutscht. Dawsons Hemd war zerknittert, und die roten Äderchen in Staceys Augen waren wie die Höhenlinien auf einer topografischen Karte.

Doch sie hatten an diesem Abend noch einiges an Arbeit vor sich.

Die blauen Nadeln markierten die Orte, wo Suzie und Emily entführt worden waren, und die Stelle, wo man Emily aufgegriffen hatte.

Gelb war die Stelle gekennzeichnet, wo Inga gefunden worden war.

Alison stand auf und studierte die Karte einen Augenblick lang.

»Ich bin keine Expertin für die Erstellung geografischer Profile. Einen Großteil der Daten gewinnen wir aus der Annahme, wie ein Mörder an einem Tatort agieren wird, respektive aus der Tatsache, wo und wie eine Leiche abgelegt wurde.

Wird eine Leiche an einem anderen Ort gefunden als dort, wo der Mensch getötet wurde, geht man im Allgemeinen davon aus, dass der Täter in der Gegend lebt. Beziehungsweise umgekehrt – wenn die Leiche am Ort der Tötung gefunden wird, ist der Täter womöglich kein Einheimischer.«

Sie hob kurz die Hand an den Mund, um ein Gähnen zu unterdrücken. Die langen Schichten machen allmählich auch ihr zu schaffen, dachte Kim.

»Ein Tatort nahe an einer Durchgangsstraße kann darauf hinweisen, dass der Täter nicht vertraut ist mit der Gegend. Wenn der Tatort anderthalb Kilometer oder mehr von einer

Durchgangsstraße entfernt ist, deutet das darauf hin, dass der Täter ein Ortsansässiger ist.«

Alison sprach weiter, während sie auf die mit Nadeln markierten Stellen blickte.

»Doch einige Dinge bleiben eine gesicherte Annahme. Etwa dass jeder Kriminelle sein Revier hat. Ein organisierter Mörder bleibt in der Nähe, wogegen ein desorganisierter Mörder mehr umherstreift. Und die meisten Menschen haben, was wir einen ›Ankerpunkt‹ nennen.«

Sie wandte sich Kim zu. *Mehr habe ich nicht*, sagte ihre Miene.

»Danke, Doc«, sagte Kim. Es war nicht viel, doch das war nicht Alisons Schuld. Irgendwo war ein Muster. Sie mussten es nur finden.

»Matt, Kontakt mit den Entführern?«

»Ich hab's versucht«, antwortete er, ohne sie anzusehen. Er war ganz auf die bunten Nadeln konzentriert.

»Möchten Sie das weiter ausführen?«

»Nein.«

Kim spürte, dass die Gereiztheit in ihr wuchs. Bei ihr hieß Team *Team* und nicht *ich*. Bei Matt war das offensichtlich anders.

»Stace, bitte ziehen Sie einen Kreis um diese Punkte, und sehen Sie sich die Straftaten und Verbrechen der letzten Zeit in diesem Bereich an. Vielleicht fällt Ihnen etwas auf. Mich interessiert weiterhin, wodurch die Sache beim letzten Mal beendet wurde. Warum wurde Emily freigelassen, ohne dass Lösegeld gezahlt wurde, und Suzie nicht? Wir haben zwei Morde und einen versuchten Mord, der eindeutig von jemand anderem ausgeführt wurde. Und wer zum Teufel ist Zielperson drei?«

Alle nickten zum Zeichen der Zustimmung.

»Denken Sie bitte alle darüber nach, wer diese dritte Person sein könnte.«

»Schwierig, wenn wir nicht wissen, wer die ersten beiden sind«, warf Bryant ein.

An der Stelle blieb sie auch jedes Mal hängen, sobald sie sich damit befasste. Wenn ihnen wenigstens ein Entführer bekannt wäre, hätten sie sich der Reihe nach seine Bekannten und Kumpel vornehmen können; doch nicht einmal das hatten sie.

»Kev, ist bei Ingas Obduktion irgendetwas herausgekommen, was uns helfen könnte?«

»Die Kleider sind ein wenig wie eine Geschichtsstunde: Spuren von Motoröl, Holzschutzmittel und Nagetierkot. Insgesamt sieben Knochenbrüche, achtunddreißig Kontakte mit einem Fuß oder einer Faust und neun Striemen um den Hals.«

Kim bemerkte, dass Dawson nicht in seine Notizen sehen musste, um all das aufzuzählen.

Die Zahlen verrieten, dass die Frau alles getan hatte, um dem Unvermeidlichen zu entkommen.

Ihr Mörder war ein Monster ohne jedes Mitgefühl für menschliches Leiden. Er war unbeherrscht, und ihm lag nichts an einem Menschenleben. Er ging unnötige Risiken ein, und es konnte nur einen Grund geben, so einen Mann dabeizuhaben.

Die Erkenntnis traf Kim wie ein Hieb in die Magengrube.

»Sie kommen nicht zurück«, flüsterte sie und sah sich im Raum um. »Deswegen ist Zielperson zwei mit im Spiel. Er soll die Mädchen am Ende umbringen.«

Alle Blicke richteten sich auf sie. Ihr Bauchgefühl sagte ihr, dass es stimmte. Es war der einzige Grund dafür, jemanden, der solch eine Belastung darstellte, dabeizuhaben. Zielperson zwei musste irgendeinen Zweck erfüllen: Es war sein Job, den Saustall hinterher aufzuräumen.

»Ich teile Ihre Einschätzung«, sagte Matt.

»Und was soll dann die Auktion?«, fragte Bryant.

»Den Preis hochtreiben«, antwortete Kim. »Es ist ein Unterschied, ob man für sein Kind kämpft oder ob man es unter dermaßen verschärften Bedingungen tut. Der Bieterkampf bringt einen Schuss Hektik ins Spiel, Verzweiflung.«

»Stellen Sie sich einen Typen vor«, wandte Matt sich an Bryant, »der ganz allein ein Zehntausend-Meter-Rennen läuft in dem sicheren Wissen, als Erster anzukommen. Er macht das Rennen. Stellen Sie noch acht weitere Typen auf die Laufbahn, die heiß sind auf den Sieg, und unser Typ legt sich richtig ins Zeug. Er aktiviert Energiereserven, von denen er gar nicht wusste, dass er sie besitzt.«

»Es geht wirklich nur darum, den Preis hochzutreiben?«, fragte Stacey.

»Und dann das Geld von beiden zu nehmen«, sagte Kim. »Sie werden ihnen unterschiedliche Ablageorte und -zeitpunkte nennen. Und alles einkassieren.«

Matt nickte zustimmend.

»Das sind aber verdammt wilde Spekulationen«, warf Alison skeptisch ein.

»Sagt die Profilerin«, bemerkte Kim. Matts Diensthandy signalisierte den Eingang einer SMS.

Im Raum wurde es mucksmäuschenstill, während sich alle Blicke auf ihn richteten.

»Das sind sie«, sagte er.

Kim folgte seinen Augen, als die sich über die Nachricht bewegten.

Er hob den Blick und sah sie an. »Verdammt. Das ist nicht gut.«

DREIUNDSIEBZIG

Kim schluckte ihre Wut herunter und versammelte die Eltern im Wohnzimmer. Helen stand am Fenster. Matt lehnte am Türrahmen. Die anderen waren in der Einsatzzentrale geblieben.

Nacheinander wanderte Kims Blick über die vier. Auf Elizabeths Lippe verweilte er ein paar Sekunden. Elizabeth schaute zu Boden.

»Wer von Ihnen hat Kontakt zu den Entführern aufgenommen?«

Elizabeth und Stephen fiel die Kinnlade herunter. Sie sahen einander an, bevor sie den Blick vorwurfsvoll auf ihre Freunde richteten.

»Das war ich«, antwortete Robert ruhig. In seiner Stimme war keine Entschuldigung. Er teilte nur etwas mit.

»Wie konntest du nur?«, rief Elizabeth weinend.

Er drehte sich ihr halb zu und sah sie an. »Wie hätte ich es nicht tun können?«

Stephen stürzte quer durchs Zimmer, doch Matt war schneller und trat ihm in den Weg.

Robert zuckte nicht mit der Wimper.

»Du hinterhältiger Scheißkerl«, beschimpfte Stephen Robert über Matts Schulter hinweg. »Wie zum Teufel konntest du das tun? Du weißt verdammt ...«

»Krieg dich wieder ein, Stephen«, fiel der Angesprochene ihm ins Wort.

Was wusste Robert?, überlegte Kim. Elizabeth machte ein verwundertes Gesicht, sie fragte sich wohl dasselbe.

Stephen ließ sich von Matt sanft in die andere Ecke des Zimmers schieben, und Karen wandte sich ihm mit lodernden Augen zu. »Wenn du dich nicht beherrschen kannst, dann verlass bitte mein Haus.«

Kim sah, dass Stephens Wut noch nicht verraucht war, also sagte sie rasch: »Wenn wir uns so langsam alle wieder beruhigen können. Wir haben jetzt das Problem, dass die Entführer nicht mit dem Verhandler verhandeln wollen. Wir haben gerade eine SMS bekommen, dass sie es vorziehen, auf die Bitte der Eltern zu antworten.«

Robert nickte zum Zeichen, dass er verstanden hatte. »Es tut mir leid, aber ich habe ...«

Kim hob die Hand. Seine Entschuldigung war ehrlich gemeint, aber wenig hilfreich. Sie konnten jetzt nur nach vorn schauen und mit dem arbeiten, was sie hatten. Das Einzige, was Kim überraschte, war, dass nicht Stephen zuerst eingeknickt war, sondern Robert. Ihr Bauch sagte ihr, dass es dafür einen Grund gab, doch dabei beließ sie es fürs Erste.

»Haben Sie eine Antwort bekommen?«

Robert nickte. »Vor fünfzehn Minuten.«

»Und die lautete?«

»Kommt nicht infrage.«

Das verstand Kim nicht. Sie ging davon aus, dass Robert einen bestimmten Betrag geboten hatte.

»Was haben Sie geschrieben?«

Robert sah sie offen an. »Ich habe sie gefragt, was sie für beide wollen.«

Ein leises Schluchzen entwich Elizabeths Lippen, und Stephens Kopf schoss herum. Karen blickte geradeaus, ohne eine Reaktion zu zeigen. Sie hatte Bescheid gewusst.

Alle sahen einander einen Moment lang an.

»Okay«, sagte Kim. »Matt wird mit Ihnen beiden daran arbeiten, wie Sie ab jetzt mit den Entführern kommunizieren. Er wird über Sie beide verhandeln.«

»Das ist das Lächerlichste, was ich je gehört habe«, explodierte Stephen.

Ein entnervter Seufzer ging durch den Raum.

»Warum liegt das alles bei uns? Was tun *Sie* eigentlich, um unsere Töchter nach Hause zu holen?«

Kim hatte allmählich die Nase voll von seinem Argwohn. Nicht einmal Woody setzte ihr so zu.

»Mr Hanson, mein Team und ich ...«

»Ich will nicht hören, wie hart Ihr Team arbeitet. Ich will wissen, wie weit Sie mit den Ermittlungen sind. Ich will wissen, wann Sie sich geschlagen geben und an die Presse gehen. Müssen sie in Leichensäcken heimgebracht werden, bevor ...«

»Raus. Sofort«, fuhr Kim ihn an.

Sie spürte beinahe den Luftzug, als sämtliche Köpfe in ihre Richtung schossen.

Sie stürmte an Lucas vorbei und riss die Tür auf. Stephen folgte ihr dicht auf den Fersen.

Er fing an zu reden, bevor sie angehalten hatte. Sie hätte sich gern weiter vom Haus entfernt – für den Fall, dass es laut wurde –, doch sie blieb stehen. Wenn er es so wollte, dann also hier.

»Detective Inspector, es passt mir nicht ...«

»Es könnte mir nicht gleichgültiger sein, was Ihnen passt und was nicht, aber Sie reden nie wieder so über Ihre Tochter oder die Ihrer Freunde.«

»Ich denke ...«

»Was Sie denken, dürfen Sie gern für sich behalten. Jetzt

hören Sie mir zu. Ich habe die Nase voll davon, dass Sie an allem, was ich in diesem Fall tue, herummeckern. Es lenkt mich ab. Und ich lasse mich nicht herumschubsen wie andere Frauen, Mr Hanson. Haben wir uns verstanden?«

Er sah sie trotzig an. »Nein, Inspector, haben wir nicht.«

Sie trat näher und blieb dicht vor ihm stehen. »Dann lassen Sie es mich für Sie noch etwas konkreter formulieren. Ich bin nicht Ihre Frau, und ich lasse mir Ihren Scheiß nicht gefallen. Wenn Sie noch irgendetwas tun, was die Ermittlungen stört, und dazu gehört auch, Ihre Frau zu schlagen, wird Karen nicht die Einzige sein, die Sie bittet zu gehen.« Kim trat noch näher. »Nur dass es bei mir Handschellen und eine Polizeieskorte dazu gibt.« Sie machte eine Pause, ihr Gesicht zweieinhalb Zentimeter vor seinem. »Also, haben wir uns verstanden?«

Er trat zurück, was Antwort genug war.

Sie hatte sich bemüht, wegen der schwierigen Situation Mitgefühl mit ihm zu haben, doch mit seinem unablässigen Hetzen war Stephen einfach einen Schritt zu weit gegangen.

»Inspector, Sie sollten wissen, dass ich Sie nicht für kompetent halte, diese Ermittlungen zu leiten.«

Kim biss sich auf die Zunge und folgte ihm zur Haustür.

Stephen verschwand im Wohnzimmer. Bryant trat ihr, als sie ins Haus wollte, in den Weg.

»Guv, eine Minute«, sagte er, kam nach draußen und zog die Haustür zu.

»Bryant, egal, was es ist, es kann warten.«

»Nein, kann es nicht.«

»Was?«, fuhr sie auf, denn sie wollte so schnell wie möglich zurück in die Einsatzzentrale.

»Sie drehen langsam durch, Guv«, sagte er, wobei er sich ihr zuwandte.

»Was zum Teufel bilden Sie sich ...«

»Okay, ich formuliere es anders. Sie drehen langsam durch, Kim. Denn ich sage Ihnen das als Freund. Sie essen nicht, Sie schlafen nicht, Sie fahren jeden an, und Sie haben gerade einen der beiden Väter vor die Tür gezerrt, um ihn zu maßregeln. Reden Sie mit mir.«

Sie sah ihn empört an. »Sie wissen, dass es eine Grenze gibt und dass Sie sehr kurz davor sind, sie zu überschreiten?«

Bryant zuckte die Achseln. »Ja, mit mir können Sie sich gern später befassen, aber würden Sie es jetzt verdammt noch mal bitte rauslassen?«

»Es gibt nichts rauszulassen, und Sie sollten mich verdammt noch mal in Ruhe lassen. Wenn Sie es wagen, mich vor ...«

»Wird nicht passieren, und das wissen Sie auch. Aber wenn es Ihnen hilft, es an mir auszulassen – bitte. Das halte ich aus. Aber rauslassen müssen Sie es irgendwie.«

»Es gibt nichts ...«

»Verdammt, Kim«, fuhr er sie an.

Kim staunte. Bryant fluchte so gut wie nie und erhob nur äußerst selten die Stimme. Beides hatte er ihr gegenüber noch nie getan.

»Ich weiß genau, was Sie machen: Sie nehmen den Frust aller und richten ihn gegen sich selbst. Sämtliche negativen Gefühle unterliegen Ihrer Verantwortung, weil die Mädchen immer noch da draußen sind. Sie versuchen, die Ängste von einem Dutzend Menschen auf sich zu nehmen, und das können Sie nicht, denn so stark sind nicht einmal Sie.«

Kim spürte die vertraute Wut aufsteigen. »Ihre Analyse können Sie sich sonst wohin stecken. Wie können Sie es wagen, solche Mutmaßungen ...«

»Ich wage es, weil es sonst niemand wagt, und jemand muss Ihnen sagen, dass es nicht Ihre Schuld ist.«

Kim wusste, dass dies die Gelegenheit war, ihm offen zu sagen, wie es ihr ging. Bryant würde einen Weg finden, damit es ihr besser ging. Das tat er immer.

Doch er war zwar ihr Freund, aber er gehörte auch ihrem

Team an. Und sie würde nicht zulassen, dass jemand aus ihrem Team ihre Angst sah. Zwei Menschen waren tot, und ein dritter kämpfte um sein Leben. Charlie und Amy wurden immer noch irgendwo festgehalten, voller Angst und in großer Gefahr.

Sie konnte es sich nicht leisten, sich besser zu fühlen.

Nicht, solange sie die beiden nicht nach Hause gebracht hatte.

VIERUNDSIEBZIG

Elizabeth wartete, bis die Schlafzimmertür hinter ihnen zu war.

»Was zum Teufel sollte das denn?«

Stephen ging an ihr vorbei, ohne sie anzusehen.

»Sie wollte einfach nur mit mir unter vier Augen über …«

»Nicht das, Stephen. Ich weiß, worum es ging. Sie ist mit dir vor die Tür gegangen, um dir den Arsch zu versohlen – und zwar zu Recht. Das meine ich nicht.«

Elizabeth setzte sich auf die andere Seite des Betts, froh, ihm den Rücken zukehren zu können.

»Warum haben wir kein Angebot gemacht, Stephen?«

Das Herz hämmerte ihr in der Brust, doch sie würde nicht klein beigeben. Sie hatte keine Angst vor einer neuerlichen Begegnung mit seiner Faust. Die wahre Angst rührte von einer Erkenntnis her, die dringend versuchte, sich in ihrem Hinterkopf Gehör zu verschaffen.

»Wir waren noch nicht fertig … wir haben diskutiert …«

»Robert und Karen haben auch geredet und diskutiert, und dann haben sie gehandelt und versucht, Amy und Charlie zu retten. Warum haben wir das nicht getan?«

»Das war doch nur eine leere Geste. Robert hat genau gewusst, dass sie das niemals akzeptieren ...«

»Wage es nicht, Stephen. Wage es ja nicht, das, was Robert versucht hat, in den Dreck zu ziehen, damit du dich besser fühlst. Er hat es wenigstens versucht.«

»Himmel, Liz, jeder kann eine SMS schicken.«

»Und warum haben wir es dann nicht getan?«, versetzte sie ruhig.

Jede Antwort war ein Nagel, der ihr ins Herz getrieben wurde. Inzwischen war ihr klar, worauf das Gespräch hinauslief. Eigentlich wollte Elizabeth es nicht hören, aber es musste sein.

»Wie viel haben wir auf den Sparkonto, Stephen?«

»Ich weiß nicht, Liz. Ich müsste online gehen ...«

»Amy ist seit drei Tagen in der Hand von Entführern, und du hast kein einziges Mal unser Konto gecheckt?«

Sie spürte seine Nervosität auf der anderen Seite des Betts.

»Es ist nichts drauf, nicht wahr?«

»Red keinen Unsinn. Natürlich ...«

»Hör auf zu lügen, Stephen. Ich weiß, dass nichts drauf ist. Was ist mit dem Haus?«

Stephen sagte nichts.

»Hast du eine zweite Hypothek auf unser Haus aufgenommen?«

»Liz, lass mich erklären ...«

Sie stand auf. Sie war nicht einmal mehr wütend. Sie war innerlich wie tot.

»Wir sind also pleite. Wir haben kein Geld, und du hast nicht den Mumm aufgebracht, mir zu sagen, dass wir kein Angebot gemacht haben, weil wir *nicht können.*«

»Setz dich, Liz, wir können ...«

»Und Robert hat es gewusst, nicht wahr? Er wusste, dass wir uns nicht an dem Spiel beteiligen können, um unserer

Tochter das Leben zu retten, und deswegen hat er versucht, beide zu retten.«

Stephen stand auf und kam zu ihr. Seine Miene war verzweifelt.

Sie hob die Hände. »Fass mich nicht an.«

»Wir können das schaffen.«

Elizabeth lächelte, als sie sich entfernte. In diesem Augenblick wurde ihr bewusst, dass sie ihren Mann nicht mehr liebte – doch hassen konnte sie ihn auch nicht. Ihr Herz war bereits voller Trauer um den Verlust ihres Kindes.

Sie hatte sich ihm in all den Jahren immer gebeugt. Sie war einverstanden gewesen, ihren Abschluss in Jura später zu machen. Sie hatte ihn bei jeder Beförderung unterstützt. Sie hatte Abend für Abend allein verbracht, wenn er Überstunden machte.

Sie hatte es sogar verstanden, als er es das erste Mal getan hatte. Seine Spielschulden hatten ihre Ersparnisse aufgefressen. Sie hatten seinen Beteuerungen geglaubt, es werde nie wieder vorkommen.

Ihre ganze Ehe hindurch hatte Elizabeth sich damit getröstet, dass in jeder Partnerschaft Bilanz gezogen wurde. Dass es auf beiden Seiten Vermögenswerte und Schulden gab. Doch jetzt, wo sie tatsächlich Bilanz zog, wurde ihr klar, dass ihre Partnerschaft am Ende war.

»Nein, Stephen, du täuschst dich. Von dem hier werde ich mich niemals erholen. Unsere Ehe ist zu Ende, egal, was als Nächstes passiert.«

Er ging noch einen Schritt auf sie zu. Sie hob die Hände und sah ihm in die Augen. Und machte nicht den Versuch, ihre Abscheu zu verbergen.

Er zog sich einen Schritt zurück.

»Du kannst gern bleiben ... Amy ist immer noch deine Tochter, aber ab jetzt schläfst du auf dem Sofa.«

Er ließ den Kopf sinken wie ein jämmerliches, verlassenes Hündchen. Sie empfand nichts.

»Gib mir den Autoschlüssel.« Sie streckte die rechte Hand aus. »Ich fahre jetzt meinen Sohn holen.«

FÜNFUNDSIEBZIG

Julia Trueman räumte die Spülmaschine fertig ein. Alan war zum Abendessen nach Hause gekommen, hatte geduscht und sich umgezogen und war dann zu seinem monatlichen Treffen mit den Regionalmanagern seiner Immobilienfirma gegangen. Es war der einzige Termin, zu dem er jetzt abends noch einmal wegging.

Ihr Abendessen war eine gedämpfte Angelegenheit gewesen. Emily hatte abwesend und still gewirkt. Auf Fragen hatte sie einsilbig geantwortet.

Alan hatte seine Frau ein paarmal angesehen, und sie hatte nur die Schultern gezuckt. Sie würde ihrem Mann nichts von dem Besuch der Polizei erzählen. Es war vorbei. Die Entführung war Vergangenheit, und sie würde sich mit aller Kraft dafür einsetzen, dass das auch so blieb.

Trotz der schrecklichen Erfahrung war Emily kein verdrießliches Kind. Sie war nach wie vor einigermaßen ausgeglichen und neigte nicht zu plötzlichen Stimmungsschwankungen, also vermutete Julia, dass der Besuch der Polizei sie nicht besonders verunsichert hatte. Sie wusste wohl, dass Emily ihre alte Freundin sehr vermisste. Das Fotoalbum, das die beiden gemacht hatten, lag immer irgendwo in der Nähe ihres Betts. Und sie hatte wenig Gelegenheit, neue Freundschaften zu knüpfen.

Es war Julia bewusst, dass es ihr und Alans Werk war, dass ihre Tochter wenig soziale Kontakte hatte. Emily ging nicht zur Schule und durfte im Internet nicht die Seiten sozialer Netzwerke besuchen. Man konnte Menschen über solche Seiten aufspüren. Das wusste Julia. Sie hatte es überprüft.

Julia hatte zwar gehört, was die Polizeibeamtin gesagt hatte, doch sie beschloss, es schlichtweg zu ignorieren.

Als Alan das Haus verließ, schaltete Julia den Fernseher aus und ging in die Küche, um die Alarmanlage zu überprüfen. Alle vier Lämpchen blinkten ihr entgegen. Der in vier Abschnitte unterteilte Bildschirm zeigte keine Aktivität. Sie seufzte erleichtert und ging in das behagliche Wohnzimmer.

Der kleine Raum war ihr Lieblingszimmer im ganzen Haus. Nicht zuletzt, weil sie von dort die Haustür im Auge behalten konnte.

Sie ließ den Blick über die Bücherregale schweifen und entschied sich für einen Roman von Val McDermid. Bevor sie sich setzte, verharrte sie und überlegte, ob sie noch einmal nach Emily schauen sollte.

Ihre Tochter hatte gesagt, sie habe Kopfschmerzen, und war früh zu Bett gegangen.

Einmal hatte Julia schon nach ihr gesehen, seit Alan weggefahren war.

Im Zimmer war es dunkel gewesen, doch das leise Summen von Emilys iPod hatte ihr verraten, dass sie über den zweitausend Liedern auf dem Gerät eingeschlafen war.

Julia nahm ihn ihr nie ab, wenn sie eingeschlafen war. Die Lieder würden nicht ausgehen, der Akku des iPods schon.

Nein, beschloss sie. Sie musste ihrer Tochter ein wenig Freiraum lassen.

In den ersten Wochen nach der Entführung hatte Julia in

Emilys Zimmer geschlafen. Das Haus hatten sie billig verkauft, um es schnell loszuwerden. Ihr jetziges Zuhause war schon eine Weile bei Alan im Angebot gewesen, und er hatte es ihr gezeigt. Die Abgeschiedenheit, die Privatheit und die funkelnagelneue Videoüberwachung hatten für ihren Mann und sie den Ausschlag gegeben.

Seit dem Umzug schlief sie wieder in ihrem eigenen Bett, doch sie wachte fast stündlich auf, um nach ihrer Tochter zu sehen. Dasselbe mit der Videoüberwachung. Seit sie in dieses Haus gezogen waren, war es fast zu einer Sucht geworden, tagsüber vor dem Monitor zu sitzen. Anfangs war es wie ein Zwang gewesen, jetzt beschränkte sie sich auf einmal alle zwei Stunden.

Sie setzte sich und schlug das Buch auf. In ihrer Magengrube war eine Angst, die bis hinauf in ihre Kehle kroch.

Sie versuchte, ein paar Seiten zu lesen, doch die Worte tanzten durcheinander wie eine Fremdsprache. Die Sätze ergaben keinen Sinn.

Julia sagte sich, das liege an dem Besuch der Polizei. Sie klappte das Buch zu. Sie wusste, dass es das nicht war. Ihre Gedanken wanderten zu Emily, und die Angst reagierte wie ein Wespennest, in dem jemand mit einem Stock herumstocherte.

Sie stand auf. Es war zwecklos. Sie musste hinaufgehen und noch einmal nach ihr sehen. Den Ausdruck müder Toleranz im Gesicht ihrer Tochter würde sie in Kauf nehmen.

Sie ging die Treppe hinauf und zwang sich, ruhig zu bleiben. Am nächsten Tag würde es ihr besser gehen. So war es auch gewesen, als sie das Rauchen aufgegeben hatte. Nach der nächsten würde sie aufhören, aber die hier musste sie noch haben.

Emilys Tür war genauso, wie sie sie verlassen hatte.

Leise drückte Julia sie auf. Der Anblick, der sich ihr bot, sagte, dass alles war, wie es sein sollte, doch die Wespen in ihrem Bauch sagten etwas anderes.

Vom Flur fiel ein Streifen Licht auf ihre schlafende Tochter.

Vom Kissen kam leise Justin Bieber.

Sie trat ans Bett und berührte ihre Tochter leicht an der Hüfte. Ihre Hand sank in das flauschige Federbett.

Julias Herz donnerte in ihrer Brust und übertönte die leise Musik.

Sie schaltete die Nachttischlampe ein. Augenblicklich wurde es hell im Zimmer, und ihre Augen sahen, was ihr Herz längst wusste.

Emily war fort.

Der Schrei aus Julias Mund hallte durch das stille Haus.

SECHSUNDSIEBZIG

»Okay, Leute, es ist kurz vor zehn, und wir sind seit fünfzehn Stunden dran. Zeit, für heute Schluss zu machen.«

Kim rieb sich die Stirn. Viel mehr konnten sie in diesem Stadium nicht tun.

Alle machten sich daran, ihren Arbeitsplatz aufzuräumen.

»Lassen Sie. Darum kümmere ich mich später.«

Bryant bedachte sie mit einem Blick, den sie ignorierte. Die letzten paar Stunden hatten sie über den alten Fallnotizen gesessen, Zeugenaussagen noch einmal gelesen und versucht, irgendeine geografische Verbindung zu finden.

»Kommen Sie, Matt?«, fragte Bryant von der Tür.

»Nein, ich muss nachsitzen«, sagte er.

Bryant lächelte und zögerte. Sie wusste, dass er noch einmal zu ihr hinübersah, doch sie erwiderte seinen Blick nicht.

Alle nahmen sich einen Moment Zeit, um Matt Gute Nacht zu sagen. Verdammte Verräter. Er hatte sich nach und nach bei ihrem Team eingeschmeichelt, hatte hier eine frische Kanne Kaffee gemacht, dort etwas zu essen geholt. Bei diesen Nichtsnutzen mochte das funktionieren, bei ihr nicht.

»Also, wie lautet Ihre Strategie?«, fragte sie, als sie einander am Tisch gegenübersaßen. »Und sagen Sie nicht, es ginge mich nichts an, denn das tut es verdammt noch mal sehr wohl.«

»Also, da Sie so freundlich fragen, will ich es Ihnen erläutern.«

»Ehrlich?«

»Ja, Sie brauchen jede Hilfe, die Sie kriegen können. Ich werde Stephen gleich als Erstes morgen früh auffordern, ein Angebot zu machen.«

»Sie wissen aber, dass sie kein Geld haben?«

»Das ist Ihnen also nicht entgangen?«

»War schwer zu übersehen. Robert wusste es offensichtlich auch, und deswegen hat er für beide Mädchen geboten. Ich kann ihm daraus keinen Vorwurf machen, auch wenn er Ihnen damit die Petersilie verhagelt hat.«

»Sehen Sie, jetzt gehen Sie schon wieder emotional ran und nicht mit Logik.«

Kim spürte, dass die vertraute Gereiztheit in ihr zunahm. »Ich erkenne nur seine Großzügigkeit an, einen goldenen Stern bekommt er dafür nicht von mir.«

Matt zuckte die Achseln. »Sie sind da ein wenig zu nah dran und lassen sich zu sehr reinziehen.«

»Reden Sie keinen Blödsinn«, fuhr sie auf.

»Sie halten das für Blödsinn? Warum sind Sie mit Stephen Hanson vor die Tür gegangen?«

»Weil es mir nicht gefiel, dass er vor den anderen von Leichensäcken sprach.«

»Und es hat nichts damit zu tun, dass er seine Frau schlägt?«, fragte Matt.

»Die Familiendynamik der Paare geht mich nichts an.«

»Tz, tz, tz«, machte er. »Ich höre, was Sie sagen, aber ich spüre keine rechte Überzeugung hinter Ihren Worten. Sie lassen sich zu sehr ein.«

»Tue ich nicht, aber selbst wenn, wäre das so schlimm?«

Er überlegte einen Augenblick lang und nickte dann. »Ja.

Es war richtig, mit Stephen nach draußen zu gehen wegen dem, was er gesagt hat, doch bei Stephen auf Konfrontationskurs zu gehen ist leicht. Er ist ein Arschloch, und Sie mögen ihn nicht. Aber hätten Sie dasselbe Gespräch auch mit Robert geführt?«

»Ja«, sagte sie, ohne zu zögern. Es stimmte. Sie kam nie jemandem zu nah, das bewies die Liste der Kontakte auf ihrem Handy.

»Hm ... wir sind uns einig, dass wir in dem Punkt unterschiedlicher Meinung sind.«

Kim tat, als müsste sie gähnen. »Und jetzt würde ich gern ins Bett gehen.«

Sie blickte demonstrativ zur Tür.

Matt schob seine Aktendeckel zusammen und verließ ohne ein Wort das Zimmer.

Sie war ihm nicht dankbar für seine Bemerkung, nicht zuletzt deshalb, weil darin Bryants Worte widerhallten. Sie war nicht emotional in den Fall verwickelt. Sie war engagiert und wild entschlossen, Charlie und Amy nach Hause zu bringen. Etwas anderes zu denken würde sie sich nicht gestatten.

Der Esstisch sah aus, als wäre eine Druckerei explodiert. Zuerst räumte sie Bryants Stapel auf.

»Ähm ... wie es scheint, haben wir ein Problem.« Matt war wieder hereingekommen.

Sie verdrehte die Augen. »Ich hab Ihnen gesagt ...«

»Da liegt ein Mann in meinem Bett.«

»Verzeihung ...«

Matt schloss die Tür, sprach aber mit gesenkter Stimme, während er seine Aktendeckel wieder auf den Tisch legte. »Stephen Hanson schläft auf dem Sofa, also weiß seine Frau wohl von den finanziellen Problemen.«

Sie blickte auf die Aktendeckel und dann auf ihn. »Ich habe da drin mindestens vier Sofas, fünf Sessel und einen riesigen Sitzsack gesehen. Ich bin mir sicher ...«

Ihr Satz blieb unvollendet, denn in dem Moment fing ihr Handy an zu klingeln.

Sie kannte die Nummer nicht. Ihr erster Gedanke galt den Entführern und dass sie ein neues Handy benutzten, doch die Nummer begann mit der örtlichen Vorwahl.

»Stone«, meldete sie sich.

Schweigen am anderen Ende.

Kim warf einen Blick auf Matt, der aufhörte, in seinen Unterlagen zu kramen.

»Stone«, wiederholte sie.

Immer noch nichts, doch die Leitung war nicht tot. Hinter dem Schweigen lag das gedämpfte Hintergrundsummen von Verkehr.

»Hallo«, sagte sie leise.

»Ist das die Dame von der Polizei?«

Die Stimme war leise, jung und verängstigt.

»Hier ist Kim Stone.«

»Hier ist Emily ... Emily Trueman. Ich bin weggelaufen.«

»Gütiger Himmel«, sagte Kim. Matt beobachtete sie aufmerksam. »Wo bist du, Emily?«

»Ich habe einen Bus genommen. Ich glaube, ich bin in Lye.«

»Sag mir, was um dich herum ist. Was siehst du?«

»Da ist ein Pub, der heißt Railway. Davor stehen drei Männer und rauchen. An der Ecke ist ein indisches Restaurant und ein Imbiss an der ...«

»Okay, Emily, geh zum Imbiss, und bleib da.«

Kim kannte den Laden. Er war hell erleuchtet, lag an einer Kreuzung, und dort war immer was los. Der Railway-Pub war winzig, aber einigermaßen anständig.

»Ich hab kein Geld«, sagte Emily.

»Sag ihnen, du hast dich verlaufen und die Polizei kommt dich abholen. Kannst du das für mich tun, Emily?«

»Ich g...g...glaub schon.«

»Hör zu, du musst tun, was ich dir sage. Geh rein, und bleib auf jeden Fall drin. Ich komme dich holen, aber du musst dort bleiben. Hast du das verstanden?«

»Ja.«

Die Stimme war leise und voller Angst, und Kim begriff, dass sie es bei allem, was Emily durchgemacht hatte, doch mit einer Zehnjährigen zu tun hatte, die noch sehr jung war für ihr Alter. Allein in der Wohnsiedlung Hollytree kannte sie fünf Kinder in Emilys Alter, die stolz darauf waren, schon einmal eine Ermahnung wegen antisozialen Verhaltens bekommen zu haben, doch es war dunkel und spät, und das Mädchen war zum ersten Mal seit Monaten von seiner Mutter fort.

»Mach dir keine Sorgen, Emily. Alles wird gut. Wir klären das, sobald ich da bin. Und jetzt geh zu dem Imbiss, ich bin in ein paar Minuten da.«

»Okay«, sagte Emily.

Kim legte auf und wandte sich an Matt. Sie hatte keine große Wahl.

»Ich hoffe, Sie haben ein Auto, denn Sie kommen mit mir.«

SIEBENUNDSIEBZIG

Dawson zählte sieben Grüppchen von Jugendlichen, die ihn beobachteten, als er durch die Straßen fuhr, die die Wohnsiedlung durchschnitten. Schließlich hielt er an dem Wohnblock, der imposant in der Mitte von Hollytree aufragte.

Bestimmt wusste Kai inzwischen, dass er kam.

Als er auf den Eingang von Highland Court zuging, schaute er zu der Kamera hoch, die am Gebäude angebracht war. In Hollytree gab es siebenundzwanzig strategisch platzierte Dome-Kameras, die alle so oft zerstört, besprüht und kaputt geschlagen worden waren, dass man mit dem Zählen gar nicht mehr nachkam. Die Stadtverwaltung hatte längst kapituliert und aufgehört, Reparaturen durchführen oder Kameras ersetzen zu lassen.

Für Dawson war ganz klar gewesen, dass er seine Stichschutzweste anzog, bevor er das Haus der Timmins verließ. Wenn es jemand allerdings wirklich auf ihn abgesehen hatte, bot das schwere Ding keinen richtigen Schutz. Eine Stichverletzung am Hals oder am Oberschenkel würde ihn locker erledigen. Doch irgendwie fühlte er sich mit der Weste trotzdem besser.

Voller Hoffnung, aber ohne große Erwartungen drückte er den Knopf am Aufzug. Kai Lord wohnte im dreizehnten Stock. Ganz oben.

Ein Seufzer der Erleichterung entfuhr ihm, als die Aufzugtür zur Seite glitt. Es war ein langer Tag gewesen.

Als Dawson aus dem Aufzug trat, war er nicht überrascht, auf eine weitere Gruppe Jugendlicher zu treffen. Schockiert war er allerdings, dass sie Platz machten, um ihn durchzulassen.

Wie bei den anderen Mikrogangs, die er auf der Fahrt gesehen hatte, war auch diese ein bunt gemischter Haufen. Die Hollytree Hoods waren keine rassistisch motivierte Gang, sondern eine regionale, sie kontrollierten die Wohnsiedlung und die Gegend drum herum. Doch als er mitten zwischen ihnen hindurchging, war die Gemeinsamkeit offensichtlich: Alle trugen die Farben der Gang. Manche hatten die Bandanas auf dem Kopf, andere ums Handgelenk, und einer hatte es sich durch die Gürtelschlaufen seiner Jeans gezogen.

Als er an die Tür klopfte, hörte er, wie einer aus der Gang abfällig die Luft durch die Zähne zog. Er wandte sich um und begegnete dem Blick eines kleinen, rothaarigen Burschen, dessen Haltung ein bisschen zu Gangsta war, um ein richtiger Gangster zu sein. Das selbstzufriedene Feixen bestätigte, dass das respektlose Zischen auf sein Konto ging.

Dawson schüttelte den Kopf und wandte sich, als die Tür aufging, wieder ab.

Kai Lords Miene zeigte wie erwartet nicht den geringsten Anflug von Überraschung.

Als Dawson den Mann, der vor ihm stand, rasch taxierte, kam ihm unwillkürlich der Gedanke an einen Staffordshire Bullterrier. Kai war nicht groß, aber kompakt. Seine Jeans saß so tief, dass das Armani-Gummiband seiner Shorts zu sehen war. Sein Oberkörper war nackt, und Dawson verstand auch, warum. Das wohlgeformte Sixpack und die Brustmuskulatur wurden durch seine braune Haut noch betont.

Auf Kais Gesicht war weder ein Stirnrunzeln noch ein Lächeln, als er zur Seite trat.

Der Flur war eng und fensterlos, doch das Licht aus dem Wohnzimmer wies den Weg.

Dawson trat in einen Wohnraum, der von einem absurd großen Fernseher dominiert wurde. Darunter zählte er drei Spielkonsolen, und auf dem Boden lag eine ganze Sammlung von Joysticks und Controllern.

Statt mit einer konventionellen Couchgarnitur hatte Kai den Raum mit fünf La-Z-Boy-Ledersesseln ausgestattet, die in einem Halbkreis um den riesigen Fernseher herum standen.

Der Geruch von Marihuana lag in der Luft, war allerdings nicht besonders stark.

Kai setzte sich wieder in den mittleren Sessel und entspannte sich. »Was wollt ihr, Brudda?«

Dawson blieb stehen. Er war nicht der Freund dieses Gangleaders.

»Wie gut haben Sie Dewain Wright gekannt?«

»Er gehörte zur Familie, klar?«

»Wussten Sie, dass er aus der Gang aussteigen wollte?«

»Ja, schon irgendwie.«

»Hat er darum gebeten, rausgelassen zu werden?«

Dawson wusste, dass es nur wenige Möglichkeiten gab, sich von einer Gang zu lösen. Die erfolgreichste war »rauszuwachsen«. Einen Job zu finden, eine Freundin, zu heiraten und ein Kind zu bekommen. Das funktionierte eher für die Randfiguren als für den inneren Zirkel, aber Dewain war Teenager gewesen, noch weit, weit entfernt vom »Rauswachsen«.

»Nein, der Kerl war nur seit 'ner Weile irgendwie schräg, ja?«

»Schräg?«

Kai fuhr mit der Hand durch die Luft, als wäre es offensichtlich. »Komisch. Hat seine Farben verloren. Ist nicht vorbeigekommen. Wir erkennen die Anzeichen, Mann«, sagte er oberschlau.

»Was für Anzeichen?«

»Dass einer die Crew verlassen will. So nach und nach, und keiner merkt's.«

Dawson wusste von dieser Methode, doch sie musste gut geplant und mit sehr viel Geduld ausgeführt werden. Sehr, sehr langsam.

»Aber Lyron hat's gemerkt?«

»Wär ja scheiße, wenn nicht. 'n Schlag hat nichts gebracht, da fand Lyron, 's wär wohl 'n Stich angesagt.«

Dawson war froh, dass er immerhin so viel Einblick hatte, dass er wusste, dass Schlag für zusammenschlagen und Stich für den Einsatz eines Messers stand.

Er war überrascht, wie offen Kai sprach. Doch der ging wohl davon aus, dass Lyron wegen Mordes inhaftiert worden war und so bald nicht wieder rauskam.

»Wann haben Sie erfahren, dass Dewain noch lebte?«

»Keine Ahnung, Brudda.«

»Waren Sie im Krankenhaus?«, hakte er nach.

Neuerliches Achselzucken.

»Sie waren also an dem Mord beteiligt?«, drängte er weiter. »Sie waren an dem Streit im Flur beteiligt, der für Ablenkung sorgte, damit Ihr Kumpel reingehen und den Job erledigen konnte?«

Kai zuckte ungerührt die Schultern.

»Himmel, ihr seid einer so schlecht wie der andere ...«

»Neee, Kumpel, da täuschste dich«, sagte Kai und ließ zum ersten Mal so etwas wie Gefühle erkennen. »Lyron war ein Idiot, hat nach dem Motto geherrscht ›Wenn du rein-willst, fließt Blut, und wenn du rauswillst, auch.‹ Ich nich, Mann.«

Das hieß, wie Dawson wusste, dass man ein Verbrechen begehen musste, um reinzukommen, und raus kam man ebenfalls nur, wenn Blut floss. Und Dewain hatte seinen Obolus mehr als entrichtet.

»Sie haben doch auch von Dewains Tod profitiert, oder?«, fragte Dawson.

Der Bursche mochte sich umgänglich geben, doch in seinen zusammengekniffenen Augen sah Dawson Gereiztheit aufblitzen.

»Der Posten war neu zu besetzen, oder?«

»Wer hat es ihm gesagt, Kai?«, fragte Dawson. »Wer hat Lyron gesagt, dass Dewain noch lebte?«

Kai schwieg. Kein Achselzucken, keine Antwort.

Dawson seufzte schwer und schüttelte den Kopf. Mehr würde er nicht aus ihm herauskriegen. Er schaute aus dem Fenster und sah, dass sich unter der Straßenlaterne direkt neben seinem Auto drei Grüppchen versammelt hatten.

Er wandte sich an den Anführer der Gang. »Und, komme ich hier lebend wieder weg?«

Kai lächelte. »Tust du mir nichts, tu ich dir nichts. Klar?«

Dawson nickte zum Zeichen, dass er verstanden hatte, und ging in den Flur. Der Marihuanageruch wurde schwächer, stattdessen stieg ihm nun ein stärkerer Duft in die Nase, den er wiedererkannte.

Natürlich. Warum war ihm das nicht gleich aufgefallen? Dawson verfluchte sich für seine Dummheit.

Er klopfte dreimal an die einzige geschlossene Tür im Flur.

»Lauren, Sie können jetzt wieder rauskommen. Ich bin fertig.«

Für den Weg nach unten nahm er die Treppe, um einen klaren Kopf zu bekommen.

So umgänglich Kai auch war, Dawson durfte nicht vergessen, dass irgendjemand Lyron gesagt hatte, dass Dewain noch lebte. Lyron hatte die Sache erledigt und würde für sehr lange Zeit ins Gefängnis wandern, und jetzt war Kai der Herr im Haus. Hübsche Beförderung.

Die vier, die vor Kais Wohnungstür gestanden hatten, hatten sich neben Dawsons Auto eingefunden. Sie verströmten eine rastlose Energie, die er vorher nicht wahrgenommen hatte. Er warf ihnen einen Blick zu, bevor er die Spannung in der Luft bemerkte.

Dawson wandte den Kopf und sah hinauf zum dreizehnten Stock. Im Fenster war Kais Silhouette zu erkennen.

Der Schatten drehte sich um und verschwand just in dem Augenblick, als der erste schwere Schlag auf seinen Hinterkopf niederging.

ACHTUNDSIEBZIG

Dawson keuchte laut auf und streckte die Hand nach der Wagentür aus.

Der zweite Schlag erwischte ihn an der rechten Schläfe. Augenblicklich legte sich ein Schleier über seine Augen, wie ein Vorhang des Nachthimmels, komplett mit Sternen.

Er spürte einen Hieb in die rechte Niere. Das war nicht nur eine Faust. Als der Schmerz an vier Punkten explodierte und durch seinen Körper schoss, kam ihm der Verdacht, dass er mit einem Schlagring malträtiert worden war. Er hörte das Stöhnen, das seinen Lippen entwich, als sein Körper nach vorn kippen wollte. Er gab sich alle Mühe, sich auf den Beinen zu halten, während weitere Schläge auf ihn niedergingen.

Dawson wusste, dass er seinen Angreifern das Leben sehr viel leichter machen würde, wenn er dem Instinkt seines Körpers nachgab und sich nach vorn beugte.

Ein weiterer Fausthieb landete hinter seinem Ohr, und er hob die Arme und legte sie um den Kopf. »Haut ab, verdammt«, brachte er mühsam über die Lippen und drehte sich weg, um den Schlägen auszuweichen.

»Halt's Maul, Schwein.«

»Kai hat euch ... Anweisung ...«

»Scheiß auf Kai, Mann. Das ist dafür, dass du überhaupt hergekommen bist.«

Ein Tritt in die Kniekehle, und er ging zu Boden. Wieder versuchte er, seinen Kopf zu schützen.

Irgendwo in der Nähe seiner Rippen traf ihn ein Schuh, doch die Weste dämpfte den Aufprall ein wenig.

»Er trägt 'ne Weste, Mann«, rief der, der zugetreten hatte.

»Stich ihn, Mann, stich ihn«, rief ein anderer.

Dawson hob den Kopf und sah in einer Hand eine Klinge aufblitzen. Echte Angst schoss ihm in den Bauch. Welchen Körperteil sollte er zu schützen versuchen? Je weniger er sich wehren konnte, desto größer wurde seine Wut. Er hasste Prügeleien mit Gangs. Bei einem Kampf Mann gegen Mann würde er es mit jedem von denen aufnehmen, aber das hier war alles andere als ein fairer Kampf.

Er hörte das Schlurfen ihrer Schritte, als sie um seinen Kopf herumgingen.

»Geht mir aus dem Weg, verdammt, Mann«, hörte er.

Der mit dem Messer versuchte, an ihn heranzukommen, doch die anderen, die auf ihn einschlugen, waren ihm im Weg.

Dawson drehte und wand sich, während er sich mental schon darauf einstellte, dass der Typ jeden Augenblick zustach. Mit sämtlichen Gliedern schlug er aus, damit das Messer bloß nicht traf.

In seinem Kopf schrie es, dass es das gewesen sein konnte. Jede Sekunde konnte es so weit sein, dass er spürte, wie sich eine Klinge durch seine Haut bohrte.

»Hey, ihr kleinen Scheißkerle, lasst ihn in Ruhe«, rief eine Frauenstimme.

»Verpiss dich, Schlampe«, rief einer verächtlich.

Die Stimme kam Dawson bekannt vor, doch er konnte sie nicht zuordnen. Aber die Tritte hatten für ein paar Sekunden aufgehört, und dafür war er dankbar. Sein Körper sirrte ob des Aufschubs.

Ein Licht schien auf ihn und die Männer, als die Frau wieder das Wort ergriff. »In ungefähr drei Sekunden kann ich jeden von euch identifizieren.«

Die Stimme klang stark und selbstbewusst.

»Jackpot, ich weiß, dass das dahinten du bist.«

Dawson hörte das Rascheln ihrer Klamotten, als sie sich umdrehten und abzogen. Ein Fuß verirrte sich noch auf seine Hand.

Er konnte nicht verhindern, dass ihm ein Schrei entwich.

Dann spürte er eine Hand, die unter seinen Ellbogen fasste. »Hey, alles in Ordnung mit Ihnen?«

Dawsons Blick strich über High Heels und wanderte die Hose hinauf, die an wohlgeformten Waden klebte, bis zu einer dicken Jacke.

»O Himmel, nicht ausgerechnet Sie«, sagte er, ohne groß nachzudenken.

Tracy Frost neigte den Kopf zur Seite und zog eine Augenbraue hoch. »Gern geschehen«, sagte sie und half ihm auf.

Augenblicklich wurde ihm klar, wie seine Worte geklungen haben mussten; dabei war er dankbar, dass Tracy zufällig vorbeigekommen war.

»Tut mir leid. Ich wollte nicht klingen wie ein Arschloch. Vielen Dank, dass Sie sie vertrieben haben.«

»Eine Hand wäscht die andere. Ich erinnere mich, dass ich Ihnen auch schon einmal dankbar war für Ihre Hilfe und Ihre Diskretion. Also sind wir jetzt quitt.«

»Ich glaube, Sie haben mir gerade das Leben gerettet.«

»Scht. Reden Sie keinen Blödsinn. Wenn die sie hätten umbringen wollen, hinge ich längst am Telefon und würde den Krankenwagen rufen.« Sie drehte ihn zu sich und betrachtete ihn von Kopf bis Fuß. »Aber ich glaube, Sie werden es überleben.«

Die Schmerzen schossen ihm kreuz und quer durch den Körper, doch Dawsons Kopf funktionierte noch sehr gut, und ihm war klar, dass die verdammte Reporterin ihm gefolgt war. Bei aller Dankbarkeit, dass sie eingeschritten war, von ihm würde sie nichts erfahren.

»Hören Sie zu, Tracy. Es ist mir egal, dass Sie mir gerade geholfen haben. Ich werde mit Ihnen über nichts sonst reden.«

Sie war überrascht über seine Worte, doch sie erholte sich schnell. »Na toll, dann bin ich Ihnen also den ganzen Abend umsonst gefolgt, ja?«

»Sie waren doch nicht meinetwegen hier?« Er wollte lächeln, doch die Schmerzen in seinem Kiefer machten es unmöglich.

Mit der rechten Hand rieb er über die betreffende Stelle.

»Doch. Ich dachte, Sie wären leichter anzuzapfen als die Auster.«

Er runzelte die Stirn. »Die Auster?«

»So nennen wir in der Redaktion Ihre Chefin. Sie wissen schon, zugeknöpft, verschlossen, undurchdringlich. Eher noch einer der netteren Spitznamen, wenn ich ehrlich bin.«

»Hey, Moment mal«, sagte Dawson, der merkte, dass er ganz starr wurde. »Sie kennen sie doch gar nicht. Sie ist ...«

»Geben Sie sich keine Mühe«, sagte Tracy und hob die Hand. »Ich glaube ohnehin kein Wort von dem, was Sie sagen, also können Sie sich den Atem sparen.« Sie wandte sich ab.

Dawson gab sich in dem Punkt geschlagen, doch plötzlich dämmerte ihm etwas. »Okay. Ihr Geheimnis ist übrigens bei mir sicher.«

»Welches Geheimnis?«

»Sie sind nicht meinetwegen in Hollytree«, sagte er. »Sie sind hergekommen, weil Sie wissen wollen, was Dewain zugestoßen ist. Und zwar, weil Ihnen tatsächlich etwas daran liegt.«

Sie seufzte schwer. »Okay, Sie haben halb recht. Ich will wirklich wissen, was Dewain zugestoßen ist, aber täuschen Sie sich nicht. Es interessiert mich einzig und allein, weil ich die Geschichte will.«

Die Worte waren zu gezwungen – eine Schippe Skrupellosigkeit obendrauf, der Wirkung wegen.

Er versuchte sich noch einmal an einem Lächeln, als sie in der Dunkelheit verschwand.

»Wie gesagt, Tracy«, rief er so laut, dass sie es hören konnte, »Ihr Geheimnis ist bei mir sicher.«

Es war ihm egal, warum Tracy da gewesen war. Er war einfach dankbar, *dass* sie da gewesen war. Er hatte das Gefühl, dem Tod gerade von der Schippe gesprungen zu sein.

Sechs Minuten nachdem Kim Emilys Anruf bekommen hatte, parkte Matt an der doppelten gelben Linie vor dem Imbiss.

Kim sprang vom Beifahrersitz, bevor das Auto richtig stand. Die Theke wurde von drei Reihen Menschen belagert, während Gäste, die schon bedient worden waren, herumstanden und ihre Döner Kebabs aßen.

Kim schob sich nach vorn, ohne auf das Protestgeschrei zu achten.

»Polizei. Wo ist das Mädchen?«, fragte sie den Besitzer.

»Da drüben.« Er wies mit einem Nicken zum Spielautomaten. Kim schaute in die Richtung. Zwei Mädchen kreischten, als der Automat zwei Pfundmünzen ausspuckte.

Emily war nicht da.

»Wo?«, schrie sie. Sämtliche Köpfe drehten sich in ihre Richtung.

Der Besitzer blickte über die Leute hinweg, die darauf warteten, bedient zu werden, und zuckte mit den Achseln.

»Mist, sie ist weg«, sagte Kim und rauschte an Matt vorbei. Er folgte ihr wieder nach draußen. »Verdammt, wo ist sie?«, rief sie und sah panisch nach links und nach rechts. Der

Imbiss lag am Fuß der Lye High Street. In der einen Richtung war die Straße, auf der sie von Pedmore hergefahren waren. Wenn sie diese genommen hätte, hätten sie sie sicher gesehen. Doch Kim hatte auch nicht richtig geschaut, denn sie war davon ausgegangen, dass Emily beim Imbiss sein würde.

Eine andere Straße führte hinauf zum Merry-Hill-Einkaufszentrum. Die Straße gegenüber war die direkte Verbindung zur Stourbridge-Umgehungsstraße.

»Mist, wo soll ich suchen?«, sagte sie zu sich selbst. Es gab vier mögliche Richtungen, in die sie gegangen sein konnte.

»Beruhigen Sie sich«, sagte Matt.

»Wie soll ich mich beruhigen, wenn ich ein zehnjähriges Mädchen vermisse? Ich muss ihre Mutter anrufen. Was ist, wenn sie entführt ...?«

»Denken Sie logisch. Sie ist alt genug, um hierherzukommen, und sie hat Sie angerufen. Wenn sie also aus freien Stücken hier weg ist, wohin ist sie dann wohl gegangen?«

Kim stand still da und blickte in alle vier Richtungen. Emily war in dem Imbiss gewesen. Der Besitzer hatte sie gesehen. Was hatte sie veranlasst, den Imbiss zu verlassen, und wo war sie hingegangen?

Kim schaute über die Straße zum Railway-Pub. Vor dem Eingang standen zwei Männer und rauchten. Der Rest der Straße war, soweit sie sehen konnte, nur von Straßenlaternen und einer Tankstelle hinter der Tierarztpraxis erleuchtet.

Auf der anderen Straßenseite lag ein indisches Restaurant, das matt beleuchtet war. Die Straße weiter runter waren keine anderen Lichter mehr zu erkennen, also schloss Kim aus, dass Emily in diese Richtung gegangen war.

Die Lye High Street hinauf waren einige Schaufenster beleuchtet.

»Sie sehen bei der Tankstelle nach, und ich gehe hier entlang«, wies sie Matt an.

Zum Glück machte er sich auf den Weg, ohne ihr zu widersprechen.

Kim ging langsam die High Street hinauf und schaute beim Gehen in die Ladeneingänge. Ihr Herz schlug mit jedem Schritt lauter. Ihr war klar, dass sie Emilys Mutter hätte anrufen sollen, sobald sie das Telefonat beendet hatte, doch sie war sich sicher gewesen, dass sie in ein paar Minuten bei Emily wäre.

Wenn sie dem Mädchen damit in irgendeiner Weise geschadet hatte, würde sie sich das niemals verzeihen.

Sie ging auf die andere Straßenseite, um dort in den Eingängen nachzusehen, und kam an einer dunklen Straße vorbei, die zu einem Parkplatz auf der Rückseite der Läden führte. Dort war Emily bestimmt nicht hineingegangen. Selbst sie hätte gezögert.

Ein Schatten tauchte hinter ihr im Eingang eines kleinen Lebensmittelladens auf. Sie drehte sich um. Es war der Besitzer, der abschloss.

»Haben Sie ein kleines Mädchen gesehen?«, fragte sie und blickte an ihm vorbei in den Laden.

Er schüttelte den Kopf und ging davon.

Zwei Männer fluchten am Geldautomaten. Sie ging zu ihnen.

»Hey, haben Sie ein Mädchen gesehen, das hier herumstand?«

Sie sah, dass sie noch keine zwanzig waren. Einer blickte an ihr rauf und runter, der andere schüttelte den Kopf.

In einem Auto, das auf der doppelten gelben Linie parkte, saß ein Paar. Sie schienen sich zu streiten. Die beiden erschraken zu Tode, als Kim energisch ans Fenster klopfte.

Die Frau auf dem Fahrersitz kurbelte das Fenster herunter, eine Beleidigung auf den Lippen.

»Was zum T...«

»Haben Sie ein Mädchen gesehen, das allein herumläuft?«, fragte Kim.

Die Frau schüttelte den Kopf, ihre Empörung war vergessen.

Mist. Es konnte erst vor wenigen Minuten passiert sein. Wie konnte es sein, dass niemand ein zehnjähriges Mädchen gesehen hatte, das um diese Nachtzeit allein unterwegs war.

Emily, wo bist du?, rief Kim im Stillen.

Sie atmete tief durch und setzte ihren Weg fort. Ein paar Schritte weiter fiel ein helles Licht über die Straße auf ihre Stiefel.

Eine Welle der Hoffnung brandete durch sie hindurch. Aus den beiden Fenstern fielen die heimeligen Lichter eines Minimarkts.

Kim wusste sofort, dass *sie* dort hineingehen würde, wenn sie allein unterwegs wäre.

Sie schoss über die Straße und spähte durchs Fenster. Die Kassiererin saß nicht an der Kasse.

Bitte, sei hier, betete sie und öffnete die Tür.

Irgendwo hinten im Laden ertönte eine Glocke.

Eine Frau Anfang fünfzig in einer marineblauen Hose und einer schwarzen Fleecejacke mit hochgezogenem Reißverschluss erschien.

»Haben Sie ein kleines Mädchen gesehen?«, platzte Kim heraus.

»Und wer sind Sie?«, fragte die Frau.

Kim hätte weinen können vor Erleichterung. Emily war dort, sonst hätte die Antwort einfach »nein« gelautet.

»Detective Inspector Kim Stone, das Mädchen hat mich vorhin angerufen, damit ich es holen komme.«

»Kommen Sie mit«, sagte die Frau.

Kim folgte ihr in den hinteren Teil des Ladens und durch die Tür, auf der »Nur für Personal« stand.

Emily saß in der Ecke eines kleinen Personalraums, wo

Kaffeemaschine und Teekocher standen und es ein paar Schließfächer gab.

Kim schoss auf das Mädchen zu und packte seine Hände. »Emily, warum bist du aus dem Imbiss weg?«

Das arme Mädchen war kreidebleich und zitterte unkontrollierbar. Ihre Hände waren eiskalt.

»Ich musste«, sagte sie und sah Kim mit schreckgeweiteten Augen an.

Kim hockte sich, um auf Augenhöhe mit Emily zu sein. Am Telefon hatte sie ganz anders geklungen.

»Was ist denn passiert, Emily?«

»Er war da«, sagte sie, als die erste Träne fiel. »Ich hab ihn gesehen. Ich hab den Mann gesehen, der mich entführt hat.«

ACHTZIG

Kim ließ die Hand auf Emilys Schulter liegen, als sie den Imbiss betraten. Der Andrang war nicht mehr ganz so groß, an der Theke standen nur zwei Gäste.

Matt suchte die Gegend nach einem »Auto mit blauem Kofferraum« ab, die einzige Beschreibung, die Emily geben konnte.

Kim war skeptisch gewesen, doch Emily hatte darauf beharrt, dass er es gewesen war und dass ihre Blicke sich begegnet waren. Sie war sich sicher, dass er sie gesehen hatte, und deswegen war sie weggelaufen. Wenn er noch in der Gegend war, fand Matt ihn hoffentlich, doch Kim würde dieses Mädchen keine Sekunde mehr aus den Augen lassen.

Vermutlich war die Suche vergeblich. Der Mann, den Emily gesehen hatte, hatte schon zehn bis fünfzehn Minuten Vorsprung.

Wenn Emily mit der Richtung, in die er verschwunden war, recht hatte, war er über die Ampel gefahren und hatte dann die Stourbridge-Umgehungsstraße angesteuert. Und die führte so gut wie überallhin.

Kim begegnete dem Blick des Besitzers und wies mit einem

Nicken in Richtung des Restaurantbereiches, der am Abend abgesperrt war. »Dürfen wir?«

Er nickte und legte einen Schalter um, sodass ganz hinten in der Ecke das Licht anging.

»Danke«, sagte sie und öffnete das schwarze Absperrband, um Emily durchzulassen.

Sie wäre lieber im Personalraum des Ladens geblieben, doch die Frau hatte ihr zu verstehen gegeben, dass sie zumachen und das Gebäude abschließen musste.

Kim zog Emily einen Stuhl heraus und nahm ihr gegenüber Platz. »Warum bist du von zu Hause weggelaufen?«

Emily starrte auf die Tischplatte. »Ich hab's nicht mehr ausgehalten. Es ist wie ein Gefängnis. Ich kann keinen Schritt tun, ohne dass meine Mutter mich fragt, was ich mache. In den letzten dreizehn Monaten habe ich sechsmal das Haus verlassen. Einmal, um zum Arzt zu gehen, zweimal zum Zahnarzt und ein paarmal, um etwas zum Anziehen zu kaufen.«

Kim hatte Mitleid mit ihr. Manche Insassen in Featherstone genossen mehr Freiheiten als dieses Kind.

Emily blickte ängstlich zum Fenster.

»Er kommt nicht zurück, Emily«, sagte Kim. »Solange ich hier bin, kann dir nichts passieren. Das verspreche ich dir.«

Emily lächelte und nickte. »Ich weiß, aber jetzt sehe ich dauernd sein Gesicht.«

Wirklich sicher würde Emily sich vermutlich erst fühlen, wenn ihre Eltern kamen und sie mit nach Hause nahmen.

Kim beugte sich vor. »Warum hast du mich angerufen?«, fragte sie leise.

»Weil ich gehört habe, was Sie zu meiner Mutter gesagt haben. Es wird nichts bringen, aber ich weiß, dass Sie es verstanden haben. Und ich weiß, dass Sie gefragt haben, ob Sie mit mir reden könnten, deswegen habe ich die Visitenkarte genommen, die Sie auf den Tisch gelegt haben.«

Die Traurigkeit des Mädchens berührte Kim. Doch sie wusste, was sie jetzt zu tun hatte.

»Emily, du weißt, dass ich deine Mutter anrufen muss.«

Sie nickte, und ihre Unterlippe zitterte.

»Sie wird nicht sauer sein. Im Augenblick hat sie wahrscheinlich sehr große Angst.«

»Es wird nie mehr anders, nicht wahr?«, fragte Emily traurig.

Kim sagte nichts. Das Mädchen hatte vermutlich recht.

Kim streckte die Hand aus. »Wenn du mir dein Handy gibst ...«

Emily schüttelte den Kopf. »Ich hab keines. Meine Mutter sagt, damit kann man ins Internet, deswegen darf ich keines haben.«

Kim holte ihr Handy heraus. »Wie lautet eure Nummer?«

Emily las sie ab, und Kim wählte. Es war besetzt. Sie drückte mehrfach die Wahlwiederholungstaste. Beim fünften Mal war ein halbes Klingeln zu hören.

»Hallo?«

Alle Angst und Furcht lagen in diesem einen Wort.

»Mrs Trueman, hier ist Kim Stone. Wir haben ...«

»Machen Sie die Leitung frei. Meine Tochter ...«

»Ist bei mir«, sagte Kim rasch.

»W...was?«

»Sie ist in Sicherheit, Mrs Trueman. Es ist ihr nichts passiert.«

»Gott sei Dank ... oh ... danke ... oh ...«

Kim reichte Emily das Telefon.

Vermutlich konnte Emily das Schluchzen der Mutter am anderen Ende der Leitung hören. Die Tränen liefen ihr über die Wangen.

»Es tut mir leid, Mum. Ich wollte dich nicht ...« Emily nickte und lauschte, und dann nickte sie noch ein paarmal. »Ich weiß, Mum. Ich hab dich auch lieb.«

Emily gab Kim das Telefon zurück.

»Inspector, ich bin unterwegs. Lassen Sie sie bitte nicht aus den Augen.«

»Auf keinen Fall, Mrs Trueman«, sagte Kim. Sie erklärte ihr genau, wo sie waren, und legte auf.

Matt trat hinter Emily näher und schüttelte den Kopf. Wie sie vermutet hatte, war der Mann, den Emily gesehen hatte, nicht mehr in der Gegend. Matt nahm sich einen Stuhl und setzte sich einen Meter vom Tisch entfernt.

Kim wandte sich wieder Emily zu. »Deine Mutter hat dich sehr, sehr lieb. Sie tut nur, was sie für richtig hält.«

»Ich weiß. Deswegen kann ich ihr ja auch nicht böse sein. Es ist nicht ihre Schuld.«

Kims Eingeweide krampften sich zusammen vor Wut. Nein, es war die Schuld des Scheißkerls, der die beiden entführt hatte und wahrscheinlich noch zwei Mädchen in seiner Gewalt hatte.

»Sie können mit mir reden«, sagte Emily leise. »Es dauert ein Weilchen, bis meine Mutter hier ist.«

Nichts hätte Kim lieber getan, doch das war ausgeschlossen. Sie schenkte dem Mädchen ein Lächeln. »Das kann ich nicht, Schatz. Ich habe nicht die Erlaubnis deiner Eltern, dir Fragen zu stellen ...«

»Aber ich kann«, sagte Matt und zog seinen Stuhl näher.

»Nein, Matt ... ich kann nicht erlauben ...«

»Ich habe nicht um Ihre Erlaubnis gebeten. Ich unterliege nicht den Polizeivorschriften, und wenn Ihre sensible Seele es nicht erträgt, schlage ich vor, dass Sie weggehen.«

Kim spürte, dass dieser Mann nicht tun würde, worum sie ihn bat, da konnte sie machen, was sie wollte.

Emily beobachtete den Wortwechsel.

»Halt dir die Ohren zu, Emily«, sagte Kim und beugte sich zu Matt vor. »Ich kann Sie nicht daran hindern, mit ihr zu reden, aber wenn Sie ein Wort sagen, das sie aufregt, dann werden Ihre Eier ...«

»Ich habe nicht die Absicht, sie aufzuregen«, zischte er. »Aber nicht, weil Sie mir drohen, sondern weil ich kein unsensibles Schwein bin.«

Kim rückte von ihm ab. Schön, solange er die Botschaft verstanden hatte.

Sie bedeutete Emily, sie könnte die Hände wieder von den Ohren nehmen. Er beugte sich vor und sprach das Mädchen freundlich an. Kim verbarg ihre Überraschung über seinen ruhigen Tonfall.

»Emily, ich würde dir gern ein Foto von einem Mann zeigen, von dem ich glaube, dass es der Mann sein könnte, der dich entführt hat. Ist es für dich okay, einen Blick darauf zu werfen?«

Es war die Zeichnung, die aufgrund von Brads Beschreibung des falschen Polizisten angefertigt worden war. Den Hansons und den Timmins hatte das Bild nichts gesagt.

Emily schluckte und sah Kim an. Kim streckte die Hand über den Tisch und berührte Emilys Arm. »Du musst nicht, Schatz.«

»Könnte es helfen, Suzie zu finden?«

Kim schluckte und wandte den Blick ab. Hielt dieses Mädchen an der Hoffnung fest, dass ihre Freundin noch lebte?

»Keine Sorge, ich weiß, dass sie tot ist, aber sie sollte trotzdem nach Hause gebracht werden.«

Kim schnürte es die Kehle zu. Sie nickte.

»Vielleicht, Emily.«

»Bitte zeigen Sie mir das Bild. Suzie hätte das auch für mich getan.«

Dieses Mädchen war nicht so jung, wie Kim gedacht hatte.

Matt holte die Zeichnung aus seiner Tasche und faltete sie auseinander. Emily warf einen Blick darauf, schnappte nach Luft und wandte das Gesicht ab.

»Ist das der Mann, den du vorhin gesehen hast?«

Emily nickte, wollte aber nicht noch einmal hinsehen, sondern klammerte sich nur an Kims Hand. Matt faltete das Blatt zusammen und steckte es weg.

»Okay, Emily. Ich zeige es dir nicht noch einmal. War das der Mann, der euch entführt hat?«

»Ja, er hatte ein rotes Kätzchen. Er sagte, es wäre krank und müsste geknuddelt werden. Ich hab's auf den Arm genommen, und da hat er mir mit Klebeband den Mund zugeklebt und mich in einen Lieferwagen geschubst. Er hat das Kätzchen genommen und zur Tür rausgeworfen und mich dann gefesselt. Er ist ein Stück gefahren, und dann hat er Suzie reingeworfen.«

Sie schloss die Augen. »Ich war froh, als ich Suzie sah, denn sie war meine beste Freundin, und da hatte ich nicht mehr so viel Angst.«

Kim lehnte sich zurück und hörte zu. Ab und an spürte sie Emilys Finger fester zupacken, während Matt behutsam seine Fragen stellte. Ihre Erinnerungen an die Zeit in Gefangenschaft waren bemerkenswert detailliert.

»Was ist am letzten Tag passiert?«, fragte Matt. Kim wusste, worauf er hinauswollte.

»Der große Mann ist reingekommen und hat mich an den Haaren gepackt. Suzie wollte sich an mich klammern. Sie hat geschrien ... Wir haben beide geschrien, aber er hat sie geschlagen, und sie ist nach hinten gefallen. Ich hab mich nach ihr umgedreht. Ich hab ihren Namen geschrien, aber sie hat sich nicht mehr bewegt.«

Kim starrte auf die Krümel, die nicht vom Tisch gewischt worden waren.

»Er hat mich in einen Lieferwagen geworfen und ist eine Weile gefahren. Und dann hat er mich wieder rausgeholt. Er hat mich ein paarmal im Kreis gedreht und mich dann auf den Boden gestoßen. Ich hab gehört, wie der Lieferwagen weggefahren ist, aber ich hab ihn nicht gesehen, weil er mir die Augen verbunden hatte und mir schwindlig war.«

Matt beugte sich vor. »Emily, kannst du dich sonst noch an irgendetwas von dem Tag erinnern? Hast du irgendetwas gehört oder gesehen, was dir vielleicht sagt, wo du warst?«

Emily schüttelte den Kopf. »Ich hatte zu viel Angst. Ich wusste nicht, was sie mit mir machen würden. Ich hab geweint und ...«

»Es ist okay, Emily«, beruhigte Kim sie. Das Mädchen hatte sich an sehr vieles erinnert. Auch wenn leider nur wenig dabei war, was ihnen weiterhelfen würde.

Plötzlich fegte ein kühler Wind herein.

Julia Trueman kam eilig auf sie zu. Ihre Augen waren rote Scheiben in einem fahlen Gesicht, doch ihr Blick galt allein ihrer Tochter.

Kim machte Platz. Matt tat es ihr nach.

Ein attraktiver Mann mit kurzem blondem Haar folgte gleich hinter Julia Trueman. Sein Gesicht war nicht so angespannt wie das seiner Frau, doch die Sorgen hatten sich zweifelsohne auch in seine Züge eingegraben.

Die Familie rückte zusammen, sie umarmten einander, weinten und lagen sich noch ein bisschen in den Armen.

»Da ist noch mehr«, sagte Matt leise zu Kim. »Mit ein bisschen mehr Zeit ...«

»Inspector, ich danke Ihnen von ganzem Herzen«, sagte Mr Trueman, indem er sich aus der Umarmung löste.

Kim hob die Hand. »Sie hat mich angerufen, Mr Trueman. Sie wollte uns helfen.«

Mrs Trueman richtete sich auf. Ihre Augen waren voller Angst, doch die Lippen hatte sie fest zusammengekniffen. Vermutlich gab sie Kim die Schuld daran, dass Emily weggelaufen war. Wenn sie sie nicht besucht hätte und angefangen hätte, Fragen zu stellen, wäre das alles nicht passiert. Und wahrscheinlich hatte sie recht.

Doch Kim musste es ein allerletztes Mal versuchen. Mit den Augen bat sie die beiden, ein wenig zur Seite zu kommen, während Matt Emily ablenkte.

»Ich verstehe, wie schwer das für Sie beide ist, aber es würde uns sehr helfen, wenn Emily noch ein wenig mit uns reden könnte. Sie hat uns darum gebeten, helfen zu können, und ich glaube, sie erinnert sich an Details, die uns von Nutzen sein könnten, die ihr aber nicht unmittelbar zugänglich sind.« Kim atmete tief durch. »Wenn wir sie vielleicht hypnotisieren könnten ...«

Mrs Trueman entfuhr ein leiser Schrei. Ihr Mann legte ihr beruhigend die Hand auf den Arm.

»Inspector, wir haben sehr hart gearbeitet, damit Emily die Vorfälle der Vergangenheit hinter sich lassen kann. Ich glaube nicht ...«

»Und was bringt es Ihnen?«, fragte Kim freundlich. »Ich möchte nicht unhöflich sein, aber für Emily hätte die Entführung genauso gut letzte Woche passiert sein können. Sie liebt Sie beide sehr, aber sie ist kein glückliches Kind.«

»Aber was ist, wenn wir ihr erlauben zu helfen, und sie wollen sie sich noch mal schnappen? Schließlich sind sie bisher nicht gefasst worden.«

Kim hörte den leichten Vorwurf in der Stimme der Frau, doch sie beließ es dabei. Die Frau hatte jedes Recht.

Kim war klar, dass ihr jetzt nur noch eine Option blieb.

»Sie haben es wieder getan, Mrs Trueman.«

»O Gott, nein«, sagte sie und schlug sich die Hand vor den Mund. Ihr Mann stieß einen leisen Fluch aus.

»Ich kann Ihnen keine Einzelheiten nennen. Es gibt eine Mediensperre, daher muss ich Sie dringend bitten, es für sich zu behalten, aber am Sonntag sind zwei Mädchen entführt worden.«

»Und Sie glauben, es sind dieselben Täter, die Emily entführt haben?«, fragte Mr Trueman.

»Da sind wir uns ziemlich sicher«, antwortete Kim ihm und richtete den Blick dann auf seine Frau. »Wenn Sie uns erlauben, mit Emily zu arbeiten, schwöre ich Ihnen, dass ich nicht eher ruhen werde, als bis wir diese Leute gefasst haben.«

Kim hatte nicht bemerkt, dass Emily näher gekommen war, bis sie zwischen ihren Eltern stand.

»Bitte, Mum, lass mich helfen. Ich würde alles tun, damit Suzie heimkommt.«

Als Kim die Zustimmung sah, mit der die Eltern einander ansahen, hätte sie das mutige kleine Mädchen vor Dankbarkeit drücken können.

Mrs Trueman nickte. »Okay. Lassen Sie uns wissen, was wir tun sollen.«

Kim bedankte sich bei ihnen, bevor sie zur Tür hinausgingen.

Sie zog sich in eine Ecke des Restaurants zurück und wählte Woodys Handynummer. Er versprach ihr, dass am nächsten Morgen ein Hypnotiseur zur Verfügung stehen würde.

»Also, ich habe mir gerade einen Kaffee verdient. Möchten Sie auch einen?«, fragte Matt.

Sie zögerte, doch dann nickte sie. Einen Kaffee konnte sie ja wohl noch mit ihm trinken, auch wenn sie lieber woanders gewesen wäre.

Sie würde es vorziehen, durch die Straßen zu fahren und den Mann zu suchen, den Emily gesehen hatte, auch wenn sie wusste, dass der inzwischen längst weg war.

Viel wichtiger war allerdings, ob er Emily ebenfalls gesehen hatte.

EINUNDACHTZIG

Kim richtete den Blick auf Matt. »Und, werden wir uns jetzt anfreunden und Lebensgeschichten austauschen und einen Zustand wechselseitigen Respekts erreichen?«

»Himmel, dafür bräuchte es mehr als eine Tasse Kaffee.«

Kim trank einen Schluck. Für einen Imbiss war der Kaffee ziemlich gut.

»Ich hab's gesehen, wissen Sie«, sagte sie mit einem angedeuteten Lächeln.

»Was?«

»Gefühle. Ein bisschen was ist rausgesickert, als Sie mit Emily gesprochen haben, aber machen Sie sich keine Sorgen, es war kaum wahrnehmbar.«

»Sie kriegen das nicht hin, oder? Ich lade Sie auf einen Kaffee ein. Alles, worum ich bitte, sind zehn Minuten Waffenruhe, aber das kriegen Sie einfach nicht hin.«

Sie musste ihm recht geben. »In Ordnung. Was haben Sie für eine Geschichte? Waren Sie Verhandler bei der Polizei?«

Er nickte. »Ja, bei der Met.«

»Und jetzt nicht mehr?«

»Nein.«

»Himmel, und ich dachte, meine sozialen Kompetenzen wären mies.«

»Tut mir leid. Small Talk ist nicht unbedingt meine Stärke.«

Die Ähnlichkeiten trieben sie allmählich in den Wahnsinn. Verdammt, sie konnte es nicht ausstehen, wenn Bryant recht hatte.

Kim erkannte, dass Matt dann munter wurde, wenn er über seine Arbeit sprach. Wenn sie ihn danach fragte, würde er mehr reden, und sie musste sich nicht so anstrengen.

»Hat die Met Sie ins Ausland geschickt?«

Er nickte. »Ich wurde nach Mexiko beordert. Die Enkeltochter eines Mitglieds des Oberhauses war entführt worden. Achtundvierzig Stunden später war sie wieder zu Hause.«

»Ist es bei allen Fällen so glatt gelaufen?«

Er schüttelte den Kopf. »Jede Gang ist anders. Kindesentführungen in Südamerika dienen in erster Linie der Finanzierung terroristischer Organisationen. Es ist ein Geschäft, aber man darf niemals aus den Augen verlieren, mit was für einem Typen von Mensch man es zu tun hat.«

»Fahren Sie fort.« Kim war fasziniert, und es tat gut, ihrem Kopf zehn Minuten Pause von dem aktuellen Fall zu gönnen. »Bitte reden Sie weiter.«

Er trank einen Schluck Kaffee. »Die erste Entscheidung, die man trifft, dreht sich darum, ob man Gegner oder Partner ist. Will man kämpfen oder kooperieren? Es gibt, wie schon gesagt, nicht viele Eltern, die, wenn man um das Leben ihres Kindes verhandelt, dafür sind, die Gegnerstrategie zu fahren.

Normalerweise rücken die Gangs sehr schnell und sehr direkt mit ihren Forderungen heraus. Die Verhandlungstechnik richtet sich dann nach den verfügbaren Informationen.«

»Zum Beispiel?«

»Das kann ganz verschieden sein. Unsere Entführer haben zu einer Auktion aufgerufen, einer Bietersituation, um Wettbewerb zu erzeugen. Mit der Politik des äußersten Risikos hat man es dann zu tun, wenn eine Partei Bedingungen stellt, die nicht verhandelbar sind. Von Schwindel spricht man, wenn man so tut, als wäre eine Sache von geringer Bedeutung, es aber später noch eine Rolle spielen kann.

Zucken ist, wenn man eine starke körperliche Reaktion auf ein Angebot zeigt, etwa abrupt nach Luft schnappt. Sehr effektiv am Telefon, bei SMS weniger. Dann gibt's noch Überbieten, Unterbieten, Knabbern, Augenwischerei und die alte Lieblingsmasche: guter Kerl/böser Kerl.«

»Was funktioniert am besten?«

Er überlegte einen Augenblick lang. »Eigentlich ist es egal, solange man sich an die Regeln hält. Die Gangs kennen die Techniken besser als wir. Sie rechnen damit. Wenn sich alle an die Spielregeln halten, ist man sich allgemein einig, dass beide Seiten gewinnen.«

»Dann können die Entführer Mutmaßungen anstellen, welcher Taktik Sie sich bedienen?«

Matt nickte. »Das Entscheidende ist, sich dann auch an die Strategie zu halten. Gangmitglieder stehen nicht auf Überraschungen. Wenn Sie auf halbem Weg die Taktik ändern, werden sie nervös, und das ist nicht gut.«

»Läuft es immer nach Plan?«

Er schüttelte den Kopf.

»Nein. Es gab da einen Fall in Panama. Wir haben zu zweit gearbeitet, um die Freilassung des fünfjährigen Sohnes eines Regierungsbeamten zu erreichen.

Leider waren Berichte über eine kürzlich erlangte Erbschaft vollkommen übertrieben gewesen. Wir haben auf guter Kerl/böser Kerl gemacht und hatten sie nach zwei Tagen um ein Drittel heruntergehandelt. Es hat gut funktioniert. Ich war der böse Kerl, der ihnen kaum was gab, und der andere, Miguel, hat größere Zugeständnisse gemacht.

Wir haben ihre Anrufe abwechselnd entgegengenommen und ihre Forderungen kontinuierlich heruntergearbeitet. Wir wussten, dass der Junge in Sicherheit war. Seine Eltern hatten eine E-Mail mit Fotos bekommen, auf dem er in Unterhosen ein Küken zu fangen versuchte.

So machen die das da. Sie bringen das Kind in ein abgelegenes Dorf bei irgendwelchen Familienmitgliedern unter, wo es zu essen bekommt und mit anderen Kindern spielen kann. Sie sind nicht darauf aus, Kinder zu töten. Normalerweise möchten sie mit dem erpressten Geld ein Ideal finanzieren, an das sie glauben.«

»Was ist passiert?«, fragte Kim.

»Wir waren ganz kurz vor dem Abschluss. Wir wussten es, und sie wussten es auch. Ein Tag noch, dann wären wir uns einig gewesen.

Miguel hat einen Anruf entgegengenommen, als ich nicht im Raum war. Er hat die Taktik geändert und ihnen ein letztes, nicht verhandelbares Angebot gemacht.«

»Warum?«

Matt seufzte schwer und zuckte die Achseln. »Ein Element der Überraschung reinbringen, um sie so mürbe zu machen, dass sie nachgeben würden; der Versuch, die Familie zu beeindrucken, ihnen etwas Geld sparen.«

»Was ist passiert?«, fragte Kim. Das Grauen hatte sich schon in ihrem Bauch festgesetzt.

»Sie haben aufgelegt und nicht mehr angerufen. Sechs Stunden später wurde die Leiche von Ethan gefunden.«

»Himmel.«

Matt drehte die leere Kaffeetasse mit der linken Hand. Die rechte war zur Faust geballt.

»Wie lange ist das her?«

»Viereinhalb Tage.«

»Oh, Matt, das tut mir ...«

»Nicht«, sagte er und hob die Hand. »Sparen Sie Ihr Mitleid für das arme Kind auf.«

Kim nickte. »Bemüht man sich je, die Gangs zu kriegen?«

»Manchmal gibt es eine halbherzige Operation, um die Stelle, wo das Geld abgelegt werden soll, zu überwachen, aber vierundzwanzig Prozent der Bevölkerung von Panama leben in Armut. Die Zahl der Kriminellen ist um einiges höher als die Zahl derer, die dagegen ankämpfen.«

Kim schwieg einen Augenblick. »Womit müssen wir als Nächstes rechnen?«

»Mit einer Aufforderung. Es ist mehr als wahrscheinlich, dass sie die Eltern daran erinnern wollen, was sie verlieren können, damit die noch ein bisschen tiefer in die Tasche greifen. Vielleicht schicken sie den Eltern eine Sprachnachricht mit einem Schrei oder einer persönlichen Bitte der Kinder – deswegen sind sie noch am Leben.«

Kim verstand.

»Sobald diese Aufforderung eingeht, tickt die Uhr, denn dann werden die Mädchen nicht mehr gebraucht. Genau wie Inga.« Er machte eine Pause. »Ihnen ist doch klar, oder, dass das hier nicht in die Endphase kommen darf? Am Tag der Geldübergabe sind die Mädchen schon tot.«

Kim schluckte schwer und nickte.

Ja, das war ihr längst klar.

ZWEIUNDACHTZIG

Kim betrat das Esszimmer und setzte sich an den Tisch, auf
dem sich noch die Unterlagen vom Tag stapelten.

Matt war in die Küche gegangen, um sich Notizen zu
machen.

Sie staunte, dass er sich so schnell auf einen neuen Fall
einstimmen konnte. Sein letzter Einsatz hatte mit dem Tod
eines Kindes geendet, und schon wenige Tage später hatte er
sich vollkommen auf einen neuen Fall eingestellt.

Sie betrachtete das Foto von Charlie und Amy. Sie war sich
nicht sicher, ob sie so schnell umschalten könnte.

Kim mochte den Mann immer noch nicht, doch sie musste
sich – und nur sich selbst – widerwillig eingestehen, dass er
ihren Respekt gewonnen hatte.

Sie stand auf und betrachtete die Karte. Sie war der Schlüssel. Sie *musste* der Schlüssel sein.

Alles andere, was sie herausgefunden hatten, war bedeutungslos. Das Einzige, was zählte, war, *wo* die Mädchen jetzt
waren.

Verhandlungen würden hier zu nichts führen. Sie konnte
allenfalls auf einen Aufschub hoffen, doch die Mädchen

würden nur überleben, wenn Kim, bevor der Tag der Geldübergabe kam, herausfand, wo sie waren.

Sie beschloss, sich im Bad im Erdgeschoss frisch zu machen, Kaffee zu kochen und die Karte noch einmal genauer zu studieren.

Ihr Handy, das auf dem Tisch lag, machte »pling«. Sie schnappte es sich – eine neue SMS. Als sie sah, dass sie von Bryant kam, runzelte sie die Stirn. Als sie sie las, verzog sie das Gesicht noch mehr.

Kommen Sie raus.

Es war Mitternacht, nicht der rechte Zeitpunkt, ihre Diskussion fortzusetzen. Dafür hatten sie Zeit, wenn der Fall abgeschlossen war. Also, was zum Teufel sollte das?

Sie schnappte sich ihre Jacke und ging den Flur hinunter.

»Alles okay, Madam?«, fragte Lucas von seinem Posten.

Kim nickte und öffnete die Haustür.

Bryant stand sechs Meter weiter, rechts vom Teich. Kims Blick wanderte zu seiner Hand, die eine Hundeleine hielt. An deren Ende Barney war.

Bryant klickte die Leine los, und Barney schoss auf Kim zu. Sie ließ sich auf die Knie fallen und öffnete die Arme. Sein warmer, weicher Körper zappelte in ihren Armen.

»Hey, Junge, wie geht's dir?«, fragte sie in sein Fell.

Sie nahm seinen Kopf zwischen die Hände und blickte in seine aufgeregt leuchtenden Augen. Sie gab Barney einen Kuss auf den Kopf und drückte ihn an sich. »Wie schön, dich zu sehen«, sagte sie und kraulte ihm die Stelle am Rücken, bei der aus seiner Kehle immer ein wohliges Knurren kam.

Bryant war näher gekommen. »Wenn Sie nicht mit mir reden wollen ... reden Sie mit ihm«, sagte er und hielt ihr die Leine hin.

Kim schüttelte den Kopf. Die Leine brauchte sie nicht. Ihr Hund wich nie von ihrer Seite.

Sie ging seitlich ums Haus herum, während Barney ihr dicht auf den Fersen folgte und mit der Nase ihre Hände anstupste. Sie setzte sich auf den Weg, der am Haus entlangführte. Sofort schmiegte der Hund sich an sie und machte es sich in ihrer Armbeuge bequem.

Er drehte sich um und leckte ihr genüsslich über das Gesicht. Sie lachte laut und drückte ihn an sich. »Ich hab dich auch vermisst, Junge. Check«, sagte sie, und der Hund rückte ein Stückchen ab und setzte sich. Sie hatte ihm beigebracht, auf ihren Befehl hin stillzusitzen. Oben am Kopf fing sie an und tastete ihn mit den Händen am ganzen Körper ab. Ob er zu- oder abgenommen hatte, war bei seinem dichten, glänzenden Fell schwer zu sagen. Und wenn sie ihn so abtastete, konnte sie auch gleich überprüfen, ob er irgendwo verfilzte Stellen im Fell hatte, was bei einem Border Collie unvermeidlich war.

Barney blickte gerade nach vorn, während sie sich davon überzeugte, dass es ihm gut ging.

Er wurde mit einem Kraulen am Kopf belohnt. »Guter Junge, dir geht's prima.«

Es bestand kein Zweifel, dass Dawn sich gut um ihn kümmerte.

Er schmiegte sich wieder an sie, und sie legte den Arm um ihn. »Ich weiß, Junge, ich vermisse dich auch.«

Für einen Moment spürte sie nicht die Kälte, die von den eisigen, harten Gartenwegplatten durch ihre Hose drang. Genauso wenig wie den frischen Wind, der um ihren Nacken strich. Sie spürte nur Barney und den Trost, den er ihr bot.

»Er hat recht, weißt du«, flüsterte Kim ihm ins Ohr. Sie nickte in die Richtung ihres einzigen Menschenfreunds, der vor dem Haus wartete. »Ich werde ihm das nie sagen, aber ich habe wirklich Angst, Junge – eine Heidenangst, dass es mir nicht gelingt, die Mädchen lebend nach Hause zu bringen.«

Der Wind flüsterte ihr zu, dass es womöglich schon zu spät war.

Und selbst wenn nicht, was hatten diese Scheißkerle den Mädchen angetan? Kim wusste, dass sie schreckliche Angst hatten und, was noch schlimmer war, nackt waren. Das war von allem, was die Entführer getan hatten, dasjenige, was ihr Blut zum Kochen brachte. Die Demütigung, diesen Kindern ihre Kleider wegzunehmen, um den verdammten Preis hochzutreiben. Ein solches Ausmaß von Schlechtigkeit hatte sie bisher noch bei keinem Fall erlebt.

Kim lehnte den Kopf an die Hauswand und schloss die Augen. Für ein paar Minuten ließ sie sich von Barneys Wärme und seiner Nähe trösten, und beinahe spürte sie, wie die Verzweiflung aus ihr herausfloss und in die kalte Erde sickerte. Seine Wärme zog durch ihren Körper, während ihre Hand ihn rhythmisch streichelte und sich dann in sein Fell grub.

Kim gönnte sich volle zehn Minuten von Barneys heilsamer Gesellschaft. Zehn Minuten, über die sie sehr froh war.

Dann schlug sie die Augen auf, beugte sich vor und drückte ihm einen Kuss auf die Nase. »Danke, mein wunderbarer Freund.«

Sie stand auf und klopfte sich den Hintern ab. Barney lief neben ihr her ums Haus nach vorn, wo Bryant den Teich in langsamen Schritten umkreiste.

Es war richtig von ihm gewesen, sie anzusprechen. Ihr war jetzt klar, dass sie alle angefahren und angepfiffen hatte, sogar die Eltern. Stephen Hanson war einer der unerträglichsten Männer, denen sie je begegnet war. Doch seine Tochter war entführt worden, und das hatte sie für einen Augenblick vergessen. Das hätte ihr nicht passieren dürfen. Bryant war der Einzige, der den Mumm besaß, es ihr zu sagen.

Barney stand zwischen ihnen und blickte hin und her.

Kim hustete. »Also, wegen vorhin ...«

»Jederzeit, Kim«, sagte er mit einem schiefen Lächeln.

»Und jetzt lassen Sie mich Prinz Barney wieder nach Hause bringen. Wir sehen uns in ein paar Stunden.«

Kim lächelte und nickte und sah ihren einzigen beiden Freunden auf der Welt hinterher, bis sie außer Sichtweite waren.

Als sie zurück ins Haus ging, war sie hoffnungsvoller als in den ganzen vergangenen Tagen.

Sie würde diese beiden Mädchen nach Hause holen, und wenn es das Letzte war, was sie tat.

»Du musst damit aufhören, Ames. Dein Arm blutet«, sagte Charlie. Die Kratzspuren auf Amys Armen wurden allmählich zu offenen Wunden.

»Ich kann nichts dagegen machen, Charl. Sie jucken die ganze Zeit. Ich muss dran kratzen.«

»Du musst aber versuchen, damit aufzuhören. Die Kratzer werden sonst ganz schlimm.« Das sagte ihr Daddy immer zu ihr, wenn sie am Schorf zupfte oder an einer Wunde herumknibbelte. Sie hatte noch nie gesehen, wie »ganz schlimm« aussah, aber es klang nicht gut.

Sie hatte versucht, Amy abzulenken, indem sie mit ihr einen Spaziergang durch den Raum gemacht hatte. Zusammen waren sie umhergewandert und hatten sich dabei an dem Handtuch festgehalten, das inzwischen genauso schlecht roch wie sie. Nur wenn sie sich bewegten, hörte das Zähneklappern auf, und die Kälte drang ihnen nicht mehr so unbarmherzig in die Knochen.

Nach der letzten Mahlzeit hatte Charlie den achten Strich in den Backstein gekratzt. Ein Strich für jede Mahlzeit. Es hatte viel länger gedauert als beim ersten Mal. Sie drückte nicht mehr so kräftig und rutschte aus der Rille. Einmal hatte sie sogar vergessen, was sie eigentlich machen wollte, obwohl sie das spitze Werkzeug doch in der Hand hielt.

Doch das war nichts im Vergleich zu Amys Armen. Sie musste an der Haut gekratzt haben, als sie irgendwann endlich eingeschlafen waren. Aus den dünnen roten Strichen waren tiefe rote Striemen geworden, die ihren ganzen Unterarm rot färbten, doch jetzt drangen die Nägel durch die Haut.

Charlie hätte ihre Freundin so gern daran gehindert, sich selbst zu verletzen, aber sie wusste nicht, was sie noch machen sollte.

Der Spaziergang durchs Zimmer hatte ihre Muskeln müde gemacht, und eigentlich wollte sie jetzt nur noch ausruhen.

»Charl, kommen wir hier je wieder raus?«

Charlie erinnerte sich, dass Amy an einem Tag ganz sicher gewesen war. Und jetzt war sie es nicht mehr.

»Ja, klar kommen wir hier wieder raus, Ames«, sagte sie, als ihre Freundin sich an sie schmiegte. Amys Kopf sank auf ihre Schulter, und Charlie lehnte ihren Kopf an den ihrer Freundin.

Charlie spürte, wie sie vor Erschöpfung in sich zusammensank. Stumm sandte sie das Gebet aus, das sie immer betete, wenn sie die Augen schloss.

Ich bete, dass Mummy und Daddy uns bald finden und uns mit nach Hause nehmen und uns warm halten. Und bitte, Gott, mach, dass Amy aufhört, an ihren Arme zu kratzen. Amen.

Mit dem Näherrücken des Schlafs ebbte die Angst ein wenig ab, und friedliche Dunkelheit umhüllte sie. Amys rhythmische Atemzüge lullten Charlie ein und schickten sie auf dieselbe Reise.

Als plötzlich an die Tür gehämmert wurde, fuhren beide augenblicklich hoch. Amy umklammerte Charlies Hände. Charlie wusste nicht, ob sie Stunden geschlafen hatte oder ob sie überhaupt eingeschlafen war. Sie wusste nur, dass die Angst wieder da war und ihr den Bauch zerriss.

»Ich wollte euch kleinen Mädchen nur Gute Nacht sagen. Ich hatte viel Spaß an unseren abendlichen Plaudereien, aber diese wird unsere letzte sein. Ich kann es kaum erwarten, euch morgen zu sehen. Denn dann bringe ich euch zum Schreien.«

Amy schrie laut auf, und Charlie zog sie an sich. Sie brachte keinen Ton heraus. Die Angst hatte ihr die Kehle zugeschnürt, denn unbewusst hatte sie begriffen, was das bedeutete.

Am nächsten Tag würden sie sterben.

VIERUNDACHTZIG

Die Mitglieder ihres Teams kamen nach und nach herein. Um 5:59 Uhr waren sie zu fünft im Raum.

Kim schaute an Stacey vorbei. »Dawson?«

Stacey schüttelte den Kopf.

Kim sah auf ihrem Handy nach, obwohl der Eingang einer SMS ihr nicht entgangen wäre. Sie scrollte zu seiner Nummer und tippte auf die Anruftaste. Bei einem Fall wie diesem würde er ihr nicht auf der Nase herumtanzen.

Das Klingeln seines Handys hallte durch den Flur. Eine Sekunde später stand er in der Tür. Kim legte auf.

»Verdammt«, sagten Bryant und Stacey, als sie sein Gesicht sahen. Alison und Matt schwiegen, doch sie machten eine genauso überraschte Miene wie Kim.

»Was zum Teufel ist denn mit Ihnen passiert?«, fragte sie.

Sein linkes Auge war dunkel und geschwollen, die Unterlippe in der Mitte aufgeplatzt, und über die rechte Seite des Kiefers breitete sich ein blauer Fleck aus.

Er setzte sich sehr vorsichtig hin, was Kim verriet, dass das nicht die einzigen Verletzungen waren.

»Ein paar von Kais Freunden haben sich gefreut, mich zu sehen.«

»Können Sie sie identifizieren?«, fragte Kim. Sie würde hinfahren und sich die Scheißkerle persönlich vorknöpfen.

Er schüttelte den Kopf. »Zu dunkel.« Er hob die Hand. »Mir geht's gut – Hilfe kam von unerwarteter Seite, aber das erzähle ich Ihnen ein andermal.«

Mit Blicken beschwor er sie fortzufahren.

»Kev, waren Sie im ...«

»Ehrlich, Guv. Mir geht's gut.«

Kim wusste, dass sein Eifer aus Stolz geboren war. Welcher Mann erzählte schon gern im Kreis von Kollegen und Fremden, wie er zusammengeschlagen worden war? Kim war sich ziemlich sicher, dass sie weit in der Überzahl gewesen waren.

Sie würde sich später mit ihm befassen, doch im Augenblick würde sie seinen Wunsch respektieren und fortfahren.

»Okay, Leute, lassen Sie uns anfangen.«

Stacey spähte rechts an ihrem Computerbildschirm vorbei. »Guv, bevor wir anfangen, habe ich ein paar Informationen über Inga. Ich bin mir nicht sicher, ob sie uns was nützen, aber die Familie stammt aus Ostdeutschland. Ihr Vater gilt als der Vorletzte, der bei dem Versuch, in den Westen zu fliehen, erschossen wurde. Zwei Jahre vor dem Fall der Mauer. Ihre Mutter war halbe Britin, und die beiden sind einundneunzig hierhergekommen.

Zwei Jahre nichts, aber dreiundneunzig wurde Inga Bauer mit acht Jahren von ihrer Mutter freiwillig der Fürsorge übergeben. Sie blieb in der Obhut des Jugendamtes, bis sie erwachsen war.«

»Was wurde aus der Mutter?«, fragte Kim.

Stacey zuckte die Achseln. »Ich habe nichts gefunden; keine Heiratsurkunde, keine Sterbeurkunde und keine amtlich eingetragene Namensänderung.«

»Sie hat sie einfach abgegeben?«, fragte Bryant. »Himmel, das ist hart. Ein Kind gehört zu seiner Mutter ...«

»Okay«, fuhr Kim auf. »Hilft uns im Augenblick nicht viel weiter ... aber trotzdem vielen Dank, Stace.«

Stacey nickte.

»Kev, haben Sie das Handy aus der Asservatenkammer geholt?«

Er schüttelte den Kopf und drehte die Handfläche nach oben. »Es ist nicht da.«

Ihr Kopf schoss herum. »Was soll das heißen, es ist nicht da?«

»Es ist nicht einmal auf der Asservatenliste aufgeführt.«

Kim musste in Betracht ziehen, dass Julia Trueman sie angelogen und das Handy niemals der Polizei ausgehändigt hatte. Genau wie Jenny Cotton.

Doch im Augenblick konnte sie es sich nicht leisten, weiter darüber nachzudenken.

»Matt hat das Gefühl«, fuhr Kim fort, »dass die Entführer heute so etwas wie eine Aufforderung an die Eltern schicken, um noch einmal nachzulegen. Sobald diese eingegangen ist, wird die Sanduhr umgedreht. Danach ist es nur noch eine Frage von Stunden, bis Charlie und Amy getötet werden.«

»Wirklich?«, fragte Stacey, während Bryant leise fluchte.

Matt beugte sich vor. »Es kommt der Punkt, da haben die Mädchen ihren Zweck erfüllt und stellen für die Entführer nur noch ein Risiko dar, egal, wie die Sache ausgeht.«

Alle nickten. Sie hatten verstanden.

»Der Schlüssel zur Lösung liegt irgendwo in diesen Landkarten«, fuhr Kim fort. »Um ihn zu finden, müssen wir keine geografischen Profiler sein. Wir kennen die Gegend und können unseren gesunden Menschenverstand benutzen. Diese Karten können uns helfen, den Ort zu lokalisieren. Apropos, Emily Trueman ist gestern Abend weggelaufen.« Kim hob die Hände, um jede Äußerung von Besorgnis im Keim zu ersticken. »Es ist alles okay, sie ist jetzt wieder sicher zu Hause bei ihren Eltern, aber als sie auf uns gewartet hat, damit wir sie abholen, hat sie den Mann gesehen, der sie damals entführt hat.«

»Kommt mir aber wie ein mächtig großer Zufall vor, Guv«, meinte Bryant. »Sie ist seit dreizehn Monaten das erste Mal allein unterwegs und begegnet prompt dem Typen, der sie entführt hat?«

So formuliert, klang es auch in Kims Ohren auffällig. Sie war selbst nicht hundertprozentig überzeugt, doch Emily war sich ganz sicher gewesen.

»Behalten Sie es als Möglichkeit im Hinterkopf, während Sie an den mit Nadeln markierten Stellen nach Hinweisen suchen«, riet sie.

»Guv, bringen die Markierungen von dem alten Fall die Sache nicht durcheinander, solange nichts darauf hindeutet, dass sie wieder denselben Ort benutzen?«, fragte Dawson.

»Es deutet aber auch nichts darauf hin, dass sie es *nicht* tun. Insbesondere, da sie nicht gefasst wurden. Stace, sind Sie auf etwas gestoßen, was uns helfen könnte herauszufinden, warum die Sache beim letzten Mal so ausging?«

»Das Einzige, was ich gefunden habe, sind ein Verkehrsunfall auf der Schnellstraße Kidderminster, ein Ausfall der Ampel an der Thorns Road und die Eröffnung eines neuen Supermarkts.«

»Okay, darum müssen wir uns später kümmern. Konzentrieren Sie sich fürs Erste auf die Landkarten. Die Antwort ist da irgendwo. Versetzen Sie sich in die Entführer.«

Alle nickten und nahmen sich die Ausdrucke vor.

Kim konnte keinen Moment länger auf die markierten Punkte schauen. Sie schnappte sich die Kaffeekanne, die leer war, nachdem sich alle beim Reinkommen einen Kaffee genommen hatten, und gab Bryant, als sie hinter ihm vorbeiging, einen leichten Stups. Er hustete. Ja, er wusste, dass das ihre Art war, Danke zu sagen für das, was er in der Nacht für sie getan hatte.

»Kev«, sagte sie und sah zur Tür.

Dawson legte das Blatt weg und folgte ihr.

»Und wie läuft es mit dem Fall Dewain Wright?«

Er machte ein besorgtes Gesicht. »Hab letzte Nacht nicht viel Schlaf bekommen.«

Sie stellte die Kanne zur Seite und lehnte sich an die Spüle. »Erzählen Sie es mir.«

Ohne ihn zu unterbrechen, hörte Kim zu, wie er ihr in allen Einzelheiten von den Gesprächen berichtete, die er geführt hatte. Als er fertig war, bemerkte sie von oben die ersten Aktivitäten.

»Ich weiß einfach nicht, was ich als Nächstes machen soll. Was meinen Sie?«

Kim hatte jedes Wort gehört und wusste genau, mit wem sie als Nächstes reden würde, doch darum ging es hier nicht.

»Ich glaube, Sie sollten es ein bisschen laufen lassen. Hören Sie auf, daran zu kratzen, um die Antwort zu erzwingen, denn damit graben Sie es nur tiefer unter die Haut.« Sie tippte sich an die Stirn. »Lassen Sie es eine Weile hier drinnen keimen. Es kommt.«

»Sicher?« Plötzlich sah er sehr jung aus.

Sie nickte. »Ja, ganz sicher.«

»Wissen Sie, Guv, ich hab mal was gemacht. Ich bin nicht stolz ...«

»Kev, solche Sachen haben wir alle gemacht«, sagte sie.

Er seufzte. »Ich sage nicht, was, aber ich hab's getan, um dazuzugehören. Ich verstehe, warum die Kids sich einer Gang anschließen. Ich find's schrecklich, aber ich versteh's. Die Kids selbst kennen die ganzen cleveren Tricks, mit denen Mitglieder rekrutiert werden, aber sie machen's trotzdem. Sie wollen einfach dazugehören.«

Dawson schüttelte voller Verzweiflung den Kopf. Kim hatte

das Gefühl, diese Ermittlungen konfrontierten ihn mit etwas, womit er sich lieber nicht befassen würde.

Sie dachte noch darüber nach, was sie als Nächstes sagen wollte, da tauchte Matt plötzlich in der Tür auf.

Sie wandte ihm ihre volle Aufmerksamkeit zu und bedeutete ihm mit einem Nicken, er möge sprechen.

»Okay, Detective Inspector, ich bin so weit, ein paar SMS zu schicken.«

FÜNFUNDACHTZIG

Kim stand am Treppengeländer, als die beiden Paare die Treppe herunterkamen.

»Können Sie bitte alle ins Wohnzimmer kommen?«

Elizabeth setzte sich auf die Sofakante und nahm Nicholas auf den Schoß. Stephen lehnte sich an die Wand neben dem Fenster.

Karen nahm auf der Lehne des Sessels Platz, in dem ihr Mann saß. Sie sprachen nicht und sahen einander auch nicht an, aber irgendwie fanden sich ihre Hände und hielten einander fest.

Matt starrte auf seinen Notizblock, bis Nicholas anfing zu weinen, unglücklich, von einer Mutter festgehalten zu werden, die ihn am liebsten nie wieder loslassen würde.

Matt sah zu ihr hinüber. Sie verstand. Er brauchte die volle Aufmerksamkeit aller.

»Elizabeth, hätten Sie etwas dagegen, wenn Helen Nicholas mit in die Küche nimmt?«

Sie zögerte, doch dann nickte sie. Helen kam herein und nahm den Kleinen hoch. So, wie sie ihn hielt, wusste Kim, dass sie – ein wenig wie Kim selbst – von Natur aus keinen entspannten Umgang mit Kindern hatte. Immerhin hatte Helen ihn am richtigen Ende gepackt.

Sobald er die Aufmerksamkeit aller hatte, ergriff Matt das Wort.

»Okay, wir treten in die Verhandlungen mit diesen Scheißkerlen ein.«

Robert nickte, doch Stephen wirkte verzweifelt.

»Wir haben nicht die Absicht, ihnen Geld zu zahlen, wir spielen nur auf Zeit.«

Angesichts der Erleichterung auf Stephens Gesicht wünschte Kim, sie hätten ihn noch ein bisschen länger zappeln lassen. Nur ein ganz klein wenig.

»Wir kommen dem Punkt immer näher, Ihre Mädchen nach Hause zu holen, aber wir müssen uns auf das Spiel einlassen, sonst werden sie misstrauisch.« Er wandte sich an Stephen. »Ich möchte, dass Sie anfangen mit einem niedrigen Gebot von ...«

»Ja, lassen Sie uns so nahe wie möglich an der Wahrheit bleiben«, warf Elizabeth verbittert ein.

Matt beachtete sie nicht. »Ihr erstes Gebot sollte auf 894.000 Pfund lauten. Ich will sehen, wie er darauf reagiert. Dann soll Robert ein sehr viel höheres Gebot schicken, 1.750.000 Pfund.«

Matt wollte mit dieser Strategie, wie Kim wusste, schauen, ob die Entführer auf beide Angebote in dieselben Art und Weise reagierten. Wenn dem so war, war das der Beweis dafür, dass die Familien hingehalten wurden und ihre Theorie über die Rückkehr der Mädchen richtig war.

Beide Elternpaare hörten mit ernsten Mienen zu, als Matt ihnen erklärte, inwiefern sich die Formulierungen ihrer SMS unterscheiden sollten.

»Und was für eine Strategie steckt dahinter?«, fragte Stephen.

Matt beachtete ihn gar nicht und reichte Elizabeth ein Blatt Papier.

»Ich möchte, dass Sie das so senden, Wort für Wort.«

Stephen trat hinter seine Frau und las es über ihre Schulter.

Auch Elizabeth ignorierte ihn und las weiter.

»Verdammt, sagt mir jetzt mal jemand, was Sie damit erreichen wollen?«, kochte Stephen.

»Hör auf«, fauchte Elizabeth ihn an.

»Ich habe ein Recht, es zu erfahren. Sie ist meine Tochter.«

Karen stand auf und ging zu ihm. »Bitte, Stephen, beruhige dich.«

Er machte einen Schritt zur Seite. »Nein, ich lasse mich hier nicht behandeln, als hätte ich nichts zu sagen.«

Kim erhob sich und verschränkte die Arme. Sämtliche Blicke im Raum waren auf Stephen gerichtet. Kim bewunderte ihn für seine Fähigkeit, sich in einer Situation, in der es um sehr viel mehr ging als um ihn, so in den Mittelpunkt zu stellen.

»Halt's Maul, Stephen.«

Roberts Worte waren weder laut noch wütend gesprochen. Sie waren ruhig und entschieden.

Und sie drangen zu Stephen durch.

Kim trat vor. »Bitte, das hilft nicht ...«

»Sag nie wieder, ich soll das Maul halten, Robert«, versetzte Stephen. Sein Gesicht verdüsterte sich vor lauter aufgestautem Zorn.

»Gütiger Himmel«, zischte Matt.

Robert atmete schwer aus. »Stephen, das hier ist kein Wettstreit. Wir müssen stark sein für unsere Töchter.«

Kim bemerkte, dass Elizabeths Rücken sich versteifte und sie ihrem Mann einen warnenden Blick zuwarf.

Kim sah die vier Eltern an und wusste, was jetzt kam.

Mist. Sie trat zwischen die beiden Männer. »Wenn wir uns kurz ...«

»Du hast es immer noch nicht kapiert, was?«, wütete Stephen und sah an ihr vorbei.

»Stephen«, riefen beide Frauen gleichzeitig.

Stephen war vollkommen unempfänglich für alles jenseits seines eigenen Zorns.

»Charlie ist überhaupt nicht dein verdammtes Kind«, platzte er heraus. »Deine Frau hatte was mit einem alten Lover – und du willst dich finanziell ruinieren für ein Kind, das gar nicht dein eigenes ist?«

Ein Schrei entwich Karens Lippen, und selbst Matt blickte auf.

Fünf Sekunden lang war Roberts Gesicht wie eingefroren, dann richtete er den Blick auf seine Frau.

Der Raum war erstarrt. Elizabeth sah voller Entsetzen auf ihre Freundin.

»Karen ...?«, fragte Robert.

Alle Blicke richteten sich auf sie. Sie wurde kreidebleich, die Züge schlaff. Ihre Hände umklammerten einander.

Karens Zögern war Antwort genug auf die Frage in seinen Augen. Sie machte einen Schritt auf ihn zu. »Robert ... ich ...«

Robert drehte sich auf dem Absatz um und verließ das Haus.

Zehn Sekunden lang war der Raum wie erstarrt.

Matt brach den Bann. »Geben Sie mir Ihre Handys«, fuhr er auf. Alle sahen ihn an. »Ihren Kindern nützt diese verdammte Seifenoper hier gar nichts. Überlassen Sie mir Ihre Handys.«

Karen starrte in den Flur, Elizabeth sah Kim an.

Kim nickte zum Zeichen ihres Einverständnisses. Die Atmosphäre war viel zu geladen, als dass Matt seine Arbeit machen konnte.

»Geben Sie Matt die Handys, damit er die Sache ins Rollen bringen kann.«

Sie nahm Elizabeth das Telefon aus der Hand, holte Karens vom Couchtisch und gab beide Matt. Er verließ wortlos den Raum.

»Was ... ich hab doch bloß die Wahrheit gesagt«, sagte Stephen zu niemandem speziell.

»Es stand dir nicht zu«, erwiderte Karen mit gebrochener Stimme, bevor sie sich umdrehte und hinausging.

Verdammte Hacke, dachte Kim. Für so etwas bekam sie definitiv nicht genug bezahlt. Ausnahmsweise war sie einer

Meinung mit Matt. Dieses häusliche Drama würde ihnen nicht helfen, Amy und Charlie zurückzubekommen.

Vermutlich hatte Karen es ihrer besten Freundin anvertraut, und die hatte es wiederum ihrem Mann erzählt. Doch Stephen hatte sich den denkbar schlechtesten Moment ausgesucht, um es allen kundzutun. Das Schlimmste aber war, dass er es nur erzählt hatte, weil er selbst nicht in der Lage war, etwas zu tun, um seine Tochter freizubekommen. Er hatte es nur getan, um seinen Frust loszuwerden.

Das war das Problem bei Geheimnissen. Jeder dachte, er könnte einem anderen vertrauen. Das perfekte Beispiel dafür, warum Kim ihre Geheimnisse niemals jemandem anvertrauen würde.

Helen war wieder hereingekommen, sie hielt sich im Hintergrund. Stephens Miene war undurchdringlich. Kim betrachtete es als sinnlos, ihren Atem an ihn zu verschwenden.

Sie wollte in die Küche gehen, doch beim Klang von Elizabeths Stimme hielt sie inne.

»Es tut mir so leid, Karen. Stephen hätte niemals ...«

»Wie konntest du nur?«, schrie Karen. »Du warst der einzige Mensch, dem ich das je anvertraut habe, und du hast nichts Besseres zu tun, als es *ihm* zu erzählen. Wie konntest du mir das antun, Liz? Wie konntest du ...«

Kim ging vor der Tür vorbei, von beiden unbemerkt.

Sie verlangsamte ihre Schritte nicht. Damit würden sie ihre Mädchen nicht nach Hause holen.

Kim und Bryant saßen vor dem Ladenlokal in der Stourbridge High Street im Wagen. Es war ganz und gar nicht das, was sie erwartet hatte. Es gab keinen Schriftzug auf der Scheibe, der etwas über Selbstwertsteigerung, Rauchen oder Abnehmen sagte, nur einen Lamellenvorhang am Fenster und ein Namensschild aus Messing.

Kim behielt den Außenspiegel im Visier, um zu sehen, ob sich ein Fahrzeug näherte.

»Sie sind da«, sagte sie und öffnete die Beifahrertür.

Ein weißer Range Rover war langsam die Straße entlanggerollt und hatte drei Autos hinter ihnen geparkt.

Kim ging zu dem Wagen und lächelte die drei Insassen, wie sie hoffte, beruhigend an.

»Vielen Dank, dass Sie das erlauben«, sagte Kim zu Julia und Alan Trueman. »Und dir, dass du so mutig bist«, sagte sie zu Emily.

»Kann ihr auch bestimmt nichts passieren?«

Kim lächelte und schüttelte den Kopf.

»Nein, aber ich werde die Hypnosetherapeutin bitten, es

Ihnen genau zu erklären und Ihre Fragen zu beantworten, damit Ihnen wohl ist bei dem, was passiert.«

Kim ging voran in das Gebäude, die Familie folgte ihr. Sie spürte ihre Anspannung.

Vom Vorraum ging es in ein kleines Büro, wo eine Frau Mitte bis Ende fünfzig hinter einem Tisch saß. Ihr angegrautes Haar war zu einem Knoten geschlungen, in dem ein Bleistift steckte. Klare blaue Augen blickten durch große Brillengläser. Eine schwere Männeruhr an ihrem Handgelenk bildete einen Kontrast zu dem zarten Kristall, der um ihren Hals hing.

»Wir sind hier, um mit Doktor Atkins zu sprechen«, sagte Kim.

Die Frau lächelte warm. »Sie haben sie gefunden, aber sie möchte lieber mit Barbra angeredet werden.«

Kim schüttelte ihr die Hand und stellte die anderen vor. »Sie erwarten uns?«

»Nicht ganz so viele, aber ja, Inspector.«

»Ist das ein Problem?«

»Hier draußen nicht, da drinnen schon. Aber dazu kommen wir gleich.«

Sie stand auf und kam um den Tisch, den Blick auf Emily gerichtet.

»Und dies ist vermutlich die junge Dame, mit der ich heute arbeiten werde?« Sie nahm Emily an der Hand und führte sie zum Sofa. »Hast du Angst, Schatz?«

Emily nickte. »Ein bisschen.«

Kim bemerkte, dass Barbra die Hand des Mädchens festhielt.

»Du brauchst keine Angst zu haben. Es tut nicht weh, und ich gehe auch nirgendwo mit dir hin, wo du nicht hinwillst, okay?

Betrachte es so: Stell dir vor, du hörst die erste Zeile eines Lieds, aber du kannst dich weder an den Titel erinnern noch daran, wer es gesungen hat. Du weißt, dass du es weißt, aber du kannst die Information nicht hervorkramen.«

Emily nickte.

»Das ist auch schon alles. Du wirst dich vollkommen entspannt und wohlfühlen, und hinterher hast du das Gefühl, richtig toll ausgeschlafen zu sein.«

Sie wandte sich an die anderen. »Irgendwelche Fragen?«

Mr Trueman trat vor. »Haben Sie das schon einmal gemacht, ich meine, mit Opfern?«

Kim entging nicht, dass Julia zu ihrem Mann sah. Ihr »Opfer« lauschte jedem Wort.

Barbra nickte. Kim sah, dass sie Emilys Hand nicht losließ: Sie hielt den Kontakt, um Vertrauen zu dem Mädchen aufzubauen.

Kim bemerkte auch, dass ein Finger auf der Unterseite von Emilys Handgelenk ruhte. So konnte Barbra den Herzschlag überwachen, ohne dass sie es mitbekam. Barbras Stil gefiel Kim sofort. Eine verängstigte Patientin würde vermutlich nicht auf die Hypnose ansprechen. An Emilys Körperhaltung sah Kim, dass sie sich schon ein wenig entspannte. Sie hatte sich mit den Schultern ins Sofa sinken lassen.

»Ja, Mr Trueman, ich habe das schon oft gemacht. Ich habe Verbrechensopfern geholfen, vergessene Einzelheiten hervorzuholen, manchmal auch noch nach Jahrzehnten.«

»Besteht die Gefahr, dass die Hypnose nachhaltige Folgen hat?«, fragte Julia.

Barbra schüttelte den Kopf. »Das hier ist keine Bühnenshow. Wir drehen bloß im Kopf ein paar Steine um und schauen, ob sich etwas darunter versteckt. Die einzige nachhaltige Wirkung ist die, dass Erinnerungen, die wir hervorholen, aller Wahrscheinlichkeit nach auch präsent bleiben.« Barbra wandte sich an Emily. »Es ist wichtig, dass du das verstehst, okay?«

Emily sah zu ihrer Mutter, die ihrerseits Kim erschrocken anblickte.

Kim trat vor. »Emily erinnert sich sehr genau an das Ganze. Wir suchen nur nach vergessenen oder unterdrückten Einzelheiten.«

Mrs Trueman nickte, ein wenig beruhigt.

Barbra wartete ein paar Sekunden, und als keine weiteren Fragen kamen, drückte sie Emilys Hand und stand auf.

»Okay, dann kann's losgehen, aber ich kann Sie nicht alle mit reinlassen. Das ist zu viel Druck für Emily. Zwei Personen, das geht.«

Bryant trat in derselben Sekunde zurück, in der Julia vortrat.

Kim schaute zu Mr Trueman. Seine Miene verriet, dass er mit seinem Beschützerinstinkt rang, doch er wies mit einer Geste auf sie. Kim nickte zum Dank.

Barbra hielt die Tür zum Behandlungszimmer auf und bedeutete Julia und Emily einzutreten. Sie selbst blieb noch kurz zurück, um leise ein paar Worte mit Kim zu wechseln.

»Was genau suchen wir, Inspector, eine Beschreibung des Täters oder ...?«

»Den Ort«, sagte Kim. »Alles, was mir helfen könnte, den Ort zu identifizieren, an dem sie gefangen gehalten wurde.«

Barbra nickte und ging hinein. Kim folgte ihr.

»Okay, Emily, wenn du dich bitte in den großen Sessel setzt. Mrs Trueman, Sie können gern neben Emily Platz nehmen.«

Kim schloss die Tür und blieb in der Ecke stehen. Sie holte ihr Handy heraus und hielt es hoch.

»Darf ich die Sitzung aufzeichnen?«, fragte sie und sah Julia und dann Barbra an. Die Frauen nickten.

Der große Sessel, der Emily verschluckte, war aus weichem, hellbraunem Leder, und die Rückenlehne war halb zwischen flach und aufrecht eingestellt. Julia setzte sich rechts neben ihre Tochter und Barbra links.

»Okay, Emily, ich möchte, dass du es dir bequem machst. Setz dich so, dass du entspannt bist.«

Emily rutschte ein wenig herum und nickte.

Der Lamellenvorhang dämpfte das Licht von draußen, dem Sessel gegenüber hing eine Reihe Schwarz-Weiß-Drucke verschiedener Stadtsilhouetten.

»Braves Mädchen, und jetzt möchte ich, dass du eines von den Bildern an der Wand da anschaust. Es ist egal, welches. Nimm das, das dir am besten gefällt, und konzentrier dich darauf.«

Emily nickte und wählte New York.

»Jetzt möchte ich, dass du schön tief atmest, langsam und gleichmäßig. Atme durch die Nase ein – eins, zwei, drei, vier, fünf. Und lass die Luft durch den Mund entweichen. Braves Mädchen. Durch die Nase ein – eins, zwei, drei ...«

Kim bemerkte, dass Barbra ihre Stimme zu einem sanften, wogenden Ton gesenkt hatte, kaum mehr als ein Flüstern. Sie sah, dass Julias linke Hand zitterte. Sie suchte den Blick der Frau und lächelte, dankbar für ihr Entgegenkommen.

Kim sah just in dem Augenblick wieder auf Emily, als deren Augenlider flatterten und sich schlossen.

»Okay, Emily, ich möchte, dass du zu dem Tag zurück-kehrst, an dem ihr entführt wurdet. Ihr wart hinten im Liefer-wagen. Erzähl mir von der Fahrt.«

»Suzie und ich ... weinen ... Angst ...«

»Konntet ihr etwas sehen?«

Emily schüttelte den Kopf. »Dunkel.«

»Verlief die Fahrt ruhig oder holprig?«

»Erst ruhig, dann holprig. Will mich ... festhalten, aber hin und her ... geworfen. Suzie ... Kopf angeschlagen.«

Kim machte sich im Geiste Notizen. Wahrscheinlich waren sie auf Landstraßen gefahren.

»Geh jetzt bitte zu dem Moment, Emily, als die Tür des Lieferwagens aufgemacht wurde.«

»Sack ... über den ... Kopf ...«

Emilys Augenlider flatterten, und Julia biss die Zähne zusammen.

»Die haben euch das Gesicht verdeckt?«

Emily nickte.

»Kannst du etwas hören, Emily?«

»Nein ... still ...«

»Kannst du etwas riechen?«

»Matsch ... Füßen ...«

»Stehst du mit den Füßen im Matsch, Emily?«

Emily nickte. »Viel.«

»Wirst du in ein Gebäude geführt?«

Emily nickte. »Kalt ... Treppe ... Wände ... kalt ...«

»Wirst du nach unten geführt?«

»Hand ... hier ...« Emily fasste sich in den Nacken. »Runtergeschubst.«

Julia schloss die Augen und biss sich auf die Unterlippe.

»Wände ... nass ... kalt ...«

»Okay, Emily. Seid ihr in einem Raum?«

Emily nickte.

»Gibt es da Fenster?«

Emily schüttelte den Kopf und zog die Nase kraus.

»Geruch ...«

»Stinkt es nach Toilette?«

Emily schüttelte den Kopf. »Alt ...«

»Okay, Emily, kannst du jetzt zu dem Moment gehen, als du wieder aus dem Raum gebracht wurdest?«

Emily nickte, doch ihr Atem änderte den Rhythmus.

»Packt ... meine Haare ... Suzie ... schreit ... klammert sich ...«

Kim sah, dass Julia die rechte Hand an die Lippen hob und

darauf biss. Sie wusste, dass es Emilys Mutter äußerste Willensanstrengung kostete, still zu bleiben.

Kim ging leise durchs Zimmer und legte Julia die Hand auf die rechte Schulter.

»Fahr fort, Emily«, sagte Barbra ruhig.

»Hat losgelassen ... musste loslassen ... der Mann ... Suzie ins Gesicht geschlagen ... von Mann ... fällt nach hinten ... bewegt sich nicht ...«

Barbra schluckte. »Geht ihr wieder die Treppe rauf?«

Emily nickte. »Schnell ... geschubst ... gefallen ...«

»Wirst du wieder nach draußen geführt?«

»Ja ... geschubst ... gestolpert ...«

»Spürst du den Matsch, Emily?«

Sie schüttelte den Kopf. »Nein ... Gras ...«

»Kannst du etwas hören?«

»Ja ... Maschinen ... Rufe ... weit weg ...«

Barbra schaute zu Kim. Sie nickte.

»Wie hört sich das an?«, fragte Barbra.

»Rufe, aber weit ...«

»Kommt der Lärm aus der Nähe?«

Kim vergewisserte sich mit einem Blick auf ihr Handy, dass die Aufzeichnung noch lief.

Emily kniff die Augen zusammen und schüttelte den Kopf.

»Kommt er von weiter weg, aus der Ferne?«, fragte Barbra. Emily nickte.

»Wirst du wieder in den Lieferwagen gesteckt?«

»Geworfen ... schnell ... holprig ... kann mich nicht festhalten ... hält an ... schneller ... etwas schlägt gegen Lieferwagen ... zur Seite geworfen ...«

»Emily ...«

»Links ... links ... rechts ... links ...«

»Wo bist du jetzt Emily?«

»Aus dem Lieferwagen gezerrt ... im Kreis gedreht und

gedreht und gedreht ...« Sie rieb sich mit der linken Hand über den rechten Oberarm. »Tut weh ... drückt ...«

Bei der Erinnerung an die Schmerzen verzog Emily das Gesicht.

Barbra sah Kim an. Mehr würden sie nicht kriegen. Sie suchten nach Informationen über den Ort, und Barbra hatte sie sich an die Ankunft dort und an das Wegfahren erinnern lassen.

Kim nickte Barbra zu, sie könne sie zurückholen.

»Okay, Emily, ich möchte, dass du ...«

»Er hat was gesagt ... herumgewirbelt ... und gedreht ... und geschubst ... und ... *Auf Wiedersehen, Schätzchen ...*«

Julia entfuhr ein Schrei, und Kim schloss die Augen.

Endlich begriff sie, warum sie Emily am Leben gelassen hatten.

Sie hatten vorgehabt, sie noch einmal zu entführen.

ACHTUNDACHTZIG

»Ich wusste es. Ich hab's gewusst«, rief Julia auf dem Gehweg vor dem Gebäude. »Alle haben gedacht, ich wäre neurotisch.« Sie wandte sich an ihren Mann. »Selbst du hast das gedacht, aber ich habe gewusst, dass es noch nicht vorbei ist. Ich habe gewusst, dass Emily in Gefahr ist, solange die frei herumlaufen.«

Bryant schüttelte den Kopf, immer noch erschüttert über die Neuigkeit.

Emily schmiegte sich an ihre Mutter und ihren Vater. Die Offenbarung hatte sie sichtlich aufgewühlt. Sie blickte benommen zu Boden.

Kim hatte nichts zu sagen. Julias Vorsorge – der Umzug, die Namensänderung und dass sie Emily nicht in die Schule schickte – hatte ihrer Tochter wahrscheinlich das Leben gerettet. Kim versetzte es unwillkürlich einen Stich, dass sie der Frau vorgeworfen hatte, ihr Kind zu ersticken, wo sie doch genau das Richtige getan hatte.

Beide Eltern umarmten ihre Tochter fürsorglich.

»Ich würde alles aufgeben«, sagte Alan leise. »Ich würde

meine Firma verschenken und in einer Hütte leben, wenn ich meine Familie damit beschützen könnte.«

Alan Trueman fühlte sich eindeutig verantwortlich. Der Erfolg seiner Firma hatte die Aufmerksamkeit der Entführer auf die Familie gelenkt, denn diese hatten den Eindruck gewonnen, es wäre lukrativ, sein Kind zu entführen, und hatten sogar vorgehabt, es ein zweites Mal zu tun.

Kim wollte sich gar nicht vorstellen, was das in der kleinen Familie angerichtet hätte.

»Niemand hat hier Schuld«, sagte Kim. »Die Verantwortung liegt allein bei den Entführern«, sagte sie wahrheitsgemäß. »Und auch wenn ich weiß, dass Sie Emily sehr gut beschützen, wäre es mir lieber, wenn Sie erlauben würden, dass Polizei bei Ihnen zu Hause präsent ist. Nur für kurze Zeit.«

Die Truemans sahen einander an und nickten. Bryant entfernte sich ein paar Schritte und holte sein Handy heraus, um alles Notwendige in die Wege zu leiten.

»War etwas dabei, was Ihnen helfen kann, diese Leute zu fangen?«

Kim spürte die Angst, die die beiden ausstrahlten. Solange die Entführer nicht gefasst waren, konnte keine noch so große Polizeipräsenz ihnen ein Gefühl von Sicherheit geben. Und selbst wenn die Täter gefasst waren, würden sie die Welt nie mehr mit denselben Augen sehen.

»Ja, Mr Trueman, Ihre Tochter war sehr mutig, wir konnten einige zusätzliche Informationen gewinnen.«

Sie berührte Emily an der Schulter. Emily blickte zu ihr auf.

»Ich verspreche dir, dass ich diese Leute finde und dafür sorge, dass sie dir nie mehr wehtun können, okay?«

Emily nickte und schmiegte sich noch enger an ihren Vater. »Und Sie versuchen auch, Suzie nach Hause zu bringen?«

Kim sah dem mutigen kleinen Mädchen in die Augen. Sie gab sich keinen falschen Hoffnungen hin, ihre Freundin könnte noch am Leben sein. Genau wie Jenny Cotton wollte sie nur, dass Suzie Frieden fand.

Kim nickte. »Ich werde mir alle Mühe geben, versprochen.«

Sie bedankte sich noch einmal bei allen und ging zu Bryant.

Neben dem Wagen stand bereits eine zweite Person.

Und diesmal wusste Kim, dass sie in Schwierigkeiten steckte.

NEUNUNDACHTZIG

»Ich bringe es heute, Detective Inspector«, sagte Tracy, als Kim näher kam.

»Tracy, sch…«

»Na, na … wenn mich nicht alles täuscht, war das das überlebende Mädchen von der letzten Entführung, die die Polizei versaut hat«, sagte Tracy selbstgefällig.

Wenn es je einen Augenblick gegeben hatte, in dem Kim sich wünschte, einfache Körperverletzung wäre nicht gegen das Gesetz, dann diesen.

Tracys blonde Haare flossen unter einer Strickmütze mit Ohren heraus. Kim sinnierte, wie eine so herzlose Person eine Mütze mit Ohren tragen konnte.

»Ich glaube, diese Geschichte geht noch immer …«

»Ja klar, und Sie gehen jetzt besser auch und verpissen sich.«

»Lassen Sie's gut sein, Guv«, riet Bryant ihr.

Tracy ignorierte Kims Stichelei. Sie war so etwas wohl gewohnt. »Ich denke mal, in meinem ersten Beitrag wird es darum gehen, wie die Polizei es beim letzten Mal versaut hat, und dann schreibe ich darüber, wie sie es diesmal versaut hat, und der letzte Artikel dreht sich dann ganz um Sie, den Star der Show«, höhnte sie.

Mit negativer Presse an sich hatte Kim kein Problem. Sollte diesen Mädchen etwas zustoßen, würde Kim die Artikel höchstpersönlich verfassen.

»Wie wäre es, wenn Sie sich einfach wie ein Mensch verhielten und die Finger davonließen?«

»Das wäre aber nicht sehr reporterisch von mir, oder?«

Bryant schnaubte.

»Ist das überhaupt ein Wort?«, erwiderte Kim.

»Also, Sie haben an meine gute Seite appelliert, und das hat ein paar Tage lang funktioniert, aber damit ist jetzt Schluss.«

»Sie besitzen keine gute Seite. Sie haben sich meiner Drohung gebeugt, dass ich aller Welt erzähle, was Sie tatsächlich sind, und die steht noch.«

»Ha, viel Glück damit. Wenn ich mit dieser Geschichte komme, verzeiht mein Chefredakteur mir selbst einen Mord.«

Kim wusste, dass ihre Drohung wirkungslos verpufft war. Sie öffnete den Mund, um etwas zu sagen, doch Tracy hob eine behandschuhte Hand.

»Ich tue Ihnen einen Gefallen, indem ich Ihnen sage, was ich vorhabe. So haben Sie wenigstens eine geringe Chance.«

»Wow, da bedanke ich mich aber hübsch artig«, zischte Kim.

»Ich habe Ihnen genug Zeit gegeben, Stone. Ich tue nur meine Arbeit.«

»Sie wollen sich über die Mediensperre hinwegsetzen?«, fragte Bryant.

Tracy nickte und richtete den Blick wieder auf Kim. »Machen Sie, was Sie wollen, Stone. Inzwischen verkaufen wir Abertausende von Zeitungen.«

Kim wagte nicht, ihren Worten noch etwas hinzuzufügen, denn ihr war klar, dass alles, was sie sagte, verdreht, ins Gegenteil verkehrt, zitiert und übertrieben werden würde. Genau deswegen provozierte Tracy sie so.

»Das ist dann wohl ein ›kein Kommentar‹, Inspector«, sagte Tracy und stapfte davon.

Machtlos sah Kim zu, wie der Audi davonrauschte.

»Glauben Sie, sie meint es ernst?«, fragte Bryant.

Es war reiner Zufall, dass Tracy Frost nicht für den Tod von Dewain Wright verantwortlich war.

Kim atmete tief durch. »Und ob sie es ernst meint.«

Und in dem Moment, in dem sie Ernst machte, wären die Mädchen tot. Die Entführer hatten nichts getan, um die Aufmerksamkeit der Presse zu erregen, und sie würden, genau wie Kim, nicht begeistert sein darüber.

Der Verlust ihrer Tochter hatte die Familie Cotton zerstört. Und Kim hatte zwei Familien, denen das gleiche Schicksal drohte.

NEUNZIG

Will steckte das Handy zurück in die Tasche und versuchte, ruhig zu bleiben. Hätte Symes nicht auf dem Sofa gelegen und gedöst, wäre er im Zimmer auf und ab gegangen.

Er wäre so lange im Kreis gelaufen, bis sich die Wut aus seinen Knochen verflüchtigt hatte.

Sie hatten einen verdammten Plan gehabt, und jetzt gab es plötzlich Änderungen am Spiel.

Es war wie eine Schachpartie – Strategie, Warten, Timing, jeden Zug vorwegnehmen und für alle Eventualitäten drei Züge in petto haben. Das Spiel war von einer Finesse, die es zu respektieren galt.

Man wechselte nicht mittendrin das Spiel und fing plötzlich mit Dame an.

Man schlug nicht plötzlich hektisch die Figuren des Gegners, um schnell ans andere Ende des Spielbretts zu gelangen und gekrönt zu werden. In der Anweisung, die er gerade erhalten hatte, lag weder Finesse noch Schönheit.

Und, verdammt, er verabscheute es.

Will war klar, dass er noch neben der Kappe war von der Nacht zuvor. Er hatte an einer Ampel gestanden, und als er den

Kopf wandte, war sein Blick auf sie gefallen. Die, nach der er gesucht hatte, seit er sie hatte gehen lassen. Für ein paar Sekunden war er ganz wirr gewesen im Kopf und hatte sich gefragt, ob er ihr Gesicht einfach auf ein anderes Mädchen projizierte, das gerade in einem Imbiss herumstand.

Und dann hatte er die Angst in ihren Augen gesehen und es gewusst.

Er war bei Rot über die Kreuzung geschossen und hatte das Auto an der Tankstelle geparkt, doch als er zurückgegangen war, war sie fort gewesen.

Er hatte gerade anfangen wollen zu suchen, da war ein silberner Astra mit quietschenden Reifen an der doppelten gelben Linie zum Halten gekommen.

In der Gegend zu bleiben war beinahe das Risiko wert gewesen, aber nicht ganz. Dieses kleine Mädchen war immer seine goldene Gans gewesen. Und im Augenblick hätte er es gut brauchen können, dass einer seiner Pläne etwas einbrachte.

Die Konten der Familie anzuzapfen hätte ihm Millionen eingebracht, doch die Familie hatte sich gut versteckt. Ihr neues Zuhause zu finden war keine große Sache gewesen. Er hatte Hilfe gehabt. Doch sie zu fassen zu kriegen hatte sich als extrem schwierig erwiesen.

Er versuchte, sich damit zu trösten, dass er immer noch sein eigenes kleines Spiel hatte – auch wenn das gegen Emily Billingham nur Peanuts waren.

Doch der Frust, dass er Emily wiedergesehen hatte, schoss ihm noch durch die Adern.

»Wach auf, Symes«, sagte er und drehte sich zu ihm um.

Der Ochse schnarchte weiter laut und mit weit offenem Mund.

Will stürzte sich auf ihn und schlug ihn auf den Arm.

In weniger als zwei Sekunden war Symes hellwach und saß aufrecht da.

»Die Eltern brauchen ein bisschen Druck.«

Symes war durcheinander. »Ich dachte, das käme erst später.«

Der große Kerl hatte den Plan offensichtlich besser im Kopf, als er gedacht hatte.

»Es hat eine Änderung gegeben. Die Eltern brauchen eine kleine Erinnerung daran, wie sehr sie ihre Engelchen lieben.«

Symes strahlte.

Will schüttelte den Kopf. »Nein, du kannst sie noch nicht haben.«

Laut Plan sollte die Erinnerung ein wenig Psychodruck sein, damit sich der Geldhahn öffnete.

Doch der Plan hatte sich geändert.

Ein Seufzer saß ihm in der Kehle. Beim ersten Mal war es viel leichter gewesen. Da war er allein gewesen und das Motiv ganz simpel. Geld.

Symes wollte sie tot.

Der Boss wollte sie lebend.

Und Will war es inzwischen egal.

Symes legte die Hände aneinander und ließ die Knöchel knacken.

Will hasste es, wenn es Änderungen am Masterplan gab. Denn jetzt musste er auch sein eigenes, kleines heimliches Spiel anpassen.

Er wandte sich an Symes und zischte: »Es ist Zeit, sie zum Schreien zu bringen.«

Als Kim nach der Hypnosesitzung mit Emily ins Haus zurückkehrte, stieß sie beinahe mit Helen zusammen, die gerade ein Tablett mit Tassen in die Küche trug.

»Wie war's?«, fragte Kim und ging neben ihr her.

»Karen reißt sich verzweifelt am Riemen, um nicht zusammenzubrechen. Elizabeth beschäftigt sich mit Nicholas, und Stephen habe ich den ganzen Morgen noch nicht gesehen.«

Das konnte Kim ihm nicht verübeln. Sie war überrascht, dass Karen ihn nicht mit Fußtritten aus dem Haus gejagt hatte, doch im Unterschied zu Stephen war Karens oberste Priorität immer noch, dass die beiden Mädchen unversehrt nach Hause zurückkehrten.

»Irgendwas von Robert?«

Helen schüttelte den Kopf. »Karen hat versucht, ihn im Büro zu erreichen, aber entweder ist er nicht da oder ›nicht da‹.« Sie zeichnete Anführungszeichen in die Luft.

Kim war nicht überrascht. Zu erfahren, dass er nicht Charlies leiblicher Vater war, war schon schlimm genug, aber es in einem Raum voller Menschen zu hören, von denen die meisten Fremde waren, musste entsetzlich sein.

Sie betrat die Einsatzzentrale und traf auf eine Mauer des Schweigens. »Was ist?«, fragte sie und schloss die Tür.

Alle Blicke richteten sich auf Matt.

»Die Aufforderung ist eingegangen – und sie klingt nicht gut.«

Kims Mund war ganz trocken, als sie sich setzte.

Das Handy lag auf dem Tisch.

»Fahren Sie fort.«

Matt klickte auf die Nachricht und spielte sie ab.

Kim starrte an die Wand, als sie eine Kinderstimme immer wieder »Nein« schreien hörte. Das Kind fing an zu weinen, und dann folgte ein Schrei.

Jetzt begriff Kim, was Matt schon vorher gewusst hatte. Dieser Schrei klang anders. Dies war ein Schmerzensschrei.

Kim war Matt unendlich dankbar, dass er Elizabeth und Karen die Handys abgenommen hatte.

»Ist auf dem anderen dieselbe Aufnahme?«

Matt schüttelte den Kopf und griff nach dem zweiten Handy, Karens.

Er spielte die Nachricht ab.

Charlies Stimme erfüllte den Raum. »Gehen Sie weg ... fassen Sie ...«

Kim hörte die Angst in der Stimme, aber kein Weinen. Dann folgte ein Schrei.

Beide Nachrichten waren wie ein Hieb in die Magengrube, doch der zweite hatte etwas mehr Wucht.

Karens Tochter war eine Kämpferin, die offensichtlich die Tränen zurückhielt, entschlossen, ihrem Entführer die Genugtuung zu verwehren. Kim ging davon aus, dass sie es auch so gemacht hätte.

»Da ist noch etwas. Eine zweite SMS an beide Handys. Sie fordern zwei Millionen, keinen Penny weniger.«

Kim sah Matt mit hochgezogener Augenbraue an. »Warum?«

»Diese Änderung der Strategie bereitet mir Sorgen. Es ist etwas passiert, was zu einer Verschiebung der Taktik geführt hat. Das ist kein gutes Zeichen.«

Das Grummeln in Kims Bauch widersprach ihm nicht.

»Könnte es Probleme mit dem Ort geben, wo sie die Mädchen festhalten?«, fragte Stacey.

Kim schüttelte den Kopf. »Für den Fall hätten sie sicher Vorkehrungen getroffen. Vermutlich liegt der Auslöser eher in etwas, was hier passiert ist«, sagte sie nachdenklich.

Es war ein hektischer Vormittag gewesen.

Stephen hatte sich wie ein Idiot benommen.

Robert war weggegangen.

Und Emily war bei der Hypnosetherapeutin gewesen.

Kim hatte keine Ahnung, was davon dazu geführt hatte, dass die Entführer Panik bekommen hatten, doch eines wusste sie mit Gewissheit.

Die Sanduhr war umgedreht worden.

ZWEIUNDNEUNZIG

»Okay, Leute, wir haben von Emily Folgendes erfahren: Als
man sie aus dem Lieferwagen geholt hat, war es matschig und
still. Das Gebäude hat schlecht gerochen – ich tippe auf
Schimmel.

An dem Tag, an dem sie freigelassen wurde, hat Emily in
der Ferne Rufe gehört und Maschinenlärm. Der Lieferwagen
hat das Grundstück über eine Wiese verlassen und so, wie
Emily die Fahrt beschreibt, wohl über einen Feldweg, der kaum
breit genug für ein Fahrzeug war. Sie hat gehört, wie etwas seitlich an den Lieferwagen schlug; das waren vermutlich herab-
hängende oder in den Weg ragende Äste.«

Kim sah die Anwesenden der Reihe nach an. »Ich weiß,
dass das nicht viel ist, aber ich möchte, dass Sie von da aus, wo
Emily abgesetzt wurde, rückwärts arbeiten.«

Dawson hustete.

»Was?«

»Guv, ist es nicht verdammt riskant, wenn wir davon ausgehen, dass sie an demselben Ort festgehalten werden wie bei der
letzten Entführung?«

Sie machte den Mund auf, um zu antworten, doch Matt war schneller.

»Es ist vollkommen logisch, davon auszugehen, dass sie keinen Grund haben, einen anderen Ort zu wählen, wenn er beim ersten Mal funktioniert hat. Sie kennen die Gegend, also liegt es nahe.«

Kim starrte auf die markierten Stellen, bis sie allmählich mit der Karte verschwammen. Sie wusste, dass der Sache mit Logik beizukommen war – doch sie fluchte innerlich, weil sie einfach keinen Schritt weiterkam.

Ihr Bauchgefühl sagte ihr, dass die neue Strategie der Entführer ein verzweifelter Zug war, zu dem sie nach den letzten Vorfällen bei ihnen im Haus gegriffen hatten. Doch bei der letzten Entführung hatte es keine Planänderungen gegeben, die der Auslöser für Emilys Freilassung gewesen sein konnten.

Irgendwo im Raum machte es »pling« – auf einem Handy war eine SMS eingegangen –, was Kim aus ihren kreisenden Gedanken riss.

Alle verharrten und blickten auf.

»Meines«, sagte Matt und hob ein Handy hoch.

Kim sah, dass es das alte Nokia war, das Jennifer Cotton gehörte.

Niemand rührte einen Muskel, als Matts Blick von links nach rechts glitt.

»Er will fünfzigtausend, selber Ablageort wie damals. Heute Abend um sechs«, sagte Matt und sah Kim direkt an.

»Das sind doch sicher gute Nachrichten?«, fragte Dawson und schaute von ihr zu Matt.

»Das nützt uns gar nichts«, antwortete Kim. »Die SMS kann auch ein falscher Alarm sein. Oder sogar ein Ablenkungsmanöver, damit wir unsere Kräfte aufteilen. Die echte Forderung lautet auf zwei Millionen. Ich habe Ihnen gesagt, dass wir davon ausgehen müssen, dass Suzie Cotton tot ist, und daran hat sich nichts geändert.«

»Guv, wollen Sie damit wirklich sagen, dass wir das ignorieren?«, fragte Dawson.

Kim stieß einen tiefen Seufzer aus, während ein Bild von Jenny Cotton vor ihrem inneren Auge vorbeizog.

Ja, Gott mochte ihr verzeihen, das tat sie.

DREIUNDNEUNZIG

Kim spürte den Widerspruch im Raum, verstohlene Blicke kreuz und quer über den Tisch.

»Konzentrieren Sie sich bitte weiter auf die Landkarten«, sagte sie, ohne aufzublicken. »Die Uhr tickt.«

Sooft sie versuchte, die Karte zu studieren, schrie ihr Hirn nur eine einzige Frage:

Was zum Teufel war passiert, dass sie beim letzten Mal ein Mädchen freigelassen hatten? An dem Ort, wo sie die Mädchen gefangen gehalten hatten, musste irgendetwas passiert sein.

»Stace, erzählen Sie mir noch ein bisschen mehr über die Nachrichten von damals ...«

»Madam, hätten Sie 'ne Sekunde?«

Helen spähte zur Tür herein.

»Kommen Sie rein, Helen«, sagte Kim.

Die Frau hatte sich das Recht verdient, die Grenze zu überschreiten. In einem anderen Leben hätte Kim *sie* Madam genannt.

Mit einem unsicheren Stirnrunzeln trat Helen an den Tisch. »Sie haben mich gebeten, Ihnen Bescheid zu sagen, wenn mir noch irgendetwas von dem Tag einfällt, an dem

Emily freigelassen wurde. Also, da ist mir tatsächlich noch etwas in den Sinn gekommen. Wahrscheinlich bedeutet es nichts, aber ...«

»Fahren Sie fort, Helen.«

»Also, ich erinnere mich, dass ich nach draußen gegangen bin, um frische Luft zu schnappen, und da stand ein Polizeibeamter. Er hatte den Funk eingeschaltet. Es hatte einen Unfall gegeben. Ich glaube, irgendwo bei Kidderminster. Es war West Mercia, aber es muss arg gewesen sein, denn die Rückstaus reichten bis nach Lye. Ich meine, es ist wahrscheinlich unwichtig, aber ...«

Sie beendete den Satz nicht, und Kim sah die Angst in ihrer Kinnlinie. Sie wussten alle, dass ihnen die Zeit davonlief.

»Vielen Dank, Helen«, sagte sie, als die Frau den Raum wieder verließ.

Kim sah Stacey an. »Der Unfallbericht.«

Stacey haute in die Tasten. Kim stand hinter ihr, als der Zeitungsbericht auf dem Bildschirm erschien.

Auf der ersten Seite standen die wichtigsten Fakten. Ein Verletzter etc.

»Rufen Sie mir den ganzen Bericht auf«, sagte Kim, die die Aufregung im Bauch spürte. Stacey öffnete ihn, und Kim las schnell.

Der Lkw war von der Schnellstraße abgekommen und hatte die Leitplanke durchstoßen. »Oh, Mist«, sagte Stacey, die den Bericht zusammen mit Kim las.

»Zeigen Sie mir eine Luftaufnahme.«

Stacey tippte wieder. Der Bildschirm zoomte auf das Gebiet.

Kim tippte auf den Bildschirm. »Da, sehen Sie sich das Terrain an. Der Boden senkt sich vom Feld in einen Graben. Das bedeutet, dass sie einen Kran gebraucht haben, um den Lkw aus dem Feld zu holen. Und es gab sehr viele ...«

»Sirenen.« Bryant trat näher. »Da waren Feuerwehr, Krankenwagen und Polizei. War sicher ein ziemlicher Lärm.«

Alison stellte sich links neben Kim und warf einen Blick auf den Bildschirm. »Zielperson zwei hat sich von so viel Lärm nicht aus der Ruhe bringen lassen. Zielperson eins dagegen sehr wohl. Es war im Plan nicht vorgesehen, und so nahe an der Geldübergabe könnte er Panik bekommen haben.«

Kim teilte die Einschätzung der Verhaltensexpertin, doch sie zielte immer noch an der Frage vorbei, warum Emily freigelassen worden war, bevor die Geldübergabe stattgefunden hatte, und warum sie Suzie *nicht* freigelassen hatten.

Stacey tippte eifrig weiter, holte die Karte näher heran und verkleinerte sie wieder.

»Die beiden nächstliegenden Gebäude links und rechts der Schnellstraße. Der Lärm war sicher noch weiter zu hören, aber dort war er am lautesten.«

Kim wusste, dass sie auf etwas gestoßen waren. Wenn so viel los war, konnten die Entführer nicht das Risiko eingehen, dass jemand an ihre Tür klopfte.

»Stace, suchen Sie nach weiteren Hinweisen. Wenn wir bei diesen beiden Häusern kein Glück haben, müssen wir den Radius vergrößern. Aber wir sind dicht dran. Ich weiß es.«

»Alles klar, Guv.«

Es fühlte sich an, als hätte jemand dem ganzen Raum einen Schuss Adrenalin verpasst.

»Okay, Bryant, Dawson, holen Sie Ihre Mäntel. Es wird Zeit, dass wir die Mädchen finden.«

VIERUNDNEUNZIG

Karen klammerte sich an ihren Mann, als die Schritte vorbeidonnerten. Er war seit fast einer halben Stunde zu Hause, und sie hatte ihn nicht loslassen können. Von den anderen wusste noch keiner, dass er zurück war.

Auch Robert blickte zur Küchentür, doch sie lösten sich nicht voneinander. Sie sah ihn an.

»Rob...«

Er schüttelte den Kopf. »Es muss nicht unbedingt was bedeuten. Wie oft haben wir sie schon ins Haus oder aus dem Haus stürmen sehen?« Er strich ihr sanft übers Haar. »Wir müssen es tun. Wir müssen wissen, was los ist, und das erfahren wir nur, wenn wir das Handy wieder an uns nehmen. Wir müssen unsere Tochter retten.«

Karen wurde von Erleichterung durchflutet, als er das sagte. In den Stunden, als Robert fort gewesen war, war ihre Welt vollkommen bedeutungslos gewesen. Ihre wunderschöne Tochter war fort, und ihr Mann hatte sie ebenfalls verlassen. Im Herzen hatte sie gewusst, dass er zurückkehren würde; er würde ihr alles verzeihen. Nicht sofort, auch das wusste sie. Es würde viele Tränen geben, Erklärungen und Entschuldigungen. Er würde Zeit brauchen, um ihren Betrug zu verarbeiten, doch seine Liebe zu ihnen beiden würde nicht daran zerbrechen.

Die Tatsache, dass er zurückgekommen war, hatte ihre Ängste ein wenig beruhigt.

Trotz dessen, was er da vorschlug.

»Aber ...«

»Es ist die einzige Möglichkeit, Karen«, sagte er leise. »Und du musst mir dabei helfen.«

Karen atmete tief durch und nickte.

Robert löste sich von ihr, nahm zwei Teller und bedeutete ihr, zur Seite zu treten.

Sie hielt sich die Ohren zu, als er die Teller zu Boden schmetterte.

FÜNFUNDNEUNZIG

Stacey erschrak zu Tode.

»Was zum Teufel ...«

Sie sprang sofort auf, doch Matt war schon an der Tür. Alison rückte ihren Stuhl nach hinten.

Stacey schob Matt aus dem Weg. »Bleiben Sie hier«, sagte sie und öffnete die Tür. Sie brauchte den beiden gegenüber nicht eigens zu betonen, dass sie die einzige anwesende Polizeibeamtin war.

»Du verdammte Lügnerin. Was hast du denn gedacht, wie ich mich fühle?«

Roberts Stimme schallte durch den Flur. Stacey ging zur Küche und öffnete die Tür.

Die beiden standen links und rechts des Frühstückstresens. In der Ecke lag ein Haufen Geschirr.

Roberts Gesicht war dunkel vor Zorn, und Karen schluchzte in ihre Hände.

»Es t...t...tut mir leid, dass ich dich angel...«

»Leid«, schrie er. »Es tut dir *leid*? Du hast mir zehn Jahre meines Lebens gestohlen mit deinen Lügen, und es tut dir *leid*? Mich in dem Glauben zu lassen, es wäre mein Kind ...«

»Mr Timmins«, sagte Stacey. »Bitte beruhigen Sie sich.«

Voller Entrüstung sah er sie an. »Sagen Sie mir nicht, ich soll mich beruhigen«, rief er und fegte mit dem Arm über den Frühstückstresen.

Besteck und Kaffeebecher krachten zu Boden.

»Und wo zum Teufel ist der egoistische Scheißkerl?«

Robert schritt energisch auf Stacey in der Türöffnung zu. Seine Körpergröße zwang sie zurückzuweichen, doch sie hob die Arme. Er schlug sie fort und brüllte über ihren Kopf.

»Stephen Hanson, komm raus aus deinem Versteck. Zeig dich wie ein Mann.«

Hinter ihr tauchte Matt auf. »Mr Timmins, beruhigen Sie sich«, drängte er.

»Warum sagt mir jeder, ich solle mich beruhigen? Wo zum Henker ist das Arschloch?«

Elizabeth stand jetzt am oberen Ende der Treppe. Robert ging auf sie zu. »Ist der Feigling da oben bei dir?«

Matt wollte vor ihm die Treppe hochgehen, doch Robert schob ihn zur Seite.

Helen kam aus dem Wohnzimmer und sah zu Stacey hinüber.

»Ist Mr Hanson draußen?«, fragte Stacey, während Robert auf dem Weg nach oben war.

Helen schüttelte den Kopf.

»Na los, Elizabeth, sag mir, wo er ist. Ich würde ihn gern mit einem Tritt in den Arsch aus meinem Haus werfen.«

»Ich schwöre dir, er ist nicht bei mir und nich...«

»Ich bin hier«, sagte Stephen hinter Elizabeth.

Stacey hatte den Eindruck, dass selbst Elizabeth überrascht war. Wo auch immer er gewesen war, bei ihr definitiv nicht.

»Robert ... bitte ...«, sagte Elizabeth.

Alle bewegten sich in Richtung Treppe. Robert war fast oben, doch Matt machte Anstalten, ihn zu überholen.

»Wie konntest du nur, du charakterloser Scheißkerl? Du

wolltest doch nur die Aufmerksamkeit davon ablenken, dass du pleite bist und nicht mal deine verdammte Frau davon gewusst hat.«

Stephen trat um seine Frau herum. Nur drei Stufen trennten die beiden noch.

»Du solltest nicht auf mich sauer sein. Es war deine Frau, das Flittchen, die dich angelogen hat.«

Roberts Faust schoss nach vorn, keine drei Zentimeter an Elizabeth vorbei, und traf Stephen mitten auf die Nase.

Stephen taumelte nach hinten. Er war wohl davon ausgegangen, dass der sanfte Robert niemals zuschlagen würde.

Endlich gelang es Matt, sich zwischen die beiden Männer zu drängen und sie auf Armeslänge auseinanderzuhalten.

Stacey war halb die Treppe hinauf, da hörte sie Alison sagen, sie solle aufpassen.

Stacey verharrte und drehte sich um. An der Haustür standen Lucas und Helen.

Robert, Stephen, Elizabeth und Matt waren am oberen Treppenabsatz. Sie stand mitten auf der Treppe, Alison unten.

Zwei Fragen schossen ihr augenblicklich durch den Kopf.

Wer bewachte die Einsatzzentrale? Und wo zum Teufel war Karen?

SECHSUNDNEUNZIG

Kim war kaum anderthalb Kilometer gefahren, da klingelte ihr Handy. Sie reichte es Bryant. »Stellen Sie auf laut.«

»Chefin, wir haben ein Problem«, sagte Stacey atemlos.

Toll, genau das, was sie jetzt brauchte.

»Was denn?«, rief sie, und Dawson auf dem Rücksitz beugte sich vor, um mitzuhören.

»Hier geht's drunter und drüber. Robert ist zurückgekommen, es sind Teller geflogen. Er hat Karen angeschrien und Stephen einen fiesen Haken verpasst.«

Kim wusste, dass das noch nicht das Problem war. Das war die Hinführung, der Höhepunkt kam noch.

»Ich hab das Zimmer als Erste verlassen, um herauszufinden, was los ist, aber dann hat sich alles überschlagen ...«

»Stace, kommen Sie zum Punkt«, sagte Kim. Doch sie hatte das Gefühl, sie wusste es schon.

»Die Handys sind weg. Während des ganzen Tumults ist Karen verschwunden. Helen sucht sie gerade. Doch die zwei Handys sind aus der Einsatzzentrale verschwunden.«

»Mist«, rief Kim. Ein verdammtes Ablenkungsmanöver, um an die Handys zu kommen – und dafür konnte es nur einen

Grund geben. »Sie wollen die Kontrolle übernehmen. Und sie werden die SMS mit der Forderung nach zwei Millionen lesen«, sagte sie.

»Und wahrscheinlich darauf eingehen«, fügte Dawson hinzu.

»Und damit das Schicksal der Mädchen endgültig besiegeln«, sagte Bryant.

Kim ging auf, dass die Eltern auch die Aufnahmen mit den Schmerzensschreien hören würden, die sie ihnen wohlweislich vorenthalten hatte.

Jetzt hatten sie wirklich ein Problem.

»Aber warum, Chefin?«, wandte Stacey ein. »Vielleicht ist es …«

»Sobald die Entführer die Eltern dazu gebracht haben, ein Angebot zu machen, brauchen sie die Mädchen nicht mehr.«

Will starrte auf die SMS, und langsam breitete sich auf seinem Gesicht ein Lächeln aus. Die Planung und Durchführung, die Symes und ihn an diesen Punkt gebracht hatten, hatten sich gelohnt. Bald kriegten sie ihr Geld.

Beide.

Jetzt, da die Eltern die Bedingungen akzeptiert hatten, war die Geldübergabe keine große Sache mehr. Er sah keinen Grund, einen anderen Ablageort zu wählen als beim letzten Mal.

Will spürte das Siegesgefühl schon durch die Adern rauschen. Zwei Millionen Pfund, und keiner von seinen Partnern wollte einen Anteil davon. Sie hatten ihre eigenen Motive, bei der ganzen Sache mitzumachen. Symes' Anreiz kannte er schon: Er wollte wehtun, Schmerz zufügen und am Ende töten. Die Aussicht, zwei kleine Mädchen ins Jenseits zu befördern, hatte ihn durch die Woche getragen.

Was den Boss anging, da war Will sich nicht so sicher.

Will hatte zwei separate Deals abgeschlossen – einen von beiden musste er am Ende austricksen. Symes hatte er ihren Tod versprochen, dem Boss ihr Leben.

Jetzt musste er noch entscheiden, wen zu hintergehen für ihn besser war.

Symes war jetzt hier bei ihm. Der Boss nicht.

»Kriege ich jetzt meinen Lohn?« Symes ging im Zimmer auf und ab.

Will zögerte nur einen Sekundenbruchteil.

»Ja. Und diesmal darfst du machen, was du willst.«

ACHTUNDNEUNZIG

»Ähm ... ich will ja nichts sagen, Guv, aber das ist nicht die Straße nach Kidderminster.«

»Vielen Dank, dass Sie mich darauf aufmerksam machen, Bryant, aber Sie haben das Luftbild gesehen. Der Lärm von dem Unfall war in alle Richtungen gut anderthalb bis zwei Kilometer zu hören. Wir müssen es eingrenzen. Emily hat gesagt, der Lärm kam aus der Ferne, also ist die Unfallstelle der falsche Ausgangspunkt. Aber Emily hat noch etwas anderes gesagt«, sagte Kim und brachte den Wagen zum Stehen.

Bryant sah sich um. »Hier wurde Emily gefunden«, sagte er.

Die Straße führte in ein neues Wohngebiet am Rand des Grüngürtels außerhalb von Harvington.

»Und sie hat ›links, links, rechts, links‹ gesagt.«

»Sicher?«, fragte Bryant.

Kim holte ihr Handy heraus und spielte die Aufnahme ab. Sie spulte bis kurz vor dem Ende vor. Zehn Sekunden später bestätigte Emilys Stimme das, was Kim gesagt hatte.

Auf Bryants Gesicht zeigte sich, dass er allmählich begriff.

»Wir verfolgen die Spur zurück von da, wo sie sie abgesetzt haben.«

Kim nickte. »Kev, rufen Sie Stacey noch einmal an. Geben Sie ihr während der Fahrt durch, wo wir uns befinden. Sie kann uns sagen, ob wir in Bezug auf das Zielgebiet warm oder kalt sind.«

Dawson holte sein Handy heraus.

Kim fuhr langsam los.

»Ich verstehe, was wir machen«, sagte Bryant. »Wir biegen rechts, links, rechts, rechts ab, umgekehrt wie in Emilys Erinnerung, aber wir wissen nicht, ob es die erste rechts, die zweite rechts oder die dritte rechts ist.«

Kim hörte, wie Dawson Stacey erklärte, was sie vorhatten.

»Wo sie Emily abgesetzt haben, war egal«, erklärte sie. »Das Wichtigste war, nicht gesehen zu werden. Sie haben weder Hauptstraßen benutzt noch Wohnstraßen, die können wir also ausschließen.«

»Ah, verstehe.«

»Alles bereit, Kev?«, fragte sie.

»Bereit, Chefin.«

Kim fuhr weiter, bis sie rechts eine schmale Straße entdeckte. Sie bog ab. Jetzt brauchte sie eine, die nach links führte und eher ein Feldweg war.

Die nächsten vier Straßen links waren Wohnstraßen. Die fünfte war von Sträuchern flankiert. Kim bog ab.

Nach gut fünfhundert Metern stieß die Straße auf das Dorf Belbroughton.

»Zu bevölkert«, sagte sie. »Das ist nicht der Weg.«

Sie wendete auf dem Parkplatz eines Pubs, fuhr zurück und hielt Ausschau nach einer weiteren Straße, die nach links führte.

Kim fuhr noch ungefähr vierhundert Meter, doch ihr Bauchgefühl sagte ihr, dass irgendetwas nicht richtig war.

»Chefin, Stacey sagt, dass wir über vier Kilometer von der Unfallstelle weg sind und uns immer weiter davon entfernen.«

»Mist«, sagte Kim und hielt an.

Sie hatte einen Fehler gemacht. Eloises Warnung klingelte in ihren Ohren.

Verdammt, sie würde zu spät kommen.

NEUNUNDNEUNZIG

»K...k...komm schon, Ames, d...d...du musst bei mir bleiben. Er kann jede Minute zurückkommen.«

Amy hielt die rechte Hand in der linken. Tränen liefen ihr über die Wangen. »Es tut so weh.«

»Ich weiß, Ames, a...a...aber wir müssen stark bleiben.«

Charlie wusste, dass Amys kleiner Finger gebrochen war. Er sah genauso aus wie ihrer damals, als sie sich ihn beim Netball verletzt hatte.

Der Schmerz schoss durch ihren rechten Fuß, wo der Mann draufgestampft war. Unter großen Schmerzen hatte sie gehört, wie die Knochen unter seinem schweren Stiefel krachten. Aber sie hatte nicht geweint, auch wenn es sie schier umgebracht hatte, die Tränen in Schach zu halten. Inzwischen tat es schrecklich weh, aber sie musste sich auf ihren Plan konzentrieren.

»Ames, es w...w...wird schlimmer. Wir müssen es d... d...durchziehen.«

Frische Tränen füllten Amys Augen. »Ich kann nicht, Charl, ich kann nicht ...«

»Doch, du k…k…kannst es. Ich kann es nicht, a…a…aber du kannst es.«

Charlie wusste, dass sie es probieren mussten.

»Ich weiß, dass deine Hand wehtut, aber d…d…die werden uns noch viel mehr wehtun.«

Amy weinte lauter, und Charlie rutschte näher.

»Okay, hör zu. Ich m…m…mache ein Picknick, und ich nehme einen Apfel mit«, sagte Charlie. Das Spiel beruhigte Amy immer.

»Banane.«

»C…c…cousous.«

»Donut.«

»Eier.«

»Äääähm … Frankfurter Würstchen«, sagte Amy.

»G…G…Grießbrei.«

»Hotdogs.«

Die Tränen versiegten allmählich. Charlie führte das Spiel fort, während sie mit einem Ohr auf Schritte lauschte.

»Ingwerkekse.«

»Joghurt.«

»K…K…KitKat.«

»Limonade.

»Mars-Riegel.«

»Nüsse.«

»O…o…orangen.«

Amys Antworten kamen viel schneller.

»Papadams.«

»Q … Ich kriege immer Q«, sagte Charlie.

»Das liegt daran, dass du immer mit dem Spiel anfängst, du Dösbacke«, sagte Amy und zuckte zusammen.

Charlie wollte lachen, doch sie hielt inne, als sie hörte, dass irgendwo eine Tür geöffnet wurde.

Amy hörte es auch. Sie machte große Augen. Wie automatisch fing ihre Hand an zu kratzen.

Charlie legte die Hand auf Amys Arm. Sie hatten keine Zeit mehr.

»Ames, du musst t...t...tapfer sein und tun, w...w...was ich gesagt habe.«

Amy schüttelte den Kopf und griff nach Charlies Hand. »Ich kann nicht ...«

»Du m...m...musst.« Charlie drückte Amys Hand. »Versprich es mir, Ames. Versprich es mir.«

Ein Träne löste sich aus Amys Auge. »Aber du ...«

»Ich bin direkt hinter dir, a...a...aber tu bitte, was ich gesagt habe.«

Charlie gab sich große Mühe, damit ihre Stimme nicht verriet, dass sie log. Wenn Amy wüsste, dass sie gar nicht laufen konnte, würde sie niemals tun, worum sie sie gebeten hatte.

Doch so würde wenigstens eine von ihnen überleben.

EINHUNDERT

Kim überlegte einen Augenblick lang. Sie vertraute auf Emilys Erinnerungsvermögen, doch irgendwo hatte sie ein entscheidendes Puzzlestück übersehen.

»Natürlich«, rief sie, warf den Motor an und setzte den Wagen rückwärts in die Einfahrt, vor der sie angehalten hatte.

»Was?«, fragte Bryant.

»Ich bin davon ausgegangen, dass Emily in Fahrtrichtung gesessen hat«, sagte Kim und fuhr zurück zum Ausgangspunkt. »Aber sie hatten das arme Mädchen hinten in den Lieferwagen geworfen, wo sie hin und her geschleudert wurde. Deswegen entfernen wir uns immer weiter. Emily hat offensichtlich in die andere Richtung geschaut.«

Bryant runzelte die Stirn, während Dawson das, was sie gesagt hatte, für Stacey wiederholte.

»Also, damit ich das recht verstehe. Wir müssen das Gegenteil von dem tun, was wir gerade getan haben, weil Emilys links für uns rechts ist.«

»Exakt«, sagte Kim und verfluchte sich, dass sie so viel Zeit vergeudet hatte.

Minuten später waren sie wieder am Ausgangspunkt.

»Okay, das Ganze noch mal von vorn«, wies Kim die beiden an.

Sie fuhr, während Bryant rief, was er sah.

»Häuser, Häuser, private Einfahrt, abbiegen.«

Kim bog links ab.

An der Ecke war ein Pub und an der anderen Ecke ein Doppelhaus. Dahinter ragten auf beiden Seiten Hecken auf.

Kim fuhr langsam, während Bryant weiter achtgab.

»Abbiegen«, rief er.

Sie bog scharf nach rechts, und die Straße verengte sich zu einer Spur. Kim spürte Hoffnung aufkeimen. Das hier sah schon eher nach dem aus, was sie suchten.

»Kev, haben Sie es?«

»Ja, Stacey sagt, wir fahren auf ...«

»Abbiegen«, rief Bryant.

Kim bog links auf eine einspurige Straße, durch deren Teerdecke immer wieder Grasbüschel brachen. Nach wenigen Sekunden holperte sie durch zwei Schlaglöcher.

Ein Ast schlug gegen die Fahrertür.

»Guv, ich glaube, wir kommen näher«, sagte Bryant.

O ja, sie wusste es. Nach Emilys Beschreibung hatte es diese Schlaglöcher auch schon vor dreizehn Monaten gegeben.

»Kev, wie weit vom Unfallort?«

»Acht-, neunhundert Meter.«

Kim hielt Ausschau nach der nächsten Abzweigung.

»Guv«, rief Bryant.

Sie folgte seinem Blick und brachte den Wagen rasch zum Stehen. Ein abgesägter Baumstamm blockierte die Straße.

Kim sah Bryant an.

»Jetzt sind wir dicht dran.«

EINHUNDERTEINS

Nicht immer ging Symes mit so viel Sorgfalt vor, bevor er tötete. Doch das hier war etwas anderes. Die Woche war die reinste Folter gewesen – sich vorzustellen, wie sich ihre reinen kleinen Körper seinem gewalttätigen Willen beugten –, doch auf seltsame Art hatte er die schmerzliche Vorfreude auch genossen. Er hatte nur eine Angst gehabt: dass Will einen Rückzieher von ihrem Deal machen würde.

Doch am Tag zuvor hatte Will ihm grünes Licht gegeben, sich seinen Lohn zu holen, und er schwelgte in dem luxuriösen Gefühl zu wissen, dass er jetzt die Kontrolle hatte. Da waren Waschen und Rasieren angezeigt gewesen. Symes wusste, wenn er den Keller einmal betrat, würde er eine ganze Weile nicht mehr herauskommen.

Stundenlang hatte er sich vorgestellt, wie es sich anfühlen würde, ihnen mit bloßen Händen die kleinen Knochen zu brechen, und fantasiert, dass sie knacken würden wie Hühnerflügel.

Natürlich würde er Gewalt ausüben – treten und schlagen –, denn danach stand ihm der Sinn, doch ein gewisses Maß an Kontrolle musste er behalten. Er hatte so lange gewartet, da konnte es nicht in wenigen Minuten vorbei sein. Er würde sich Stunden nehmen, womöglich Tage. Er wusste, wie man jemanden bis kurz vor den Tod brachte und wieder zurückholte, um das Leiden des Opfers ebenso zu verlängern wie sein eigenes Vergnügen. Er würde es so lange tun, bis er sich langweilte.

Symes entriegelte die Tür zur Kellertreppe.

Er würde diesen Raum betreten in dem Wissen, dass er der letzte Mensch war, den die beiden je zu sehen bekamen.

EINHUNDERTZWEI

»Okay, gehen wir.«

Sie stiegen aus dem Auto.

An einer Seite der Straße wuchs eine Hecke, dort war das Gelände flach.

»Kevin, haben Sie noch Netz?«

Er nickte.

»Sie gehen über das Feld.«

Er schob sich durch die Hecke, Bryant und sie blieben zurück. Die andere Straßenseite bot ein vollkommen anderes Bild. Das grasbewachsene Bankett fiel zuerst von der Straße ab und ging dann steil in den Hang über.

»Himmel, Guv, ich bin nicht Bear Grylls«, sagte Bryant und versuchte, mit ihr Schritt zu halten.

Kim achtete nicht auf ihn, sondern konzentrierte sich ganz darauf, wo sie die Füße hinsetzte.

Das Gras war dicht und rutschig. Die Sonne würde bald untergehen, dahinter lauerte schon die Dunkelheit.

Haltet durch, Mädchen, betete sie im Stillen. Nur noch ein kleines bisschen.

Charlie hörte Schritte die Treppe herunterkommen.

»Bereit, Ames?«

Ihre Freundin sah sie voller Angst an, doch sie nickte.

Charly hörte den Schlüssel ins Schloss gleiten. Die Tür ging auf, und Charlie drehte sich der Magen um. Amy hockte hinter ihr und wartete.

Sein rechtes Bein kam vor ihrem Körper zu stehen.

»Hallo, meine kleinen ...«

Mehr hörte Charlie nicht, denn in dem Augenblick stürzte sie sich mit weit aufgerissenem Mund auf ihn.

Mit den Händen packte sie seinen Fußknöchel und schlug ihm die Zähne in den Unterschenkel.

»Was zum Teufel ...«

Sie biss so fest zu, wie sie nur konnte. Durch die Jeans spürte sie seine Muskeln zwischen den Zähnen.

Er schrie laut auf und hob das Bein.

»Du verdammtes Biest ...«

Aus dem Augenwinkel sah Charlie, dass Amy wie angewurzelt verharrte. Bitte, Amy, mach's, flehte sie im Stillen.

Der Mann schüttelte das Bein, doch Charlie ließ nicht los.

Er beugte sich vor, packte sie an den Haaren und zwängte sein Bein zwischen ihren Zähnen heraus. Dann schwang er sie herum, bis er sie vor sich hatte.

»Lauf, Amy. Lauf«, schrie sie.

Amy stieß einen leisen Schrei aus und schob sich langsam vorbei.

»Los«, schrie Charlie.

Sie zappelte und wand sich mit aller Kraft, sodass er sie mit beiden Händen packen musste, um sie zu bändigen, und nicht nach Amy greifen konnte.

Amy schluchzte und rückte weiter auf die Tür zu.

»Du verdammtes kleines ...«

Seine Worte wurden zu einem Knurren, als Charlie die Zähne tief in seinen linken Unterarm schlug. Und diesmal drang sie durch die Haut. Sie schmeckte Blut.

»Lass mich los, du ...«

Er schrie und wollte sie von sich wegreißen, doch sie ließ nicht locker. Sie schloss die Augen vor dem Schmerz und trieb die Zähne mit letzter Kraft noch tiefer in seinen Arm.

Der Mann schrie noch einmal auf und versetzte ihr einen Hieb seitlich gegen den Kopf.

Höllische Schmerzen schossen ihr kreuz und quer durch den Schädel, doch sie sah, dass der Schatten ihrer Freundin aus dem Raum verschwand.

»Das wirst du noch bereuen, du tollwütige kleine Hündin.«

Charlie drehte das Gesicht zur Tür und schrie: »Lauf, Amy, lauf.«

EINHUNDERTVIER

Fluchend erreichte Kim die Kuppe des Hügels. Ihre Beinmuskeln brannten vom Stapfen durch das kniehohe Gras.

»Na super«, sagte sie, als Bryant sie schnaufend einholte.

Sie ließ den Blick über die Landschaft schweifen und sah, was auf dem Luftbild von Bäumen verdeckt war.

Im Osten, Norden und Westen lagen Gebäude. Auf dem Bildschirm war nur das Gebäude direkt vor ihr zu sehen gewesen.

»Himmel, welches, Guv?«

Kim schüttelte den Kopf. Sie wusste nur, dass sie, sobald sie aus der Deckung, die das hohe Gras ihnen bot, auftauchten, von allen drei Anwesen aus zu sehen sein würden.

»Verdammt, wenn wir das Falsche erwischen ...«

Sie beendete den Satz nicht. Bryant wusste, dass die Mädchen, wenn sie jetzt etwas Dummes taten, womöglich getötet oder in einen Lieferwagen verfrachtet und an einen anderen Ort gebracht wurden. Und wenn das geschah, waren die Mädchen verloren.

Bryant biss sich auf die Lippe.

Kims Herz schlug immer schneller. Ein einziger Fehler, und zwei Familien waren für immer zerstört.

Sie schloss die Augen und nutzte all ihre Sinne.

Der Wind pfiff ihr um die Ohren und trug einen leichten Regen mit sich, der sich auf ihre Wangen legte. Sie hatte nur eine Chance, die Mädchen zu finden, bevor die Zeit endgültig ablief. Sie hatte eine Entscheidung getroffen, und sie hoffte bei Gott, dass es die richtige war.

Sie konzentrierte sich. *Kommt schon, Mädchen. Schickt mir was. Bitte helft mir, euch zu finden.*

Sie schlug die Augen auf, machte zwei Schritte und verharrte.

»Bryant, was ist das?«

Bryant folgte ihrem Blick. Dreihundert Meter von ihnen entfernt, am Fuß des Hügels, war in der Landschaft ein Fleck aufgetaucht. Er kam von rechts und bewegte sich auf sie zu.

Sie blickten so konzentriert darauf, wie sie nur konnten.

Zweihundertfünfzig Meter entfernt, und sie sahen einander an.

»Das sieht aus wie ein Kind, Guv.«

Genau das hatte Kim auch gedacht.

Bryants Beine bewegten sich gleichzeitig mit Kims nach vorn. Sie holte ihn ein, bevor er die Sicherheit des hohen Grases verließ.

»Runter«, sagte sie und packte ihn am Arm.

»Guv, was zum Teufel ...«

»Scht, rufen Sie Dawson an.«

Bryant holte sein Handy heraus, und Kim hob den Kopf, um rasch einen Blick auf die Gestalt zu werfen.

Sie war noch zweihundert Meter entfernt und kam direkt auf sie zu.

»Was zum Teufel machen wir hier, Guv? Das ist eines von unseren Mädchen.«

Er sah Kim an, als hätte sie den Verstand verloren.

Kim reckte den Kopf. Hundertfünfzig Meter. Sie duckte sich schnell wieder. Die langen dunklen Haare, die im Wind flatterten, verrieten ihr, dass es Amy war, die da auf sie zugelaufen kam. Sie war nur mit einem blauen Badeanzug bekleidet.

»Guv, wir sollten sie holen.«

»Warten Sie noch einen Augenblick.« Sie hob noch einmal den Kopf. Fünfundsiebzig Meter. Und endlich sah sie, worauf sie gewartet hatte.

»Sie laufen los, wenn ich es sage«, wies sie Bryant an.

Keuchen und Schluchzen drangen an ihre Ohren. Bryant kroch durchs Gras. Sie fasste nach seinem Arm. »Warten Sie.«

Das erschöpfte Keuchen kam näher. Amy war müde. Sie war die ganze Zeit hügelan gelaufen.

»Guv, ich muss ...«

»Warten Sie«, zischte Kim und spitzte die Ohren.

Jetzt hörte sie, dass Gras platt getreten wurde.

»Verdammt, komm zurück, du kleine ...«

»Jetzt«, schrie Kim, und Bryant und sie stürzten gleichzeitig aus dem hohen Gras. Amy war zwanzig Meter westlich von ihnen. Ihr Verfolger war nur drei Meter hinter ihr.

Beide blieben vor Überraschung wie angewurzelt stehen.

»Das Mädchen, Bryant«, schrie Kim.

Der Mann hatte sich schon umgedreht, doch Kim stürzte sich auf ihn und warf ihn zu Boden.

Er zappelte unter ihr, doch sie versetzte ihm einen Hieb gegen die rechte Schläfe. Er wehrte sich und wollte sie abwerfen, aber sie zog an seinen Haaren wie an einer Pferdemähne, sodass er den Kopf ganz nach hinten biegen musste. Kim versetzte ihm einen zweiten Hieb, diesmal von rechts aufs Kinn.

Er buckelte, und sie fiel nach links. Er wollte unbedingt entkommen, was ihm zusätzliche Kräfte verlieh, doch ihre Entschlossenheit war genauso groß.

Er drehte sich zur Seite, und sie holte mit dem Fuß aus und versetzte ihm einen ordentlichen Tritt in die Lenden.

»Sie bleiben liegen.«

Bryant tauchte neben ihr auf. »Hier, Guv, lassen Sie mich.«

Kim ignorierte ihn und griff ihr Opfer ein weiteres Mal an. Sie wusste, dass sie es mit Zielperson eins zu tun hatte. Seine geringe Körpergröße und sein schmächtiger Oberkörper verrieten ihr, dass sie gerade den Mann zu Boden geworfen hatte, der die SMS geschickt hatte. Dieser Mann war nicht fähig, mit solcher Brutalität gegen Brad und Inga anzugehen.

Der andere hatte immer noch ein Kind in seiner Gewalt.

»Wo zum Teufel sind sie?«, schrie Kim ihm ins Gesicht.

»Verpiss dich«, stieß er hervor.

Kim wäre gern noch ein bisschen geblieben und hätte neue Foltermethoden erfunden, damit er redete, doch die Zeit hatte sie nicht. Charlie war immer noch irgendwo da unten.

Sie blickte den Hügel hinauf. Amy stand allein da, in Bryants Mantel eingehüllt wie eine Zwergin.

»Bryant. Lassen Sie nicht zu, dass er aufsteht.«

Kim lief den Hügel wieder hinauf. Wenn sie zu früh aus der Deckung gekommen wären, hätte der Verfolger des Mädchens sich sofort wieder umgedreht. Und sie hatte beide gewollt.

Sie kniete sich vor das Mädchen, das unkontrolliert zitterte.

»Amy, es ist okay, du bist jetzt in Sicherheit. Niemand wird dir mehr wehtun.«

Kim sah, dass mindestens ein Finger ihrer rechten Hand gebrochen war.

»Kannst du noch ein bisschen tapfer sein?«

Amy nickte.

»Okay, Schatz. Ich muss Charlie da rausholen, aber dafür muss ich wissen, wo sie ist.«

»Sie hat den Mann gebissen. Sie hat gewartet, bis er näher kam, und dann hat sie ihn ins Bein gebissen. Sie hat gesagt, ich müsste laufen, wegen ihres Fußes. Ich wollte nicht, aber ich musste es ihr versprechen.«

»Es ist okay, Amy. Charlie hatte recht. Hat er ihr den Fuß verletzt?«

Amy nickte. »Ist draufgetreten.«

»Okay, Amy. Du machst das toll. Wo war sie, als du weggelaufen bist?«

»Unten ... da sind Räume ... die Wände sind kalt.«

Kim blickte den Hügel hinunter. Es gab vier einzelne Gebäude. »Amy, kannst du mir sagen, in welchem Gebäude ihr wart?«

Amy schaute dahin, wo Kim hinzeigte, und wies mit einem Nicken auf das Gebäude ganz rechts. Von der Seite sah es aus wie das Wohnhaus.

»Okay, Schatz, kannst du mir sagen, wie der Mann aussah?«

»Groß«, sagte sie und blickte auf. »Größer als Sie. Keine Haare, glattes Gesicht.«

Amy schloss die Augen und zitterte heftig.

Kim legte ihr eine Hand auf den Arm.

»Das hast du ganz toll gemacht, Amy. Du bist ein sehr tapferes Mädchen.«

Dawson kam über die Kuppe des Hügels gelaufen.

»Lassen Sie Amy nicht aus den Augen«, wies sie ihn an, als er näher kam. »Rufen Sie einen Krankenwagen und die Feuerwehr, damit sie den Baumstamm wegräumt. Aber keine Anrufe zum Haus der Timmins, verstanden? Nicht einmal zu Stacey.«

Dawson nickte und kniete sich neben Amy.

»Guv, Sie können nicht allein da runtergehen«, sagte Bryant.

Dawson musste auf Amy aufpassen, und Bryant musste den Entführer bewachen.

Charlie war ganz allein. Kim hatte keine Wahl.

Sie wandte sich von Dawson ab. Sie wusste nicht, wie lange

es dauern würde, bis Verstärkung kam. Sie war unbewaffnet und kannte die Örtlichkeiten nicht.

Doch in diesem Gebäude war irgendwo ein Verrückter mit einem neunjährigen Mädchen.

Kim drehte sich auf dem Absatz um und rannte los.

EINHUNDERTFÜNF

Die Dunkelheit senkte sich allmählich herab, als Kim am ersten Gebäude stehen blieb. Es war ein fensterloser Bau ohne irgendwelche Besonderheiten, vermutlich ein Kuhstall.

Die Türen aus verrostetem Stahl waren mit einem Vorhängeschloss gesichert.

Sie ging seitlich am Gebäude entlang und stieß auf einen weißen Lieferwagen, der unter einem Dach ohne Wände stand.

Kim betrat das Wohnhaus, dessen Türen Zielperson eins offen gelassen hatte, nachdem er Amy hinterhergejagt war. Augenblicklich stieg ihr der feuchte Geruch in die Nase.

Zu ihrer Linken befand sich eine Klöntür, die in die Küche führte. Sie trat ein, sorgsam darauf bedacht, keinen Lärm zu machen.

Die wenigen Schranktüren hingen alle schief in den Angeln. Leere Fächer gähnten, wo einst Küchengeräte gestanden hatten. In sämtlichen Ecken hingen Spinnweben. Überall lagen haufenweise Mäuseköttel herum.

Die Wände zierte ein Gemälde aus schwarzen und grünen Schimmelflecken.

Kim verließ die Küche und ging nach nebenan. Es war wohl einmal ein kleines Wohnzimmer gewesen, doch in letzter Zeit war es als Kontrollraum genutzt worden.

Vor dem Fenster hing ein marineblauer Vorhang, der oben an die Wand genagelt worden war.

Links im Raum stand ein Tisch, auf dem eine Reihe von Handys lag, an der Wand vor dem Fenster ein Tisch mit drei Computerbildschirmen. Ein Sofa nahm den Rest des Raums ein.

Kim machte einen Schritt auf den Tisch zu. Auf allen drei Bildschirmen war nur Schnee zu sehen. Verdammt, die Kameras waren zerschlagen worden, sodass sie von hier aus nicht sehen konnte, wo er war. Sie hatte keine Ahnung, was sie erwartete.

Sie verließ den Raum. Daneben lag eine weitere Holztür. Kim öffnete sie behutsam, doch die Klinke klapperte, als sich der Riegel löste.

Vor ihr lag eine Steintreppe, die hinab in die Dunkelheit führte.

Sie legte rechts und links eine Hand an die Wand und ertastete die Stufen mit den Absätzen.

Als sie keine Stufen mehr tasten konnte, holte sie ihr Handy heraus und drückte auf das Display. Ein zarter Lichtstreifen zerteilte die absolute Finsternis.

Sie hielt es nach links und dann nach rechts.

Sie stand in der Mitte eines Flurs, der entlang der ganzen Länge des Hauses zu verlaufen schien. Links war eine Backsteinwand, doch rechts sah es so aus, als führte der Flur um die Ecke.

Kim wandte sich nach rechts und richtete das Licht des Displays auf den Boden.

Sie trat behutsam über das Glas der zerschlagenen Glühbirne an der Decke und wandte sich um, als von links etwas an ihre Ohren drang. Der matte Lichtschein fand nichts. Vermutlich eine Ratte.

Sie kam an einer offenen Tür vorbei und leuchtete mit dem Licht hinein. Der Raum war kaum größer als eine Gefängniszelle.

In einer Ecke entdeckte sie mehrere Saftkartons und Sandwichverpackungen. In der anderen befanden sich eine Matratze und ein Eimer. Der Gestank schlug ihr bis in den Flur entgegen.

Sie trat zwei Schritte nach vorn und hielt das Handy vor sich. Einen halben Meter noch, und sie war um die Ecke.

»Keinen Schritt weiter, sonst schneid ich ihr die verdammte Kehle durch.«

Kim erstarrte. Den Lippen des Mädchens entwich ein leiser Schrei. Kim schloss die Augen. Gott sei Dank, Charlie lebte noch.

Kim war diesem Mann noch nie begegnet, doch sie wusste, wozu er fähig war.

An so etwas wie Mitgefühl zu appellieren würde nicht funktionieren. So etwas besaß er nicht.

Der Mann war kein Psychopath. Er war ein Produkt – geformt und programmiert, um zu töten. Er war ein Mann, der zur Gewalttätigkeit neigte. Der Krieg hatte sich das zunutze gemacht und es noch verstärkt – und damit jede Spur von Menschlichkeit zerstört.

Kim überlegte, was sie tun konnte. Noch wusste er nicht, dass er es mit einer Frau zu tun hatte.

»Ich kann dich riechen, Flittchen«, sagte er.

Na toll. Doch die Stimme war recht dicht vor ihr und klang leicht amüsiert. Das war gut. Alles, was ihn davon ablenkte, Charlie wehzutun, war gut.

Wegen seiner Überheblichkeit kam sie gar nicht dazu, eine Entscheidung zu treffen, da trat er auch schon ins Licht. Kim war vollkommen verblüfft über seine Massigkeit. Sie schätzte, dass er mit seinen gut ein Meter neunzig Körpergröße um die einhundertfünfzehn Kilo wog, nur Muskeln.

Er hielt Charlie vor sich und drückte ihr ein Messer an die Kehle.

Ihr linkes Auge war zugeschwollen, ihre Unterlippe aufgeplatzt.

Das rechte Auge hatte sie vor Entsetzen weit aufgerissen.

Symes lachte laut. »Die schicken eine Schlampe her, um mich zu fassen. Was für ein Witz.«

Auch wenn seine Stimme voller Erheiterung war, hörte Kim doch, dass er beleidigt war.

Sie senkte den Blick. »Es ist okay, Charlie. Amy ist in Sicherheit, und dich hole ich auch noch hier raus.«

Er lachte wieder. »Nein, verdammt, das tut sie nicht, Mädchen«, sagte er zu Charlie. »Erst schneid ich dir die Kehle durch, wie's mir versprochen wurde, und danach bring ich sie um. Sie redet nur Scheiß.«

Er machte noch einen Schritt auf Kim zu. Sein rechtes Bein war steif. Kim schätzte, dass es das Bein war, in das Charlie ihn gebissen hatte. Über seinen Unterarm lief Blut.

In einem Kampf eins gegen eins hätte Kim ihn trotz seiner Größe überwältigen können. Doch zwischen ihnen waren ein Kind und ein Messer.

»Ich bin nicht allein«, sagte sie.

Er schaute an ihr vorbei.

»Hast du deine Fantasiefreunde mitgebracht?«

Kim mühte sich, mit ruhiger, tiefer Stimme zu sprechen.

»Inzwischen wimmelt das ganze Gelände von Polizisten. Es ist nur eine Frage der Zeit, bis sie hier runterkommen.«

Symes wirkte unbeeindruckt. »Ich brauche nicht lang.«

Sie hielt den Daumen auf dem Display, damit es nicht plötzlich dunkel wurde, und versuchte, Blickkontakt herzustellen, doch seine Augen schossen hierhin und dorthin.

Kim schätzte die Entfernung zwischen ihnen ab. Ohne

irgendeine Ablenkung konnte sie es nicht riskieren, sich auf Charlie zu stürzen. Seine Hand war ruhig und bereit. Bereit, dem Mädchen die Kehle durchzuschneiden.

»Was hoffen Sie zu gewinnen?«, fragte sie.

Sie wusste, dass er sich niemals überreden lassen würde, ihr das Kind auszuhändigen, aber sie musste unbedingt Zeit schinden.

»Sie wissen, dass es vorbei ist. Den anderen haben wir schon, den Planer.«

»Wie zum Teufel kommen Sie darauf, er wäre der Planer?«, fragte Symes und drückte Charlie fester an sich.

Ihre Unterstellung, dass er nicht der Drahtzieher der Operation war, gefiel ihm nicht.

»Erzählen Sie mir alles, und wir machen einen Deal«, bot sie an. »Er wandert für den Rest seines Lebens in den Knast, aber das kann Ihnen erspart bleiben. Wir können ...«

»Verpiss dich, Schlampe. Glaubst du wirklich, es würd mich interessieren, ob ich einfahr? Jetzt hör aber auf.«

»Was wollen Sie denn ...«

»Ein Versprechen ist ein Versprechen. Kapierst du das nicht, Flittchen? Ich *will* sie töten. Und ich *werde* sie töten, und ...«

»Guv, sind Sie da unten?«

Symes' Blick wanderte in die Richtung, aus der Bryants Stimme gekommen war. Mehr war nicht nötig.

Kim hielt das Handy so hoch, dass es ihm in die Augen schien, machte einen Satz nach vorn und packte Charlie am Arm.

Sie warf das Kind hinter sich und griff nach dem Messer. Als ihre Hand das Heft berührte, zog Symes es ihr über den Handteller.

Die Haut platzte auf. Das Licht des Handys erstarb.

Auf der Treppe erklangen Schritte.

Sie spürte, dass sie nach hinten geschubst wurde und über Charlie stolperte.

In der Dunkelheit konnte Kim nicht erkennen, was Symes machte.

Bis er den Schlüssel in die Tür steckte und von innen abschloss.

Symes schubste Charlie in die hintere Ecke. Sie wimmerte und rollte sich ganz klein zusammen.

»Und was machen deine Freunde jetzt?«, fragte er.

Das Handy hielt Kim noch in der Hand. Sie tippte darauf, und das Display leuchtete wieder auf.

Sie hörte Bryant an die Stahltür hämmern. Um da hereinzukommen, brauchte er Spezialausrüstung. Bis dahin waren sie alle tot.

Und der Mann vor ihr wusste das. Er schaute von ihr zu Charlie und wieder zurück. »Ene, mene, muh ... wer zuerst?«

»Ist es je um Geld gegangen?«, fragte Kim verzweifelt. Sie musste ihn von Charlie ablenken. Sie spürte, dass ihr das Blut aus der Wunde in der Hand auf die Jeans tropfte.

Er ging zwischen Charlie und ihr hin und her, um die beiden auf Abstand voneinander zu halten.

»Nee. Kapier das doch, Schlampe. Ich töte gern. Ich hab Spaß dran. Je mehr Gewalt, desto besser. Und jetzt hab ich mich entschieden.«

Er trat vor sie. Sie hörte Bryant an die Tür hämmern und

rufen, doch ihr Kollege hatte keine Möglichkeit, die drei Meter, die sie trennten, zu überwinden.

So nah und doch so fern, dachte sie, als Symes den Fuß hob und auf ihre verletzte Hand stampfte.

Der Schmerz schoss ihr den Arm herauf. Die Dunkelheit verschwamm vor ihren Augen.

Sein nächster Tritt traf sie in die Rippen, und sie kippte zur Seite. Dabei entglitt ihr das Handy.

Sein Fuß traf sie voll am Kiefer. In ihrem Kopf explodierte der Schmerz.

»Ich lass dich leben, dann kannst du dir die Show anhören.«

Er trat noch einmal zu und traf ihren linken Ellbogen.

»Aufhören«, schrie Charlie.

»Keine Sorge, du bist auch gleich dran, Kleine.«

Kim versuchte, im Dunkeln wegzukriechen. Sie wusste, was er vorhatte. Er wollte sie nach allen Regeln der Kunst außer Gefecht setzten, sodass sie sich nicht mehr rühren konnte. Genau wie bei Inga.

Sein nächster Tritt zielte auf ihren linken Oberschenkel. Eine leichte Drehung verhinderte, dass er ihr das Knie zertrümmerte.

Sie bemühte sich, an dem Schmerz vorbei, der sie aus allen Richtungen verzehrte, zu denken.

Der nächste Tritt traf ihren rechten Knöchel.

Im Licht des Handys sah sie das Ergötzen in seinen Augen. Er machte sich eben erst warm.

Kim dachte an die vielen Menschen, die inzwischen auf dem ganzen Hof herumliefen. Und keiner konnte ihr helfen.

Sie fühlte sich wie das Appetithäppchen vor der Hauptmahlzeit. Und wenn er mit Charlie fertig war, würde er sich wieder mit ihr befassen. Der Nachspeise.

Er trat zurück und bewunderte sein Werk. Kim konnte kein Körperteil benennen, das sie ohne Schmerzen bewegen konnte.

Kämpfen war unmöglich. Höllenqualen durchfluteten

ihren ganzen Körper, doch sie würde nicht aufschreien. Allein Charlies leises Wimmern aus der Ecke sorgte dafür, dass sie sich nicht in die Bewusstlosigkeit sinken ließ.

In ihrem Hals stieg Übelkeit auf. Sie hustete sie weg, und ihr ganzer Körper reagierte auf die Bewegung.

Sie hatte keine Waffen. Er hatte ein Messer, und sie konnte sich kaum rühren.

Symes wandte sich jetzt der hinteren Ecke zu, und dabei entstieg seiner Kehle ein freudiges Knurren.

Kim blinzelte die drohende Dunkelheit vor ihren Augen weg. Wenn sie sich auch nur einen Augenblick lang dem Schmerz ergab, war das Mädchen tot.

Symes entfernte sich, und sie konnte ihm nicht folgen.

Er näherte sich seiner Belohnung, der Abgeltung für seine gute Arbeit. Kim war machtlos, sie konnte ihn nicht aufhalten.

Und dann erlosch das Handydisplay.

EINHUNDERTSIEBEN

Vor der Tür hörte Kim Stimmen, doch Bryant und die anderen konnten nicht hereinkommen. In der Ecke schrie Charlie auf.

Kim konzentrierte sich mit aller Macht, als ein Gedanke nach vorn drängte, etwas, was Alison gesagt hatte.

Sie lenkte das letzte Quäntchen Kraft in den Körperteil, den sie noch bewegen konnte. Ihren Mund.

»Was zum Teufel machst du da, Soldat?«

Sie spürte die Reglosigkeit, die sich über den Raum senkte.

»Glaubst du etwa, wir hätten dafür Zeit, Soldat?«

»A...aber ...«

Kim erkannte den Vorteil. Plötzlich kam Hoffnung auf und dämpfte den Schmerz.

»Bist du dazu ausgebildet, Soldat?«

Sie kroch ein paar Zentimeter über den Boden.

»Seit wann tun wir kleinen Mädchen weh, Soldat?«

Noch ein kleines Stück.

»Ich ... ich ...«

»Haben wir dich etwa ausgebildet, damit du so etwas machst, Soldat?«, brüllte sie, um zu verbergen, dass sie langsam über den Boden kroch. Der Schmerz wollte sich auch in ihre Stimme schleichen, doch sie kämpfte dagegen an. Wenn sie möglichst oft »Soldat« wiederholte, hoffte sie, ihn lange genug aus dem Konzept bringen zu können.

»Glaubst du, die Einheit nimmt dich jetzt noch auf?«

»Aber ... ich bin ... nicht mehr ...«

»Einmal Soldat, immer Soldat«, brüllte Kim.

»Ich ... sehe ... nicht ...«

»Selbstverständlich siehst du mich, Soldat«, schrie Kim. In der Düsternis konnte sie gerade so seine Umrisse ausmachen. Er stand breitbeinig einen halben Meter vor Charlie.

Nur noch ein kleines Stück.

»Zurücktreten, Soldat, und ab in deine Kaserne.«

»Aber ... nicht ... wirklich ...«

Kim zog das linke Bein nach hinten und trat ihm fest gegen die rechte Wade. Er fiel nach vorn und ging zu Boden.

Kim hörte, dass Charlie aus dem Weg kroch.

Der Sturz brachte ihn zur Besinnung, und er richtete wieder alle Aufmerksamkeit auf Kim.

»Du verdammtes Flittchen«, schrie er. Sie hörte die Wut und auch den Schmerz in seiner Stimme. Und ihr Tritt würde ihn nicht lange außer Gefecht setzen.

Kim wollte wegkriechen, sie hörte, dass er hinter ihr herkroch. Ihre Knie fuhren knirschend über die Scherben der zerschlagenen Glühbirne.

Mit den Händen packte er sie an den Fußknöcheln. Sie sackte mit dem Gesicht auf den Boden.

Innerhalb einer Sekunde kniete er rittlings über ihr und warf sie auf den Rücken.

Kim versuchte, sich unter ihm herauszuwinden, doch er drückte sie mit seinem ganzen Gewicht nach unten. Als sie sich aufbäumte, lachte er nur.

Sie spürte den kalten Stahl an ihrer Kehle.

»Ich genieß das hier jede Sekunde – und dann ist das Mädchen dran.«

Kim spürte die Pfütze aus Blut unter ihrem rechten Handteller.

Sie hob die Hand vom Boden, öffnete sie weit und streckte die Finger, damit der Schnitt noch weiter aufplatzte.

Dann schlug sie mit der flachen Hand auf den Boden und spürte, wie sich die Scherben in die Wunde drückten. Augenblicklich überkam sie starke Übelkeit. Hundert Messer tanzten in ihrem Handteller.

Sie schluckte hektisch, denn die Schmerzen drohten sie zu überwältigen.

Ein Feuerwerk explodierte in ihren Augen, als sein Gesicht plötzlich aufleuchtete.

Charlie hatte das Handy an sich genommen und blendete ihn mit dem Licht.

Kim hob die rechte Hand vom Boden und schlug ihm damit flach ins Gesicht. Die Scherben, die in ihrem Handteller steckten, bohrten sich in seinen Augapfel.

Er brüllte wie ein verletztes Tier. Als er die Hände ans Gesicht hob, fiel das Messer klappernd herunter.

Charlie war schneller als Kim und hob das Messer vom Boden auf.

Kim robbte zu ihr hinüber, packte sie und legte sich wie eine Muschel um das Mädchen.

Symes rollte schreiend am Boden.

Plötzlich flog die Stahltür auf. In dem Augenblick hätte Kim weinen können.

»Gütiger Himmel, Guv«, sagte Bryant, als er die Taschenlampe auf sie richtete. Im Schloss steckte ein Ersatzschlüssel.

Sie hob die Hände, weil das Licht sie blendete.

Glassplitter fielen aus der Wunde.

Bryant ging zurück in den Flur.

»Sanitäter hier runter, sofort!«, rief er. Von Kims Hand tropfte weiter Blut.

Als Erster tauchte Dawson auf. Er hievte Symes sofort auf die Beine. Bryant hielt Kim eine Hand hin, doch sie nahm sie nicht, sondern drückte sich hoch.

Symes wollte sich auf sie stürzen, doch Dawson hielt ihn fest.

Sie taumelte einen Schritt auf ihn zu. »Dabei haben sie bloß ein Flittchen geschickt, was?«

»Wart's ab«, zischte er, während ihm eine Mischung aus Blut und Kammerwasser die Wange hinunterlief. »Dich krieg ich noch.«

Sie sah ein letztes Mal in sein unverletztes Auge.

»Schaffen Sie ihn mir aus den Augen, Kev.«

Dawson schubste ihn grob gegen die Wand. Symes schrie auf vor Schmerz.

»Huch«, sagte Dawson und schob ihn in den Flur.

Kim drehte sich zu Charlie um, die zitternd an der Wand hockte.

»Charlie, jetzt ist alles gut. Er kommt nicht zurück. Versprochen.«

Das Mädchen nickte, auch wenn in seinen Augen der Unglaube stand. In diesem Moment konnte Kim wenig tun, um sie zu beruhigen, doch mit der Zeit würde sie es glauben.

»Du warst gerade unglaublich mutig. Deine Eltern werden sehr stolz auf dich sein.«

»Guv, können wir anrufen?«, fragte Bryant.

Kim schüttelte den Kopf. Nicht, solange sie Zielperson drei nicht gefasst hatten.

»Kümmern Sie sich um ihren Fuß«, sagte Kim zu dem Sanitäter, der eben hereinkam, und wies auf Charlie.

Bryant reichte dem zweiten Sanitäter seine Taschenlampe, und der richtete sie auf das Mädchen.

Bryant trat vor und hob Charlie hoch, als wäre sie nichts.

»Oben ist ein Krankenwagen. Man sollte sich zuerst Ihre Hand ansehen.«

Dann trug Bryant das Mädchen die Treppe hinauf.

Der Sanitäter nahm behutsam Kims Hand. Der andere richtete die Taschenlampe auf die Verletzung.

»Ich muss Sie ins Krankenhaus bringen. Könnte sein, dass Nerven verletzt sind.«

Kim schüttelte den Kopf. »Ziehen Sie die Splitter raus, und verbinden Sie die Hand.«

»Nein, das muss geröntgt werden. Sie haben ganz schön was abbekommen.«

Kim zog ihm die Hand weg. »Wenn Sie's nicht machen, mache ich es selbst.«

Es gab noch offene Fragen.

Er sah sie missbilligend an.

»Das müssen Sie mir unterschreiben.«

Sie blickte auf ihre Hand und zog eine Augenbraue hoch.

Er lächelte. »Ja, okay, in Ordnung.«

Kim starrte an die Wand, während er mit einer Pinzette die Glassplitter herauszog. Die meisten hatten sich in Symes' Auge gebohrt.

»Geht das nicht schneller?«, fragte sie. Langsam kehrte das Gefühl in einige Körperteile zurück, und sie hatte noch sehr viel zu tun.

»Ich versuche doch nur, behutsam zu sein«, fuhr er auf.

»Lassen Sie's. Holen Sie die Dinger heraus, und säubern Sie die Wunde«, versetzte sie.

Als Bryant zurückkam, war ihre Hand – in Mull und einen Verband eingewickelt – dreimal so groß.

»Sie müssen so schnell wie möglich ins Krankenh...«

»Ja, ja. Sind wir fertig?«

Kopfschüttelnd klappte der Sanitäter seinen Koffer zu. »Ich überlasse sie Ihnen«, sagte er zu Bryant.

»Danke, Kumpel«, antwortete der.

Kim erhob sich langsam auf die Füße. Der Schmerz schickte ein Dutzend Ermahnungen durch ihren Körper.

»Sie sehen ein bisschen lädiert aus, Guv.«

»Ich werd's überleben«, konterte sie und ging in Richtung Flur.

»Ähm ... wollen Sie Hilfe bei der Treppe?«

»Oh, Bryant, bitte fragen Sie mich das noch mal.«

»Hab schon verstanden. Ich gehe vor.«

Sie dankte ihm im Stillen. Wenn er vorging, sah er nicht, wie sehr sie sich abmühte.

Kim wusste, dass sie zurück zu den Timmins musste, doch irgendwo war noch ein Puzzlestück, das an die richtige Stelle gerückt werden musste.

Auf der dritten Stufe blieb sie stehen.

»Ich kann nicht«, sagte sie.

»Ich habe Ihnen ja gesagt ...«

»Nein, nicht das.« Sie schüttelte den Kopf. »Ich kann einfach noch nicht von hier weg.«

Irgendwo hier waren die Überreste eines anderen Mädchens, und da draußen war eine Mutter, die davon träumte, sie zurückzubekommen.

Sie ging wieder hinunter in den Flur. Bryant folgte ihr und leuchtete mit der Taschenlampe, die er von dem Sanitäter zurückbekommen hatte, den Bereich vor ihr aus.

»Was suchen Sie denn noch, Guv?«

»Holen Sie die Schlüssel.« Sie zeigte auf den Schlüsselbund, der noch in der offenen Tür steckte.

Bryant zog ihn ab, und Kim ging nach links, wo der Flur endete. Dort war eine zweite Stahltür.

»Schließen Sie sie auf«, sagte Kim. Ihr Bauch krampfte, als der Schlüssel sich im Schloss drehte.

Sie nahm die Taschenlampe in die linke Hand und leuchtete damit durch den stillen Raum.

Der Lichtstrahl verharrte in der hinteren rechten Ecke.

Für eine kurze Sekunde schloss Kim die Augen und seufzte schwer. Der Wunsch einer Mutter würde sich erfüllen.

Sie hatten den Leichnam eines kleinen Mädchens gefunden.

Jenny Cotton konnte ihre Tochter beerdigen.

EINHUNDERTACHT

Kim wartete, bis sich ihre Augen an die Dunkelheit gewöhnt hatten, dann näherte sie sich dem Schemen in der Ecke.

Ihr Herz setzte für einen Sekundenbruchteil aus.

»Ausgeschlossen, Guv«, flüsterte Bryant hinter ihr.

Ja, sie hatte es auch gesehen. Die Gestalt in der Ecke hatte sich bewegt.

Ohne ein einziges Mal zu blinzeln, trat Kim vor.

»Es ist okay, Suzie, du bist jetzt in Sicherheit«, sagte Kim leise.

Die winzige Gestalt zwängte sich noch weiter in die Ecke, den Kopf in der Wand vergraben.

Kim hielt Bryants Taschenlampe so, dass sie in Suzies Richtung zeigte, aber nicht mehr direkt auf sie schien.

Sie war ein Jahr älter als Amy und Charlie, doch diese zusammengekauerte Gestalt sah viel jünger aus.

Sie trug eine schwarze Leggings und ein übergroßes T-Shirt, in dem ihr Oberkörper kaum auszumachen war. Ihre hellbraunen Haare waren kurz, wie dicht am Kopf abgesäbelt.

Genau wie nebenan stand auch hier ein Eimer in der Ecke.

Der Boden war mit Getränkekartons und Verpackungen übersät.

In Kims Augen brannten Tränen. Seit dreizehn Monaten war das Mädchen hier unten.

Kim schluckte die aufsteigenden Gefühle herunter.

»Suzie, die bösen Männer sind fort. Wir haben sie weggebracht. Sie können dir nichts mehr tun.«

Keine Reaktion.

Als Kim spürte, dass Bryant hinter ihr hereinkam, bedeutete sie ihm mit einem Winken, sich zurückzuziehen.

Sie bewegte sich ein wenig näher.

»Du brauchst keine Angst mehr zu haben. Ich verspreche dir, dass du jetzt in Sicherheit bist.«

Keine Reaktion.

Kims Herz ächzte vor Mitgefühl mit dem Mädchen, das so Entsetzliches erlebt hatte. Sie musste ihr etwas Vertrautes anbieten.

Sie trat noch ein wenig näher. »Ich war bei deiner Mutter, Suzie. Sie vermisst dich schrecklich.«

Suzie schüttelte den Kopf zur Wand.

»Bist du sauer auf deine Mutter, Suzie?«

Erneutes Kopfschütteln.

Kim bewegte sich noch ein Stückchen näher. Um dem Mädchen bewusst zu machen, dass sie jetzt wirklich in Sicherheit war, musste Kim sie dazu bringen, sie anzusehen. Doch Suzie hatte sich keinen Zentimeter aus ihrer sicheren Ecke herausbewegt.

Kim fluchte über ihre eigene Dummheit. Wie oft hatte das Kind sich vorgestellt, dass diese Tür aufgehen würde, wie oft hatte sie um ihre Freilassung gebetet?

»Hast du Angst, mich anzuschauen?«

Keine Reaktion, das hieß wohl Ja.

»Glaubst du, ich würde verschwinden?«

Keine Reaktion.

Da begriff Kim, dass das Mädchen glaubte, sie würde sich das Eindringen der fremden Menschen nur einbilden und diese würden sich in Luft auflösen, sobald sie die Augen öffnete. Kim biss sich auf die Lippe und schluckte ihre Tränen herunter. Sie wäre am liebsten in die Ecke gelaufen und hätte das Mädchen in die Arme genommen, doch sie wollte ihr auf gar keinen Fall noch mehr Angst einjagen.

»Suzie, ich strecke jetzt die Hand aus und berühre ganz vorsichtig deinen rechten Fuß. Wenn du das Gewicht meiner Hand spürst, weißt du, dass ich nicht in deiner Fantasie bin, sondern wirklich, okay?«

Keine Reaktion.

Kim berührte das Mädchen am Knöchel. Der Kontakt hatte die Wirkung eines Katapults: Suzie riss sich aus der Ecke los und stürzte sich in Kims Arme.

Kim schlang die Arme um das magere, zerbrechliche Mädchen und schloss die Augen.

Tränen, laut und herzzerreißend, doch Kim war froh, dass es Tränen gab.

»Es ist alles gut, Schatz. Diese Männer werden dir nie wieder wehtun. Das verspreche ich dir.«

Suzie schmiegte sich noch dichter an sie, und Kim strich ihr über die Haarstoppeln.

In ihr loderte eine brennende Wut. Sie wiegte das Mädchen hin und her und flüsterte ihr beruhigende Worte ins Ohr.

Der Tränenstrom wurde ganz allmählich schwächer.

»Suzie, bist du verletzt?«, fragte Kim leise.

Suzie schüttelte den Kopf, doch Kim spürte die Knochen des schrecklich mageren Körpers in ihren Armen.

Sie hatte gerade genug bekommen, um am Leben zu bleiben, und es war, den Gegebenheiten im Haus nach zu urteilen, keine einzige richtige Mahlzeit dabei gewesen.

»Okay, Schatz, wir müssen dich hier rausbringen.«

Suzie schmiegte sich enger an sie.

Kim fasste vorsichtig ihre Arme und löste sie.

»Hab keine Angst. Ich versprech dir, alles wird gut, Suzie, aber ich muss die Treppe rauf, und dabei könnte ich ein bisschen Hilfe gebrauchen.«

Suzie nickte leicht, und Kim machte ein paar vorsichtige Schritte.

»Okay, wenn du mich an der Hand hältst, schaffe ich es, glaube ich.«

Wieder nickte das Kind, und Kim ging auf, dass sie noch kein Wort gesprochen hatte.

Doch darum musste sie sich nicht hier und jetzt kümmern. Das Mädchen lebte, der Rest kam später.

Bryant ging vor ihnen die Treppe hinauf.

Das Treppenhaus war eng, und Kim ging seitwärts hoch, ohne Suzies Hand loszulassen.

»Gut gemacht, Suzie. Du machst das toll. Wenn wir gleich rausgehen, sind da ganz viele Leute, aber darum musst du dir keine Sorgen machen. Die lassen dich alle in Ruhe.«

Die kleine Hand drückte fester zu. Kim redete einfach weiter, damit das Mädchen etwas hatte, woran sie sich klammern konnte.

Die Situation erinnerte Kim an die Sirenen und den Lärm, als sie sechs Jahre alt war und aus der Wohnung geholt worden war. Sie hätte gern Mikeys Hand gehalten. Doch das war nicht gegangen, denn er war tot.

Sie schob den Gedanken weit fort und konzentrierte sich ganz darauf, Suzie die Angst zu nehmen.

»Fast geschafft, Süße«, sagte Kim, als sie durchs Haus gingen.

Aus dem Kontrollraum drangen Stimmen. Die Spurensicherung war schon bei der Arbeit.

Kim fasste die Hand des Mädchens fester. »Denk daran, was ich gesagt habe. Niemand wird dir etwas tun, okay?«

Suzie nickte, und sie traten hinaus in die Kälte.

Der dunkle Himmel war voller zuckender blauer Blitze.

Beim Anblick der hektischen Betriebsamkeit riss Suzie weit die Augen auf: Zwei Krankenwagen und drei Streifenwagen machten ganz schön was her.

Kim drehte sich zu Suzie um und hob mit der Hand das Kinn des Mädchens an, damit sie ihr ins Gesicht sehen konnte.

»Suzie, der Mann hier ist mein Freund; ich würde ihm mein Leben anvertrauen. Er bringt dich direkt zu deiner Mutter.«

Das Mädchen packte ihre Hand noch fester, und instinktiv strich Kim ihr mit der verbundenen Hand über den Kopf.

»Ich verspreche dir, es ist alles gut, Schatz, aber wir müssen dich nach Hause bringen.«

Das Mädchen musste bald untersucht werden. Sie war ernsthaft unterernährt. Irgendwann würden sie sie auch befragen müssen, doch das war alles nicht so wichtig, wie dass sie ihre Mutter sah. Bryant würde sie nach Hause bringen.

Zögernd erlaubte Suzie Bryant, ihre Hand zu nehmen und sie den Hügel hinaufzuführen, wo Kim den Wagen geparkt hatte. Es kam ihr vor, als wäre das drei Tage her.

Dawson tauchte neben Kim auf und folgte ihrem Blick.

Sein Kopf schoss herum. »Ausgeschlossen, Guv. Das ist doch nicht etwa Suzie Cotton?«

Kim lächelte. »Doch, Kev. Das ist sie.«

Ihre Blicke begegneten sich, und sie sahen einander einen Moment lang in die Augen. Er schüttelte den Kopf. »Guv, ich ...« Er rieb sich das Kinn. »Ich meine ... woher zum Teufel wussten Sie das?«

»Ich hab's nicht gewusst. Aber ich konnte sie auch nicht hierlassen.«

Sein Lächeln wurde breiter. »Sie haben wirklich ...«

»Wie weit sind wir?«, fragte sie und sah sich um.

Er wandte sich den Fahrzeugen zu. »Unsere Entführer

haben ihre Rechte vorgelesen bekommen. Will Carter ist schon aufs Revier gebracht worden. Symes ist im ersten Krankenwagen mit drei Polizisten zur Gesellschaft. Und die Mädchen sind mit einer Polizistin zusammen im zweiten Krankenwagen, der gleich losfährt.«

Sie sah zu, wie Bryant und Suzie die Kuppe des Hügels erreichten und dahinter verschwanden.

Sie dachte an Jennifer Cotton, die bald ein Geschenk bekommen würde. Das Leben der Frau war mit Suzies Verschwinden zu Ende gewesen, doch jetzt konnte es weitergehen. Kim staunte darüber, dass das Band zwischen Mutter und Tochter so stark gewesen war, dass beide es geschafft hatten festzuhalten.

Der Gedanke traf sie wie ein Blitz. Plötzlich kam auch das letzte Puzzlestück an seinen Platz.

»Dawson, gehen Sie, und stibitzen Sie einen Streifenwagen. Sofort«, sagte sie.

Es war endlich an der Zeit, Zielperson Nummer drei festzunehmen.

EINHUNDERTNEUN

Der Streifenwagen bog in die Einfahrt der Timmins. Kim hatte
während der Fahrt kein Wort gesprochen, denn sie brauchte
alle Kraft, um sich nicht von ihren Schmerzen überwältigen zu
lassen.

»Verraten Sie mir jetzt endlich, was los ist, Chefin?«, fragte
Dawson.

Sie schüttelte den Kopf. »Das würde zu lange dauern.«

Sie stieg aus dem Wagen, und die Haustür ging auf. Sie
waren nicht zurückgekehrt, wie sie weggefahren waren – in
großer Eile, voller Panik und Angst.

Zwei ängstliche Elternpaare traten aus dem Haus. Karen
und Robert hielten einander an den Händen. Elizabeth war
einen Schritt dahinter, sie drückte Nicholas an sich. Stephen
ganz links, das Handy in der Hand, allein. Ihre Mienen zeigten
alle eine ähnliche Mischung aus Angst und Hoffnung.

Kim deutete ein zaghaftes Lächeln an.

»Wir haben sie, beide.«

Aufschreie und Weinen folgten ihren Worten. Kim war
sich nicht sicher, was von wem kam.

»Amy hat einen gebrochenen Finger, und Charlie hat

Verletzungen am Fuß und im Gesicht, aber abgesehen davon, sind sie gesund und munter und unglaublich tapfer.«

Bei den letzten Worten sah Kim Karen in die Augen.

»Sie sind auf dem Weg nach Russells Hall, wo man sie behandeln wird. Ich würde also vorschlagen, Sie machen sich auf den Weg.« Sie wandte sich an Dawson. »Mein Kollege wird Sie mit dem Streifenwagen begleiten.«

»Alle bei mir einsteigen«, sagte Stephen und zeigte auf einen schwarzen Range Rover. Im Zuge der ersten Euphorie traten die Risse in ihren Beziehungen in den Hintergrund. Vorerst.

Als sie an ihr vorbeidefilierten, konnte Kim sich eine Bemerkung nicht verkneifen.

»Hey, Stephen«, sagte sie lächelnd. »Mögen Sie mich jetzt?«

Er blieb stehen und sah sie an. Fort waren Aggression und Feindseligkeit, abgelöst von Erleichterung und Freude.

»O ja, Inspector, sehr sogar.«

Kim sah zu, wie sie sich im Auto aneinanderdrängten. Stephen und Robert nahmen vorn Platz, während Elizabeth Nicholas in der Babyschale anschnallte.

Karen zögerte in letzter Sekunde, bevor sie neben Elizabeth einstieg.

Sie lief zurück zu Kim, schlang die Arme um sie und zog sie an sich. »Danke für alles, Kim. Ich verdanke Ihnen mein Leben.«

Kim umarmte sie auch kurz, und dann schob sie sie fort.

»Gehen Sie zu Ihrer Tochter.«

Das musste sie Karen nicht zweimal sagen.

Dawson stand noch neben ihr. »Chefin, ich hab die Antwort. Ich weiß jetzt, wer Dewain verpfiffen hat.«

Die Traurigkeit in seiner Miene verriet ihr, dass er zu demselben Schluss gekommen war wie sie.

»Ich wusste, dass Sie's rauskriegen würden. Bringen Sie die

Eltern zum Krankenhaus, und dann nehmen Sie die Verhaftung vor. Sie haben freie Bahn.«

»Danke, Chefin«, sagte er und ging zum Streifenwagen.

»Oh, und Kev?«, rief sie, als er die Wagentür öffnete.

Er drehte sich um.

»Ich weiß nicht, was Sie damals gemacht haben, aber jetzt gehören Sie dazu, okay?«

Sein Lächeln wurde breiter, und er bedachte Kim mit einem gespielten Salut.

Sie wartete, bis die beiden Autos verschwunden waren, bevor sie ins Haus ging.

Matt kam gerade aus der Küche.

Alison stand am Fuß der Treppe.

Helen kam aus dem Wohnzimmer.

Kim drehte sich um und schloss die Haustür.

Eine Sache musste noch zum Abschluss gebracht werden.

EINHUNDERTZEHN

Stacey trat in den Flur und betrachtete sie von oben bis unten. »Ach du Schande, Chefin, alles okay mit Ihnen?«

Kim hob die unverletzte Hand und lächelte. »Mir geht's gut, Stace.«

Die Detective Constable trat vor. »Ich habe Karen gefunden, aber sie hatte schon ...«

»Stace, es ist alles in Ordnung. Wir haben sie.«

Kim wandte sich nach links und ging ins Wohnzimmer.

Helen folgte ihr, die Hand an der Kehle. »Heißt das, den Mädchen geht es gut? O mein Gott, bin ich erleichtert.«

»Selbstverständlich sind Sie erleichtert«, sagte Kim und neigte den Kopf zur Seite. »Das lag doch von Anfang an in Ihrer Absicht.«

Helen runzelte die Stirn, und Kim juckte es in den Fingern, ihr einen Schlag in ihr freundliches, hausbackenes Gesicht zu versetzen.

»Sie sind gescheitert, Helen. Ich weiß genau, was Sie wollten, aber damit kommen Sie nicht durch.«

Matt stand jetzt in der Tür, Alison und Stacey gleich dahinter. Die Verwirrung war ihnen ins Gesicht geschrieben.

»Was um alles in der Welt reden Sie da, Kim?«

»Für Sie immer noch Madam, und das ganze Theater können Sie jetzt auch langsam mal sein lassen.«

Sprachlos schüttelte Helen den Kopf, doch Kim sah, dass es hinter ihren Augen arbeitete. Helen versuchte zu ergründen, an welcher Stelle es schiefgelaufen war.

Das würde Kim ihr bereitwillig erklären.

»Mir war sehr schnell klar, dass Ihre Jungs nicht allein am Werk waren. Ihre Persönlichkeiten sind zu extrem, um ohne eine übergeordnete Autorität zu funktionieren – und wer wäre besser geeignet, die Jungs in Schach zu halten, als eine mütterliche Figur?

Die erste Entführung hat Will ganz allein durchgezogen. Es war sein Plan, aber wegen des Autounfalls auf der Schnellstraße ist es schiefgegangen. Zwei Monate später hat man Sie darüber informiert, dass Sie zwangsweise in den Ruhestand geschickt werden. Sie haben Widerspruch eingelegt, doch vergeblich. Und jetzt leeren Sie bitte Ihre Taschen.«

Helens Blick schoss von Kim zu den Zuschauern in der Tür.

Kim machte einen Schritt, bei dem ihr Schmerzen durch den ganzen Körper schossen. Sie war nicht erpicht darauf, Helen das Handy gewaltsam zu entreißen, doch wenn es sein musste, würde sie es tun.

»Haben Sie den Verstand verloren, Kim? Ich bin Opferschutzbeamtin«, protestierte Helen.

»Gut, dann leere *ich* die Taschen für Sie.«

Helen schob die Hand in die Gesäßtaschen und holte ein iPhone heraus.

»Die vorderen auch«, sagte Kim müde.

Helen schob langsam die Hand in die rechte Tasche und zog ein zweites Handy heraus. Ein Nokia.

»Ich habe zwei Handys, weil ...«

»Es ist nicht Ihres. Es gehört Julia Trueman, auch bekannt

unter dem Namen Billingham, und Sie haben es aus der Asservatenkammer gestohlen.« Sie schaute nach hinten. »Stacey, stellen Sie das Handy sicher.«

Stacey durchquerte den Raum und nahm Helen das Telefon aus der Hand. Sie drückte ein paar Tasten und nickte.

»Sie haben Will damit auf dem Handy kontaktiert, mit dem er versucht hat, der Familie Geld abzupressen. Ich wette, Sie haben ihm erzählt, Sie könnten dafür sorgen, dass es diesmal funktioniert. Sie wären vor Ort, um dafür zu sorgen, dass alles glattläuft. Und ich habe Ihnen auch noch in die Hände gespielt, indem ich darum gebeten habe, Sie bei diesem neuen Entführungsfall hinzuzuziehen. Sie wussten, dass jeder, der den Fall übertragen bekam, darum ersuchen würde.

Ich habe mich gewundert, warum es so lange gedauert hat, bis die zweite Nachricht einging. Die Mädchen waren seit fast zwölf Stunden fort, aber Sie brauchten Zeit, um herzukommen und die Situation einzuschätzen.«

»Kim, Sie täuschen sich. Ich habe nichts damit zu tun. Ich habe ...«

»Und Inga Bauer? Wissen Sie, ich bin einfach nicht dahintergekommen, womit Inga dazu gebracht werden konnte, sich gegen diese Mädchen zu wenden. Zuerst dachte ich, es ginge um Liebe – und in gewisser Weise ging es das auch, nicht wahr, Helen? Aber nicht um die Liebe der Männer. Sie haben Inga monatelang umgarnt und herausgefunden, dass sie als Kind verlassen wurde und sich nach mütterlicher Liebe verzehrte, und genau die haben Sie ihr gegeben. Sie haben ihr Bedürfnis nach einer Mutter und ihren Wunsch, bedingungslos geliebt zu werden, ausgenutzt, um sie zu manipulieren. Sie haben ihr diese Liebe gegeben, und dann haben Sie ihr das Leben genommen.«

Helen ließ nicht die geringste Gefühlsregung erkennen. Keine Spur von Reue über das, was sie getan hatte.

»Selbst Eloise hat Sie in Angst und Schrecken versetzt. Sie

hatten Panik, sie könnte etwas sagen, was Sie belastete. Sobald sie andeutete, es gebe im Umfeld der Ermittlungen Verbitterung, konnten Sie sie nicht schnell genug vom Grundstück bekommen.

Sie wussten, dass sie Sie ins Haus lassen würde, wenn Sie sich erboten, ihr zuzuhören, also haben Sie Ihre Drecksarbeit selbst erledigt und es so hinzustellen versucht, als wäre sie im Schlaf gestorben.«

Kreidebleich machte Helen einen Schritt nach hinten.

»Nun, sie ist nicht gestorben, Helen«, zischte Kim. »Und sie wird Sie identifizieren.«

Helen setzte zu einem langsamen Kopfschütteln an, als könnte ihr Gehirn nicht verarbeiten, dass sie sich in mehr als einem Punkt vollkommen verkalkuliert hatte.

»Und dann mussten die Kleider ja irgendwie hierherkommen, nicht wahr?« Innerlich kämpfte Kim gegen ihre Wut. »Sie sind über das Grundstück spaziert und haben die Sachen verteilt, damit die Eltern sie finden. Wie konnten Sie nur?«

Doch sie war nicht in der Stimmung, Helen die Gelegenheit zu einer Antwort zu geben.

»Und zuletzt der entscheidende Hinweis. Der Nagel in Ihrem Sarg war, dass Sie sich just zum passenden Zeitpunkt an etwas erinnerten, was Sie lange vergessen hatten. Das war von Anfang an Ihre Absicht gewesen, nicht wahr? Sie hatten geplant, dass Sie die Kuh vom Eis holen würden, nicht wahr? Dass Sie sich plötzlich an etwas erinnerten, sollte der entscheidende Hinweis sein, um den Ort zu finden, an dem die Mädchen festgehalten wurden. Und Sie wären die Heldin, nicht wahr, Helen? Wer bei der Polizei würde schon eine Polizeibeamtin entlassen, die so entscheidend dazu beigetragen hatte, dass zwei Mädchen wieder nach Hause kamen?

Sie haben Charlie und Amy eine Woche lang schrecklichen Qualen ausgesetzt, nur um die Heldin spielen und Ihren verdammten Job behalten zu können. Haben Sie wirklich gedacht, Ihre Mitverschwörer würden den Hof einfach so verlassen, wenn Sie es ihnen sagten? Sollten sie die Mädchen dort lebend zurücklassen, damit sie nicht erwischt wurden und Sie identifizieren konnten?«, fragte Kim ungläubig. »Haben Sie wirklich gedacht, das würden die tun?«

Endlich fiel die verdutzte Maske, und ihre Züge zeigten echten Unglauben.

»Die Mädchen waren keine Minute in Gefahr«, protestierte Helen.

»Himmel, Sie kapieren es einfach nicht, was?«, wütete Kim. »Die beiden wollten die Mädchen *umbringen*. Wills einziges Motiv war Geld, und Symes hatte er ihr Leben versprochen.«

Jetzt runzelte sie die Stirn. Noch mehr Fehlkalkulationen. Was hatte sie denn von Will erwartet? Treue? Vertrauen?

»Nein ... nein ... nein ...«

»Warum, Helen?« Kim trat einen Schritt auf sie zu. »Hat Ihnen Ihre Frühpensionierung wirklich so zugesetzt, dass Sie zu solchen Mitteln greifen mussten?«

»Sie sollten das eigentlich wissen, Kim«, versetzte Helen leise.

»Was?«

Endlich erwiderte Helen ihren Blick. Ihre Augen waren kalt und hart.

»Ich habe alles gegeben für diesen Job. Ich habe mein Leben dafür geopfert. Jede wache Stunde habe ich der Polizei geopfert. Habe getan, was von mir verlangt wurde.

Ich habe weder einen Mann noch eine Familie, ich habe nur diesen Job – und den sollte ich verlieren. Das hatte ich nicht verdient. Ich habe den Antrag gestellt, bleiben zu können, doch der wurde abgelehnt; dabei inserieren sie Jahr für Jahr, um neue Polizeibeamte zu rekrutieren.

An dem Punkt, wo mir sonst nichts mehr blieb, sollte ich ausgemustert werden. Für Kinder bin ich zu alt. Mein gutes Aussehen ist dahin. In zwei Monaten bin ich ein Nichts. Ich bin die Frau, die durch den Supermarkt wandert, begierig, mit irgendjemandem – egal, mit wem, wenn er nur zuhört – ein Gespräch anzufangen.

Sie haben einen Beweis verlangt, dass die Mädchen noch leben, aber wo ist der Beweis dafür, dass ich noch lebendig bin?«

Um Helens Lippen spielte die Andeutung eines Lächelns.

»Sie werden schon sehen, Kim. Sie sind mir sehr ähnlich. Sie haben sich mit allem, was Sie besitzen, diesem Fall verschrieben. Wissen Sie noch, wo Sie leben? Haben Sie einen Geliebten, ein Kind, wenigstens ein Haustier? Ich wette nicht, denn Sie lassen sich von Ihrer Arbeit auffressen, und in zwanzig Jahren, wenn Sie so alt sind wie ...«

Kim trat ganz dicht vor sie. »Ich werde niemals verbittert und verschroben sein wegen der Entscheidungen, die *ich* getroffen habe, und ich würde niemals kleine Mädchen in Lebensgefahr bringen und Familien so quälen, bloß weil ich nicht meinen Willen gekriegt habe, Sie böses, psychotisches Miststück. Und im Übrigen: Ich habe einen Hund.«

Helens Züge verrieten ihren Zorn. Mit ausgestreckten Armen stürzte sie sich auf Kim und wollte sie am Hals packen.

Kim wich dem Angriff mühelos aus, und Helen fiel zu Boden.

Kim blickte auf die jämmerliche Gestalt, die zwei Mädchen beinahe das Leben gekostet hatte.

»Das müssen Sie aber noch üben, bevor Sie in den Knast gehen. Die werden Sie lieben da drinnen.«

Dawson stand an der Haustür und zögerte, bevor er klopfte. Er verstand die Gangkultur besser, als ihm lieb war, und es hatte eine Erinnerung hochgeholt, die tief in seinem Gehirn eingegraben war.

Zwei Tage nach seinem fünfzehnten Geburtstag hatte eine Gruppe von Jungs, die ein Jahr älter waren als er, ihn plötzlich nicht mehr mit »Arschgesicht«, »Speckgondel« und anderen Spottnamen bedacht, die dicke Kinder sich gefallen lassen müssen. Stattdessen hatten sie ihm einen Platz im Aufenthaltsraum und ein Lächeln angeboten und hatten ihn eingeladen, sich nach der Schule mit ihnen in der Cradley Heath High Street zu treffen. Es war der glücklichste Nachmittag, den er je in der Schule verbracht hatte.

Sie hatten vor dem Markt auf ihn gewartet und ihm lächelnd auf den Rücken geklopft. Ganze zehn Minuten lang hatten sie sich um ihn herum unterhalten, doch er hatte sich als Teil der Gang gefühlt, als Teil der Mannschaft.

Dann bemerkte er plötzlich, dass der Anführer, Anthony, mit einem Nicken auf eine alte Frau wies, die nur mithilfe von zwei Stöcken laufen konnte. Zwei von den vier Jungs schlenderten hinüber und traten ihr den rechten Stock aus der Hand. Als sie stolperte und ums Gleichgewicht kämpfte, lief Anthony an ihr vorbei und riss ihr die Handtasche von der rechten Schulter.

Dawson war, seinem Instinkt folgend, ebenfalls losgelaufen. Als er die Frau erreichte, lag sie am Boden. Er hatte ihr ins Gesicht sehen müssen, denn er hatte Angst gehabt, sie könnte mit dem Kopf aufgeschlagen und gestorben sein. Und hatte in Augen geblickt, in denen das Entsetzen stand. In dieser kurzen Sekunde hatte er begriffen, dass das Leben der Frau nie mehr so sein würde wie vorher.

Erst als er wieder sicher zu Hause war, dämmerte Dawson endlich, warum sie ihn eingeladen hatten. Er war fett. Er konnte nicht so schnell laufen wie die anderen, also wäre er als Erster erwischt worden, wenn ihnen jemand nachgerannt wäre.

Monatelang hatte die Scham in ihm gebrannt, doch sie hatte zusammen mit seinem BMI abgenommen. Nicht so die Erinnerung an die Angst in den Augen der alten Frau. Die blieb ihm für alle Zeiten erhalten.

Er verstand, warum Dewain Wright sich einer Gang angeschlossen hatte, doch er war auf die denkbar schlimmste Art und Weise verraten worden.

Dawson atmete tief durch und klopfte dreimal.

Die Tür ging langsam auf.

Vor ihm stand Shona Wright, echte Angst in den Augen.

»Kann ich mit Ihnen und Ihrem Vater sprechen?«

Kein Getue und kein Stolzieren diesmal.

Er folgte ihr ins Wohnzimmer, wo zwei kleine Mädchen im Schneidersitz mit einem Minipicknick vor sich auf dem Boden saßen und Fernsehen schauten.

»Rosi, Marisha, geht in euer Zimmer«, sagte Shona und scheuchte sie hinaus.

Vin saß am anderen Ende des Sofas.

Shona stellte sich vor die geschlossene Tür.

Dawson schaute zwischen ihnen hin und her, bis sein Blick schließlich bei Vin hängen blieb.

»Ich weiß, was Sie Ihrem Sohn angetan haben«, sagte er schlicht.

Vin starrte ihn eine sehr lange Minute lang an, bevor er den Kopf in die Hände sinken ließ.

»Dad ...?«, fragte Shona von der Tür.

Dawson richtete den Blick auf den Vater des Mädchens, um zu sehen, ob noch eine Erklärung kommen würde. Die breiten Schultern bebten leicht, Tränen tropften zu Boden.

Er wandte sich an Shona. Er sah, dass ihr Kopf die Wahrheit akzeptiert hatte, ihr Herz jedoch noch lange nicht so weit war.

Dawson seufzte. »Shona«, fuhr er leise fort, »Ihr Vater war derjenige, der Lyron angerufen und ihm gesagt hat, dass Dewain noch lebte.«

»Reden Sie keinen Scheiß«, fuhr Shona auf. »Sie sind doch alle vollkommen durchgeknallt.« Sie tippte sich an die Schläfe. »Total bescheuert.«

Dawson blickte zu ihrem Vater. Sie tat es ihm nach.

Sie starrte auf seine hängenden Schultern und wartete darauf, dass er der Behauptung des Polizisten widersprach. Ihr Kopf bewegte sich langsam von einer Seite zur anderen. Doch Dawson sah, dass sie allmählich verstand.

Er gab Vater und Tochter einen Augenblick Zeit, um zu verdauen, was er gesagt hatte.

Ursprünglich hatte er gedacht, Lauren hätte die Information, dass Dewain noch lebte, weitergegeben, und er hatte sich darin bestätigt gefühlt, als er herausgefunden hatte, dass sie jetzt mit Kai zusammen war. Doch das Mädchen war nicht klug genug, um es absichtlich getan zu haben, und ihr hatte nicht genug an Dewain gelegen, als dass sie es versehentlich hätte getan haben können.

Lauren war bloß eine junge Frau, die ein aufregendes

Leben führen wollte. Sie hatte ihre vorstädtischen Fesseln durch einen Ausflug in die Gangkultur von Hollytree ein wenig gelockert. Und als ein billiger Kitzel »ausgefallen« war, hatte schon der nächste darauf gewartet, seinen Platz einzunehmen.

Wer der wahre Übeltäter war, hatte Dawson begriffen, als er nach der Befreiung der Mädchen zum Haus der Timmins zurückgekehrt war. Stephen Hanson hatte sich erboten, seiner Frau Nicholas abzunehmen, während sie ins Auto stieg. Doch sie hatte sich geweigert und ihren Sohn fest an sich gedrückt. Da eines ihrer Kinder vermisst wurde, hatte die trauernde Mutter sich umso mehr an das Kind geklammert, das ihr noch geblieben war.

»Er hat es für Sie und Ihre Schwestern getan, Shona«, erklärte Dawson. »Solange Dewain lebte, waren Sie alle in Gefahr. Die hätten Sie niemals in Ruhe gelassen. Ihr Leben wäre die Hölle gewesen. Die ganze Familie wäre zur Zielscheibe geworden, und Ihr Vater hat das gewusst.«

Das Schluchzen in der Ecke wurde lauter.

»Er hätte sich niemals davon erholt, Sho«, sagte Vin weinend und hob den Kopf. Rotz und Tränen vermischten sich und zogen Streifen über sein Gesicht. Seine Stimme war gequält und heiser. »Meinen Jungen gab es nicht mehr. Am Leben gehalten von Maschinen und Schläuchen. Sein Gehirn war tot, haben sie gesagt.«

Vin heulte, und Kev hätte schwören können, dass er mit anhörte, wie ein Herz brach.

»Ich habe auf dem Amt gefleht und gebettelt, dass wir umziehen können, aber sie haben uns keine andere Wohnung zugewiesen, Sho. Wir hatten kein hohes Risiko, und Lyron hätte uns überall gefunden. Ich konnte es nicht darauf ankommen lassen, euch alle zu verlieren. O mein Junge, mein mutiger, mutiger Junge ...«

Shona kämpfte mit den Gefühlen, die in ihr wüteten. Sie

lief zu ihrem Vater und kniete sich auf den Boden. Er nahm sie in die Arme, und sie weinten zusammen.

In diesem Augenblick empfand Dawson kein Triumphgefühl, dass er den Fall gelöst hatte. Vin Wright hatte vor einer unmöglichen Wahl gestanden. Gefangen in einer Umgebung, in der er nicht die Macht hatte, alle seine Kinder zu schützen, hatte er seinen einzigen Sohn geopfert.

»Mr Wright«, sagte Dawson leise, »ich gehe kurz in den Flur, aber Sie wissen, was ich jetzt tun muss.«

»Ich weiß ... Junge. Ich weiß.«

Seine Stimme war erstickt vor Gefühlen. Ausnahmsweise zuckte Dawson nicht zusammen, als er »Junge« genannt wurde.

Er besaß genügend Selbsterkenntnis, um zu wissen, dass sein Mitgefühl am nächsten Tag Stolz weichen würde. Es war ein Fall, und er hatte ihn gelöst. Eine Straftat war begangen worden, und der Täter würde vor Gericht kommen.

Er zweifelte also nicht daran, dass er sich am nächsten Tag besser fühlen würde. Doch in diesem Augenblick fühlte er sich absolut beschissen.

Kim starrte eindringlich auf den Teller.

Die meisten ihrer Kolleginnen und Kollegen brachte ein solcher Blick dazu, sich ihrem Willen zu beugen. Nicht so diese Kekse.

Das Rezept und die Anleitung stammten von einer Webseite für Kinder, und Kim hatte alles buchstabengetreu befolgt. Da war sie sich ganz sicher.

Auf der Webseite waren auch Fotos gewesen, eingeschickt von Zwölfjährigen, die stolz waren auf ihre Ergebnisse. Ihre Kekse würde Kim nicht fotografieren.

Die Kekse hießen »Felsbrocken«, doch ihre sahen nicht aus wie Felsbrocken, sondern wie überdimensionierte Frisbees. Die Teigklumpen waren, sobald sie im Ofen waren, auseinandergelaufen, als versuchten sie, davonzukriechen und zu entkommen.

Kochen und Backen waren ihre Erzfeinde. Sie hatte sich an komplizierten Gerichten versucht, die mehr Konzentration erforderten als ein Mensaquiz, und das Endergebnis war über den Tellerrand geflossen wie ein suppiger Schmortopf. Sie hatte einfache Sachen ausprobiert, wie zum Beispiel einen

Rührkuchen, den Kinder im Allgemeinen schon in der Schule hinbekamen. Auch da kein präsentables Ergebnis.

Erica, ihre Pflegemutter, war eine wunderbare Köchin gewesen; bei ihr hatten auch komplizierte Gerichte ganz einfach ausgesehen. Bei Kim war es genau umgekehrt, doch im Gedenken an die einzige Person, die sie je geliebt hatte wie eine Mutter, würde sie es weiterhin versuchen.

Woody hatte darauf bestanden, dass sie ein paar Tage freimachte, bis ihre Hand einigermaßen verheilt war. Zum Glück waren keine Nerven verletzt, und es waren nur zwölf Stiche nötig gewesen, um ihren Handteller wieder zusammenzuflicken.

»Bitte sagen Sie jetzt nicht, Sie hätten sich schon wieder an etwas Essbarem versucht«, sagte Bryant, als er die Küche betrat. »Sie können nicht einmal eine Fertigmahlzeit mit zwei Händen zubereiten, also sind Sie mit fünfzig Prozent ...«

»Bryant«, sagte sie warnend.

Er stellte einen Pizzakarton auf die Arbeitsplatte.

»Wollen Sie einen?«

»Netter Versuch, Kim. Ich passe.«

Sie holte zwei Teller aus dem Schrank, mit der linken Hand immer noch etwas unbeholfen.

»Sehen Sie, wie aufmerksam ich bin – ich hab was mitgebracht, was Sie mit einer Hand essen können.«

Kim nahm ein Stück Pizza und legte es auf ihren Teller.

»Bitte erzählen Sie mir etwas ... irgendetwas. Ich werde noch wahnsinnig.«

»Also, Woody hat mich tatsächlich gebeten, etwas weiterzugeben«, sagte Bryant mit einem Lächeln.

»Spucken Sie's aus.«

Sie wollte alles über die Entwicklungen in dem Fall hören.

»Sie bekommen eine Belobigung.«

Kim verdrehte die Augen. »Oh, wie fantastisch.«

Bryant holte sein Notizbuch heraus.

»Verdammt, Dawson hat gewonnen.«

»Was?«

»Ihre Reaktion auf die Nachricht. Er hat's wörtlich vorhergesagt. Zugegebenermaßen sogar das Augenverdrehen. Sehen Sie, hier steht: ›Verdreht die Augen‹.«

Gegen ihren Willen musste Kim laut lachen.

Sie kannten sie so gut, dass sie wussten, wie sie reagieren würde. Belobigungen durch ihre Vorgesetzten lullten sie nachts nicht in den Schlaf; sie dienten lediglich als Puffer, wenn sich das nächste Mal jemand über sie beschwerte oder sie sich nicht an die Dienstvorschriften hielt oder eine Anweisung nicht ausführte.

»Im Büro sieht es übrigens aus wie auf der Chelsea Flower Show. Körbe von den Mädchen, Sträuße von den Eltern. Suzies Mutter hat sogar eine Niere geschickt.«

»Was?«

»Nein, ich mache nur Spaß, aber ich bin mir sicher, sie würd's tun, wenn Sie sie darum bäten.« Bryant schüttelte den Kopf und senkte den Blick. »Himmel, Kim, ich wünschte, Sie wären dabei gewesen, als sie die Tür aufgemacht hat. Ihr Gesicht werde ich mein Lebtag nicht vergessen. Es gab Tränen – und ich bin Manns genug zuzugeben, dass ein paar davon auch von mir stammten.«

Kim lächelte. Das lullte sie nachts in den Schlaf.

»Suzie ist untersucht worden, und es wird zwar eine Weile dauern, sie wieder aufzupäppeln, aber sie wird wieder ganz gesund.«

Kim freute sich über diese Neuigkeiten.

»Im Ernst, Kim, wenn Sie nicht unbedingt ...«

»Haben Sie mit den anderen gesprochen?«

Er nickte. »Karen und Robert bereiten die Adoptionspapiere vor. Sie sind sich ziemlich sicher, dass Lee für einen kleinen Obolus auf seine elterlichen Rechte verzichten wird. Und den entrichten sie gern.« Er lächelte. »Die schaffen das.

Sie sind zwar ein ungleiches Paar, aber sie lieben sich, und Robert würde sein Leben geben für dieses Kind.«

Kim dachte an das tapfere kleine Mädchen mit den ungebärdigen blonden Haaren.

»Sie haben allen Grund, stolz auf sie zu sein.«

»Heute Morgen habe ich mit Elizabeth gesprochen. Sie hat Stephen gebeten auszuziehen, aber sie hat ihm keine Frist gesetzt. Ich glaube, wenn er seine Karten geschickt ausspielt, verzeiht sie ihm irgendwann.«

Kim nickte zustimmend. »Vielleicht, aber er sollte sich auf Veränderungen einstellen. Sie ist sicher nicht mehr derselbe Mensch wie noch vor zehn Tagen.«

Sie schob ihren Teller von sich, stand auf und holte ein Päckchen Colombian Gold aus dem Schrank. Es war leer. Sie langte nach einem frischen Päckchen.

Bryant wollte sich erheben. »Soll ich ...?«

Kim warf ihm einen Blick zu. »Bryant, ich tue mich abends schwer mit der Zahnseide. Möchten Sie so lange dableiben?«

»Ähm, nein danke. Gut, dann bleibe ich hier sitzen und sehe zu.«

Kim holte eine Schere und klemmte sich das Päckchen in die Armbeuge. Drei Schnitte mit der linken Hand, und die Sache war erledigt.

»Also, wenn ich auf einer einsamen Insel stranden würde, wissen Sie, was ich dann gern bei mir hätte?«, fragte Bryant.

»Was?«

»Sie.«

Kim lachte, während sie den Kaffee in den Filter schüttete. Sie drehte sich um und fixierte ihn mit ihrem Blick.

»Tun Sie absichtlich begriffsstutzig, oder was?«

Er grinste. Er wusste genau, was sie hören wollte.

»Okay, Symes singt wie ein Kanarienvogel. Sie hatten recht, dass er mit der ersten Entführung nichts zu tun hatte. Er wusste nicht mal, dass Suzie dort war. Wenn er es gewusst hätte, wäre sie jetzt tot, das ist Ihnen so klar wie mir. Das war Wills kleines privates Projekt.

Symes hat nicht nach einem Anwalt verlangt und scheint nichts dagegen zu haben, seine Zeit abzusitzen. Ich glaube, irgendwie sehnt er sich fast ein wenig nach dem Gefängnis – klare Regeln, Struktur. Er ist ein ernsthaft gestörtes Individuum.«

O ja, das wusste Kim nur zu gut.

»Oh, und sein linkes Auge ist für immer dahin.«

»Es zerreißt mir das Herz. Was ist mit Will Carter?«

»Er schiebt alles Helen in die Schuhe. Und in Bezug auf die letzte Entführung schweigt er wie ein Grab.«

Kim ballte die Hand, die sie bewegen konnte, zur Faust. »Dreizehn Monate lang hat er das Mädchen da unten festgehalten. Ehrlich, wenn ich einen von den beiden foltern dürfte, dann ihn. Wie konnte er das über so einen langen Zeitraum mit ansehen?«

Bryant stimmte mit einem Nicken zu.

Kim vermutete, dass Will, als er mit Emily wegfuhr, um sie freizulassen, gedacht hatte, Suzie wäre tot. Erst als er zurückkam, hatte er erkannt, dass das Mädchen noch lebte. Es gab nichts, was darauf hinwies, dass Will eines Mordes fähig war.

Er hatte die Absicht gehabt, Emily zu einem späteren Zeitpunkt noch einmal zu entführen, und Kim fragte sich, ob er Suzie am Leben gelassen hatte, um dieselben Eltern noch einmal gegeneinander auszuspielen. Und als er nicht an Emily herangekommen war, um sich ihrer ein zweites Mal zu bemächtigen, hatte er Suzie am Leben gehalten, um auf anderem Wege noch ein bisschen Geld aus der Sache herauszuschlagen.

Da er sich weigerte zu reden, würden sie es womöglich nie mit Sicherheit erfahren.

»Was ist mit Helen?«

Bryants Kiefer wurde hart, doch er sprach in ruhigem Ton weiter.

»Oh, sie beruft sich auf psychische Störungen, posttraumatischen Stress und verminderte Zurechnungsfähigkeit. Sie zitiert die ganze Skala psychischer Störungen rauf und runter, für die einzig und allein ihr stressiger Job verantwortlich sei.«

»Ist nicht Ihr Ernst?«

»Doch, sie hat einen schicken Anwalt, aber das wird ihr nichts nützen.«

Besser wär's, dachte Kim.

»Und das war's dann auch schon.« Bryant zuckte die Achseln.

Das war ziemlich viel.

»Oh, bis auf die Tatsache, dass Kev herumstolziert, als hätte er den Sinn des Lebens erkannt, nachdem er den Fall Dewain Wright aufgeklärt hat. Vin wird sich übrigens schuldig bekennen, kein Prozess.«

Kim nahm die Nachricht traurig auf. Sie hätte den Mann gern gehasst, doch sie konnte nicht. Sie verabscheute die Entscheidung, die er getroffen hatte, doch auf verdrehte Art verstand sie sie auch. Sieben verschiedene Anträge hatte Vin Wright bei der Gemeinde gestellt, um dort wegziehen zu können, doch ihm hatten ein paar Punkte gefehlt, um in eine anständige Wohnanlage umziehen zu können. Mit den Folgen dieser Entscheidung würde er für den Rest seines Lebens klarkommen müssen.

»Sie war im Unrecht, also, Helen. Stacey hat mir erzählt, was sie zu Ihnen gesagt hat, und sie war im Unrecht.«

Kim nickte. Die Parallelen, die die Frau zwischen ihrer beider Leben gezogen hatte, waren ihr nicht mehr aus dem Kopf gegangen. Auch wenn es ihr nicht gefiel, dass sie sich dort festgesetzt hatten. Mit der linken Hand langte sie nach unten und strich über Barneys weichen, warmen Kopf. Helen hatte unrecht gehabt, aber vielleicht auch ein bisschen recht, und darüber würde Kim nachdenken müssen. Doch nicht jetzt und nicht mit Bryant.

»Oh, und war das ehrlich gemeint, was Sie zu Suzie gesagt haben? Dass Sie mir Ihr Leben anvertrauen würden?«

Kim lachte schallend. »Kinder sind ja so naiv. Die glauben einfach alles.«

Er lächelte. »Ja, das dachte ich mir schon.« Er stand auf. »Fast hätte ich es vergessen. Matt war heute zu seiner letzten Nachbesprechung da. Er bat mich, Ihnen das zu geben.«

Es war ein zusammengefaltetes Blatt Papier.

Sie legte es auf den Frühstückstresen und begleitete Bryant zur Tür.

»Ich schaue in zwei Tagen noch mal vorbei, um sicherzugehen, dass Sie nichts essen, was Sie selbst gekocht haben.«

»Ja, aber dann bringen Sie auch bitte was Leckeres mit.«

Lachend ging er den Weg hinunter.

Kim schloss die Tür und kehrte in die Küche zurück. Frischer Kaffeeduft erfüllte den Raum.

Sie blickte auf die ungeöffnete Nachricht von Matt. Bestimmt war es nichts Gutes.

Jedes Gespräch zwischen Matt und ihr war ein Schlachtfeld gewesen, auf dem jeder versucht hatte, dem anderen überlegen zu sein oder das letzte Wort zu haben – wie ein Tennisspiel, das bei Einstand feststeckte.

Mit Matt Ward zurechtzukommen war wahrlich nicht leicht gewesen. Jeder Augenblick in seiner Gegenwart war eine Herausforderung gewesen, ein Kampf.

Er war anstrengend und schwierig, genau wie sie.

Kim faltete das Blatt auseinander und las:

Ich hole Sie um acht ab. Das ist nicht verhandelbar. Halten Sie sich bereit.

Kim starrte eine ganze Minute lang auf die Nachricht, dann warf sie einen Blick auf die Uhr.

Sie trank ihren Kaffee aus, bevor sie aufstand und sich mit einem Lächeln auf den Weg unter die Dusche machte.

Sie war in ihrem ganzen Leben noch nie vor einer Herausforderung zurückgeschreckt.

Heute Abend würde sie ausgehen.

EINHUNDERTDREIZEHN

Mit der Tragetasche über dem rechten Unterarm betrat Kim leise den Raum.

Das rhythmische Piepsen eines Apparates unterbrach die Stille. Über eine Infusion wurde die Frau in dem Bett intravenös ernährt.

Kim legte die Tasche auf den Stuhl neben dem Bett und trat näher.

»Guten Abend, Eloise«, sagte sie leise.

Sie hatte keine Ahnung, ob Eloise sie hören konnte. Ihr Körper zeigte keinerlei Reaktion.

Sie wirkte noch zierlicher als im Garten. Das freundliche Gesicht noch mehr vom Alter gezeichnet. Graue Locken umrahmten friedvolle und ruhige Züge.

Kim fand es seltsam, dass diese Frau niemanden hatte. Sie sah aus, als müsste sie irgendjemandes Mutter sein.

Die ganze Woche war Kim mit verschiedenen Aspekten von Elternliebe konfrontiert gewesen.

Jenny Cotton hatte, gelähmt durch den Verlust ihres Kindes, nicht mit ihrem Leben weitermachen können. Elizabeth Hanson hatte sich mit weniger zufriedengegeben, als ihr zustand, um ihren Kindern ein stabiles Leben zu geben. Karen Timmins hatte die Welt angelogen, um ihr Kind zu beschützen.

Und Vin Wright hatte das Leben eines Kindes geopfert, um das Leben von drei anderen zu schützen.

Helen hatte das magische Band der Mutterschaft benutzt, um eine junge Frau so zu manipulieren, dass sie gegen ihren eigenen Instinkt handelte. Das Bedürfnis nach mütterlicher Liebe war von einer abscheulichen Person benutzt und verdreht worden.

Für Kim war das nur ein weiterer Beweis dafür, dass manche Menschen einfach keine Kinder bekommen sollten. Ganz oben auf die Liste setzte sie ihre eigene Mutter.

Die ganze Woche lang waren die Erinnerungen ihr bedrohlich auf den Leib gerückt, doch sie hatte sie entschlossen in Schach gehalten. Sie würde sich nicht mit ihrer Vergangenheit befassen, denn die würde sie nur in Stücke reißen.

Irgendwann irgendwo würde es sie erwischen, das war ihr klar. Dann würden die lauernden Schatten Gestalt annehmen.

Doch nicht hier und nicht jetzt.

»Eloise, ich bin nicht zu spät gekommen«, flüsterte sie. »Ich habe sie nach Hause geholt. Alle.«

Sie hielt einen Augenblick inne und streichelte Eloise über den Daumen. »Und falls Mikey bei Ihnen ist, sagen Sie ihm … sagen Sie ihm … ich vermisse ihn jeden Tag.«

Sie setzte sich und holte ein Taschenbuch aus der Tasche. Einen Augenblick lang ruhte es in ihrem Schoß.

Sie stellte sich vor, wie ihre Kollegen feierten, weil sie einen Fall gelöst hatten. Im Stillen applaudierte sie ihnen für ihren Einsatz. Sie hatten sich ihren Augenblick des Sieges verdient. Zusammen hatten sie drei jungen Mädchen das Leben gerettet.

Kim ließ zu, dass ihre Lippen sich zu einem Lächeln formten.

Alle drei Kinder waren zu Hause, in Sicherheit, bei ihren Familien.

Und das zu wissen reichte ihr.

Kim stieß einen langen, zufriedenen Seufzer aus, während das Lächeln immer noch ihre Lippen umspielte.

»Okay, Eloise, ich habe *Große Erwartungen* ausgesucht. Ich hoffe, es ist eines Ihrer Lieblingsbücher.«

Kim blätterte um und fing an zu lesen.

EIN BRIEF VON ANGELA

Als Erstes möchte ich mich bei euch ganz herzlich dafür bedanken, dass ihr *Die gestohlenen Mädchen* gelesen habt. Ich hoffe, die Fortsetzung von Kims Reise hat euch gefallen und ihr habt dasselbe Gefühl wie ich: Kim ist zwar kein besonders herzlicher Mensch, doch sie zeigt Leidenschaft und Engagement, angetrieben von einem echten Bedürfnis nach Gerechtigkeit.

Wenn euch das Buch gefallen hat und ihr über meine neuesten Veröffentlichungen informiert werden möchtet, meldet euch einfach unter nachstehendem Link an. Eure E-Mail-Adresse wird nicht weitergegeben und ihr könnt euch jederzeit wieder abmelden.

www.bookouture.com/bookouture-deutschland-sign-up

Wenn ihr Freude daran hattet, wäre ich euch auf ewig dankbar, wenn ihr eine Rezension schreiben würdet. Ich wüsste sehr gern, was ihr denkt, und außerdem könnte es anderen helfen, meine Bücher zu entdecken. Vielleicht könnt ihr das Buch auch Freunden und Familienmitgliedern empfehlen ...

Jede Geschichte möchte unterhalten und Leserinnen und Leser mit auf eine aufregende, interessante Reise nehmen. Zuweilen tauchen in Büchern Themen auf, die schwer zu verdauen sind, doch ich versuche, die Situationen respektvoll und sensibel zu behandeln und nicht mit Sensationsgier. Ich hoffe, ihr begleitet Kim Stone und mich auch auf unserer nächsten Reise, wohin auch immer sie geht.

Falls dem so ist, wäre es schön, von euch zu hören – über Facebook, Goodreads, Twitter oder über meine Webseite.

Und wenn ihr über meine neuesten Veröffentlichungen auf dem Laufenden gehalten werden wollt, meldet euch einfach über den Link unten an.

Vielen Dank für eure Unterstützung, sie bedeutet mir sehr viel.

Angela Marsons

www.angelamarsons-books.com

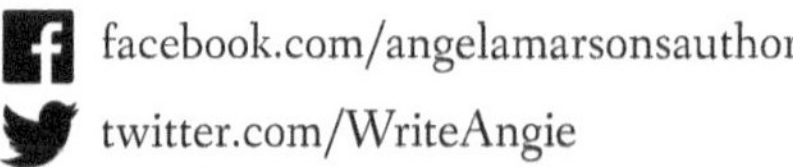

facebook.com/angelamarsonsauthor
twitter.com/WriteAngie

DANKSAGUNG

Ich interessiere mich seit jeher dafür, welchen Einfluss die äußeren Umstände auf das Verhalten haben. Wie reagieren wir unter extremem Druck? Bleiben wir dem Menschen, der wir zu sein glauben, treu, oder übernimmt ein uns innewohnender ursprünglicher Instinkt die Führung?

Ich konnte keine bessere Möglichkeit finden, das zu erkunden, als über das wahrscheinlich instinktivste Bedürfnis zu beschützen zu schreiben, nämlich ein Kind.

Hoffentlich bin ich dem Thema gerecht geworden.

Oft finde ich nicht die richtigen Worte, um gegenüber meiner Partnerin Julie meine Dankbarkeit zum Ausdruck zu bringen. Ihre Ehrlichkeit und ihr Glaube an mich begleiten mich beim Schreiben. Sie ist mein Resonanzboden, meine erste Leserin, meine schärfste Kritikerin und meine leidenschaftlichste Unterstützerin. Zwanzig Jahre voller Ablehnungen haben immer dieselbe Reaktion bei ihr hervorgerufen – »deren Pech« –, unmittelbar gefolgt von der obligaten Ermutigung, das Nächste in Angriff zu nehmen. Jeder sollte so eine Julie haben.

Wie immer möchte ich mich bei dem Team von Bookouture für die nicht nachlassende Begeisterung für Kim Stone und ihre Geschichten bedanken.

Oliver Rhodes ist ein wahrer Zauberer, und seine und Claire Bords Leidenschaft für die Bücher und die Autorinnen und Autoren vom Team Bookouture sind ebenso herzerfrischend wie inspirierend.

Meine Lektorin, Keshini Naidoo, ist unglaublich begabt

und klug und trägt mehr zu den Büchern bei, als ihr je bewusst sein wird.

Kim Nash umarmt, beschützt, behütet, ermutigt und unterstützt unablässig die ganze Bookouture-Familie und hat die wärmste Schulter der Welt.

Danke euch allen für alles. Ihr bringt mich dazu, das Beste aus mir herauszuholen.

Bedanken möchte ich mich auch bei meinen Mitautorinnen und -autoren bei Bookouture. Sie sind alle begabt und einzigartig und schaffen ein fröhliches, unterstützendes und verständnisvolles Umfeld. Meine Autorenfreundin Caroline Mitchell, die ihre Reise zusammen mit mir begann, ist immer mit ein paar klugen Worten, einem hilfreichen Rat und unglaublich lustigen Fotos zur Stelle. Lindsay J. Pryor ist ebenso talentiert wie warmherzig. Renita D'Silva hat mit die schönste Seele, die mir je begegnet ist. Sie sind alle meine außergewöhnlichen Schreibkolleginnen und -kollegen geworden, aber auch sehr gute Freundinnen und Freunde.

Mein aufrichtiger Dank gilt meiner Mum und meinem Dad, die allen, die ihnen über den Weg laufen, von meinen Büchern erzählen – ob es sie interessiert oder nicht. Ihre Begeisterung und ihre Unterstützung sind einfach toll.

Ewig dankbar bin ich den vielen wunderbaren BloggerInnen und RezensentInnen, die sich die Zeit genommen haben, Kim Stone kennenzulernen und ihrer Geschichte zu folgen. Diese wunderbaren Menschen tun laut ihre Meinung kund und teilen großzügig ihre Ansichten, nicht weil es ihr Job ist, sondern ihre Leidenschaft. Ich werde nicht müde, dieser Community für ihre Unterstützung für mich und meine Bücher zu danken. Ich danke euch allen sehr.

Und schließlich ein herzliches Dankeschön der wunderbaren Dee Weston, meiner Rettungsdecke, die mir auch in schweren Zeiten Unterstützung und Freundschaft bietet.